芦苇岸　著

以思论诗

言说的回声

中国言实出版社

图书在版编目（CIP）数据

言说的回声：以思论诗 / 芦苇岸著. —北京：中
国言实出版社，2021.12
ISBN 978-7-5171-3926-3

Ⅰ.①言… Ⅱ.①芦… Ⅲ.①诗歌评论—中国—当代
—文集 Ⅳ.① I207.22-53

中国版本图书馆 CIP 数据核字（2022）第 007991 号

言说的回声：以思论诗

总 监 制：朱艳华
责任编辑：罗　慧
责任校对：王蕙子

出版发行：中国言实出版社
　　地　址：北京市朝阳区北苑路 180 号加利大厦 5 号楼 105 室
　　邮　编：100101
　　编辑部：北京市海淀区花园路 6 号院 B 座 6 层
　　邮　编：100088
　　电　话：64924853（总编室）　64924716（发行部）
　　网　址：www.zgyscbs.cn　E-mail：zgyscbs@263.net

经　　销：新华书店
印　　刷：三河市华东印刷有限公司
版　　次：2022 年 2 月第 1 版　2022 年 2 月第 1 次印刷
规　　格：880 毫米 ×1230 毫米　1/32　11.5 印张
字　　数：288 千字

定　　价：68.00 元
书　　号：ISBN 978-7-5171-3926-3

代序：诗歌相对论（节选）

◇

"诗是心灵的活雕塑。"这是艾青的感悟。毫无疑问，作为心灵产物的诗歌，给生命以"精神的慰藉"几乎是标志性的答案。作为"文学的文学"，诗歌尽管被现实飞扬的尘土搞得蓬头垢面，但依然还在受尊重和被传颂，还在坚韧地生长和运转。诗歌的美好，从海德格尔的"诗意的栖居"发展到帕斯卡尔的"我只赞许那些一面哭泣，一面追求着的人"。求真的底气，让今天的诗人比以往任何时代都更清醒。无可争辩的事实是，汉语新诗百年历程，书写已经走向深厚。一线诗人们津津乐道的，是个性化的创作得以最大限度地提升，技术臻于成熟，境界日趋高迥，大家已然明白：当代诗歌，需要一颗接近星辰的心。

◇

请相信只有作品才是自己的贵人，自己才可能完成对自己的扶持，那些心思浮躁，或"二心"大于"本心"，企图靠"外部手段"的活动能力与"精于做人"的世故经验为自己的写作保驾护航的，十有八九只能图得"一时之快"，只会加速自戕以致自己的精神形象面目模糊。其实，能让自己的写作永葆青春的秘方是"气节"。长期看，一个作者的"气节"决定他行走的范围与距离。与其在左顾右盼左右逢源中耗费时间和生命，不如埋头于

"诗与思"的妙趣之中，专心倾听灵魂的搏动，攫取向上的力量，进入深邃的创造。经常省察并告诫自己不要在诗外功夫浪费感情，相信小人所得的"便宜"只不过是小聪明的魅影而已，所卖之乖，终将也是笑柄。不要担心自己的写作没有曙光照临，哈罗德·品特说："因此语言在艺术中总是处于一种极度模糊的交换过程中，是流沙般的、跳跃的，或貌似冰封却随时可化开的湖水，作者任何时候都有可能猛然从中找到出路。"希尼也有类似的意思，如果是好诗，总会获得出口，并被合理表达。沉住气，出息是迟早的事。

◇

"美是存在的在场。存在是存在者之真……远行人须让大地的美呈现出来，只要作为诗人，他们就必须说出真实……诗人的天职是在对美的筹划中让美的东西显现出来。"海德格尔在与荷尔德林的灵魂对话中悟出上述真言。王国维也认为"美之极致"乃"有境界"而"自成高格，自有名句"之经典结论。让作品说话，不是自贴标签的装饰，而是鉴照人心纯赤的禅定。如果语言的气味和修辞缔造的秩序，是诗人内心最可靠的动力之一，那么这样的诗歌，也可以俳发凡心，在更广阔的人文景观中，拥有一席之地。我为此也在努力，每一次换行，都是重新出发。

◇

在中国，传统文学视野里的写实主义，充满阐释、反思、刚性与求是的情感基调。韩愈就主张"养气"和"自创新意新词"，不避"怪怪奇奇"，反对模仿因袭，要求"惟陈言之务去"。柳宗元强调"以辅时及物为道"……在读者的阅读经验世界，中国文学的筋骨就伴随着仁义和道统生生不息，进而凝成彪炳千秋万代的文化血脉。即便新诗百年，脱离政治语境的"诗言志"，意味更为纯正，却也一样有着旺盛的生命。在新诗发展史上，无论是"以哲理做骨子"的宗白华，还是主张"中国诗歌一定要有我们自己民族特性"的艾青，抑或是"一生风骨凝成诗"的牛汉，都让新诗传统"风骨"犹存。他们作品的求真意志，无疑都能让读者感受到传统文学气度的无处不在。

◇

回望百年汉语新诗，可谓起于青萍之末，20世纪初叶，新诗以新文化运动排头兵的姿态断裂于古诗词统治中国诗歌一千多年的历史，一头雾水地扎进新的语境和向度，尤其是在艺术探求上，表现出更为独立的姿态。由于社会形态的急剧变化，新诗受制于各种外因，始终未能步入良性的发展轨道，磕磕绊绊、跌跌撞撞，一直艰难地活在残缺的世界。其短暂的历史，总是回荡于"自废武功"与不断纠偏、又茫然失措、再矫枉过正的争议之中，并派生出官方与民间这种背离艺术本体的粗蛮分野，以至于造成泱泱诗歌大国写诗的多于读诗的，中国诗歌立于世界文学的荣耀，异常无奈地定格在遥远的唐朝。然而，诗歌本就含有"不甘平庸"的质素，随着社会的松绑，各种西方文艺思潮洪流般涌入，诗歌陡然异常活跃，诗人几乎成了新时期中国文学率先崛起的一群。

◇

作为一个新诗写作者，如何从生活经验里探测未知经验并展现其无限的可能性，从而回避"二手玫瑰"的尴尬与盲动，摈弃习惯性的自我复制是走出概念化诗歌藩篱不可或缺的原创动力，因此，赋予现实以形象才会生成可感的诗意。对生命意识与文化意味的省思，在很大程度上，取决于诗人自身的心灵宽度与精神的真诚度。诗歌是回响的脉搏，永远对求真负责。在意义指向上，诗歌就是一种唤醒。持"唤醒"主张的法国思想家弗朗茨·法农认为只有唤醒和铸造民族意识的文学，才是真正的民族文化，才可信、有效，有生命力和创造力。而立足于人的日常感知，才是维系文脉最核心的"魂"，最有力的"根"，最不会走样的底色。任何诗歌，几乎都是在"隐"与"显"的二分维度上书写属于诗人的个体经验朝向经验世界的秘密、智慧与艺术张力。正是这迷人的一面，把我迷住。

◇

习惯意义上的诗歌经由诗人们的积极探索与实践，处变不惊地延续着心灵和现实、精神与生活的双重互动。诗人们在蓄力让"理想照进现实"，刷新读者倦怠的审美眼帘；并在求变中精进，风格的开放性日益加强，发挥风向标的作用，而理性回声的容纳气度与良性建构，为诗歌公正世界屏蔽"散乱烟霞"的畸变现象带了一个好头。"文变染乎世情，兴废系乎时序。"从来就没有羁步不前的诗人，坚韧的品性让新出的汉诗不乏亮点。开阔、包容、纯粹，诗歌血液的有机循环如草木逢春，璀璨夺目。真正的诗人都无比珍爱生命，热爱生活，有创造性想象气度，对世界有独到的见解，对现实清醒接地气，对苍生万物悲悯、敏感、省察，不爱慕虚荣，精神气场足实，勇于背离功利，始终保持着生命与灵魂的真实。他们以诗意的付出，忠贞不渝地给当下生活以星辉般的光泽，默默忍受着现实的短视与偏见。

◇

诗星满目，亮如银河。整体看，当前诗歌对现实的关注趋势已然形成一种潮流，但这个现实不是意识形态主导下的框框套套，而是精神天空星辰般的"宏大叙事"，是更多的诗人们站在个人情感立场、道德唤醒和世界观层面对现实的种种诗意洞见，是诗人个体灵魂日常状态的、融合了"小我"与"大我"、散发体温、含着脉动的"现实"，反映了诗人在哗变现实语境下寻求尊严、艰难但超迈的豪情，而越是这样，诗歌的先进性越可得以宣扬。这也有力地说明诗歌回归本有面目展露峥嵘。亚里士多德强调艺术比现实更真实，我想这个猜想的破题，唯有诗歌可以承载并完成，虽然任重道远，但大可不必悲观。举头三尺有神明。诗歌的赋予是神圣的，如亘古的星辰照彻，如灵魂的灯盏高悬……

◇

活得像词一样！这是我一直以来的灵魂诉求，亦是我精神生活的底背。爱着词的气味儿与痛感，让词语运载的"爱、疾苦、悲悯、生命深度和人性"的醒世意义，在对应自然、社会、人文、乡愁，以及咣当作响的现实方面，得以诗意地完善。我欣慰在致力于"词"的活性唤醒中能够无限接近波德莱尔指认的抵达"真理的想象力"和获得马雅可夫斯基所言的"节奏的力量"。与词共舞，或静默于一次次的精神邂近，以迥异于"物世界"的形态而专心于向内的省察，在求真问道中求得为灵魂塑形的安稳与实在。事实上，诗歌之于我们的时代，无异于戴着镣铐的舞蹈，美好而沉重。艰难中的诗意，直叫人感慨良多。作为一个诚心的诗歌读者，我对诗歌的理解、认知，清醒而深刻，真正的诗歌，除了应该具有"丰沛无尽的情感、思想、智慧"外，最关键最核心的是必须葆有艺术的真诚和人性的真实。我写诗，就得苛刻被我招募的词具有气味儿和痛感，诗中的味蕾和痛感度必须经得起"质检"，必须严厉打击孤芳自赏自我标榜的劣等行为。词的气味何来？简单，它生成于诗（语言）质的自然性和生活性。词的痛感呢？也简单，正如我在另一篇创作谈里说到的，即不放弃"爱、疾苦、悲悯、生命诗歌和人性"，不拒绝这些永恒的东西作为自己诗歌创作的人文背景。

◇

渐渐地，诗歌已经不止是我排遣孤寂、消解迷惘、甩脱彷徨的药剂，而是意识溪流，源源涌出洗涤灵魂，指向生命状态的隐秘部分，并为蒙昧而愚钝的心灵引入澄澈，渐次将精神探求导向梦寐的光明……在维特根斯坦的悟道里："语言的边界就是世界的边界。"这智慧的语言（词）让耽于诗歌不浅的我获得了深度共鸣，在孤寂中迷恋精神探索，诗歌可以使我不断地探入未知的下一刻，是我人生行进的动力之一，是纷乱中让自己保持清醒、时刻自省的一种比较有效的手段，指引我"格物致知"的方向，并给我力量。写诗，即修心。在某种程度上，诗歌就是精神的"安乃近"，它勉力维持着热爱它的人最终达到万物归一的宁静，以毒攻毒，以人世的隐痛唤起诗人滞涩的心灵，以词的鲜美激活诗人的脑回路，因此，诗人是敏感的。诗人的敏感不在用世上，而在文字里。只有面对文字的时候，诗人才能拥有自己的权杖让自己的强大现身！是啊，诗歌可以叫人保持清醒，可以让真正进入的人保持可贵的自知之明，清晰地看到自己的浅薄，明确自己虚伪的根源所在，不断跳出自我设定的圈子走向阔大的包容。这乐趣，无穷无尽。

◇

诗歌是内心的事业，是诗人在喧闹的现实场景里给自己也给时间存留的一份精神备忘，这不是王阳明的心学集成《传习录》所言的全部，但与"修炼强大内心的神奇智慧"有着天然的异曲同工之妙。与深山修行最为明显的区别是，诗人在闹市"大隐"。要在滚滚红尘中做到并保持"形意"本色，通过诗歌书写传达"文心"之博大与深刻，不是一件容易的事情。然而，正是这种"有意味"的书写形式在对人类灵魂的牵引中，一直起着至关重要的作用。在某种程度上，诗歌比人类的生命还要久远，当一切物质的消弭不可逆转，任何声色终将在灰飞烟灭之中行迹不再时，诗歌，作为附体灵魂的密码依然永远飘荡在时空之中。这么说，显然不是张口不过脑的夸大其词，而是生命逻辑推理的一个重要组成部分，或者说，诗歌本身就是人类心灵的一个部件。这个"部件"只有在有慧根的人那儿，才会产生作用，才会对诗人在现实前提下拥有的超拔质素展现出非凡意义。

◇

纵观世界文学的经典性文本，"民间"不是一种写作资本（资源），而是作为一种精神气场（心态）存在。在作家们笔下，因此心态紧贴文学的纯粹特性，故屡见新奇，卓有建树。因而，我更愿意从内在气质上去指称一个诗人具有"民间心态"。所谓"民间心态"，不是指写的内容草根，而是一个诗人在得不到任何关爱的时空中，甚至在遭受无常命运的无情打击之下，依然在执着而精进地写作，即便如此，不掺和，不迎趋势利，内在还有一股子与世俗保持距离的骨气，心地高贵，目光紧盯自己写作的困惑与问题，通过读写研习获得本文建构与心灵修养的"日日新"。

诗人无论处在什么位置，把自己放得很低，低到生活内部，敢于靠近文学的尖锐、艺术的尖端、人性的尖刻，始终让自己的书写高于权势，才能充分展现文本力量。

◇

诗人追求"事物的本质"让我想起那句靠谱的新闻口号——探寻事实真相！说实话，诗歌本应是"新闻"望尘莫及的"塔尖"，但当下，很多所谓的"诗"，连人人皆可听闻与传播的新事物的那个"言"都不如。那种貌似"言真"的做派，其实是对真知的戕害，多少"无知"的诗人的"无畏"，聚集在没有门槛的堂前，蔚为壮观的"唱诗"阵容（现象）其实很是"非诗"的，因为他们没有"思"，直接的生理反应是技术中的"短平快"，而绝对不可能是战略的势如破竹。对此，里尔克的经验是"诗歌写作依赖经验"——积少成多的"思考"是诗人不可或缺的"礼物"，它才能让诗人"在世界上继续书写／直到那伟大的空白处"（林雪）。作为经验的沉积体，诗人的本职是捞取水面的油污，让目光进入清水里，但"油污"不是"水草"，"思"不附体不可见，色盲的人，永远也无法抵达事物的本质、看见真诗的火焰。

◇

诗歌创作的不竭活水，在于诗人能够多侧面展现丰富的内心情愫和生命积淀。几乎每个成熟诗人都会追思自己何来何去的问题，而倾慕的向度，无疑众望所归于荷尔德林的自然观。在人文内涵化的诗行中，我看到自己的识见与诗意自信，既呼应于谢灵运、陶潜、王摩诘、沃伦、默温、华兹华斯、柯尔律治、特朗斯特罗姆，甚至包括《瓦尔登湖》的作者梭罗的精神传统。如果要寻索坐标谱系，很容易在上述作家身上找到这样的意识源头：穷究物理，探寻真微。在逝水流年中孤寂而执着地追寻"灵魂居所"，打量日常生活细部，赋予陌生事物以诗意探知的真诚；带着对自然山水的深刻体察和感悟，展开细致而耐心的景致追问和智慧探寻，从而生成打动人心的艺术张力；展现自然本色，抵近深层次的生命本源，在追根溯源的生命本真中，诗人尝试从传统中寻找遗失的黄金；在建构上，组诗敞开的向度是六面三维的：万物归来和散去的广度，引颈向上伸展的高度，伏身向下挖掘的深度。所幸在物质现实，内心还有一泓没被世俗化的湖，徜徉其中的心性自由，特有的自然属性，是我维系本真、释放信达、进入高妙心境的原点。我想这是任何一个成熟诗人的必然经历——让读者发现诗人开掘生命意义的惊喜，触摸到自然力量反弹的停顿，倾心于物象附着于人的经验及思想。

◇

关于当下诗歌，一直质疑声不断，说辞众多，概括起来无外乎"轻、浅、浮"，呈现出迎合世俗的碎片化、急于求成的功利化、精神指向的盲目化、评判标准的人情化等诸多违背诗歌道义的负面特征。在诗歌行为艺术和功利小碎步招摇的当下，质疑不无道理。通常来说，一个诗人过于在乎现实，思想就易被欲望钳制，就会像布罗茨基在《小于一》里谈到的"大多数"那样"巨细靡遗地复制现实"，如此怎么可能会有"灵魂的放飞"？因为处于人文对立面的"现实"永远只是一个"残缺的世界"。但是，当我们劈开乱象的"大多数"，而进入诗群蛰居的"小地方"时，"剧情反转"的迹象又十分闪眼。其实，在广大的民间，真正的"大多数"别有洞天。那些浮光掠影的"诗情"怎能代替"真相"？

◇

据我观察，当下充斥如下几类"伪先锋诗"。一是故意式先锋，试图以形式的虎皮掩盖苍白无脉的肌理，如舶来的楼梯式、螺旋式、大长句。二是植入式先锋，试图以模仿西方诗歌的腔调而混淆与虚饰自身对汉语特质把握的不力，此在当下不乏拥趸，他们因占据优渥的资源而表现出握有先锋桂冠的自满。三是俗俚式先锋，试图以世人日常不假思索的粗俗话来达成妇孺皆懂的效果，却落下通天笑话，此即所谓的口水诗或回车键诗歌。四是政见式先锋，试图以对政治事件的评头论足以示敢言好斗的胆量，然这对真正置身祸端的人又有何益处？希尼在《诗歌的纠正》中坦言："这种做法并没有对真实世界进行干预……本身却不能产生各种新事件的秩序将是毫无意义的。"用诗歌去粉饰政治和攻讦政治都是离艺术太远的玩意儿，而非诗歌的本能，况且这种人十有八九偏执自大、目中无人。即便是诗歌艺术形式突破了文学形式的种族疆界的女诗人桑切斯，她也认为，作家的首要任务就是，向人们真真实实地展示这个国家正在发生的事情，并告诉人们如何改变它。她的基本维度是政治立场必须是"诗歌形式"的。五是情色式先锋，试图以对身体和欲望的动物性"自戕"来冒充或偷换诗歌之"真"，然其展示的其实只是下三烂。其实，但凡诗歌具有先锋意识，或写作具有先锋觉醒的诗人，基本上都不自诩周郎，不作夸夸其谈状，而是稳扎稳打，像履带碾过大地一样坚实有力。对诗歌有心得的人，当其自信的诗歌写作丰富而宽博到强大的时候，完全用不着去依靠酱油味精来调味。

◇

在意义指向上，诗歌无疑就是一种唤醒。持"唤醒"主张的法国思想家弗朗茨·法农认为："只有唤醒和铸造民族意识的文学，才是真正的民族文化。"围绕这个论断，他在《论民族文化》中作了深度阐释："只有民族，才会保障文化所必需的条件和架构。民族聚集了文化创造不可或缺的各种要素，只有这些要素才能使文化可信、有效、有生命力和创造力。同样，只有民族性才能使民族文化向其他文化开放，并影响和渗透其他文化。很难指望一种非存在的文化会与现实有什么关系或影响现实。从严格的生物意义上讲，给民族文化以生命的首要条件是重建民族。"很显然，这所谓的"重建"，就是立足民族语境的文学自觉。基于蚀骨乡愁的根性意识，对出生地的怀想与热爱，无疑为成熟的少数民族诗人们钟爱。在兹言兹于乡土的"老题新写"，更是一种写作挑战，同时也客观反映了少数民族诗歌主题的传统状貌，揭示了诗人们的生命常数与心灵投影。

目　录

第二辑　　歌以咏志

作为信使的心灵传叙及其言说方式

第三辑　序短情长

情怀烛照与主题变奏

诗心似锦，花开有声

写出灵与肉的新高度

展现斑斓经验，见证精神气象

交出贵重的词语

见证挚爱与向上的力量

寂静从哗哗的河水中分离出来

醇酽的期待与祝愿

诗意的自我修正与完成

目
录

第四辑 文本导读

第一辑　论道求真

与词共舞，或静默于一次次的精神邂逅，以迥异于『物世界』的形态而专心于向内的省察，在求真问道中求得为灵魂塑形的安稳与实在。

新时代诗歌何以"载道"前行

——当下诗歌创作与美学建构管见

内容提要： 中国新诗在五四新文化运动中诞生，以1917年《新青年》发表胡适的《白话诗八首》为标志，至2017年已届满百年。一百年来，中国诗歌经历了改良、借鉴、发展、突破、蝶变、重塑、自建等多个阶段，每一步都有其历史规律与自身意义，并产生了积极影响。21世纪以来，中国诗歌的现代性与时代担当日益成为核心话题。在文艺为大众服务的今天，中国精神是文艺灵魂的总基调下，当代诗歌如何榫合新时代的精神基点，并在新的环境要求下，探索出一条本质化的艺术之路，实现诗性与现实性的靠近，艺术性与思想性的统一，以及怎样在新的时代载道承义？对此，本文着重从两个维度展开探讨与论述。

关键词： 新时代；中国诗歌；载道求真；美学建构；日常性

中国新诗自发生至今已是个名副其实的"百岁老人"，曲折的发展历程，使其沧桑而又活力四射。"文随世变"，明朝谢榛在《四溟诗话》中的"发声"依然回响于新的时代。就创作而言，一个时代的精神必有自身的特质，同理，一个时代的诗歌亦有独特的显在。在复杂多变、多元并存的21世纪，泡沫的生成与破灭瞬息万变，但诗意的阳光从未失真。若把当下诗歌置于新时代背景下考量，"人间好诗"的期待便显呼唤的强烈。与谢榛同朝代的茅坤则说："文以载道。"他们二人，一个说出了创作规律，一个点明了文艺功能。今天，在文艺为大众服务，中国精神是文艺灵魂的总基调下，跨越百年的汉语新诗榫合新时代的精神基点，并在新的环境要求下，探索出一条本质化的艺术之路，实现诗性与现实性的靠近、艺术性与思想性的统一，意义深远，也迫在眉睫。

"纠偏"与"推新"在进行

鲁迅说："文艺是国民精神所发的火光，同时也是引导国民精神的前途的灯火。"这无疑可以作为众声喧哗的诗坛的一个方向性意见。所以新时代诗歌何处去？往哪里去？该以什么面目呈现在读者面前？无法回避！

众所周知，当下诗歌的繁荣有着"乱花渐欲迷人眼"的表象，新媒体上，诗歌之热闹可谓铺天盖地，而在线下的大地上，各种为诗歌摇旗呐喊的活动此起彼伏，诗歌在生活中的摆摊设点方兴未艾。然而，真正的诗歌活跃度，不是以喧嚣的现场作为核定标准，而是看诗人们有没有在文本里制造远方，有没有给生活以光泽、以火种、以梦想构筑的能力。不过，纵然诗人们的自信高亢，但现实的不堪总是难掩，"影响的焦虑"如块垒沉积在心，挥之不去。在构建民族精神的这一"时代"，绝不"单纯地仅仅具有时间段落方面的意义，它的诗歌史和文学史分期的意义，要更加重要，也更具本质"。[1]诗歌载道，必须背离"花拳绣腿"。

观察表明，由于阅读阻隔和教育的畸变，大众对当代诗歌的认知误区要么停留在五四时期的抒情诗上，要么停留在朦胧诗时期的情绪中，要么停留在对赝品诗歌和口水段子的快感里；大众成见里的诗意要么是背得摇头晃脑的古诗，要么是油纸伞和康桥云彩的幻影，要么是"卑鄙是卑鄙者的通行证／高尚是高尚者的墓志铭"的大嗓门和"黑夜给了我黑色的眼睛／我却用它寻找光明"的呐喊。或者就是耳闻的汪国真体、梨花体、羊羔体、乌青体等。他们眼里的诗人呢，不是无理的疯子，就是狭隘的"异己分子"。

大众认知如此，那校园情形又如何？事实不是学生不喜欢新诗，而是他们被"阅读导向"隔在了"门外"，在他们眼里，新诗相比古诗更引人入胜，但缺少引导。这说明新诗需要有一个接轨教育的渠道，就连老师也希望突破困境，让新诗滋养学生心灵。"是社会大背景和教育大环境让我们语文老师都成了万恶的诗歌天敌，围着应试转，诗意只能靠边站，不说学生，语文老师也少有阅读新文学作品的习惯！"一个语文名师的这番掏心话让我头皮发凉。因而深入学校给学生讲授当代诗歌，介绍经典诗歌作品与创作活力强劲的诗人，是吁请，也是必要！

令人欣喜的是，这种认清诗歌形势的"纠偏"意识已经引起了团体性的重视，比如《星星》诗刊，就在有计划地开展编辑定期走进校园普及诗歌知识的活动。该刊从 2017 年开始以"自愿申报，双向选择；全程公益，全免费用"的形式，组织资深编辑、著名诗人、评论家、学者，选择性地走进"校园文学氛围浓厚、有一定诗歌基础"的学校开办讲座，风生水起，影响广泛。除此之外，该刊还与成都文理学院联袂每年主办一届"大学生诗歌夏令营"，这在当代中国诗坛有口皆碑。这个活动已经持续 13年，举办至今点亮了来自海内外众多著名高校的大（留）学生诗人的梦想。"只要点亮了，就不会熄灭！"这无异于《星星》诗刊的一个宣言。

无独有偶，人民文学出版社发行的《中国诗歌》也从 2017年开始，以每年一届的节奏推出"大学生诗歌专号"，开展相关活动，将诗意传递。其他久负盛名的相关活动有如《飞天》的"大学生诗苑"、《人民文学》的"新浪潮"、《诗刊》的"青春诗会"、《诗潮》的"新面孔"等都在不遗余力寻找和发掘有潜力的诗歌新势力，为新时代诗歌注入新鲜血液，想方设法壮大当代诗坛的力量。

在新时代诗歌的进化树上，真正的诗人都无比珍爱生命，热爱生活，有创造性想象气度，对世界有独到的洞见，对现实清醒接地气，对苍生万物悲悯、敏感、省察，不爱慕虚荣，精神气场足实，勇于背离功利，始终保持着生命与灵魂的真实和勇于屏蔽喧嚣的勇气。他们以诗意的付出，忠贞不渝地给当下生活以星辉般的光泽，默默忍受着现实的短视与偏见。"一个清醒的、理智的人，当然是一个在任何时候和任何情况下都能够彻底了解自己所处的时代。……绘声绘色地反映整个真实，并以此来启发人们的思维和打动人们的心灵。"[2] 映照时代脉搏，予人温暖与力量。今天的诗人们知道，新时代诗歌，任重道远。

"灯盏"共"繁星"在闪烁

以 21 世纪的诗学流变为观照的新时代诗歌，在整体上，越来越呈现出文化意味的普泛化特征。一方面，作为集体推动的诗歌高原的面积在抬升与扩展，公众对新诗的感知"有所加强"；另一方面，以个体才艺为高峰的诗人依然在"等待出场"。这种诗学的当代面貌恰如哲学家尼采所言："它并非一下子把人吸引住，不做暴烈的醉人的进攻。相反，它是那种渐渐渗透的美，人几乎在不知不觉中把它带走，一度在梦中与它重逢，可是在它悄悄久留我们心中之后，它就完全占有了我们，使我们的眼睛饱含泪水，使我们的心灵充满憧憬。"此语高度合拍新时代中国诗歌景象，既有低调的赞美，也隐含几分无奈，但不乏欣慰，尽管外部世界繁弦急管，但我们的诗歌依然能够静守一方，诗人们在安宁中继续保持着风清气正的传统，蓬勃生长，多元并进，呈现出审美自由、发展健全的诗歌生态。当下新诗，恰似大解《望星空》的诗句："苍天啊，那么多灯盏在人间闪烁！"

在新时代的诗歌版图上，已经形成"50后"与"60后"扛鼎、"70后"中坚、"80后"赶超、"90后"与"00后"浪高势大的群貌：景观多样，众星闪耀。持续活跃而在场的诗人大约稳定在三四百人，他们笔有闪电、语藏惊雷，在默然而沉潜的写作之中，不断垦拓着现代汉语的诗性空间。写而优则诗，有效地"奔跑着"是诗人生命力与身份含金量的重要指标。

星空在上，一种广阔的隐喻始终在建构、在引领和召唤，而作为人间呼应的灯盏，从来就没有停下发光的内需，一直在续展着新时代的诗真诗美，在默默地对诗歌倾注全部的虔诚。"这世间只有爱 / 是公平的 / 你爱什么 / 这世界就给你什么 / 你爱多少 / 这世界就给你多少 / 甚至更多"。诗人潘洗尘，生活中写诗编诗推广新诗，如信徒一般，他的一首《深情可以续命》，既是自我的精神写照，亦道出了人性的共情。2020年8月4日，黎巴嫩首都贝鲁特港口仓库大爆炸，诗人龚学敏及时起兴，诗歌合为事而作，写出了《贝鲁特》，这个致力精神建构"九寨蓝"的生态诗人，近年专注"动物诗"的写作。目及灾难，他的心灵没有缺席，悲天悯人地写道："安葬海鸥的，不止停泊在港口的船只 / 还有满载怜悯的海水 / 被那么多的盐 / 朝着一个方向揪着水的心 / 的海水，是比墓地还要广漠的 / 悲伤"。悲悯是情怀的尺度，一场毁灭对接了诗人创作视野，他从"海鸥"这个动物之死推及人类的命运，这不仅是见微知著的主题体现，更是一种心系苍穹的胸襟使然。"飞成玻璃碎片的海鸥，快速地窥视 / 死亡。爆炸中孩子们的一生／如此苍白，像是失去鲜血的啼叫／而所有的镜片／都在扮演无辜／海水涌入弹坑／大地把贝鲁特噙成一滴巨大的泪／海鸥们把它称作：悲伤中的地中海"。诗在朋友圈公开后，引起了广泛关注，周所同读后留言："一种客观、真实、在场的态度，是诗人应有的良知和道义。"

周所同简洁的评语也准确地回应了新时代诗歌的文本特质。21世纪以来，诗人们经由外部与内在两个维度的审美砥砺，自觉审视自身的创作，形成了固守"求真务实"传统的现实主义诗风。书写主流、泛滥无节制的抒情铺张、佶屈聱牙的语言表现和怪力乱神到自己都说不清一二的"来路不明"之作，已经少见。近期，在疫情肆虐和脱贫攻坚两大民生写作向度的推动下，诗人们的诗思更加讲究"落地"与"入尘"。2020年4月4日，湖北诗人哨兵通过微信发给我他的诗作《清明公祭，闻警报志哀兼与残荷论杜甫》，在封城的两个多月里，他和我有过电话交流，我深知他残荷般的内心感受。公祭日的警报声，把他拉回杜甫晚年的悲凉与无奈。诗意充满了人类与自然、诗人与世界、生命与现实、活着与时间的多重隐义，诸多繁难，与难以逃脱的困局意识，直击心扉。关于历史时刻的家国悲情，关于生死的探知，加大了诗的现实回声。他写道："我越老／／山河就越像杜甫，每一片败叶／都是残骸，每一根枯梗／／都是遗骨。而公祭警报／一声紧过一声，一片残荷／／坐湖，就是一群杜甫／围着各自的暮年，遥跪／／一样的长安乱。"读之，心悚然一紧，以为自己就是残荷坐湖，万千杂绪归为沉寂，在一片精神的天空下，只有思无尽还在救赎肉身裹挟的自我。"诗歌生成源于主体的诗性思维，集潜意识、意念、直觉、感觉、情绪、想象、智性在内的综合，形成一种极为复杂、高级的精神活动。其因奥妙、精微、神秘，且涉及许多非稳定元素，诗歌生成一直被视为变幻莫测的化学反应。"[3]

显而易见，哨兵的这首诗，自带"良知和道义"的强力，变得"有用"！

面对天灾人祸、大是大非，中国诗人从来就没有怯场过，从来都是率先"言为心声"。伴随疫情的凶猛，很多诗篇在向人间散发星光般的温情，向人心投放冷峻的省思，就文学对当代生活的表现而言，诗，很"抢眼"。这其中，驰援武汉的医护工作者龙巧玲，以弱水吟的笔名让诗的"有用"更为"走心"，她在《请不要打扰》中表现得十分理智："口号是你们的／赞美是你们的／宣传、标兵，都是你们的／我只是在执行岗位职责／做一个医者良心的拯救／常常，不得已赤膊上阵／生和死来不及选择／真的没有什么高大上的想法／请不要给我花环／不要给我掌声。"任何音量最大的赞美都不如这本真的"心愿"更具有赞美性，千千万万奋战在抗疫前线的可爱的人，因有这样的"觉悟"而让自己的形象异常高大，让一份职业崇高。这发自肺腑之诗，比任何隔靴搔痒的空洞感慨都来得要真实和接地气，某种意义上，也让新时代诗歌的血液更具活性和先进性！

而在脱贫攻坚的现场，同时活跃着坚毅的诗歌力量，为数不少的诗人深入老少边穷的村寨，一边竭力帮扶村民，一边写着感受深切的诗歌。"独居深山的民族，已经在荒凉中／跋涉到了一个新的芒种时令，我听见／大山脚下，一群站在操场上的孩子／正在大声表达对这片土地的一万种设想"（孙捷《眺望》）。因有双重身份，诗人们在这类主题书写上表现出与众不同的观察与思考，呈现独特的诗意感受，他们站在"人"的立场，对深度体验的"新生活"进行了审美建构，对工作触角延伸的人事进行了"下沉式"挖掘。在价值指向上，脱贫攻坚作为国家战略，是人类文明史上的"亮点"，而贫困村寨作为这一壮举的主战场，彰显了奋斗者的决心与意志，当这种行为转变为时代主题，并成为诗人个体经验中最值得表现的诗意诉求时，素材的丰富与题材的内涵无疑就显得结实与开阔。这是新时代诗歌的当然之道，是灵魂需求的大义。

当下，新诗的美学建构、经典塑造与昂扬意气的树正亟待实践，而"日常性"与"诗性"如何进入向内的坦途，并打开向外的旨意，也有待观察。但无论是"感时""合事""求真""探寻生命的奥秘"等，诗歌都不会脱离人类社会的宏阔语境。新时代诗歌如何更好地面向现实，怎样介入重大事件，传递诗真诗美，都是诗人基本素养之必需，也是"道之为道"赋予诗人的职责和使命所在。诗歌作为文学的尖端，担负着铸造艺术品质的大任。"作品的思想锋芒与思想深度，取决于超越故事层面人物形象的情感深度。思想性不是神乎其神的东西，是作家对生活的看法。面对纷繁复杂的时代，作者要赋予作品更丰富的内容，更多的灵性和经验，赋予作品独到深刻的思想。"[4] 在怎么写，或写什么两者，新时代诗歌都需要诗人遵循文学规律，攫取事物的奥义，紧随时代发展的步伐，在创造个性化美学表达的同时，不断展现思考的深度与广度，蓄力向着诗歌"高原"上的"高峰"迈进，写出更多"彰显信仰之美、崇高之美"的"有筋骨、有温度"的无愧于新时代的作品！

参考文献

[1] 何言宏：《建设新的"诗歌时代"》，《文艺报》2017年10月11日第3版。

[2] 北京师范大学苏联文学研究所编译：《苏联当代作家谈创作》，北京师范大学出版社1984年版，第139页。

[3] 陈仲义：《人工智能的舞步，能跳多远多久》，《作家》2019年第12期。

[4] 关仁山：《思想性与文学形象》，《民族文学》2020年第4期。

他们代表自己
——"70后"诗文本抽样观察

内容提要： 在中国当代诗歌发展史上，出生于20世纪70年代的诗人，从未缺乏奋斗的步伐，他们参与当代汉语诗歌建设的热情在20年前就已经成为诗坛风景。随着队伍的壮大和力量的加强，更多的"70后"诗人都在这场灵魂接力赛中演绎自己的本色，展现自己的韧性。由于种种原因，在这支特殊队伍里，一些人在闪退，一些人在突入，当然亦有一批诗人自始至终都在真诚而纯粹地散发"光和热"，以有限的生命奉献无限的能量，用诗歌照亮生活，为时代夯筑想象与思想的殿堂。本文以抽样观察的方式选取38位"70后"实力诗人，聚思文本切片，洞见他们各具特色的心灵纹理，以点代面，真切观照一代人的精神脸谱与求真刻度。

关键词： "70后"；诗歌；在场；力量；生命；回响；时代

"70后何为？"王安忆曾在2017年8月17日的《文汇报》上发表了接受记者采访时的想法："中国的70后作家正显示出整体上的大气象，其文学实绩令人期待。"显然，王安忆是站在小说创作的角度谈论这个话题。没错，"70后"的徐则臣都已经获得"茅盾文学奖"了，而更多的"70后"小说家，开始在包括"鲁迅文学奖"在内的国家级奖项的角逐中屡有斩获。可是，占

"70后文学"半壁江山的诗歌，却依然还在上一代诗人们后面艰难紧跟，如西西弗斯推石上山一样推动着自己进阶的身影。参看文学史，在民间文化土壤里，诗歌往往根系发达，早就有《诗经》的"风雅颂"之"风"成就最高的共识。恰恰是"野"使诗歌得以固守和自觉完善文学担当的纯粹性。中国文坛，避开古诗高不可攀的影响力不说，当代诗歌，依然在文学领域发挥着极其重要的作用。德国汉学家顾彬称道中国诗歌的传闻常有人提及，2010年3月，在凤凰卫视的"锵锵三人行"节目中，他毫不避讳对当代汉语诗歌的肯定。这其中，一定包含"70后"诗歌，何况又已经过去了10年，这个时长，对于步入中坚行列的诗人们，是十分宝贵的创作黄金期，那么当然，就有"70后诗人何为"的期待。在"前浪"诗人依然强劲，接踵的"80后"又咄咄逼人的当下，"70后"诗人及其诗歌究竟该以怎样的姿态撑起属于自己的天空？担负什么样的责任？有着怎样的表现？留下了什么样的文本？等等。这些关注，必然对一代人的写作注入嬗变的内因。在衡量尺度缺乏有效性的前提与背景下，当代诗歌中的"70后"，所拥有的价值和产生的影响完全可以理直气壮地给出这样的回应：拒绝"熔断"！

由于生逢特殊的文化背景与现实困境，肩负断裂修补与使命重振的他们，一出场就匍匐前行，继而在影响的焦虑中砥砺奋进，尽管创作的生力军始终处在变量之中，但总有一些人"节外生枝"，留得住，写得勤，持得久，后进而后劲十足……所幸他们还有力气为一代人的精神追求建立个体本真经验与思考图景的坐标。"凡一代有一代之文学"（王国维《宋元戏曲史序》），这些"70后"诗歌文本，虽为抽样，但在当代文学的广义与狭义两端，他们的写作态度与写作活力，有标本意义。关于"修辞立其诚"的文本经略、在场感的向度诉求、敢于往窄处去的幽深与宽阔、基于现实介入的诗歌审视与写作精神境界等方面，他们即便不能代表整体，但起码也必须能够代表自己。他们交给时代的答卷，期待时间批阅与未来认证。

尘世之重的现代性探测

可以肯定的是，中国诗歌自从进入新诗潮以来，还没有哪一代诗人有着像"70后"诗人这般对现实的极度偏好。他们的诗里，不再有凌空蹈虚的执迷，也不依赖踩着抒情的梯子向着广阔生活投递高音大嗓，而是冷峻、尖利、客观、精辟、及物，经由现实语境的多维透视，夯实诗歌质地，揭示现实的奥义。

唐力的诗歌表现出对现实的关注执着，读他的诗，能切实感受到"文学是人学"的气息。他不囿于一己的风花雪月，心思朝向沉重现实和那些弱势的群体，是他最为走心的观照。在当代诗歌中，将良知唤醒作为题材书写并对其有强烈感知的诗人中，唐力干得漂亮，"火车站，一个巨大的子宫 / 容纳了那么多的离别和痛苦 / 容纳了那么多的 / 泪水和欢欣……"（《火车站》）这格局，指向天下苍生，悲悯情怀赋予诗歌的能指，唐力没有遗忘诗意的在场。他的每一首诗，似乎都有一个事实的"核"，他要做的，是把它们剥出来，让那些质地坚硬的东西撞击人心，让那似曾相识的深度痛感，把人呼唤清醒，呼唤成《警世通言》的样子。

别林斯基在《论俄国中短篇小说和果戈里君》一文中说："在现实的诗中，构思的朴素是真实的诗和真正的成熟的天才最可靠的一个表征。"作为"下半身诗歌运动"旗手和理论阐释者的沈浩波，在当下中国诗坛已广为人知。他的诗敏锐，一直没有放弃对人类的生存境遇和精神境况的深刻描绘。韩东认为，沈浩波始终位于当代诗歌写作的最前沿，不离现场、透视未来。其写作样式也相当丰富。"特别是近几年来，沈浩波的写作面向现实以及人性中的幽微，集敏感与尖锐为一体，诗艺上也日渐精纯、自成系统。总体说来沈浩波是一位时间性的写作者，置经典性于不顾，但正是这种无视使他有望成就这个时代的经典。创造历史的人也被历史所创造，吸纳进自身。"[1] 我觉得，阅读沈浩波，要忘记什么"口语诗人"这种标签和门户之见，而应该注意这些年，他作为一个时间对立面的存在，立场鲜明，眼力尖刻，他表现在诗歌上的主见更靠近德国哲学家恩斯特·卡西尔的观点："一般的与生命休戚相关的感觉让道给一种新而更强烈的动机——人的个体性的特殊意义。"[2]

苗族诗人张远伦秉持"诗歌之美的个性化"主张，近几年势头强劲。我在《2016 年民族文学年度诗歌观察》一文中评述他把前沿的诗学探究融入创作，诗人与诗歌本身，触碰出奇异的火花。他已经突破了读者印象中的"少数民族诗歌"的思维定式，在高蹈抒情之外更重视对内部肌理的意识拨梳和心灵内视。静听，是他诗歌的一大关键词。"木头内部的声音 / 很幽微"，这样的调值，让诗歌的现代性有了依靠和自足的底气。张远伦的诗粗糙、质朴，如干净的泥土，似刚硬的山崖，充盈着鞭辟入里的思辨色彩。他的《我有菜青虫般的一生》因"诗艺娴熟，质感纯粹，在朴素日常中捕捉命运的微光，在人间生活里凸显现实的诗意，以细腻的情感和平等的姿态体恤凡俗之物，笃定温和，节制内敛，且提供了鲜活丰沛的民间经验"而获得 2018 年度人民文学奖。"那附在菜叶的背脊上，站在这个世界的反面 / 小小的口器颇有微词的，隐居者 / 多么像我。仰着头，一点一点地 / 咬出一个小洞，看天"。如何在逼仄现实中让"小我"洞开"大我"境地，张远伦有谱。

"阅读经验是写作的母本"，萨德的认知在写作层面已成为普遍的共识，起码在朵渔这儿，已经被看得见的实践证明。作为"70后"诗人，朵渔在当代中国诗坛的关注度很高，已经产生了作品影响力，早已树起属于自己的一面旗帜。他的诗，以含杂口语但纯正的书写姿态介入抒情的本质，有一种信手拈来皆成句的平和，诗行内部的空间感较大，批判意识强烈。对时代与人性关注的不缺位，使他的诗既书卷气，又有下沉的重力。他似乎不愿意在细节纠缠上浪费笔墨，而有足够的自信处理诗歌中那些绕不开的事物及其关系，或以主动碰撞的立场去苛责人性之恶，鞭策无处不在的世俗阴鸷。随时随地，他都有一把丈量高贵与平庸的游标卡尺，并经由诗意的编码在物我之间建立起或明或暗的关系。他在以独特的方式用诗艺为天地布道立法。显然，朵渔对诗的领悟，已经进入个人化的思想体系，他能让修辞实验获得诗意的创造。

起子的诗表达考究，力求每个字词都和整体构成合力与诗意共生关系，语势不求突兀，语面清晰明了，卒章显"意"，耐人寻味。他的诗歌，"貌似简单和直接，却能写到事物的骨子里，文字里有一种透彻和明亮，往往有那种让人看完后拍案叫绝的句子，他的作品里没有形容词，那些看似不经意的句子里事物的真相，跃然纸上"[3]。我始终认为，不能简单粗暴地把他的这类写作归结到"口语诗"里去，其实，他的这种写法更好地承继了五四新文化运动提倡的白话诗的精髓，打通了作为书写主体与客观现实的意味阻隔，表现在叙述上，也尽可能去除"人为"的痕迹，让物、事在浑然的呈现中得到表达的尊重，而诗人，只是把"看见"进行有效选择，然后在叙写的细节中搭载自己的情怀、立场与态度。

刘川指向现实的写作是一把快刀，作为当今诗坛的"异数"，他的辨识度极高。他坚持的是一种有活力的口语写作，不仅有效，而且有意义。从被现实"倒逼"到希望抵达"光明顶"，他的诗讽刺辛辣，痛击人性之恶一针见血。在我看来，刘川的诗歌继承了鲁迅杂文的风骨，针砭时弊、嬉笑怒骂、看似随意的不怎么用力的嘻哈行为，却自成特色。他善于在精短的诗行表现中，雄辩是非，寥寥几笔，逼真传神；他更善于抓住司空见惯的但易于被众人忽视的生活细节构成整体形象，表达思想，将诗歌隐曲的感情外化为通直的白话。他的诗歌，"说教"味很浓，几乎每一首都是"气呼呼"的，但这"气"非狭气，而是有为苍生立言之担当和斥责人性之恶的坚决。他善于以审丑的方式，鞭挞群相中那些肮脏卑鄙的勾当，不放过任何人性的堕落与异化。

生活中拙于交游的芦苇岸，虽不太显山露水，却从未缺位现实关注。他的写作接纳度大，涵盖面广，题材丰富，视野多维，语境多重，作品注重诗思并置的活力与内在节奏的自然性。韩国当代文学评论家、学者、翻译家朴明爱曾撰文评价说："芦苇岸的短诗，有批判现实的，有剖析人性的，有揭示本质的，有高扬理想的，有探寻真知的，有抒写善美的，有斥责黑暗的，有自我拷问的，有建构心灵的，有塑造境界的……气息宏阔，气象迷人。他既继承了中国古代诗词的凝练写意，又有深深扎根于中国当下世相的尖利，诗风孤绝而凌厉，盈动而阔远，充满力量感与意境美。其具有里程碑意义的当属长诗力作《空白带》和大型探索性组诗《湖光》，这两个大作充分体现了他作为诗人对现实的洞察力、驾驭力和深厚扎实的诗学功底。"[4]诗意日常的思辨、文化生成和文学意味的诗性表达，以及知识体系在诗歌中的现代性建构，是他探索的方向。

李商雨的诗，呈现出一种文本意味的再生性，追求唯美的刺点，能指充分，暗含反讽，表现出文化批判实验提升诗的承载能力的自信。一个唯美主义者的诗学实践带着省察万物的智性，行走在红尘人间。"并刀说：我只为颓废而生 / 并刀说：我只为夜晚而生 / 并刀说：我只为美丽而生……"（《并刀说》）由于受输入哲学背景的映衬与不同阶段的阅读影响，他的写作呈现出一种复式的洞察力，或有艾略特的非个人化的大道，或有着尼采的身体透视哲学、福柯的快感说、罗兰·巴特的文本创作实践。读他的诗，能感受到布鲁姆在《读诗的艺术》中所言的"诗比其他任何一种想象性的文学更能把它的过去鲜活地带进现在"的回应。可以看出，李商雨是一个比较讲究文学师承关系的诗人，阅读使他受益匪浅；对时间终极性的抵达、判断，以及此在经验出发的文本突破，尤其让他着迷。

被称为"后非非写作"代表诗人之一的梁雪波，近年来诗歌创作引起评论界的关注，也算是后程发力中的典型。梁雪波的诗有一种文化诗学的矜持，一种指向现实隐喻的对峙，在境界的打开上，呈现多维声像切换的自如。诗人葛筱强认为，梁雪波的诗歌有多种表情：尖锐、疑虑、坚硬、疼痛、悲悯，偶尔还流露出克制的反讽。贯穿其中的，应是他激烈的血液和沉潜的骨头。在具体的表达上，圆熟的技艺阻挡不了抒情的底色，看似放松的眼神掩盖不住思想迸发时的眩目。他的诗，以自己的精神指纹，印证个体在时代中的悲欢以及在现实生存困境中的精神抗争与意志崛起。

服从于秘密的秩序

一个周知的事实是，成熟的"70后"诗人的写作，极少粗芜，因有精进的自我要求及其能力与自信，他们的诗越来越纯粹，越来越讲究文学性，表现出精神优渥的创造力和文化深度的邈远。

"服从存在所拥有的最秘密的秩序"的江离，如胡桑所说："无论在生活上还是在诗歌写作上，江离都选择了边缘人的位置。他并未不假思索地把自己视为一名当代事件和事物的目击者、见证人，从而理所当然地接纳我们时代的神话。"江离是一个节制感极强的诗人，他始终保持着去粗求精的警醒，虽创作量不大，但大都诗质上乘，颇为读者称道，如《几何学》《纪念米沃什》等。在微观世界的迷途，他尝试着自建诗学体系，表现出对某种律令的极度遵循，讲究诗歌与诗人之间、诗意与语言之间、有效与无用之间的平衡，比如他的《老妇人的钟表》《微观的山水》《沙滩上的光芒》《重力的礼物》，等等，都展现了意识自觉的"力求"，淡然而深藏机智。他竭诚让文本感受通过沉思转化，以及物的自然性和略带质疑的试探性表达，达成一种调和之美的效度。

李寂荡的诗，坦其诚，立其真，尽其义，隐其思，文本性很强。担任职业文学编辑和业余兼事翻译夯实的专业素养，在诗歌创作中表现为整体操控的大观和局部气息的鲜活，即便是面对绕不开的"孤独与死亡"的书写，也能自如地将大词化解成细节中的诗意。尽管逼仄的现实无法逃避，但精神挖掘的己任从未放弃，他在本土化的传统语境与西方诗歌的现代性参考之间找到了较好的平衡，体现出驾驭复杂题材的高能。他的抒情冷静、平和，叙事不浮光掠影，而深度沉潜的内在不争，很大程度上使他有了静观人性、缕析现世、命名事物的底气。他的诗歌有着指向日常的坚定，对求真不遗余力。那些真实的场景及其诗绪的转换，不动声色地兑现他的沉思，助力他"从古典穿越到现代"，并以语言的异质，在目测的异度空间，透视这样的思辨纬度："一是对传统的人与事的再审视和自己的独特发现，二是对传统美学继承时的当下性再改造，三是亲情和日常的反庸常的隽永呈现和瞬间思考。"[5]

远人的诗有"文气"，他试图通过诗歌在世界的飞地安顿自己的灵魂，昭示自己的生命状态，他的精神布道有一种"傍晚"的泽辉。我常常杞人忧天地想：许多年以后的读者，如何才能从今天的汉语新诗中读出富有本时代的文化气息，感知或揣测这个离他们已经记忆泛黄的岁月里的诗人的文雅常态，就像我们今天回望与慕求民国知识分子那种写作格调一样。那么显然，未来读者希望看到我们今天的文人写作，绝不会只是翻版的民国文艺腔。也就是，今天的秀才，得写出今天的秀气，像今天一样不可替代。恰好，远人的诗提供了这种参照，他眼里的时光，祥和而又充盈易逝的哀婉，在安宁得散发着书香的静谧中，忽然生发年华易逝的焦虑、伤感。他希望那些挽歌般的物、事，不颓败于虚无之中，而在诗里留存，不随黯淡的暮光失去活力。他微妙的文人心思，映照了属于这个时代的诗意书写。他的叙述着眼于即刻，语言气息也不旧式。

育邦的诗，不仅是"泛文化"的代言，而且文人性十足，语言洗练，充满书生意气。他心里似乎装着几个满腹经纶的鸿儒，这些人在历史深处，时刻与他对话，交付他文化遗存，展现知识习得的养分。他喜欢在低情绪的延展中体现诗歌的自觉，始终有一种夫子似的闲适与自然的师承。他的诗歌创作，立足"我"与世界的关系，省察一种对峙的丧失，刻薄一个顺从的自己，训导内在的傲骨不可无，不屑与大神为伍，而精进于自己的庙宇的建构，哪怕孤单寂寥。在时间的消磨中，诗人高挂疲惫的利剑，沉潜于内心的清扫，在消逝的事物面前，返璞归真。远离喧嚣而求得的"寂静"是他乐于创设的归宿。如《中年》，从头至尾，诗真实地袒露了"我"的心路历程，诗人始终在识辨世界中确认自我，当然最终的落点亦堪预见。对"我"的精神形象的塑造，在表达上展现有的放矢的底气，而内涵维系在叙述的慢调取向中，亦见诗人性情，敦厚扎实，一种诗意纯粹的老成，让他的精神自带光芒。

对泉子而言，追求永恒性已经成为他诗歌的显在特征。小就是大，实就是虚，此在就是未来，即刻就是无限。他的诗更像写意传神的山水画，散发着无限的遐思。现实的嘈杂喧闹似乎对他形成不了任何干扰，当个体经验作为日常沉思的主要部分，杂事自然就充满了无限的趣味。整体看来，泉子是一个以局部观照为依托，试图在求索答案的征途中不知疲倦的人。他不轻言省思的结论，而把探知作为诗艺的一种自觉在默默地营构，并在语言层面开启"一生三"的多重表现。因此，他慕求的诗意，总有着陆的期待，读之，有一种"被捕获"的快慰。

谭克修的诗讲究文理的调和，他喜欢在叙事的鼓点里隐藏抒情的冲动和个体经验对接外物的神秘性，他始终展现了一种别具一格的下行的张力，由于注重诗歌的内在平衡性及系统生成，他总能稳固于一种调值，任由情绪的左冲右突也能执守潜在的秘密，意识推动像不绝的江河水，每一朵浪花和每一个漩涡都暗含克制的主观。"让一个穿混纺布料的人 / 在圆月的指导下 / 从山顶往熟悉的远处看 / 让他用尽力气 / 也不能把气息 / 运送到目力所及的地方"（《岳麓山》）。"修辞立其诚"，因有钢构的主体，哪怕密不透风的词语裹挟致密的情绪，也能够在未知的下一刻得到疏浚，并产生出其不意的表达效应。

李郁葱是一个"精神立像"气质显在的诗人。他有一种旁若无人的专注。在其诗里，一种基于精神参考的现代性考量从现实层面向更深的哲学意味挺进，李郁葱深入的是由物及己的内心世界。或许在他看来，自辩的导论是心灵旁白和意识之辩，自己是自身在通向灵魂状态的那个"无我"的最熟悉的证词。不难看出，李郁葱的诗歌创作始终处在一种生成性的顺势而为之中，这很难得，其诗内容宽博，展现出一个经验丰足而有为的诗人对驳杂现实的介入勇气。面对光怪陆离的生活镜像，他始终保持着处变不惊的清醒，善于绕过表象深入事物神秘的部位，创设心灵境语，达成诗意的江南众象。读李郁葱的诗稿，"物我相对性""时空交互""多重语境""精神空间的物理托底"等关键词相继在脑海中闪现，其诗有值得深入探讨的物理空间和情理纬度。

"宗教般的虔诚"是黄礼孩诗歌最为核心的元素。我惊讶于这种非典型性的"佛系"语境在他诗歌创作中的一以贯之。在当代诗人中，他算是把"慈悲为怀"的主张贯彻得比较彻底的，对细小的事物持续不移关爱有加，对卑微的美赋予深情，乐于让日常不起眼的事物发光，让那些本质性的东西典雅而迷人。《金刚经》云："应无所住，而生其心。"读黄礼孩的诗，这种修为的感受是明显的。是啊，人对世俗物质无所执着，才有可能深刻领悟佛理禅意。这么多年，禅意绵绵的黄礼孩始终没有放弃与世俗的抗争，他在诗中渗透的高贵品质从来就不因外力的搅扰而变形。诗折射了他全部的精神布道，他温和的语调、谦逊的品性、率真的童心、明澈的善意，润物无声地通过诗行淋漓呈现，也让他在复兴神性写作的路上更进一步。

道即一切规律的总和，这似乎是商略诗歌写作的求证与愿景。他的诗，有一种生活拾遗与历史考古的意味与妙趣，散发着遗址般静雅的光芒。这在今天，殊为难得。他致力于向当代倾吐一种言说的美，力求让潜藏在事物的内部的那些平和而本真的秘密被现代汉语展览。读他的诗，不由想起"奇技淫巧"这个词及其背后隐含的感受力。一个有耐心和见识的人在日光流年中默默地向着背光处打量，向历史要人物，要古今通联的密码。经由思考而得的图景唤醒，有点无助和无奈，甚至愤然的激情，与其说是一种迟到的关于解放的"自我意识"[6]，不如说是走向解放的一个条件。古意的力量与感触生成、深刻掘进、审美发现，与个体的经验表达方式紧密关联。表现在语言上，有时是心绪的徐缓，有时是太极的柔中带刚，有时舒展中会有牵扯，有时顺滑中会有突然的不知所踪。好比一道菜的色香味，一套拳法的收官，一片落叶的谢幕。诗为艺，源头是泉眼，下游是大河。

说到辛泊平，我始终觉得他为"70后"诗坛提供一种正统的学养化的写作范式，他的审美体验，常常从个人视觉出发，再渐变地导入精神探索层面。他认为诗歌是一种记忆，是一种打量历史与凝视当下的方式，因此，读他的诗，很容易受到那种久违了的娓娓道来的叙述感染。由于诗与评的同步发力，他的作品呈现多变的实践性征候，其话语方式紧贴事物本身和诗意现场，在作为个体之我的未知探测兴致与作为体验对象的外物之间同步产生交互性语义。他讲究观察角度和进入事物内部的纵深感，态度端正，逻辑严密，思路清醒，认知深入。他致力于把生活这个第一现场作为诗歌背景，并通过细读的耐心，上升到文本在场。他有宽博的阅读襟怀，从未停歇过追寻生命的光泽和人性温情的探究。

在语言中找到出路

哈罗德·品特说："语言在艺术中是非常含糊的，似流沙，似蹦床，似冰封的水池。任何时候，作者都可以在语言中找到出路。"这当然也是当代中国广大"70后"诗人的一场写作运动，一种精神行为的方式。

在当代诗坛，木叶以散在诗情的方式有些执拗地写着具于自己独特气息的诗歌。他关注现实，但不拘泥于习惯性的公共话语体系，作为一个身心深沉于生活的诗人，他的心性和目力都穿透了现实表象而做出了独辟蹊径的诗学建构，他冷峻地介入对可见事物的经验判断，并进行逐本溯源的揭示。这种往"窄处走"的偏方，在媚态招摇、人神共谋的时代，多少显得有些扎眼，却又表现出不可忽视的强力来。因为有独特认知的托底，他表现劲道，不急不躁，本我彰显有目共睹。

江非最初以"平敦湖"系列开启地域诗歌的新面貌，以《傍晚的三种事物》锁定自己的诗歌格局和影响力。这个"70后"中的"老牌诗人"，似乎长着一双透视万物的慧眼，并将"物之实"迅速提升到形而上的高度。作为诗学的甄别，如何转化生活之重和现实之殇，他在面对复杂情景时，表现得十分淡定从容。他认为"诗，是对于时空和自我在神学和哲学上的首先认识"。有时，他看到了事物内部的神明；有时，事物从他身上看到了光亮；有时，他站在自己的对立面，像审视一个反叛的虚无一样审视着时间的秘密。随着流年的逝去，他越来越喜欢用一种原生的感知面对所写的诗，思绪闲散而自由，诗风放达而简约。

在"70后"诗人中，刘春以一个人的诗歌史的书写进入当代。这些年，他几乎忘掉了自己的诗人身份，而以一个图书编辑的姿态出现在生活现场，然而，作为诗人的刘春，在他自己的人生版图建构的诗歌高地早已为人称道。他的诗从心出发，以生活为背景，早期打捞温暖情愫，注重抒情的丰厚度，近年涉及叙事，有一些口语实践的尝试，喜欢以一个旁观者的视角介入繁难的现实，希望在复杂之外拓展宏阔超迈的诗歌图景，聚力了一定的批判意识。他如今的诗歌，讲究如王家新所言的"充满经验血肉的叙述"，尽可能摒弃不"实"之"虚"，通过切身的体验和准确的把握刻画时代的表情，打造精神的脸谱。在他身上和诗歌写作中，我看到一个"70后"诗人敢于"拿自己是问"，并把自己融入时代语境里的志气。

提起吕煊，总有一种实力被遮蔽了的抱憾感，他的诗，只有深入其情感的内部才能感知他表达的用心。作为内在隐喻的诗意呈现，吕煊有自己的书写方式："看桃花，没有理由在意花朵的容颜。/惊喜，桃花荡漾在春风里的每一次战栗/有些妩媚，有些半开半合，有些羞涩/有些是低沉的哀怨/桃花的声音，满腔的细腻/若有细雨伴奏就更显润滑，妖娆。"（《我在桃花的低微处看见了自己》）。以悲为美的审美观念包含着深厚的社会历史文化内容，有其历史经验的积淀。一种放达的基于意识形态变异的意象，在捭阖的联想构成中导入诗境。他的语言没有芜杂感，诗性也有着绵密的足实，以至在抒情上，呈现了一种自觉的直接与经验感知的制导。这一点特别重要。上升到评论层面，我欣赏他诗歌展现的江南风度：知识体系与生活重力的双重推衍，让他的诗学景观始终处于进阶之势。他长于内在隐喻的诗意呈现，让晦暗自明；由于注重江南气象的抒情转化，所以体悟深刻细致；在并行于抒情的叙事内化方面，既有策略，又能恪守返璞归真的道行。

高鹏程是对这个时代保持高亢激情的诗人，他的诗讲究从现实出发的大俗大雅，有一种介入的自信，体现了"文章合为时而著，歌诗合为事而作"的文学价值体系。一个真正有襟怀的诗人，心灵是敞开的，敬畏生命，也尊崇万物的律令。高鹏程在诗歌写作上表现出来的洞察力，和面对外物的沉思总能激发他澎湃的激情、蓬勃的自信和融合了主观与客观的审视。他总能在宏大的架构中插入个人化的问题意识。人性善恶的甄别、善美赋能的扬声、经验延展的透彻、生命追问的紧促等方面，他有着积极的入世态度，才思敏捷，动如脱兔，不回避正面生活的诗意，有时语势淋漓，有时静观如佛，他为一种有宽度的写作找到了现实的依据，打开了一个丰饶的精神世界。

这些年，土家族诗人刘年的作品几乎是被作为好诗标准备受读者推崇与传诵，这主要得益于他的诗不循规蹈矩，完全忠实于自我感受与外物之间的真诚切合。去掉了"外衣"的肝胆相照，是他诗歌美学上的显著特点。心气上通天达地，表达干脆直击，对修辞要求极其严苛。其诗歌语言上是带有"野"的口语，这种口语对接传统，是对散落在山涧丘壑之间的"民风"的重拾与整合，不事雕琢，不受主观情绪蒙蔽，因而读来更为入情。情怀导向上他主张"站在弱者一边"，而精神慕求是"喜欢落日、荒原和雪"，无论是里子还是表征，都在一种类型上构成了美学的最优化，而深受相关读者喜爱。刘年身上那种诗人的独异标志，在我看来，其实是对王阳明"知行合一"的当代实践。这种更接近灵魂真实的诉求，对应在人间，通过恰切的意象准确传递；少数民族特性加足了他想象的马力，进一步促成他诗歌的理想国。

刘勰在《文心雕龙》里说："夫心生而言立，言立而文明，自然之道也。"这是一句关于文学起源的观点，文学，是来自天地自然、人生百态对我们心灵的触动，若是脱离了字里行间蕴含的情感和灵魂，仅仅去追求外在的语句和形体，那么我们的积累和创作必然会成为无源之水、无本之木。以此征引来探入邰筐的诗歌创作，十分恰切。他在建立精神高度和追求人生信仰的迢遥路途，领悟了文以载道的本质和诗以赋能的真义，就是恪守自己身为诗人的艺术真诚和敏锐度，诗风日渐干练，形式与内容相得益彰。无论诉求多么急迫，思考的脚步都务必慢下来，一种中年之诗的重力，已经把他悄然改变、塑造和审视。

郭晓琦的诗，有新边塞的通透、直接，亦有现代话语体系浸润之后的先进要求与实践。他对创作的标准是，现实痛感必须与精神追问融为一体，在美学上通过修辞的破与立，形成诗思的出其不意和陌生化效果，这就不难理解他的诗总有惊异闪现。按照苏珊·桑塔格的观点，隐喻不是客观存在的，它们都是被写作者赋予的，是一种意义的发明。郭晓琦熟谙自己的热乡热土，忠实于情感深处的晦明之变，锐角深入存在的生活哲学，并站在时代的制高点，回望低处的微芒，找寻并激发卑微的力量。他懂得做一个诗人，不能只是倾诉琐碎的衷肠和碎片化的思想颗粒，更不是耽于一己的无病呻吟和一味忧伤的怨愤，而应该对现实发声。长期的西部腹地生活让他明白，诗歌不仅是一面个体心灵的镜子，更应该是一个族群艰难生存的鉴照。

陈亮有"农民诗人"的称号，但这不影响他在现代乡村诗歌上的开拓。他的诗以现代意识烛照故土，在过去的忆念与现实的真相之间，挖掘地理诗学的内在和希冀温暖的意蕴。他的诗既有传统视角的容留度，又不乏生存现状衍生的现代性观照。就语言层面的表现而言，他身上已经看不到一个农人的表达局限，他有着平行于当代诗人的艺术自觉和阐发美的能力。诗歌助力他建构精神人格和塑造向上品质，打通地域隔膜，落实心灵密码的诗化图景，基于幻觉形成的画面叠加，进一步推动了诗意的拓展。

在归乡的路途，根性突出的诗人慕白，他在诗歌中追求着精神的本我。他的写作似乎处在一种变化之中，早期长于故乡抒写，抒情是他最为拿手的方式，为此塑造了"包山底"这个情感形象，这类分行几乎承载了他的地方性认知的全部，某种意义上，他所写不是"返乡"，而是"守土"，这给予了他无尽的精神底气，是他"匪"得起来的资本。一方面，出于"爱"的初衷，他打量故乡的眼里充满深情的泪水，心中盈动的，是绵绵的温暖与慰藉，以及抒怀的冲动；另一方面，是对深藏灵魂深处的疼痛的盘诘、追问和对困囿的突围。"他一直行走，不肯停下来，随性而往，随意而归；他遵从于现实，又充满揶揄捉弄；他崇敬历史和古人，又带着异样的眼光去审视和打量；他保留改不掉的乡音，却驰骋着自由的心智……"[7] 近年来，他的诗逐步由"乡情"的现实转向"生活"的现实，朝向更宽大，语言更结实，意蕴上更体现了"行走"的自由自在。

"院子的门一直敞开着"的黄沙子，生于 1970 年，他诗歌有着与年龄相称的老练与丰赡。一种阔大的包容立场，让他的写作展现出"看破生死的迷障"，同时又对天地万物的运行法则保持敬畏。有时，生活将他坚硬的心融化，有时，生活又被他迁出一块坚硬的遗址。让废墟的生机不至于被时间的洪荒决毁，他敞开院门，从宁静中找到自我的本相。黄沙子的诗歌题材广泛，诗评家魏天无说："黄沙子的诗因其无法分类而自成一类。他的特点不在他写什么，在于无论他写什么，都会以他和缓的、和煦的、和畅的，无喜亦无悲的语调，让我们安静下来，仿佛那其中有个水印的'静'字浮现在大脑神经的视屏上。"[8] 他的诗歌写作很好地验证了"向上之路即是向下之路"。

虎嗅蔷薇的深切抵达

当文本观察的思路自动导向虎嗅蔷薇的气息时，我脑海中闪电般出现智利现代女诗人加夫列拉·米斯特拉尔的成名作《三棵树》的结尾："我愿与它们厮守在一起 / 用心房接受柔软的树脂。"可以肯定的是，在"70 后"诗歌拒绝"熔断"的坚韧里——女诗人们，表现抢眼。无论是生命体验、精妙想象、内心经验，还是作为代际诗歌对文化诗学的探索与实践，她们展现了真切的活力和深切抵达的爱恋，我仿佛看到了作为诗人的"她们"与作为诗歌的"它们"厮守在一起的不离不弃、如醉如痴。我为此欣慰。

诗人陈先发说："身为歌者的何冰凌，其诗歌语言充溢着智性之光，往往又包含某种在女性诗人中并不多见的决绝意味；呈现一个平凡生命的虚无感，并注入对这种虚无的对抗，也是何冰凌诗歌的隐在线索，在这条线上，她捕获了一个好诗人应有的某种复杂性。"[9] 在我对何冰凌的诗歌阅读中，发现他早期的写作表现出文本实验的勇气，擅长在探索中找寻幽暗的微光，在经由岁月的磨洗之后，她的诗风渐渐稳定下来，不再沉醉于女性化的一意孤行，展现出走向自信开阔的中年写作。她说："我知道我写得简单，但我希望能写出简单中的复杂，清晰中的暧昧，凉薄中的温暖。"她耽于理想的信念转化在诗歌上，是心灵现实的无所不在和诗学观照的深邃广远。

"厌倦了悲伤"，却又不能不"悲伤"，这种悖论的情感扭结状态成为桑眉诗歌中的一重异境。挚友雨橡不止一次对我说"桑眉的诗很不错"。她的诗篇所塑造的是人，更是浮光掠影主导的当下一个悠然的时代灵魂被透过尘埃的光照亮。这光穿透虚妄漫漶的雾霾，干净、从容、轻盈、美雅、不染尘埃，如诗人喜欢的"国画中的留白"，动人而节制，当下又古典。为了不让"时间的漏斗无情筛去生命中那些温润珠玉"，不让"时间暗藏的橡皮悄然擦去生命中那些温暖线索"，桑眉写下了情感浸润、诗思忧戚的文字。在对世事的冷静介入中把握解析命运的秘密，她的柔情与悲悯，洞见世事时又在生命豁口敲击着生存的火花，对白一样的个性化语境，在幽微的探知和更个人化的层面，小心翼翼地经营着克制的诗意和书写灵魂的密码，并在阐释"生命奥义"的痴迷中接受精神和鸣。

桑子是"70后"诗人中的"后来者"。她其实是一个专注度极高的诗人。她心无旁骛地躲在属于自己的精神阁楼里，写着远离轻柔小令的现代诗歌。在我看来，她的诗与韦庄的"画船听雨眠"的江南景致不是一个画风，更与小清新的自我复制批量生产格格不入，多少有些暌违吴侬软语的江南印象，消解了人们把地方性知识作为诗系坐标的指认，意象丰饶密致，语言灵动博雅，视野宽阔，认知深切，情感热烈，旋律奔放，诗风飘逸，心思婉丽。她更在意从深广度的探知上去接近历史回望中的江南，因此诗的质地颇具爆发力。"她的诗歌无论是在自我抒发还是在向外打开的时候都具有周正之气。也就是说她语句中的锋芒和一个个小小的但足以令人惊悸阵痛的芒刺是通过平静、屏息和自抑性完成的"。[10] 她为江南的宏阔语境及其多汁的精神内蕴提供了新的书写参照。

相比那些失魂落魄的强说愁或小感觉的过场秀，杨方是一个有故乡气息的诗人，她的诗始终不失温润的色泽，情感含蓄委婉，表达细腻疏朗，字里行间隐隐透出让人回味的联想，因为生活历练，她的诗有超越性别的豪气抒发，题材时空跨度大，写作视野深广、语意醇酽安谧、情愫圣洁庄严。她笔下的地理，就是她心灵道场的重合，那些因行走而发生的情感变现，落在纸上，作为文字的骨骸，沾满时间的灰烬。于是，故乡或乡愁，成为看得见的文化记忆，她面冷心热，灵魂里始终保有大地情深的执念，这些纯粹的东西，神启一样牵念她忠诚于生命皈依的指向。"每个人身体里的泥沙都比黄河沉重／堆积起来就是一座白塔山／可以种植紫荆树，五月开花，十月纷飞／就像这个下午，过了黄河，我就可以登上山顶"（《过黄河》）。她慕求的，是登临理想高地和生活唯美的自足。

张映姝是以她的"西域花事"的写作引起了我的关注。这种从情调到情境的志趣转换，一定有着过滤尘世喧嚣的勇气和指向心灵一隅的静思，其所产生的诗意可能，超出了一般意义的诗写常态与常理。而经由"花事"营建的诗歌自信，表现在更宽广的植物写作上来，张映姝无疑已经找到了一把共生诗学的钥匙：植物生命与草木精神。在"安静写作"被当作遮羞布口号的今天，她打开了一种真正的"安静写作"的场域，并自得于升华的妙趣与意味。她的"静雅实践"具有体系化倾向，一个诗人不遗余力建构幽微而光亮的事物，并把"诗性"放到"首位战略"的高度，这在当下并不多见。她旁逸斜出地宕开一笔，机智而诗性，能带给读者诗意的启发。

生于1979年的敬丹樱是名副其实的"小迷妹"，其诗用意洗练，表象澄澈，诗思灵动，富有节奏感。形式上，她的诗更像是对唐诗宋词元曲的综合性改良，一种基于传统的实证主义勾勒，最大化地打开了她的观察视野，那些大地上的事物，静态也好，动态也罢，皆逸不出她瞬间的"一念"。我惊异于她能在瞬间的念头里把对事物的认识厘清并视觉化，这是一个心眼敏感得一如贴地飘飞的落英，连气味儿都有尖锐感。难能可贵的是，敬丹樱在自己的诗里留下了她的童真和率性。尽管作为老大不小的"70后"，已经历了诸多撕心裂肺的生活旧迹，时不时会冒出一些疼痛的书写和迷茫的疑惑，但是，很快，她又能回到自己偏好的自然的恩义与生活的烟尘之中，做一个实在、平凡、没有形式的自己。

墨西哥诗人帕斯曾说过："诗歌创造是以对语言施加暴力为开端的。"这像是对玉上烟诗歌的冥冥中的回应。她是从一系列"器官之诗"闯入大众视野的，这个看似很小资的女诗人用她独特的"恨"与"狠"，证明了自己的追求，她在诸多诗作中凸显的反差与悖谬强烈而下沉，她的决绝，以及毫不掩饰的情绪化，如同激烈的对垒和争辩的场面，在我看来，玉上烟的诗歌，兼具"极致""绝对""真心""美感"和"力度"，其诗情感奔放、精神自由、表达任性、意境宽阔。在改回本名颜梅玖之后，其诗作降调明显，洞彻世道的敏感、驾驭细节的感觉、探测人性的细腻、专注生活的体悟，都表现出转型的渴求。

邵悦的诗充满正能量的阳光，呈现出行业特征的气象。她以一双好奇的眼睛，寻觅着世间值得命名的事物，始终把"以鲜明意象，呈现时代性；以真实情感，突出人民性；以大国情怀，彰显主体性"，当作自己的写诗指导，因此，她的诗温暖明亮，从不见美学上的游离，执着而坚韧，开放而豁达。她的诗，时代特征明显，作为一种肩负，诗歌何用？诗人何为？一直是她诗歌的主要命题，她一直怀揣着向新时代交出满意答卷的使命感，进入诗歌现场，用一己之力抒写精神的强音。她的诗，能够让语言与内容处在一个维度上，意蕴也无需繁杂的节外生枝，单纯而美好，热烈而从容，语言明快，舒展着主旋律的韵脚，读来深受鼓舞。

结束语

自从 20 世纪 90 年代初始"70 后"诗人在中国诗坛崭露头角以来，已有 30 年的诗歌浸润时间。30 年，如一个人的三十而立，"70 后"诗人在汉语诗歌现场的开疆守土有目共睹，他们的壮大发展已显而易见，因为在这份抽样之外，能够进入文本观察视野的有几百人。不过正如一块耕地的收成，一笔投入的产出，一股力量的强音，在现实层面，这一代际的诗人能有多少高光熠熠的亮点？达到了什么样的文本高度？文学性的作为如何？我想不管在诗歌内部还是诗歌圈外，其实都心知肚明。如今看来，这一代际的诗人已真正步入考验期，其中具有大视野大诗学大体系大格局，开一代诗风的，有标志性的，在高度原创领域经得起时间淘洗的，坐得冷板凳敢于执着地泣血而歌的……还需要给期待以耐心。在人类历史上，诗人的社会角色总是被普罗大众赋予先知、号角、预言家、启明星的超凡意义，既有作为个体的"炼金术士"的希冀，成为兰波所说诗人是神秘通灵者的企予，更有在文化分野一泻滔滔的时势之下，在文学边缘化的后工业文明浪潮中，担负崇高的社会使命，在广阔的时代背景里为"70后"诗歌的历史合法性的一席之地发挥天职所在。"70后"诗人，在代表自己的同时也代表着新时代祈盼下的"诗人形象"，而非狭隘的自我满足，甚至抱着"功成身退"的颓势与曾经得到惠顾的诗歌渐行渐远，这需要警惕，更需要热心。从"个人化"的泥沼里拔脚上岸，向自我关联的世界发出诗意的邀请，已经摆在"70后"诗人案头。

2019年12月9日，部分文学期刊主编、诗人、评论家在南京的"新世纪新时代诗歌"研讨会上，围绕"立足新时代，当代诗歌应当如何生长"的话题进行切磋，已故诗人艾青在抗战初期提出的"诗人须以最大的宽度献身给时代，以自己诚挚的心沉浸在万众的悲欢、憎爱和愿望当中"，重被与会者提及并热烈讨论。毫无疑问，这"诗歌肩负"作为使命，属于每一个"70后"诗人。蒙田说："对于每个人，世界上最重大的事情，就是要变成他自己的主人翁。"[11]在当代汉语诗歌的发展史上，广大"70后"诗人，只有代表了自己，才能代表更多，才能夯足拒绝"熔断"的底气。无论目前还是将来，"70后"诗歌都亟待涌现跳出"小感觉"走向"大气象"的作品，急需塑造代际的诗意形象和建构宏博的语境。如以新世纪中国文学的发展为参照背景，更切盼"70后"诗人敢为人先，既要向"60后"为主力的"第三代"或"中间代"诗人学习，也要向蜂拥而来的"80后"及更后的新生力量借鉴；既能下涉现实的深水，又可登攀精神的昆仑，拥有民族与家国的胸怀与气度。

基于这样的思考，我想以瓦尔特·惠特曼的《自己之歌》（楚图南译）的开篇收尾，希望借此作为这个评论的副歌——

我赞美我自己，歌唱我自己，

我所讲的一切，将对你们也一样适合，

因为属于我的每一个原子，也同样属于你。

参考文献

[1] 韩东：《韩东读诗·沈浩波的诗》，《青春》2019 年第 3 期。

[2] [德]恩斯特·卡西尔著，刘述先译：《论人》，广西师范大学出版社 2006 年版，第 129 页。

[3] 朱零：《朱零编诗》，长江文艺出版社 2012 年版，第 255 页。

[4] [韩]朴明爱：《微尘蛰伏，水墨无边》，沈阳出版社 2015 年版，第 2 页。

[5] 李云：《〈头条诗人〉主编荐语》，《诗歌月刊》2020 年第 4 期。

[6] 高建平、丁国旗：《后现代与文化研究》，安徽文艺出版社 2014 年版，第 36 页。

[7] 孙晓娅：《彼岸与还乡——行走视野中的包山底》，《名作欣赏》2015 年第 9 期。

[8] 魏天无：《一个人慢慢变老也是好的》，《文学教育》2015 年第 2 期。

[9] 何冰凌：《春风来信》，长江文艺出版社 2018 年版，第 2 页。

[10] 霍俊明：《她身上携带江南也携带猛虎》，《作家》2016 年第 1 期。

[11] [德]恩斯特·卡西尔著，刘述先译：《论人》，广西师范大学出版社 2006 年版，第 3 页。

（原载《当代作家评论》2021 年第 2 期，本书稍有改动）

本源诉求及审美化境
——论柳沄的诗歌创作

内容提要：与万物达成和解是柳沄诗歌的显著特色，他追求"浑然不觉"的自在，以徐缓的力推动着心性自由与精神追问共达的圆融。在柳沄的笔下，看不到"语言的专制"，他谦恭地面对大地上的事物，懂得在凝视中发现惊奇，感知世界的惊喜，他的诗歌，意绪亲和、节制，语调平缓、舒张。瓦雷里说诗歌是某种持续徘徊在意义和声音之间的若即若离的感觉，对于柳沄来说，这个超验始终沉潜于心，并在落笔于诗时发挥了极大作用。

关键词：现代汉诗；文本观察；审美经验；心性自由；细节感

在守真如素的本源诉求中抵近心灵，经由审美经验的独特达成化境的可能，这是诗人柳沄的诗写向度。其内在精神性的通达反映在文本观察上，所见显在：他十分讲究诗的内涵开掘、衍化、深入，善于在微观世界的风吹草动中获得新的启迪，及物的开悟性较为典型，诗的调和性显在，主体经验幽微而境界深远……

一

当现代汉诗的考察进入诗与思的深度层面时，有意思的事情就出现了，很多曾经被认定的"好诗"因为肩负的时代性过于"标签化"而被无情删除，一些情感冲头很大的"急先锋"也不再生命蓬勃，泯然是唯一的结局。只有那些一开始就注重诗与心灵的忠诚度，并抛开形式上的"夺目"而进入"静水流深"状态的诗人，才做到了傲然于严苛的批评视野。我想无论采用怎样的筛除法，诗人柳沄都属于有生方阵，柳沄的诗歌，像镜面一样清澈，完整地投射出他的心灵镜像，透视出他沉稳的敏锐和哲思的独到。对自然、社会、生命，尤其对人类自身的深刻感悟和独特的诗性视角，建构了他恒常而不冒进的诗写特色，这也是他不断生成质量上佳作品的内在动因。评论家叶橹以"沉默如金、骨中含铁"[1]评价柳沄，很有见地，统摄了柳沄的正直性格和诗歌特质。

柳沄的诗歌写作起步不晚，在20世纪80年代就发表了一定数量的诗歌，自那时候起，他的诗歌就与当时的激进态势与高蹈抒情"格格不入"，追求无一句不清晰，无一段不简约，结构的完整性与形式的自然性，以及意识的现代性，渐于他的诗中驻足流连，逐步成色。在当代中国诗坛，柳沄的稳定性是最为人称道的，几十年下来，他处变不惊，守真如素，写作具有超强的"定力"。

二

在我看来，柳沄是一个理性而客观的诗人，他一直执着于一种心灵秩序的建立，不慌不忙，不急不躁，这种文火煨肥羊的功夫在当代汉语诗坛可谓独树一帜。这是一个对诗歌怀有高度责任感的人，驳杂的现实于他仿佛就是异界的云烟，始终撼动不了他坚如磐石的心境。"早就听见了它 / 在密林里走了很久之后 / 才看见它 // 哦，看见的它 / 与听见的它竟如此一样 / 我是说，它发出的声音有多么巨大 / 其奔流的样子 / 就有多么湍急"。近作《山谷里的河》就是他自己的写照，反映了他的境况，观照了他寂寞但强大的内心世界。"以物喻己"是诗人常用的艺术手法之一，但柳沄诗歌中的"物"，有性格，有境界，含有一种隐忍的力。"在密林里走了很久之后 / 才看见它"，这是诗人对自身的书写，隐喻与象征做得不露痕迹。表面看，他的诗歌没有惊奇之处，但细致品读，会感觉兴味盎然：我的到来，似乎 / 使它更加湍急 / 此刻，在我的注视下 / 它是那么慌乱地 / 把太多太沉的东西 / 一件一件地丢在 / 一块一块的卵石那里。"我"，一个陌生的闯入者，当然也是一个自然的常客，使"它更加湍急"，这里，河流的生命意识油然而生，诗行在智趣的转换中展现了柳沄回溯真义本源的镇定与自信。这恰好验证了希尼的观点："在不必背离诗歌的步骤和经验的情况下，把人类理性的景观也包揽进去。"细察柳沄的诗歌，发现他对传统理学有着无意识的超验感。在他的诗里，汉语本有的话语体系——远离喧嚣与浮躁，抵近宁静与和谐，为他钟爱且驾轻就熟。他的目光，习惯落在那些静穆的山、河、树、雨、落日、村庄、废园、蔷薇、节气与时令上，几乎任何平常之物都能被他发掘出妙味的诗意，发掘出自然的本源与万物的真义，那些沉积的美，一旦遭遇他的心，就会鲜亮而性灵，发出精神的回响，产生灵异的闪电。

宏观层面看，柳沄是在"写心""参禅"，诗歌作为一种途径，不断地铲除他心中的病灶——他需要这样的人生感悟，万物在他诗中的样式就是他自身生命形态的影像，是他追求精神自由，在喧嚣、急躁的现实境遇中探寻幽僻的去处，并为此而踏实、心安。"此刻，它就蹲在 / 房东的屋顶，将 / 黏稠似漆的月光 / 一遍遍均匀地刷在 / 一片片瓦上 // 直到乌黑的瓦黑得发亮 / 直到我们不再怀疑：这是真的（《夜宿山村》）"。类似这种很享受的感觉，每一首诗里都不乏其味，他的诗，兼具精神、形式、技艺三个维度，精致而紧密，平衡感强，甚至很难做切片分析，结构的完整与语义的圆满很难被他绪破坏，情感逻辑与精神在场的讲究能把读者带入参与诗句意境的创造中去。

当然，他也不会回避生命冲突的存在，对应"心安"的是他在诗歌中常常流露的"不安"情愫，对草木的亲近、对物理的判读、对与世界的知遇之恩中，他顿悟了一种"相处的艺术"，物我二元对立中的调和所产生的诗意之美及其隐沉之趣，甚至拓展到"在荒谬中揭示荒谬"。"总之，爱上菊花 / 算不上一件光彩的事儿 / 你得装假，并且 / 在这个很少有谁开心的季节 / 始终装得，跟 / 绽放的菊花一样开心"（《其实》）。阿尔贝·加缪认为，荒谬就产生于人的呼唤与世界不合理的沉默之间的对抗，或者是和解。"其实"暗示"结论"的不言而喻，诗作由此打通了人与物的属性，达成一种"平等"的对应关系——为了求得这样的艺术之真，柳沄在写诗的过程当中，始终心怀"敬若神明"的谨慎，断然不敢高声语，他舍弃了狂放的禀赋，像一个古老的园艺师，在现实寂然无声地完成一颗种子的培育。

对此，柳沄表示，可以不把诗人当回事，但一定要小心翼翼对待诗歌。诗人和诗是双向选择的关系，诗是有生命、有灵性的，你对它怎样，它就对你怎样。一个诗人要诚实面对自己所经历的一切，"真、善、美"中，首先要强调"真"。诗，无论怎么写，都该是首先发自内心的，然后才能引起人们的共鸣。

三

柳沄的诗，不复杂，甚至有些"单调"，但是，他接近事物本源的姿态和表情背后的语言却很丰富，"我一步不落地跟在后面／像一捆被某只看不见的手／拎住不放的行李"的机智，让我想起托马斯·特罗斯特罗姆的诗句"我被我的影子拎着／像一把／黑盒里的提琴"所产生的妙趣，意象对逻辑的抽离所产生的意味见证了诗歌的伟大和艺术对日常的提炼、补充和拓展，对人生的打开和引领；"两座山，面对面／站立了很久"，孤独的对峙有了人性的折射——"那姿态，说它们是在互相睥睨／就和说它们是在相互仰慕／一样有道理"。在海德格尔的经验阐释里，艺术作品首先是创造自身，然后立足于自身之中，它不仅属于它的世界，而且世界就在它里面。诗歌作为艺术最高贵的形态之一，显然担负着对诗人自身真伪的甄别行动，然后，才可能去"影响"身边的一切，包括人与自然。是"时间"构成了诗人作为"人"的实体与存在，"任何一种存在之理解都必须以时间为其视域"[2]。从这点看，柳沄是在往回走，走到古朴中去，走到精神的现实和生命本真的流变中去。

"没有名字的小岛／有着太多的执拗／它执拗得／浑身净是棱角"（《无名小岛》）。在这首诗中，诗人尝试着为"小岛"命名，在一番欢乐体验之后，看到"小岛的无动于衷"，于是不解，"使我很愿意／用打量某个人的目光／打量它"。对于闯入者附加的义务，小岛并不领情，诗作运用反视法，以物观人，其实意在表明"无名"的珍贵，只有"无名"才会保有浑身的棱角，这样的理学追诉影射了当下的社会沉疴，期望以诗意唤醒那些被"功名"浸泡得昏昏欲睡的眼睛，回归素净淡泊的原乡，开启生命全新的意义。

根据诗歌不难看出，柳沄身上有着古代知识分子为人称道的"士人情怀"，这在世俗陈见泛滥的当下，近乎"迂"，但似乎又是众望所归的一个好梦。参照何宗海在《中国的士人情怀与传统价值观念》中的观点，所谓中国士人情怀，是指中华民族在数千年的繁衍发展过程中，由士人或士人群体所秉持和坚守的特定的道德文化认知情感和在追求实现理想中所产生的集体记忆[3]。也许在柳沄看来，那种舍生取义的突兀行为，他无法承继，也缺乏环境支持。因此，柳沄的"士"表现在他的自我改造上，作为诗人的他，不激愤，不咆哮，对尘杂的吞咽与过滤，是他的己任。那些关乎国运的大使命已经通过诗歌化作为天地立心的人生哲学，对于光怪陆离的"现实"，他守住了自由高洁的精神和卓尔高拔的品性。

四

与万物达成和解是柳沄诗歌的慕求之一，诗人的心性自由与精神追问无外乎希冀拥有一个圆融的世界，破除杂欲制造的藩篱，打通人性与物性的边界。"因此你得爱上／阴冷的霜和凄厉的风／以及旷野上／一阵比一阵响亮的／风掌掴草木的声音／／面对这一切／你得熟视无睹／至少，得像菊花那样／浑然不觉。你得／将菊花的摇晃视为激动／而不是战栗"（《其实》）。真正修为到家的诗人，心中自然有着一个"大同世界"，他需要的不是占有，而是倾听，他追求的是"浑然不觉"的自在，而不是此消彼长的割据。因此，在柳沄的笔下，看不到"语言专制"，他总是在精神的高原游走，恭谦地面对大地上的事物，懂得凝视与担当，诗歌的意绪亲和、节制，语调平缓、舒张。瓦雷里说诗歌是某种持续徘徊在意义和声音之间的若即若离的感觉，对于柳沄来说，这个超验一直潜在，并且发挥了很大的作用。

柳沄十分讲究诗的内涵开掘、衍化、深入，善于在微观世界的风吹草动中获得新的启迪，物质的开悟性比较典型，他喜欢在平缓的轻度叙述语调和浅淡的语义推进中揭示不动声色的哲思，他是一个藏得住气却又不吞噬情绪的人。他的诗歌总能打开万物的妙趣，让单调的世界丰富唯美，很少能从他的诗歌中读到苍凉的心境，他企图以诗歌为人类寻找精神的上帝，为现世的生命注入可感的信念和迎接未来的勇气。"再近些，就是那棵 / 很老的老树了，我 / 曾在好几首诗里提到过它 / 其无法回避的摇晃 / 其一季隔一季的繁茂 / 不断地使它成为 / 一棵更老的树 // 我和我的生活 / 就好比那棵树 / 越思考，权越多"（《今天下午》）。一个在时间设定的命题里，诗人找到了自己"在场的状态"，一棵树对一个人的生命类比，留白似的指向人生的深处，点到为止，却又叫人欲罢不能。读柳沄的诗，总有一种思维被牵动的感觉，他对技艺的控制和经营已到臻于化境的地步——"寂然不动，感而遂通"（《易经》），从而产生了"道"的功效，赋予存在以真貌的本性。

这需要高深的修炼本事，不写诗，我们就不会意识到生命中有这么多语言的边缘。今天的诗人，置身喧嚣的尘世，不少人因为诸多外力的围困而更愿意沉浸在极端化的圈子里竭力发声，少有聆听的耳朵和纯粹之心真正细腻地触摸每天经历的疼痛。诚然，日益紧张的生存压力不同程度地消磨着才子佳人的生活激情，日渐麻木的心已很难激起思维的火花，然而，值得庆幸的是，这个世界还有诗歌，我们仍然诗意地栖居在这个时代。对于沉潜的人而言，诗，正是讴歌生活最为有效的言说方式之一。李白在《古风》中写道："万事固如此，人生无定期。"诗人通过诗歌这种形式与外界打交道，与万事发生关联，产生"互动"，那么，诗人靠什么说话，凭借什么立足，这是个很严肃的命题。

在《五月十九日，傍晚》这首诗里，诗人交代新买的自行车被盗，在他的冥想中被偷车的"驶向想要驶向的地方"，诗人没有情绪失控，而是将"事件"扭转到别有深味的情结——"好像头一次感到 / 我久居的这座城市 / 竟这么大，这么深 / 它藏下一辆失窃的自行车 / 比大海藏下一条失踪的船 / 还要容易 // 我点燃一支烟 / 并深深地吸了几口 / 努力让自己像一个 / 跟那辆被偷走的自行车 / 无关的人。"

同样的遭遇，不一样的感悟，诗人忠诚于生活与命运，没有愤世嫉俗，无论什么状态都能做到"不失礼"，这种将"迂腐"写到极致的范式，把诗歌引向独特的境界。正是这首诗，让我对一些强势立场产生纠偏的动议，对普遍的主流性诗歌意见引起新的警觉：诗歌如何去表现市井生活？面对"烟火气"，诗人该是什么心态？对人性的开掘是一味指责他人，还是进入自己的生命内部作艺术的省察？我发现这些追问的答案，在柳沄的诗歌中都有感应。相对于不少成名诗人的诗歌越写越油的事实，柳沄为人称道的是他的专注和表里如一。正如诗评家李犁在《挺住意味着一切》一文中作出的认定——诗歌让柳沄坚定，又让他平静[4]。所以在柳沄的诗歌里，我们看不到这个时代特有的歇斯底里和躁动不安。他像一个旧时代的陶器一样，安静地坐在衰败的田野，面对落日，默诵着石沉大海的诗篇，不慌不忙地把森林、石头、跑动的妇女，甚或是圣者和剑客"坐化"成诗行。平静清澈，就像他本人：低调腼腆，不事张扬。

五

柳沄坚守诗歌的意义不在功名，而在于精神的自我救赎！"做完这些 / 我把窗帘拉开 / 晨曦轰的一声灌满屋子 / 新的一天，就这样 / 在明亮中成型，仿佛 / 此后无论再做些什么 / 都无法将其改变"（《夏至快到了》）。这首日常状态的诗歌，铺叙诗人在"亮得越来越早的"晨光中起床，先是倒掉烟灰缸里的烟灰，再把几本昨晚翻过的书，插回书架中，感觉像是将几只落单的羊撵进羊群里，接着烧水沏茶。如此慢条斯理的节奏和仪式感很强地预示反映了诗人的"精神洁癖"，无论世道如何沧桑，自己始终恒温、恒定、恒常，不为世俗而自我妥协或许才是诗人经受得住时间考验的"软实力"。面对光阴的流逝，人类的无奈是显见的，但是，就个体的生命真义而言，"节"的守正无疑是笑到最后的关键。福克纳认为："衡量人的一切希望、欲望、努力、挣扎的最终尺度只有时间。"他在《喧哗与骚动》中写道："这只表示一切希望和欲望的坟墓。"[5] 于是不难理解柳沄的近作里关于时间和河流的诗篇为什么成组涌现，他知道只有在对时间的哲思与诗学不断深入的考量中才能更加接近灵魂高地上那个真实的自己！

在《那条河》中，诗人柳沄首先直抒胸臆："我很感谢那条河 / 感谢它在这个夜深人静的时刻 / 再次从我的心上流过。"在对河流的咏叹里，"感谢"是一个让人驻足的温暖辞令，河流"在把自己流淌得弯弯曲曲的同时 / 也把属于我的时光 / 流淌得弯弯曲曲"，"弯弯曲曲"作为一个视觉冲击力突兀的虚拟意象，照见了诗人在甚嚣尘上的当下和浊流汹涌的现实面前，仍旧怀着一颗亲近自然的心，对"世界""大海"心存依恋和怀想。柳沄的高明在于不叹"人生苦短"，而拿时间洪流"以我衰老的速度"一刻不停地蹚过心头、"没日没夜地朝那片蓝色的墓地奔去"的诚实照彻生命进程和追思"时间与人"这个亘古命题——"其弯弯曲曲的过程／都太像我这一辈子"。这种基于理性思考的象征，内敛、安谧，具有"明理"之趣："不这样拐来拐去／就无法和远方的海／保持那种直接的关系"。这最后的陈述表明了诗人苛求自己的理由，也暗示了他对"我是谁？从哪里来？要到哪里去"的本质揭示和内在精神探寻的不竭真意，正是由于能把平常之物提到超乎它本身的有更高意味的高度，从而让柳沄捕获并沉醉于更为纯粹的"更高意义的欢乐"。

六

在今日诗坛，柳沄的诗自成特色，他不急不躁，心无旁骛，无论外界诱惑多大，都不能撼动他的诗心，他入定般的纯粹，甚为动人：在甚嚣尘上、光怪陆离的现实中，他依然故我地书写着他"认定"的诗和作为诗人向世界应该呈现的诗意。

比如在谐美相生的《两只蝴蝶》中，诗人主体经验与外物互动所映照的内在自足得到了充分展现。瞧，非常好看的蝴蝶，唯美地给予现实"翩然的样子"，为此，"阳光灿烂得有些过分"，而"小区里的假山、喷水池以及众多的花卉"也"突然就有了灵魂"，一般而言，诗到此，似乎已经完成了"发现"的意义，承载了"有用"的部分。然而，在柳沄看来，诗不会就这么草草收场，意蕴还有着它更妙不可言的深入。"我"的接续，即是让诗歌进入陌生化的一个转折，更是诗意提升的一个特殊手段，诗人认为两只"蝴蝶"是"两个可怜的人"变成的，而这一"变"——轻易地就绕过了人很难绕过的东西——这是全诗的最重要的意义指向，蝴蝶是诗人理想世界的信号释放，蝴蝶的快乐，可以超越"世界末日"。阅读这首诗，情不自禁地联想"庄生化蝶"这个典故。因此，可以看出柳沄的诗歌，经过多年的建构，已经呈现出比较充分的人文素养的准备：审美有化境，物我无两分。如果说寄寓于自然，是诗人修为的一种路径，那么，以蝴蝶寄托心灵所向的形象，无疑再现了独有的审美眼光与追求和谐的审美趣向，这种文人式的文雅对于一个诗人的美学建构具有重要的启示意义，是诗思导向的文化意蕴最为有效的艺术圭臬。王弼的《周易略例·明象》说："夫象者，出意者也。言者，明象者也。尽意莫若象，尽象莫若言。言生于象，故可寻言以观象。象生于意，故可寻象以观意。意以象尽，象以言著。"大意是：物象，是思想的体现。语言，是物象的彰显。表达想法没有比物象更好的，表述物象没有比语言更详尽的。语言在物象中产生，所以通过探求语言可以体察物象。物象在思想中生成，因此推究物象能够了解想法。思想凭借物象展现，物象通过语言显扬。

　　一个不争的事实是，全球化语境对当下汉诗中的"中国化审美元素"构成的挤压事实确凿证据充分，西方诗歌的操作方式大面积覆盖汉诗中的现代性诉求，且愈演愈烈。然而，在柳沄的诗歌中，却不乏传统的鲜亮与明净，他以现代视角观照汉语特性的承继是自觉的，也是自在的。蝴蝶意象在中国诗学中的独特存在，历史悠久。先秦散文、汉魏诗赋、唐宋诗词、明清小说，蝴蝶翩跹迷人眼，历代诗文作者不惜笔墨对这一意象丰富与发展，寄寓与深思。1917年，《新青年》第2卷第6期发表了胡适的《朋友》："两个黄蝴蝶，双双飞上天。不知为什么，一个忽飞还，剩下那一个，孤单怪可怜。也无心上天，天上太孤单。"这首爱情诗是公认的新诗源流，其白话的气质一路逶迤至柳沄。在百年新诗进程中，白话诗的多元态势有目共睹。但与那些叫喊着用口语混淆白话而成诗的狭隘不同的是，柳沄置身喧嚣之外，矜持着自己的书面化口语，"文雅"是他诗歌的气脉。"……其翩然的样子／很容易让人想到那支很著名的乐曲／想到两个为了爱情／而不得不成为蝴蝶的人"，一以贯之的人情美的关怀和人性美的洞察，为他的精神风貌、心理定势、价值取向和审美追求，提供了恰切的人文背景与美学境界。

<h1 style="text-align:center">七</h1>

柳沄的诗歌，对事物本质化的着迷登峰造极，他的诗歌研习已如一种"生理需要"，这种习惯驱动进入诗歌的感觉，他的诗歌里始终有着一条徐缓推进的线头，不缺尔雅的情感和熨心的温度。每一首诗都有清晰的再生性指标。而内在历历可见的细腻感，又让诗充分地保持着丰盈的内在，读来兴味盎然。柳沄的诗歌特别注重情感塑造：一方面是诗人的情感在场，具有即时性的鲜活，他和事物之间的关系，通过观察逐步揭开；一方面是事物反作用于诗人诗意化炼的精专，在体察事物的过程中，诗人的主体情感开始向内位移，从而进入省思的刻度。这也就是读者总能在他的诗中捕获知冷知热的感触，物我二元的建构向着多元的肌理铺展，感性的诗意中渗透出理性的冷静，那些语言的平易之下，是孤独的游离、伤感的萌动、绝望的摇曳，对于人的终极性哲学思考与深度的追问，始终步履坚实，节律笃定。随时随地，他都准备着擦亮那些灰暗的外在空间，将诗意的火苗送达叙述的前沿，他坚持的是一种"唤醒的诗学"实践，几十年恒定如斯，不慌不忙，不为外乱迷惑，他的思考潜藏着唤醒虚实世界于休眠中的能耐，写作的无时无刻，都会有奇妙在诗行的推进中闪烁"刹那"的美感。他写雪地里难以数清的麻雀，无论是大小的比较"那些觅食草籽儿的麻雀／比最饱满的草籽儿／大不了多少"，

还是数量的确认"那群一目了然的麻雀／竟然使每一个数据／都那么可疑"，抑或是状态的幻变"一些雪花不经意地落在／它们的羽毛上，像／落在另一些雪花上"，诗意的生成拯救"无所事事"的我于隔窗望去的感知，"数不清"暗示的哲理意味如前所述，每个诗意的细节都和哲思打得火热，又无一不是生活情感的妙趣。

很显然，他诗歌中的细节，不是随意的一把抓，而是刻意的定向筛选。麻雀如此简单的一个行为，硬是被他看出了诸多名堂。可贵的是，他诗歌的知识属性，不是来自本本主义的罗列，也不是被阅读印记牵着鼻子走。他善于向事物学习，在对话与交流中打开诗的"旁门左道"。他还善于运用细节，学会了如何让细节自带光芒。《亮在远处的灯》开篇即说："它好像在张望／好像想要透过不透明的夜色／看清离熄灭／到底还有多远"，然后写夜色的不甘败阵，两相搏击，"灯"将一扇难开的门"撕开了一道血淋淋的伤口"，最后，诗绪从细节中拔出来，变叙述为旁观者的赞美："当一盏灯有了愿望／我特别想知道／它还能坚持多久／它有什么必要，非得／亮得像一个名词。"瞧，即便抒情，都带着技巧，用"我"的疑问作迂回的肯定。这就是柳沄似的高明，赋予抒情新的技艺。《庄子·天地》载言："能有所艺者，技也。"就诗歌创作而言，诗人因有浑然如觉（艺）的视野，并能通过诗意（技）的发动完成"事、义、道"兼得的问题，从而归结于听任自然的"天"，最终返真于事物的自然本性。这一切，缘于他有一颗万物平等的心，他写什么，都将之提升到与人为善的高度加以深入与升华，不管写什么，都会劈开一条路，循序渐进，直抵诗核，擦亮诗眼，因此，他的诗，在形成性上，有流水的自然，无斧凿的突兀。如《山里的石头》，写开到的山里石头多如城里人，形态各异，却又和人根本不一样，它们的沉默，怎么是人可相提并论的？人，诗中的诗人，说得太多，争得太多，根本配不上石头的沉默，石头先于人经历太多：比如时间，比如雨雪，比如阳光和月色。最后，诗人使出看家本领，一个"但"字转折到狠劲儿上，再次强调人与沉默的石头"根本不一样"：我们说着说着就把自己从这个世界上说没了——一个警示，有着锥心刻骨的尖利，扫向一切恶俗的明争暗斗，一切尘世的污秽不堪。石头，是灵魂的投影，更是精神的丰碑！

柳沄终其精力醉心于精神的历险，最为我敬重，这有点类似马拉美操守的"纯"。他一定是个憎恨招摇的人，沉默为他的生活代言，如今的中国诗坛，少有寒山、弗罗斯特、斯奈德这样真正的野外之心深彻的诗人，而多有魏尔伦式的嗜爱身体历险和"别把疯狂藏起来"的金斯堡一类的行为活跃分子。当然，存在即合理，从包容性来讲，什么艺术生命形态都无可厚非。不过，至少作为一种"笃守安静"的高度，点名是有必要的。"我从未像现在这样感到自信 / 在这首诗写完之前 / 我不但可以把残损的墓碑 / 比作一个人的背影；还可以 / 把那顶金光四溢的王冠 / 视为病榻前的痰盂"（《心跳·墓碑·早上的太阳》），诗人毕力厘清三者之间的关联，从人性入手劈开一个口子，用讽喻的口吻，颠覆了市侩认知的因果逻辑。诗人是自省的，他的自省只指向举头三尺的神明和自己的灵魂；同时也是怀有虎豹劣心的人进行真实的拟写和呈现，表达自己的藐视。

八

就方法论而言，柳沄的每一首诗都隐隐约约有某种写法的设计，更或者，有类似孔德关切的实证精神，这种讲究依托或凭据的精神源自实证主义，又称实证论，其中心论点是：事实必须是透过观察或感觉经验，去认识每个人身处的客观环境和外在事物。回到柳沄的诗歌上来，他矜持"一首好诗的细节和语境就像糖和水一样有机溶合在一起"，诗人创作每一首诗的过程，其实就是一种自我训练的加持。这就使他的诗歌总能带给读者一个具体的形象或感知，线路明晰，知识的客观性不容混淆不清，反映在创作的精神倾向上，就是"用来验证感觉经验的原则"。在《天是怎么黑下来的》中，诗人借追问昼夜天色的变化，一步一步，环环相扣地省察下去，从"是什么让天黑下来"，转到黑的程度——深与彻底，用淹没一切的潮水加以比喻，又自我否定，继而进入关灯见月的因果，但这不是目的，诗意滑向黑与月光的关系，不增多，也没有减少，接着顺延走深，黑得星星密如"读不懂的古希腊字母"，最后，这"黑"让普天之下的人进入梦乡，闭眼入睡的安宁显然不是诗人所要，他机智里的趣味突然变向——因为相爱而同床异梦，反伦理但同时又很有事实指涉意义的这个"结"，提升了诗味，也见证了诗人高明的创造性。贯穿整首诗的，是诗人善于在不同的情境中随机应变的能力，与知识捕获的出其不意。他"透过直接或间接的感觉、推知或体认经验"，并在语意的由淡渐浓中步步为营地验证新生的经验，甚至是超越经验及经验之外是社会诗学的关涉。

如果以整个当代诗坛为参照考量柳沄的诗歌，他无疑属于口味清淡的类型，但这不等于诗的属性清浅乏味。相反，他开创了一种新型的口语诗学实验。2014 年 10 月 20 日，柳沄在辽宁文学院举办的《诗歌的可能性》讲座上，称诗歌有三个层次："一是别人说过，我再说一遍，但必须比别人说得好；一是人人心中有，作家笔下无；一种是别人没发现的你发现了，给人惊喜。"这第三点可理解为类似罗伯特·佩恩·沃伦的言论："一首诗读罢，如果你不是直到脚趾都有感受的话，那不是一首好诗。"正是这苛刻成全也成就了柳沄的诗歌创作，也是他敢于在貌似"一成不变"的书写中自足了几十年的底气。"此时，我想象自己／正行走在一条／拐来拐去的路上／／走得快些／走得慢些／和路的长短及曲折／没有关系（《想象自己》）"，"拐来拐去的路"十分形象地自述了他的创作之道，怎么拐，都不脱离"向前"的轨道。同时，他的诗里有将诗意托举到飞翔状态的想象力，有勤于思考的集束之光，有似暗若明的飘忽与闪烁，有冰山理论的博约之美，有"戴着镣铐跳舞"（闻一多语）的颤颤巍巍，有看得见的语法管控和看不见但体悟得到的任性与自由……他的诗，忠于观察又超越经验。"天气不好的下午／我坐在沙发上／想象自己正一步步走向／未知的远方，那／不断缩小的背影／在继续缩小"，这首《想象自己》其实是在思考人类要到哪里去的哲学命题，他的"我"，是小我与大我的双重叠加和互为拷问，由己及人，以点带面，更具张力，当然也就更具显学意义上的说服力。而对诗歌的"显"的探究，正是柳沄的长处。

总之，柳沄的诗歌创作经过多年实践，已经自成风格，他立足于文本，在微观中展现精神大观，在内涵深入中开掘生命的意义。他是一个藏得住气却又不吞噬情绪的人，喜欢在平缓的轻度叙述语调和浅淡的语义推进中揭示不动声色的哲思；他的诗歌总能打开万物的妙趣，让单调的世界丰富唯美，很少能从他的诗歌中读到苍凉的心境，他企图以诗歌为人类寻找精神的上帝，为现世的生命注入可感的信念和迎接未来的勇气。他从文本中探知的审美经验，已为他独有的境界升阶持续发力，这道求真的心灵风景，在当下诗人中，独树一帜。

参考文献

[1] 叶橹：《沉默如金，骨中含铁——读〈柳沄诗选〉》，《诗探索·作品卷》2005 年第 2 期。

[2] [德]海德格尔著，陈嘉映、王庆节译：《存在与时间》，三联书店 2006 年版，第 1 页。

[3] 何宗海：《中国士人情怀与传统价值观念》，中国教育文摘网，2010 年 12 月 7 日。

[4] 李犁：《挺住意味着一切——柳沄诗歌创作评述》，《当代作家评论》1994 年第 2 期。

[5] [美]福克纳著，李文俊译：《喧哗与骚动》，上海译文出版社 1984 年版，第 25 页。

（原载《当代作家评论》2019 年第 2 期，
获该年度优秀论文奖，本书稍有改动）

歌以大地，诗以挚情
——评《我的世界有过你》兼及李自国的创作

内容摘要：诗集《我的世界有过你》，立足于"我"与"你"的二重维度，探寻"人"与"世界"的关系，以及诗人的主体诉求与外界的扇形辐射。李自国的诗歌创作，是一种基于精神背景、大地意识与有根写作的现代视野，是个人情怀的外向转化与诗思的家国赋能，反映在诗意生成上，就是抒情的专注、叙事的开放、润物的深情、叩问的激越。他善于让意蕴的阵脚与淋漓的语势始终保持着一种积极的互动而非对冲的关系，也能够在直接的叙述里加足求真的张力，赋予抒情一种有效的扩张，一种植入心灵需求和现实层面的主观需要。

关键词：李自国；诗歌创作；叙事；抒情；精神意象；大地意识

在机遇与挑战并存的时代，在繁难与宏阔对冲的现实，每个人的生活际遇，总有困境附着，但亦有精神相伴，无处不在的灰暗考验诗人的，就是能否在阴影之外开创幅员辽阔的光明，哪怕山无棱天地合，但因为"诗"而拓有"飞地"，诗人傲然于芸芸众生的意义就此确立，无论世道如何紧蹙，红尘中，总是不缺仰望天空的人，诗人的世界，就是星辰大地。阅读诗人李自国诗集《我的世界有过你》，再探入他的诗写纵深，总会被一道精神的星光牵动感觉。他的诗，品相中正、情感饱满、内容健俊，表达稳靠，浸淫诗歌经年的他，格局、气象、情理、灵智……都有较高的修习，展现出来的诗歌素养，全面而完备。李自国是一个崇尚精神写作的人，他的诗，不管叙事，还是抒情，都讲究心灵的在场，叶延滨在评价李自国时说他是"中国诗坛上一位有灵性有探索精神的诗人"。

一

中国新诗百年已及，在诗人阵营里，一直有着这样一股力量：作者从底层中来，随身携带着生活的富矿，独特的成长经历和聪颖的个人禀赋，在以诗为时所触，就会激情爆发，写出震撼人心、抵近灵魂的作品。他们赋予诗歌的深情，既沉静，又饱满，语言接地气有张力，诗意及物有切肤之痛感，内外兼修，活力呈现，无论是内容还是内在探知，都始终处于生成性的诗意维度。比如李自国，少年辍学，长期在漠漠旷野看山护林，洗脚上岸，皮鞋替换草鞋之后，又弃医从文，兜兜转转直至成为职业编辑，人生有七弯八拐的轨迹和泣血而歌的过往。因而，他的诗歌，有着明显的"自学成才"的韧性和特点。他出版诗歌著作多部，获过不少奖。其诗因情感真挚，质朴酣畅，而为读者喜爱。

他的诗，因"自学"禀赋而含有"独立生长"的景观元素。这是一种基于精神背景、大地意识与有根写作的现代视野，是个人情怀的外向转化与诗思的家国赋能。反映在诗意生成上，就是抒情的专注、叙事的开放、润物的深情、叩问的激越。他善于让意蕴的阵脚与淋漓的语势始终保持着一种积极的互动而非对冲的关系，也能够在直接的叙述里加足求真的张力，赋予抒情一种有效的扩张，一种植入心灵需求和现实层面的主观需要。记录、走读、感时、开悟，一个行吟诗人应该具备的，在李自国的诗歌中都有不同层次的展开。综合地看，李自国是一个传统型诗人，但他的传统，具有背离落后、陈旧、迂腐的先进性与爆发力。在《我的世界有过你》中，既有他个人自生的"传统"，同时兼有吴思敬言及的自身传统形成的过程中不能忽视的"两个影响因子"："一个是中国古代诗学文化的传统，一个是西方诗学文化的传统。"吴思敬认为："这两个传统绵延时间之长，内涵积淀之深，是新诗百年形成的自身传统无法比拟的，实际上，新诗自身传统的形成与发展，也始终受着这两大传统的制约，是在这两大传统的冲撞与融合中形成的。"[1] 当我们以诗人单体介入当代诗潮，对中国诗歌建设作指标派位时，李自国的诗歌和他的创作就会以呈现的峥嵘气象被提及，他的写作姿态是开放的，既有汉语源头诗性对接的充分，又有接纳与消化"拿来主义"的沉稳。"百年新诗自身传统的形成除去对古代诗学文化的批判性汲取之外，更重要的是从异域文学中借来火种，以点燃自己的诗学革命之火。在这种情况下，外来的诗学文化不仅仅以其新的内容、新的形态进入了本民族诗学文化，更重要的还在于起了一种酵母和催化剂的作用，促使本民族诗学文化在内容、格局与形式上都产生了前所未有的变异"[2]。因有李自国这样的自觉实践并本着谦逊于"内功"修炼的不急不躁者，才有中国诗歌本土化进程的"看得见"和"有主见"。

二

李自国的诗集《我的世界有过你》分为"大地的行走""大地的风声""大地的眼泪""大地的盛宴""大地的谣曲"五辑。很显然，"大地"是贯穿整个诗集内容的核心要素。可见，作为一个大地的歌者，李自国的情愫里有着泥土的朴实和向上生长的力量，决定他视野纵横的，是行走、悲悯、随想与热爱。与之对应的是，作为诗人的李自国，在他的生活现实与生命现实中，展开了抒情与想象的二重编织。在生活层面，那些留下过他行走脚印的所在，即是他见闻的见证，是他生命密码的邮戳，记录着他的身体诗学与探微发感的，这一重现实更令他诗情勃发，茕茕走读广大天地，足迹遍布街头巷尾，见过漠漠原野，心念古迹名胜，访古探微，寻真求道，追忆先贤，反思过往，叩问生命……他的诗作，以记录者身份，刻下了他于寂寞中的躬耕。我看到他在喧闹世界的静谧一角，默然无声地集纳冷暖世情，喷吐心灵芳菲。另一方面，生命感受的真切和视野的旷达，进一步激发了李自国的豪迈诗情，即便悲悯忧伤也不期期艾艾，而是荡气回肠、情怀飞扬。

　　一个有良知的诗人，不会执狭一念，在小感觉中自我感觉良好，而是心怀天下，情系世间万物。李自国的诗歌视线，始终平行于地理的疆界。行走于大地之上，他听风声，采谣曲，享盛宴，为悲悯而泪落纷飞，这是一个热血男儿的诗情底色，是生命赞歌的纵深。当这种襟怀转换到诗行中，就呈现出真情的悲喜与个人求真意志的通达。塔里木的胡杨让他有一见如故之欣喜。"是谁在风中不停举伞 / 是谁踩着黄沙低声吟唱 / 爆裂的肌肤，裸露的胸腔 / 连同你浑身扭曲而坚硬的枝条上 / 即使换不回那一只只栖息的鸟 / 也要以另一种飞翔，在戈壁滩上 / 留下树的遗忘，风的生长"（《塔里木胡杨》），诗人眼里看到的，是胡杨，而诗人心里想到的，却是生命，是带着沧桑而倔强的勃然之气。在诗绪的渐变过程中，行踪的转换里隐藏着诗意的深刻。"生而不死一千年，死而不倒一千年 / 倒而不朽一千年，三千年的轮回里 / 你的抗争你的伤感你的满腹经纶 / 留给苍天和大地一个个生命的绝唱"（《塔里木胡杨》），人迹罕至的荒漠，生命苍凉，而胡杨的坚守，将生命的内涵提升到了"绝唱"的高度。诗人目及旷野，荡胸生层云，那些在风沙中坚忍不拔的胡杨树，与历史同行，与时间抗争，刷新了诗人的生死判断和活着的风景。

不难看出，整个第一辑，就是一卷西部之书。在中国文学史上，西部历来是诗歌书写的重镇，单单一个以高适、岑参、王昌龄、王之涣为代表的"边塞诗派"，就留下过不少熠熠生辉的名篇。而20世纪50年代，尤其是80年代以来涌现的昌耀、杨牧、周涛、章德益为主要力量的一批新边塞诗人，在描述新边塞风情、歌颂西部精神上，表现出一种独特边塞气质和风骨，诗风自由奔放，诗情勃然强劲，给当代汉语诗歌增添了现代性视野和新的探索风貌，直到今天依然在中国诗歌阵营里，展现了不凡的实力。与正面书写为主要表现形式的"边塞诗"不同的是，李自国的西部视野是典型的"文人走笔"。他者介入式的西部观察，展开了抒情与叙述的诗核。这种基于主观意识的客观表达，呈现的别裁，自有风趣——"我追赶一片绿，在峰回路转之间 / 做一回沙漠中的真心英雄 / 它一天比一天自豪 / 硕大的两眼一直把前方凝望"（《大漠驼影》），物（骆驼）我（主体书写者）的维系，因深度交融，而完全进入了"灵魂的歌唱"。"读吧，那位老牧人不慎摔碎的 / 这面日月宝镜，早已 / 化作两泓湖水，而被称之为 / 冰山之父的慕士塔格峰 / 却长眠不醒，或燃烧一生"（《独行喀拉库勒湖》），实景与传说，想象与再造，于情感互动中，形成一种超越自然景观的内驱力，这就是所谓的"诗意生成"。"我们与水亲近，与水开怀 / 像一尾深入江中的鱼 / 注定要漂泊，注定要心潮逐浪 / 我们来自远方又飘向远方 / 心是一片茫茫的海"（《金沙江漂流走笔》），这逐水而歌，也是感发心扉，深入生命，拓展诗的有效空间。"我是如此痴迷地一页页发掘着你 / 你的神巫群像、祭祀大典 / 你的几千载时光回转 / 竟然经不住一页铜版纸的沉淀 / 就在深深埋葬着你的鸭子河边 / 被沉沉乌云压弯的天空下面"（《三星堆寻梦》）。赋予历史追寻个人化的验证，又以历史意味牵引着诗意的下沉，从而避免了因题材而附带的概念化空洞陈述，读来没有丝毫的"隔"。诗比历史更真实。"我"是见证，更是时光回溯的感性认知。诗意在场景转换中，既有生活现实的洞察，也不乏精神沉淀的提炼，这种抒情方式，因耽于传统的勇气，而更具清晰的活力度。孙绍振先生认为在抒情诗中，"意象是对象的特征和诗人情感特征的结合"。如果从现代性比较，李自国的诗歌，总能让自己的情感在高度意象与书写对象之间穿梭自如，指向鲜明，语意强烈，又闪耀着智性深化的光芒。"古典风格的诗，包括浪漫派和象征派，都是抒情的，抒发人生的痛苦，以情动人，而现代主义的诗则是从痛苦到没有痛苦，现代诗的口号是'放逐抒情'……现代主义的诗要求读者高度关注、积极思索，需要智慧，如果说古典风格的诗是审美，我给现代主义的诗一个词，叫'审智'。"[3] 如孙绍振所述，李自国的诗，既秉持了诗意的古典气质，又进一步打开了抒情传统中的现代感。在抒情向度上，李自国有自觉拓展边界的意志。"诗是强烈感情的自然流露"，这是诗人华兹华斯留下的关于诗的著名定义，但 T.S. 艾略特却说"诗歌不是感情的放纵，而是感情的脱离"，看似南辕北辙的说法，实则殊途同归，因为艾略特有一个更为重要的补充，那就是"只有具有个性和感情的人们才懂得想要脱离这些东西是什么意思"[4]。无疑，感情在诗歌中充当着极为重要的内驱力。而怎样掘进自己的感情，如何将感情升阶到目之成色、吟之有感、思之动心的高度，李自国提供了很好的书写范例。

诗人通过诗意的书写，审视大地上的事物，展示自己陶冶性灵、崇尚自然、充满激情的生活理想，并进一步探知生活的本质，疏浚古今一贯的情感。"忘掉过去吧，我们要回到树上去 / 玄

鸟贴你脸上，占领阴森胡髭和山脉／即使唇与唇粘连，以生命的
息壤／也要结束那场隐去造物主姓名的游戏"（《你不再遮蔽时》），
诗人昭示灵魂的归返与万物的关联，充满原初的图景，而生命的
本真，也将在神话传说中，得以安放、塑造和张扬。

　　同样，以坚守抒情传统和开掘现代意识见长的诗人龚学敏评
价李自国，说他"有一种在平凡的世界里提炼诗意的超强能力，
目光所至，一切事物都能够在他的世界里诗意地生长。现在，能
够在诗意的世界里行走一生的人不多了，能够像诗歌编辑家李自
国这样把世界守望成诗歌的人更是不多了。于是，李自国把世界
走成一首诗的同时，把自己也走成了一首诗"。

三

　　关注时代，关注现实，从不同角度切入当下，是李自国诗歌
抒情性的又一大特征。"大地的眼泪"总共十九首诗，集中展现
诗人心系汶川地震灾区的真情大爱。这种自觉的灾难意识及其主
体升格的风范，尽显一个诗人的襟怀。巴尔扎克说："活在民族
之中的大诗人，就应该总括这些民族的思想，一言以蔽之，就应
该成为他们的时代化身才是。"在这一辑里，我读到的，是诗人
融入性的情感，他彰显的，不是隔靴搔痒的体恤与同情，而是患
难与共的血泪，是"出于一个编辑的职业敏感和良知"。"时间在
恐慌与期盼中流逝／每天醒来，我总要将你的所有号码／已经熟
稔在心的号码，拨打一次／而传回来的总是忙音，总是生命的空
白"。灾难发生之后，一个诗歌编辑的即刻状态，是"善美"初
心表现，是"良心"的具象呈现。"立万象于胸怀，传千祀于毫
翰"（姚最）。这也是一个诗人应有的素养与精神风度。"我千百
次在心里呼唤生命的奇迹／再次把电话打到你的手上／打到你家

里，打到你灵魂／打到你的血脉里／因为在编辑部的抽屉里／厚厚的诗稿上还留有你的指纹／而那些流动着你血液的诗句／那些带着你生命体温的诗句／分明在五月的阳光下一闪一灼的呼吸"（《我用〈星星〉电话搜救灾区作者》），沉入生活，书写日常，是新诗百年发展的一个主流向度，因为如此贯彻的"诗真"，更具张力和走心的切实。职业诗歌编辑李自国，自然深谙此道，汶川地震，因一个灾区作者而与他的编辑日常生活发生了关联。并且这个关联已经渗透到了骨子里，到了"情真而无语，水深而无声"的化境。说实在话，5•12事件后，诗歌率先汇聚成民意的力量，一时振聋发聩，但随着时间推移，经由时间沉淀之后可留下的诗篇，寥寥无几。但李自国的这批"专题诗"，如今读来依然鲜活，这与李自国长期下沉的大地情结息息相关，与他对大地一贯爱得深沉的本真意念有关。在经由诗歌表现国难家愁方面，他坚定不移地阐释深度哲思，对恩格斯的箴言"没有哪一次巨大的历史灾难，不是以历史的进步为补偿的"充满积极期待，并赋予家园与心灵的重建，以更强烈的自信。"重建之路，那一个个生还感恩的伤悲与喜悦／又从心灵的废墟里站了起来，站立在人间五月的春光里"。是的，他相信一个"站起来的春天"更枝繁叶茂，更生机勃勃。

诗人，是灵魂的导师，是那个在黑暗和悲伤面前永远的提灯人。作诗的能力或者说"想象力"通过塑造人类的内在世界，最终意味着对自由生活愿景的塑造。由意识最终确定的说话主体的统一性是通过一系列生活和意义的变化来不断巩固的，"我们""自我"和"本我"是由许多面组成的。正是这许多面让我们又喜又忧，对我们又贬又扬，使我们的言语交流一语多关，让我们懂得在生活中苦中作乐，为生命增添亮彩。从这个角度来说，写作或思考可以称为对"世界的心里"的永远质疑[5]，当然对良善与苦难辉煌的歌唱，同样永不背弃。

李自国以诗歌给现实、给时代源源注入积极意义，同时也塑造着凡尘中那个高洁的"自我"。他的诗歌，视野开阔，不失为苍生塑魂、为天地立心的传统诗学志向，无论是人生经历，还是生活范围，抑或是自然造化，都在他的采撷之中。人性的光辉，欲望的悲歌，无不在诗行的展开中，渐成风景。在碎片化、小感觉、伪叙事当道的今日诗坛，我欣赏李自国拥有敢于坚持正面抒情的勇气与能力。他恪守"诗真诗美"的诗学传统，情感大开大合，走笔大朴无华，读他的诗，总有一股激越的情怀盈动内心。他有时托物言志、直抒胸臆；有时意象叠加，婉转腾挪；有时针砭时弊，愤然慨叹；有时悲天悯人，情系苍生；有时"摧锋于正锐，挽澜于极危"，大地的疆域就是他诗歌的边界，那种不断涌自心灵的生命本源，持续不竭地作用于他，让他固执己见于向时间敞开自我，向世界亮出精神底牌。

德高望重的诗人张新泉先生以极为准确而又不乏溢美的言辞评价李自国："善于用自己独特的视角去审视大千世界、芸芸众生，涉及的题材广泛，诗风练达，诗意丰满，其诗集流露出诗人自觉的生命意识和探索精神。他从家乡富顺走向全国，几十年的历练，诗人行进在自然与时代、有限与无限、宿命与抗争之中，从行走的风景到内心的思想，从简单的物象到繁芜的心相，这些从诗人灵魂深处流淌出来的诗歌，就像是泥土里种出的粮食，具有真实自然、向善向美的力量。"

四

文学是人学。长期以来，这几乎是世界作家的共识，推扩言之，人学也是诗学的有机组成部分。诗集《我的世界有过你》，本身就立足于"我"与"你"的二重维度，探寻的是"人"与

"世界"的关系；当然也包含诗人的主体诉求与外界的扇形辐射，因此，他的诗自动抵及屈原、刘光第、文同、鲁迅、巴金等心仪的知音。这是诗人在为自己的精神成长寻找标高，是灵魂对话的诗意实践。对那些在黑暗中采集光明与放送精神光辉的"名人"，李自国充满崇敬之情："哦，百年沧桑百年灯火百年后的这个夜晚／在2005年10月17日的天空下／在成都市区以远的龙泉驿，在巴金文学院里／一个中国诗人凭吊一位世纪老人归来／一个中国诗人在细雨纷飞的秋夜里哭泣。"从怀念巴金一诗的结尾可见李自国的诗性态度。巴金作为文学良知的中国作家代表，对李自国的影响是深度的、刻骨的、誓志的。"凭吊"这个关键词，在他笔下，不仅指向灵魂的导师，也指向久远的历史风物及其人文要素，这就不难理解"三星堆"这个词被他升格成一个意象一再出现在书写的笔端，这份精神考古的"诗言志"，是在为灿烂的巴蜀文明续脉，是对一个神奇古国的礼赞，对先民智慧的膜拜，"泪水在凝固，时间在证明""每一路都感动神明，每一步都相信自己"。诗人李自国深信，在文明长河与人类头顶的天空中，三星高照，精神永存！

写到这儿，不得不提及"五幕大型歌舞剧'三星堆'咏叹调歌词"，这部分内容，彰显了诗意接续传统的效度，可见李自国的传统不是抒情空载的虚无，而"意味着一种站在自己时代之外，发现时代之连续的可能性"。英国哲学家迈克尔·欧克肖特认为"传统"本身绝对不是确定的，如流水般，断乎不能停滞或控制。传统是历代经验的累积，体现了人们对行为规则的领悟与熟悉。传统在继承并重新创造过的人身上。"人"是过去和现在的衔接点，自我就是世界，世界也是自我，这是抵达现实的唯一途径。参照亚里士多德在《灵魂论》中言及躯体与灵魂的离合问题时，可得此结论——灵魂，恰恰是诗人立足于天地，思接千载、视通万里的一张底牌，因而诗歌比哲学更具现实意味和生命体征，诗人的性情，充分体现了"纯理灵魂"追求自由常在的博大、永恒与纯真。川人李自国的抱负，是以"同一性"为坐标，穿透了古今的诗性特质，是时代前沿的一种纯粹的瞻顾。他的抒情始终维系于宏阔历史背景之上的闪亮星辰。铁骨铮铮的诗人公刘先生说："只要这位诗人是有时代感，历史感，又有责任感的，那么，他笔下的我，肯定既是这一个，又是这一群！"因此完全可以说，李自国塑造的，是一种情感的深刻。评论家孟繁华在《写出人类情感深处的善与爱》一文中表明了如是观点——有情的文学，强调文学书写人间的情义、诚恳和人间大爱，它既不同于对人性恶的兴致，也与流行的"心灵鸡汤"是完全不同的两回事。"心灵鸡汤"是一种肤浅的大众文化，是画饼充饥、虚假抚慰和励志的一种"诗意"形式。而有情的文学，是对人的心灵和情感深处的再发现，它悠远深长，是人类情感深处最为深沉也最为日常的善与爱，这就是有情文学的动人之处。"一声声正义呼唤着我 / 一次次良知唤醒了我 / 我要说，我要挺身而出 / 大地上一道电光闪过 / 我胸中燃烧着熊熊怒火"（《我要说》），李自国的情，是大情、深情、至情，他勉力贯古通今，去伪存真，不避严酷现实，投向生活以炽热的爱与使命担当的"愤怒"。他喷发的激情，不是空洞的呼号，更不是单向意义的夸张。这悲怆之思是诗人对历史的拷问，对尘世的唤醒，他执着于"理想国"的建构，像大地一样负重前行，坚信"只要头上有三星闪烁，生命之火就永远不会熄灭"。

"文章合为时而著，歌诗合为事而作。"完全可以说，白居易在《与元九书》中倡导的这个"诗观"，随着诗歌革命的推进，如今虽常被诗人们挂在口头，但实际背离甚远，而观察李自国的诗歌创作，却感佩他还有着一以贯之的特质和名副其实的内在赓续。一个歌以大地、诗以真情的诗人，其在广袤大地远涉迢遥，不仅心有你我，更是诗及万象，每一次面对世界的情感释放，他都在积极导向可能的深刻。

五

"在任何艺术作品中，作者对于生活所持的态度以及在作品中反映生活态度的种种描写，对于读者来说是至为重要、极有价值、最有说服力的……艺术作品的完整性不在于构思的统一，不在于人物的雕琢，以及其他等等，而在于作者本人的明确和坚定的生活态度，这种态度渗透整个作品。有时，作家甚至基本可以对形式不做加工润色，如果他的生活态度在作品中得到明确、鲜明、一贯的反映，那么作品的目的就达到了。"评论家何向阳在撰文谈论学习习近平总书记关于文艺工作重要论述的体会时，引用列夫·托尔斯泰的话道出了创作态度对作家作品的重要性。她进一步阐述道："决定作品分量的因素有很多，有内部动力，也有外部环境。但归根到底起决定性作用的还是内部因素，文艺作品是经由作家艺术家创造出来的，作家艺术家对创作的投入程度决定着作品的未来面貌。在一个通往'经典'之域的艺术探索的旅途上，作家艺术家手中掌管着一枚打开读者'心门'的'钥匙'，这枚'钥匙'不是别的，正是他（她）作为创作者的态度。"[6]以此观照李自国，会非常明显地得出结论，他是一个创作热情与创作态度高度一致的当代诗人，虽然有着极不平凡的成长经历，却一以贯之地葆有诗歌之真，每一次诗歌灵感的触发，都有着积极的心灵建构与思想深刻的导向。"我从井场那边回来 / 夜，已经很深很深了 / 三三两两的 / 盐灶、茅舍 / 在我案头 / 隐隐出现了 / 两千年的遗存 / 让我沉默了许久 / 我在那里遇见很多 / 温故的老人／他们仿佛是一具井架／仿佛是我明天……"这是他的组诗《生命之盐》中开篇第一首《采卤》，诗人忠实地描述深夜采卤回到寒舍的清苦生活，但日子没有击垮他，反而让他心智明了，这首200多行的组诗奠定了李自国作为一个现实主义诗人在中国诗坛的地位，也确立了他的精神谱系，确立了他的精神意象："我们一代代打动它／兢兢业业抛下／生命的长线／直到盐不再是盐／我们跟它一起荡漾世界。"20世纪90年代，当碎片化诗歌在诗坛苗头甚烈时，他却孜孜以求地潜心创作出了影响较大的"盐系列"和"森林系列"的诗歌。他下过盐井，当过林场工人……这人生的宽阔，成为写作的财富，也成就了他的诗歌高度。"杰出的作家和诗人是一定历史时期先进时代精神的反映者。"诚如何向阳的思考："诗人"如何做好这个时代精神的反映者，如何做到"把人类情感中最崇高和最神圣的东西，即最隐秘的东西从内心深处揭示出来"，所需的仍是创作者对时代生活葆有的态度。热情关切的态度，而不是旁观中立的态度，才可能使作家获得更宽广的视野、更博大的胸襟，才能把握时代的整体发展而不只纠缠于一己的"杯水波澜"[7]。

从"盐""森林"到"大地"，以及"燃烧的雪"，对于精神意象的确立，诗人李自国表现出极高的"政治自觉"和极大的"灵魂策应力"。而"精神意象"无疑是贯穿一个诗人生命的"压舱石"，因而，如果从终极性的丰度去认证一个诗人的存在意义，建构属于自己的身份识别系统，即精神意象，何其重要！如果说"盐的喊叫"与"森林的歌"让李自国拿到了通往诗歌殿堂的船票，有了开辟写作航道的专属权，那么，对"大地的书写"，在拓宽他的诗歌广度上，则表现出"集结号"的气势。如前文所述，共分五辑的《我的世界有过你》都围绕"大地"展开，执着于"用启明的星辰照彻了一个人的世界和大地"；耽美在"天地之间／十万只大雁已远离湖畔／十万只羊群纷纷归栏／十万个灯盏照亮了众生的路"的诗学景观，李自国越走越开阔，个体生命的浩荡在脚踏实地的印证之中得以贯穿和发展，人与自然之间的关联度，就有了从诗学意义到哲学意识的自然衍生及演化，念想之间的"远去的虹"与"开启的窗"互为"生动"的场域，在客观与主观之间形成诗意推动力。作为美学意蕴生成的前提，诗歌之于个人，只有与现实形影不离并获得提炼的由头，才会产生兴起的言外之意。越过感性的躯壳，诗歌一样有着理性的要求。个体的生命、人生的行止其实都是在参与那个浩大的自然循环（"大全""大化"），由道而分得并且呈现、持存的形体终究归属于更浑整、更全体的大自然、大生命、大道场，天人合一，一气流通，所变者无非形态而已，如此生命都将因知道、顺应天道而获得终极性的安慰[8]。是的，任何时候，诗人顺从内心的召唤，朝向自然大化，在更宏阔的"远方"书写自我及个人体验之真，捕捉对应灵魂的"意象"，都将获得诗意的奖赏。比如"雪"，在李自国诗中，已经越过古典与浪漫的"痕迹主义"，而生成了知音般的"对位关系"。在《燃烧的雪》中，他的抒情带着内外兼修的价值考量："就让燃烧的雪走进黑白相间的／那帧山水画里，默默地吮吸／走进这个世界最深处的雪／不屈服的腰身，六角形的风韵／使她永无止息的亲吻大地／而飘落的主题，更像雪的灰烬／因一位醒来的大地女神／被她的千年飞雪闪烁在隔夜的篝火里"；在《浮生的雪》中，他的视角已经超越了本我的认知："这是一年中最难耐的等待／雪在融化雪在漫山的枝头啼叫春色／雪将善良的人子融化成／一滴滴水，在永恒的漂泊里／雪让小溪们引领她们到遥远的山外去"。毋庸危言，这"雪"俨然是作为诗人的李自国的灵魂的"远方"。但我更惊讶的是，他的"远方"书写一直在场，高洁的灵魂与现实的发声重合度很好。这种"意会"在组诗《蜀人原乡，隔世的雁叫声》中有着不错的"伸展"。这里，"蜀人"体现了指认自我身份的诚恳，"原乡"与"雁叫声"构成了"乡愁"与"远方"的无限可能性。关于诗人及诗歌中的"远方"与"乡愁"，我的记忆中，霍俊明有一个比较深刻的判断。他说，这种"乡愁"与一般意义上的"乡愁"显然是具有一定的差异性。这种"乡愁"体现为对城市化时代的批判理性理解。在城市和乡村的对比中更多的诗人所呈现出来的现实就是对逝去年代乡村生活的追挽，对城市生活的批判和讽刺。或者说更多的诗人是在长吁短叹和泪水与痛苦中开始写作城市和乡村的，或者说当年布鲁姆所说的"怨愤诗学"正在中国本土发生[9]。

"吾生已有年"的李自国，多有看淡世情的平和，少有壮怀的峻急。其"乡愁"的历史感尤为显目，"麻烦亲把雁江的名字改过来"，一个"麻烦"，多了"谦卑"而淡了"怨愤"，而这一转，恰恰表现了诗绪的"沉稳"、诗心的"平静"、诗学的"大成"。"改回唐朝，可以请李白写一首涪江的唐诗／改回元朝，可以让雁江哼哼几句元曲／改回明清，可以让雁江不再是江，而变成了章回体／但章回体小说的雁江是咬人的，多灾多难，多难邦兴／因此还是要麻烦亲，把雁江的名字改过来／／改一个打马南山、采菊东篱的名字／改一个有黄河长城，又有埃菲尔铁塔、东方明珠的名字／改一个暗合生辰命理、周易五行的名字／改成千亩小说的良田、万行无公害的联翩雁语"。其实，"改"这个姿态及其导向隐含的作者心性，何尝又不是时代语境下的批判本质？诗人的痛点与泪水因藏得很深而更具意味和诗性深度。这组诗粘连现实，勾连历史，想象瑰丽，铺排磅礴，追问声正，延展了他一贯的创作激情，充溢着一种豪气。

这种独特气象与内在美学品格，在何光顿看来，就是四川新诗的"陆地气质"，这种特质"是以四川诗歌为代表的陆地文化经受欧美海洋文化激励冲击中所形成的，它既是四川诗歌的地域性品格，也内在地承传着中华民族的民族精神，它更偏向于一种具有悠久历史和厚重底蕴的陆地气质，它刚劲而厚实，宽广而沉稳。这种陆地气质可以看作是从《周易》的乾卦和坤卦共同开启的天地境界所昭示的，其渊源还可追溯到商易《归藏》和夏易《连山》，甚至中华古神话和古人文共相交织叠合的三皇、五帝时代，那里有华夏先民与山川河流，鸟兽虫鱼的休戚与共、利害相关……中华民族诗学中的这种'陆地气质'，此后虽因为各种不利因素而时时被扭曲，但却终究历数千年而不绝，厚植深根，它既锻造了中华民族的民族精神，也锤炼了诗歌的'陆地气质'。"[10] 作为四川诗歌的中坚力量，李自国以更加积极的创作态度融入时代，可以说，他的脚踏实地正是"陆地气质"不可或缺的传统，是贴近生活、高于日常的灵魂回声。当现实背景的植入有效地作用于诗人的书写意识，当代诗歌的可能就有了历史真实的微言大义，具备了相应的人文深度、思想深刻与知识纵横[11]。从《我的世界有过你》到精神意象的确立，李自国为"蜀诗"注入的活力，以及诗意的多维度打开，尤其是地理诗学的历史回应与现实跟进，都不乏亮点！

　　总之，李自国以开放的叙事胸襟、健朗的抒情风范、达观的诗写自信、沉稳的美学实践，开启了自我诗歌创作以周雅的精神意象和宽绰的精神背景，其作品展现的大地意识和家国情怀，在宏观与微观的两个维度，都已成景观，值得关注。

参考文献

[1][2] 吴思敬：《对古代与西方诗学文化的双重超越——百年新诗传统之我见》，《当代文坛》2017 年第 5 期。

[3] 孙绍振：《孙绍振如是解读作品》，福建教育出版社 2007 年版。

[4] 罗振亚、许仁浩:《智、力、情的互动共生——论叶延滨新世纪的诗歌创作》,《扬子江》2019 年第 4 期。

[5] [法] 朱莉娅·克里斯特娃著,林晓、宦征宇、王琰、黎鑫译:《反抗的意义与非意义》,吉林出版集团 2009 年版,第 28 页。

[6][7] 何向阳:《最终决定作品分量的是创作者的态度》,《文艺报》2019 年 7 月 24 日。

[8] 吴志翔:《天地与我默契——朱熹理学的美学意蕴》,中国青年出版社 2013 年版,第 139 页。

[9] 周明全:《70 后批评家的声音》,云南出版集团 2017 年版,第 15 页。

[10] 何光顿:《当代新诗发展的现状与前景——以四川新诗群体为例》,《中国文艺评论》2019 年第 5 期。

[11] 芦苇岸:《柔软的力量》,《星星·原创诗歌》2019 年第 8 期。

（原载《诗歌月刊》2020 年第 10 期，本书稍有改动）

浅薄世相与深刻自我的较量

——从《自省书》论荣斌的诗

内容摘要：诗不仅仅是一种有意味的形式，它更应该关注进入灵魂纵深的使命与担当，不断升阶人类的精神向度和美学穿透力，拓展人性的深广度。崛起于 20 世纪八九十年代的广西诗人荣斌，以更本色的性情，抵近最真的心，他在诗歌中彻底释放被现实压制的"本我"：言笑不羁，插科打诨，自在洒脱；执念的意识流、情绪的新浪潮、语言的组合拳，自由挥洒。他的诗歌充满自省精神，他选择"在人间"的匍匐状态，以肉搏的方式精审经历的一切和对未经生活的预判；执着审视不洁的生命和人性，审察尘世善恶与社会明暗，审判崩塌的伦理道德及灵魂黑洞。创作始终紧贴时代语境，具有当下性、及物性、共生性、开放性特征。其作品富含经验饱和以及雄视人间的尖锐与敏感，彰显了生活的下沉之力与个体求真意志生成的形而上的抒情风度与叙述宽度。

关键词：荣斌；自省；审视；经验；精神；诗意；现实观照

初夏的一个中午，在小区附近医院打杂的父亲工休时间荡至我书房，随手拿起桌上我正在细读的《自省书》……上班钟点到了，他起身，笑着合上书，说："这个广西人，写得有意思！"作者介绍里的"荣斌"二字，他可能认得"光荣"的"荣"，但一定不识"文武"之"斌"。这个只读过小学三年级的古稀老人，能读出"广西人"三个字，并津津有味于一个陌生人的诗歌，一言不发，一动不动近两小时，已很了不起，末了还发出"有意思"的评价，近乎伟大！看得出，他是读懂了！按照白居易的诗写标准，能悦纳白丁且带出笑容和体会的，最起码也算得上很有意思。

很有意思的荣斌，生活中，说话机锋暗藏，不乏喜感，不失洞见！看得出，这是一个被生活痛击也痛击生活并业有光华的人。这样的人，需要一个出口释放被现实压制的"本我"，比如书法、摇滚、油画、行为艺术，等等，而他，选择了诗歌。在诗歌中，他完全摆脱了世俗交往的平衡术，以更本色的性情、抵近最真的心，言笑不羁，插科打诨，自在洒脱。执念的意识流、情绪的新浪潮、语言的组合拳，自由挥洒。其滔滔之势，足见"胸中有誓深于海，肯使神州竟陆沉"（宋·郑思肖）的气度。这是一个心意荡然、盛年望气的人。其作品富含经验饱和以及雄视人间的尖锐与敏感，彰显了生活的下沉之力与个体求真意志生成的形而上的抒情风度与叙述宽度。

一

广西诗人荣斌，崛起于20世纪八九十年代的汉语诗潮，曾一度走失诗坛，近年来，他的诗歌创作表现出极强的活跃度与新归来者的迫切，相继出版了多部诗集，诗作频频亮相多家刊物并入选多种选本，被译为英、韩等文字，荣获过2014《山东文学》年度诗歌奖、第六届《诗歌月刊》年度诗人奖、第五届广西少数民族文学创作"花山奖"等奖项。尤其值得一提的是，他的第六部诗集《自省书》入选"中国当代著名诗人译丛"，并在韩国出版发行，被列入"中国当代著名诗人译丛"第一本，由被誉为"中韩民间文化交流大使"的著名汉韩双语诗人、翻译家、出版家洪君植担纲译介。洪君植亲自为《自省书》撰文《灵魂旁观者——荣斌〈自省书〉的观世之眼》，对荣斌的诗歌进行深入解读。"旁观自我，旁观世间万物，荣斌无疑是一位灵魂的旁观者。"洪君植如是说。[1]

在我看来，荣斌的诗歌始终紧贴时代语境，具有当下性、及物性、共生性、开放性特征。奋斗的艰辛磨难、人生的酸涩苦楚、生活的坎坷跌宕，交织着赋予他诗歌丰富的经验塑造与复杂的多棱变异，技艺多重，手法多样，无论是内在感念，还是日常情景，都能自动进入他的情绪捕捉，并被贴切而有效地表达出来，形成明快、通透、纯粹的艺术个性。作为商业大海中的一粟，他无法干预自己的渺小，无法摆脱被俗务淹没的命运，但作为诗人，他完全拥有自己的道场，在精神领地设坛讲经，求真悟道，诗歌既是他脱俗的利器，又是他作为一个旁观者不可或缺的镇静剂。《自省书》《在人间》等诗集中的作品，以强烈的现场感和醒在的现代性，指向外部世界与灵魂秘境的双重维度。难能可贵的是，作为广西的一名壮族诗人，荣斌的诗歌没有司空见惯了的少数民族地区诗人的地域烙印与自闭界限。在某种意义上，生活的宽度就是诗歌的广度，这是一个成熟诗人应该具有的大视野。所幸这些，荣斌都具备。在诗歌判断上，以苛刻著称的诗人林莽赏识荣斌的诗歌"写出了生命中的真情，写出了人生的矛盾冲突，写出了个人的向往与生命真实"，称赞他的"语言有发散感，意象选择也很有内容并能够落到实处，与人的处境相关联"。

在向度上，最为有趣的是，从"奔跑的荣斌"的被动到"自省的荣斌"的主动，将他贯穿，如此清晰的个人精神脉络，在当代诗人景观中，极为少见。如果洪君植评骘的"灵魂旁观者"可以作为荣斌的诗写主导，那么，《自省书》无疑是这一结论的坐标参照。

二

审视是荣斌诗歌抵近精神深处的重要途径，他的诗，几乎一半以上，都有这样一层意味存在，审视不洁的生命和人性，审察尘世善恶与社会明暗，审判崩塌的伦理道德及灵魂黑洞。与普希金评价密茨凯维奇时所说的"他站在高处审视生活"不同的是，荣斌选择"在人间"的匍匐状态，以肉搏的方式精审经历的一切和对未经生活的预判。

在论及诗人的水准及其诗歌的成色时，"审视"无疑是个硬指标，是文学意义与作家价值的基本属性，诗人通过审视达到对生活本质鞭辟入里的透析，获得人性挖掘的力量，进而迈向更高层次的审美境。荣斌的区别是，与不少诗人一味圣化自我，只是站在他者视角，挞伐丑的人性、恶的世道的操作方式不同，他不仅拼力审外，也无情自审，彻底卸下伪装，不断揪斗自身问题，从而更好地认知自己，尝试着改变自我。于是就不难理解，在他的诗歌中，总有搏击强烈的情绪浮现，以及因情绪凝结的直抒胸臆，那种撕裂的甚至嚣声激越的语言，为他钟爱，那么信手拈来，就有了诗的批判意味。"谁来给我补上这准确无误的最后一枪／让我完成从站立到倒下的壮观……"（《面对枪口》）。显然，对于世俗的"我"，他是不满意的，一个诗人，敢于从自身寻找沉疴并予以刻薄的痛斥。要启悟众生，先解决自己的问题，这是审视一切的基础与支撑。只见苍生蒙尘，不识自我丑陋，是避重就轻的狭隘；敢于以我为敌，拿自己开刀，其实就是一种冲锋在前的宽阔。

值得关注的是，荣斌的诗歌中耽于重笔书写的占绝大多数，综合观察其作，这一部分也最为他擅长。在乔伊斯看来，抒情诗是"艺术家以与自我直接关涉的方式呈示意象"，在荣斌的意识里，诗是重力大锤下的产物，即便他的那些"口语"实践在刻意避重就轻，但依然不失重口味的一再加持。

有意思的是：他审美，也审丑；审明，也审暗。"走在黑夜里，没有星光 / 灯盏在街道闪亮，我是孤独的客人 / 脚下永远是陌生的地方 / 今夜里穿过你紧闭的门窗 / 这条路像黑夜一样漫长 / 经过了那么多沧桑，感觉有一点凄凉 / 亲爱的，如今你是否无恙？ / 今夜里我在黑暗中行走，在黑暗中惆怅 / 你可记得我当初的模样？"（《夜行人》）。如果"走在黑夜里"喻示的多数是诗人灵魂孤独的缩影，那么"夜行人"荣斌体感到的"世态炎凉"的寒彻，无疑多了更深的迷惘与无助。他不停追问"我们还有多少路可以走"，坦白"我时常迷惑"，便作出放肆的结论："世道变了 / 淳朴的心 / 变得那么不可琢磨 / 我们都流离失所在 / 一条叫作欲望的街上"（《隐痛》）。"欲望"，这人性之恶的根本，是诗意淡薄的人间隐痛被芜没的病灶，而且源源不断没有尽头，诗人不说"路上"，而说"街上"，是因为诗人分得清二者的截然不同的指向，"路"隐含求索与奋斗，"街"明喻市井与红尘，让人联想马戏团一样的世相，痛心顿生。

三

尽管诗人《〈自省书〉序》自白："我的问题在于没有把诗歌神圣化，更没有把写作提升到生命的高度。"但他同时又说："我只是习惯把它当作与灵魂对接的一个通道，而语言是这个通道唯一可靠的元素。"这种悖反心理充斥着强大的矛盾情感，能把"诗"作为对接"灵魂"的通道，而且是"唯一可靠的元素"，那么，诗歌之于荣斌的意义不言自明，因为"不可避世"，所以"诗歌"才有让诗人中毒一般的痴狂,除了"灵魂",哪还有比"生命"更高级的形态诉求?恰恰是这种复杂的心绪呈现,让诗人的精神形象更真实而可信。因为今天的诗人,已不再高踞庙堂,诗人也是炊烟下的一员,是"街上"的一分子。舍勒认为:"在人类知识的其他时期中,没有哪一个时代比得上我们今日,人变得对他自己更成为问题。"[2] 正是这一"危机中的人们"的映射,使荣斌的诗歌貌似"油滑"实则"诚恳",他恳切地表露自己的一切。在蝇营狗苟的现实中,他始终不弃诗歌这"微弱的力量",并"以近乎自残的手段"塑造着自己的另一重生命,在浅薄世相中构建深刻自我的虚幻灵魂。"我仍然相信内心的颜色""像神经病一样写诗""一个诗人的批评与自我批评""我在诗歌的羽翼下存活""在傲慢与偏见中寻找诗歌的影子"……这些诗,张本省察与审视的重力,以一种极端的方式透视诗人的果决,是一种完全意义上的誓言。"我的灵魂需要被收拾,被整肃 / 被自己用割腕的刀片 / 重新雕刻,还原成最初的样子"(《我在诗歌的羽翼下存活》)。如此疾言厉色,一方面表达诗人对诗歌的忠诚;另一方面,见证诗人对灵魂羽毛的爱惜,对诗歌桂冠赤胆忠心的慕求。

其实这是一个传统。屈原发出"路漫漫其修远兮"的"天问",但丁"走自己的路,让别人去说",鲁迅"我以我血荐轩辕",等等,无一不是以灵魂的高度指导自身生命的延续,以更高意义的追求存言立身。当代诗人荣斌,"不管天空有没有阳光 / 我的脚步都会 / 在流言与偏见中昂然穿过"。在无数伤痕累累的夜晚,抽离滚滚红尘,写着属于自己的《安魂曲》:"让我沉寂下来吧 / 形同晦涩的泥沙 / 路边的狗尾巴草 / 落在秋天的残叶 / 哪怕是,剥开的 / 即将被弃的半枚蛋壳 / 让我沉寂在这夜里 / 像划过的一颗流星 / 没有归处的脚步声 / 失巢的归鸟 / 或者,流浪的猫 // 我就

这么心甘情愿的 / 解除了武装 / 放弃了戒备 / 躺在早晨的阳光里 / 感受第一束黎明 / 迎娶第一朵花香"。一个主动句联合强烈语气词开头,可见,"沉寂"对安放一个人的灵魂有多么重要,于诗人又是何等的迫不及待。问题是,在今日诗坛,安静、沉寂、低调、人品,这些无辜的词语,早已被诗人们伤害得俗烂无比,成了多少有图谋者自贴标签与自我标榜的口头禅,实则是打着明晃晃的旗幡,放纵着掩耳盗铃的丑陋,少有像荣斌这样实事求是的勇气,这般的"心甘情愿"。

这些直白其心的情感抒发和朦胧思绪的一再强化、形象化,旨在表明,在安放灵魂的路上,没有什么可以把"我"阻挡,而远涉途中,也没有任何意外可以让我举手投降。只有诗歌,才可以让我"放弃戒备解除武装"。这首诗,一定是在经受打击、痛定思痛中写下,尽管诗中有对自己的戏谑和斥责,但总体导向清晰,写得庄严、正气。阿赫玛托娃在创作《安魂曲》时正经受着儿子入狱的巨大痛苦,可她在将痛苦诉诸笔端时,她却感到自己感情里的虚假,这正是因为她不得不将个人感情转化为形式。形式为了成全自身,利用人的情感,从而成为情感的寄生虫[3]。是的,在"事实"(情绪)面前,形式(技巧)已经不重要了,于是无所顾忌地脱口而出:"让我沉寂下来吧!"读荣斌的《安魂曲》,我不禁想起铁肩担道义的诗人沈苇的同题,沈苇在写下《安魂曲》后说:"从现在起,思考与反省是诗人要做的工作,也是语言的责任。做一个受伤的理想主义者和哀伤的人道主义者吧,穷其一生,呼唤一种绝对的人道主义精神!正如一家有良知的国内媒体针对这一事件指出的那样:无互爱,不人类!"[4]与沈苇积蓄力量,集束于文化生成的诗意内核的掘进作出爆发式的书写不同,荣斌的多数诗歌几乎都在围绕这个终极命题进行击鼓传花般的情感再造。

严格来说，荣斌的《安魂曲》更像是一首序曲，他期待的"安魂"，不是靠一首诗完成，而是靠整体的诗意书写，尤其是人到中年之后的现实观照，更具有强烈的灵魂诉求意味，刻不容缓。于他而言，那些伴随浮生的挣扎、焦虑、困顿与愤懑，唯有不停地诗写才能得到根本解决。

四

为着灵魂的写作，是一个美艳却极为冒险的事情，尤其在当下，现实已经强大到了淹没所有奋发图强的想象，诗人在处理"生活"体验与"生命"经验，尤其是"乌托邦"的一意孤行时，很是棘手，往往难以专注，容易受制于各种被动干扰、人事牵扯和道德绑架的无可奈何之中。面对这种不堪，却还要坚守灵魂的傲立，致力于志趣的修正，难说不是一种悲哀。荣斌的悲哀在于，既要在商海中竭尽所能地捞取利润的油花，又要保持分身术的另一个虚拟的却更坚毅的形象，不肯放松诗歌在现实中残留的"场"，因此，始终处于疲于奔命的窘境。"我是跟着闪电归来的／这一季深秋的最后一夜，穿城而过／我的脚步声踩死无数雨点／／我站在路的尽头，诀别了车马萧萧／我躺在那首古诗里打瞌睡／用迂腐的方式与一场风暴重逢／／我的习惯就是沉默，如果没有记忆／那么可以通过一杯烈酒／让黯然的未来不会失色／／因为，这些年很多人已经先我而去／而我，仍在挣扎，仍在忙碌／仍在肥美的人间制造最后一枚蛋糕"（《疲于奔命》）。当列宁的"面包会有的"成为革命理想主义在困顿时刻自救的希望火苗，那么，"在肥美的人间制造最后一枚蛋糕"无疑是诗人精神救赎的最后一念。生活经验与生活语言交织，闪现着不甘沉沦的心气与志趣。荣斌的诗歌充满"冒犯"，对世道，对自身，毫不留情，这种"诗言志"的方式，与和"肥美现实"勾肩搭背打得火热的肉体上的荣斌既格格不入又相濡以沫，于是可以理解，孔子论诗的"兴观群怨"中的"观"与"怨"被荣斌放大。"兴"，以他相去甚远的大把年纪，也兴不动了；"群"，即其所谓的"圈子"，他宣称不喜欢去凑，那就只有"观"与"怨"还可胜任，自揭面具的事情，看似好难，实则人力成本最低，何乐而不为？达观地"观"己"观"人，审世诤言，不留情面地"怨"恶"怨"俗，对己开刀，给自己以痛，示人间以笑。这种"高级的虚伪"正是诗歌之光微茫不灭的清洁能源。"总有一天／我会被那些锋利语言吓出一身冷汗／我喜欢撒谎，不知所云／我喜欢躺在稿纸上对自己眉目传情／和文字结成同伙／与黑夜狼狈为奸／／总有一天，欲望散尽／只留半朵烟花／我和诗歌都会沦为隔夜的残羹剩饭／／我承认，这些年我还干了不少坏事／种下太多虚情假意／未实现的坑蒙拐骗／有意或无心，都不为人知地存在过／总有一天／我会为自己的胡作非为付出代价／／而现在，我的啤酒瓶空了／人没醉／我只想趁着夜色，麻醉自己／我知道，总有一天／因果报应，我会倒在流浪狗的身边／不省人事"（《自省书》）。一个诗人，试图将自己与诗歌纠缠经年的复杂情感"一网打尽"，却又很难说出个子丑寅卯，于是，就竭尽所能地自嘲、调侃、激进、玩世不恭，甚至，以恶狠狠的预言式批判彻底捣碎小我，将"我"袒露在光天化日之下。这种不留余地的咄咄逼人的再生性情绪浪潮，是荣斌诗歌的一大特色。

五

今日中国诗歌，再不是以往一种话语模式"一统天下"多年，几个流派"分割而治雄霸一方"的局面了，而变得更多元微妙，更接近每个话语个体的本色发音。谁都可能写出几首好诗，谁也不可摆脱留下诸多败笔的尴尬。诗靠文本说话，荣斌也明白，这个挑战很严峻，也无情。通常，生活——思考——诗，这三个环节的对位紧密而又互为呼应，而对于我们很多诗人，三个环节的逻辑关系基本上走的是递减的颓势，而荣斌拥有的生活"富矿"在当代诗人中绝对首屈一指，因此，他走在递减的反向，既通过精神苦修，达成诗意的递增。

诗不仅仅只是一种有意味的形式，因为其他艺术形式同样富有意味，诗在此基础上，更应该关注进入灵魂纵深的使命与担当，不断升阶人类的精神向度和美学穿透力，拓展人性的深广度。而人性是个中性词，既含有真善美，也不乏假恶丑，那么显然，人的复杂性是万物中最大的意味，诗歌如何客观地反映这一切，如何以语言镜像照鉴更多的真实，并在建构或解构的两个维度上自觉加强多元艺术探索的自我增压。为此，他折叠光阴，不停奔跑："我奔跑着，却毫无目的 / 弱水三千，我也不只取一瓢饮 / 我奔跑着，在金钱和欲望无边无际的荒芜之上 / 人间都已迟暮了，我却还年轻着 / 我在奔跑，不停奔跑，我是奔跑的荣斌"（《奔跑的荣斌》）。说自己的奔跑"毫无目的"，却又"不只取一瓢饮"，无目的的目的，退守中的突围，不止息诗心的搏动，是为度化尘屑盖头的肉身，吁回热力自在的良知，我愿意相信这颗裹着热血的心，依然如初地续展着"真诚、善良、爱"，依旧如帕斯捷尔纳克那样"大放悲声"……

我总是把秋天误以为春天 / 只因春天搁浅了太久，春天长在水里 / 春天有春风渡 / 还有满墙红杏跃枝头，落花嫣然 / 不似景色 / 倒像是一场又一场凌乱的皮影戏 / 它们摇曳成水墨江南 / 春风渡横穿乌桥镇 / 在有满月的

夜晚它会烛亮渔火 / 我喜欢顺着幻觉的幽径 / 悄悄折返 / 在水的右岸，在深秋的肋骨中间 / 回到春风渡 / 这个小小的地方，陌生的，也熟悉的 / 春风渡只是一条被时光忽略的河流 / 但是我知道 / 春风渡有船 / 有鲜明的桨，有动荡的水声 / 还有一张张挣不脱的大网 / 春风渡，只渡破碎的芳心 / 只渡怀旧与离愁，它不渡无缘之人。

这首《春风渡》，发悱于心，出哲于思，开头以反向入诗，强化陌生感与个人情感对应事物的经验之谈，带出着笔实写的对象：春风渡。进而铺展其春意盎然的意象，在主体意识跟进中逐步打开事物隐秘的内在，渲染其熟悉中的独特及其被忽略的存在。接着的"但我知道"的转折，彰显了诗人的审美突围能力，有船，是希望的喻示。桨、水声、大网，所交织的现实构成复杂语境，为结尾升华主旨，起到了较好的铺垫、推动与指向完成。

通常，认识一个诗人，看他对一首诗的完成度只是一个基本面的要求，而诗人在诗歌创作中展现的诗意提升能力，以及拓展其中的丰富性，甚至能较好带出深邃的可供研究与玩味的复杂性，才是真正的心力高迈和诗歌作为文学艺术高标的看齐意识。然而遗憾的是，当下诗歌，有一种单线就浅的流行趋向，为了迎合快餐文化潮流，把诗歌写得表面化的简单和浅白，兜不住更多的出其不意与深度感悟，这其实并非"大道至简"的美学驾驭，而是一种诗人的"无能"表现，是一种才情匮乏的暴徒式赌博，是与复杂现实相去甚远的精神逃逸。荣斌的可贵在于，他既可深入，也可浅出，他写诗，不按概念来，不走套路，一切遵循"兴之所至"与"兴味自造"的个性出牌，率性无羁，天马行空。他的诗，不干瘪，形象性强，生活元素的诗意集成与个人经验内面的有机互文，殖生独特妙趣。"我可以为一座梦境断送所有黑夜 /

也可以为一片绿叶无视整个秋天"(《困境》),这是荣斌的擅长,看似随意的转换腾挪,却具有强力的诗性意识,诗行背后预留的意味空间,确保了诗意在外延与内涵两端的自如与阐发。有时候,他的诗又有着马拉美那样的传神,"一种纯诗的走向与人间晚景的凄凉不经意地浸透笔端"[5]。"我的笔迹早已干枯,贴在窗花上/凝重的粗线条/掩埋着一堆没有动静的零散物件/那里偶尔下一两场大雨"(《五月意象》)。身为商人的荣斌,在世俗生活中冲锋陷阵,人情世故驾轻就熟,但这显然不是他的终极所需,生活的重负就交给皮肉去承受,而灵魂的事业,只能回到诗歌中完成,哪怕最终换来的只是一个诗人身份的确认。

结束语

功不唐捐,玉汝于成。沉潜于诗的荣斌这些年逐渐受到广泛关注,《诗刊》常务副主编商震说:"荣斌的诗热烈、真挚,记录生活情感真实,题材涉猎广泛:有对乡村文化的怀想,有对人文环境的责问。他的诗叙述可靠,情感细腻,有着现实的力量和较好的意义。"鲁迅文学院老师、评论家王冰充分肯定了荣斌坚守诗歌的"挣扎"状态,以及基于这种诗意出发的"思考"生成。《北京文学》原副主编、文学评论家兴安认为荣斌的诗歌有两个特点:一是对自我的审视,甚至审判,很少有诗人对自己有一种深刻的分析、认识、反省,甚至是批判,所以非常难得;二是荣斌的诗无所不包,生活中的任何事情都可以被他用诗歌的形式捕捉和表达,一个诗人的生活中,诗意随时随地都在发生,灵感每时每刻都在闪现。这种态度,特别真诚、执着,令人感动。而对荣斌来说,他诗歌山洪暴发般的现实批判更为我喜爱和看好,充斥人间的诸恶情绪,像瘟疫一样蔓延,那些他痛恨的拉帮结派的圈子，那些沉瀣一气细如游丝却没人说破的邪念根须，需要他斩草除根的"绝杀"，他自知"诗路漫长"，浅薄世相里埋藏着多少等待他开采的富矿。对于一个敢于"为自己喝声倒彩"的诗人，"古老的敌意"由来已久，而深刻自我的远征，才刚刚开始。

参考文献

[1] 荣斌：《自省书》，《中国当代著名诗人译丛》2016 年第 12 期。

[2] [德]恩斯特·卡西尔著，刘述先译：《论人》，广西师范大学出版社 2006 年版。

[3] [俄]阿赫玛托娃著，晴朗李寒译：《阿赫玛托娃诗全集》，人民文学出版社 2017 年版。

[4] 沈苇：《安魂曲》，《诗通社》2009 年 9 月 7 日。

[5] [法]马拉美著，葛雷、梁栋译：《马拉美全集》，浙江文艺出版社 1998 年版。

（原载《南方文坛》2019 年第 2 期，本书稍有改动）

隐喻诗学气象的叙事转化
——吕煊诗歌略评

　　内容摘要：吕煊是有实力的当代诗人，只有深入其情感的内部才能感知他表达的用心。他以悲为美的审美观念包含着深厚的诗歌经验积淀，诗风放达，善于在联想的构成中导入诗境。他的语言没有芜杂感，诗性也有着绵密的足实，以至在抒情上呈现了一种自觉的直接与经验感知的制导。这一点特别重要，避免了情怀的空载。作为一种诗学景观，近些年，他的创作始终处于进阶之势。本文就他的诗呈现的三个特点展开论述：内在隐喻的诗意呈现；江南气象的抒情转化；叙事内化的返璞归真。

　　关键词：吕煊；抒情；隐喻；呈现；江南气象；叙事内化

　　吕煊是一个被遮蔽了的"70后"实力诗人，他的诗，只有深入其情感的内部才能感知他表达的用心。一种放达的基于意识形态变异的意象，在捭阖的联想构成中导入诗境。他的语言没有芜杂感，诗性也有着绵密的足实，以至在抒情上，呈现了一种自觉的直接与经验感知的制导。这一点特别重要，避免了情怀的空载，上升到评论层面，我欣赏他诗歌展现的江南风度：知识体系与生活重力的双重推衍，让他的诗学景观始终处于进阶之势。他长于内在隐喻的诗意呈现，让晦暗自明；由于注重江南气象的抒情转化，所以体悟深刻细致；在并行于抒情的叙事转化方面，既有策略，又能恪守返璞归真的道行。

内在隐喻的诗意呈现

庚子年春节，收到诗人吕煊诗集《悲伤是一种隐喻》，这个集子的出版，我是知道的，但没有想到完成得这么快，像一次战斗，未见阵型摆开，就已载誉而归。可见吕煊是个说到做到的人。识人见义，按我识人经验，这样的人写诗做事，往往比较踏实可靠。

情感真挚，意象鲜活，境界高博，诗心明澈，语义丰赡，阅读吕煊的诗，这个感受明显。身为北大学子，其诗继承了世人寄寓诗歌的正面形态与情感形象。才子意气与人生历练的衍化赋予了作为诗人的吕煊展现心灵温度的多重可能。事实是，在精神层面发生景观裂变并形成视觉自信，诗，便有替诗人发声的自动性、延展性。吕煊试图通过悲伤的审美作用来唤起人们对现实的忧患意识，这种以慷慨悲凉为主体特征的诗意诉求，构成了他情感抒发的基本特色，于是不难理解他下笔的偏好："你早已入了众神的诗篇""春风每年重复着你的远古情爱""几百年后，我在汉诗里读到你""我在桃花的低微处看见了自己"。这种"古典的浪漫"在现代性倡导的诗歌当下，已很鲜见。吕煊敢于直击这样的诗意，并作为情感发端的衣钵，不惮于"文艺"标签对诗质的错判造成影响。这种"腔调"更五四、更世纪风，也是汉语新诗百年早期传统的延续。"诗歌毕竟是一个有思想介入、有情感带入的东西，毕竟是生活中的活人写下的。"[1]这根稻草，吕煊拾了起来，带着对当下的冒犯和在日日新的疾速之外，留下或多或少的"慢"——这种不适感的慨然气度，强化了他的主观诉求，但郁情始终无法被隐饰。所谓悲伤的隐喻，是骨子里流露出来的气质，是他着力维系的虚构与真实。透明，犹如光亮在闪烁。仅从其诗标题能即刻感知他阴柔的内在很坚决，其实悲伤作为诗意隐喻之一，是古有的传统，从《诗经》里的怀人篇什，到《古诗十九首》里的思君部分，以及大量唐宋以来的幽怨诗兴，和五四新文化运动时期白话诗在两情抒写上率先接轨大众审美视线并引起阅读共鸣。以此推因，吕煊对当代诗歌的认知，底盘是稳固的。其实，自魏晋六朝以来，文学上的情感抒发就以悲为主，"吟咏风谣，流连哀思"成风，悲情的审美作用往往能给人以正面的力量，某种层面，这种泣血悲情，更接近尼采的"你将体会到，血就是精神"[2]。就吕煊诗歌的精神征象而言，是看不出多少悲切的情分和哀愁的身影的，他的悲情抒发倾力于内在，一种忧郁王子般的悲天悯人气质，而且，是向外的。"夜晚，我体恤她们的疲惫和寂寞／掏空的粮仓似空空荡荡的子宫／赞美的抵达必须突破黑夜的封锁"(《果园》)。由此可见，"体恤"是他悲伤深处的真情，是诗意留力的底本。在这首诗里，他为那些突破黑暗带来的不确定性提供了一种观察视野。帕斯卡尔说："我只赞美那些一面哭泣，一面追求着的人。"[3]这是一种态度，但当这种态度升格为诗情，我相信包括吕煊在内的当下诗人，凡有良知者，均有深深的共鸣。

作为内在隐喻的诗意呈现，吕煊有自己的书写方式："看桃花，没有理由在意花朵的容颜。／惊喜，桃花荡漾在春风里的每一次战栗／有些妩媚，有些半开半合，有些羞涩／有些是低沉的哀怨／桃花的声音，满腔的细腻／若有细雨伴奏就更显润滑，妖娆。"(《我在桃花的低微处看见了自己》)以悲为美的审美观念包含着深厚的社会历史文化内容，有其历史经验的积淀，《礼记·乐记》载言："哀，怨也；谓声音之体婉妙，故哀怨矣。"《鬼谷子》亦有"故音不和则不悲"，可见悲伤作为艺术美的极致，有着深厚的人文基础。如果"桃花"作为隐喻的整体，那么背后的本体必然关联诗人内心的苍茫。许多如花纷扬的情绪，则滑出了"妖娆"一面。记起诗人张新泉的两句诗——"桃花才骨朵，人心已乱开"[4]。这人心那个"乱"，在吕煊这儿，被细化、被形象地打开了。透过桃花看见自己，吕煊完成了一次意蕴上的华丽转身。这一转，把所有晦暗抛掷身后，留下灼灼其华的光焰。

江南气象的抒情转化

诗歌是人类情感通向世界认知的一种价值体系，这种体系的建立，在文明进程中，由早期民风采集的群口创作渐变为文人化的主观建构之路，个体质素决定着诗歌发展的走向，而众多个体的"美美与共"所展现的思潮风貌自然就构成了诗歌的当代。

在这样的语境里，作为诗人的吕煊蛰居江南一隅，尤其是从浙中山地进入杭嘉湖平原的生活轨迹，从情感上、心理上、习惯上，都对他的感知形成冲击："接近云朵的地方，是那些山峰／色彩总是单调的绿／有些欣喜也有些寂寞／浓墨散开云朵露出自己的内心／雨水带不走世界的苍茫。"（《牛头山听雨》）这灵性的山水，让他偷得浮生闲情，在山中听雨，听出了身体里的江南气韵，听出了雨声中的另一个自己。"雨水带不走世界的苍茫"的写意，既是江南式的，也体现了他内心的阔大，及其对世界保持着的警惕。因此，他的诗在抒情上，既任性，又节制，既注重象征，也不乏透过表象之后的觉察及其带出的沉思。就我对吕煊的印象判断，这是一个身上有夫子气的人，对生活始终怀有敬畏心，为人真诚热情，做事张弛有度，不含糊，不逛逛，是啊，内心潮湿的人，才能葆有整个世界。这是"文人"的基本标识。情怀与本真共生，道义与风骨同在，文学史上多有文人高洁，恪守善道，宁为玉碎、不为瓦全之说，比如魏晋文学的集大成者陶渊明，"一语天然万古新，豪华落尽见真淳"。不说远的，近看吕煊，身上江南贤士气质明显，颇有"有境界自成高格，自有名句"[5]之诗歌风尚。同样是雨，在他诗里如此："把声音切成一节又一节的音符／小心地装入茶壶再混入上好的青茶／直抒胸臆的表白显得莽撞／不适合在小寒的雨夜里吐露芬芳。"（《小寒夜雨寻鼓》）他善于将现实的雨和幻觉生成巧妙地结合起来，形成一种闲适的幻境，既情意如画，又况味漫溢，既写出了即景之美，又抒发了内心的禅意。

不难发现，"雨"这个意象深为吕煊偏爱，散落在他的好多诗中，有时甚至找不到相关性，只是写着就自动迁移，好比一个感性的人说话，说着说着就会掉下泪水。这是一个有执念的诗人的表现，身上有一种对万物敞开的豁达，有一种光芒涌入的江南气象。这雨声是构成他心灵背景的大音。其实，在世界文学格局中，"雨"过早承担着寄寓的功用进入了人们的情感世界。"昔我往矣，杨柳依依；今我来思，雨雪霏霏"（《诗经·采薇》）；"清明时节雨纷纷，路上行人欲断魂"（杜牧《清明》）；"芭蕉得雨便欣然，终夜作声清更妍"（杨万里《芭蕉雨》）……无数先辈的相似情结对吕煊的诗意好求，既提供了参照也给予了佐证：人类在超越物质进入内心世界时是有迹可循有情可依的。"四十之后，时间是我们闲暇的盔甲／雨天听雨喝茶，遇事不慌"，这首《四十之后》，写诗人和友人在亲亲家园相逢雅聚的场景，袒露了不惑之年的心境，诗人借汤圆的煮熟影射秘不可宣的心事，雅兴夹杂谈天说地的随意和臧否人设的无奈，关于家常，关于交结，都被自我一一消解，他于是坦然——其实没有必要针锋相对！无疑，淋漓的雨，为弦外之音给出了旁白，消除了心结，因此诗的最后自动收束在"恶止于善是一件多么美好的事"这个情感节点上，所产生的诗意的当量，非比寻常。几乎在所有的诗文中，"雨"就是抒情主体复杂心绪的一个形象符号，悲伤、愤懑、忧愁、欣喜……吕煊自带的江南生活气息，丰富了"雨"的感知。

综观他的诗，凡涉及"雨"的，都出彩，都有颇为深刻细致的体悟，从文学的角度呈现了雨的自然特征，同时又通过雨的意象描绘出江南景象，寄托了具有存在主义哲学思想的深层情感，塑造了内涵丰厚的艺术形象和文学化的审美意蕴，而且，他所写的雨，往往不是单一的单调的，而是一种复合了难以言说的世事沧桑的生命体验和缤纷的主观意志。或许在吕煊看来，只有客观物象中的"雨"才能充分呈现他内心的明与暗、阔与狭、静谧与喧闹、洒脱与拘谨，人活于世的况味，只有"雨"才能充分隐喻。

当然，作为意象特征，在他诗歌创作中，"酒"是比"雨"占比更大的一个及物支柱，诗酒芳华，快意人生，放达于本我，弄意于本真，诗歌的江南气象，需要气度带动。另外，"茶"也是出现较多的一个情景关联，作为一个高频词，与"酒"共同塑造他的雅，转化他情感的美誉度。

叙事内化的返璞归真

叙事内化是诗歌降低抒情调值的有效手段，是诗歌通过叙事意识的植入，从而产生语言上的变异，造成一种审美张力和感官的具象。

在物质主义甚嚣尘上的时代，虚伪的深沉和世故的精致已经成为时尚，打着各种文化旗号的附庸风雅已经彻底沦落为街头表演。在诗歌一域，那种虚化了的利字当头的摆摊设点、张灯结彩，已经严重背离诗道尊严的初心，然而总有心志不合污者，比如吕煊写诗，就不愿为迎合世俗变声而走调，他坚持诗真诗美，始终让清澈的溪流在情感共鸣中潺潺流淌。

诗人章锦水如是评价吕煊："在这个大家拼命刷存在感的时代，吕煊用诗歌竖起一面灵魂的旗幡，隔空传音般彰显一种生命的厚度。真正的朋友能理解他。他的漂泊始终有故乡的情结、乡愁。正应了海德格尔的诗句'诗人的天职就是还乡，还乡使故土成为亲近本源之处'。因此，他的诗歌生成状态就如同春风中放牧风筝，不管飞得多高多远，都离不开故土这条割不断的线。他的诗歌是一种深邃的眼神，总能在一个高度打量熟悉或陌生的存在，透过表象，抵达内部。譬如山川、河流，譬如村庄、老宅，譬如故人、乡音，等等。他的诗歌语言并不高蹈、矫情，而是平和、温暖、博爱，有一种深到骨头的抚慰，让人读着内心恬静又起微澜。'行到水穷处，坐看云起时'，诗情氤氲，还有禅意。"[6]

没错，诚如前所述，吕煊在我印象中，就是当代江南的士大夫，抒情是他诗歌的底色，为他擅长，也广为读者称道。他音准稳固、吐纳自如、心境澄澈，我的诗人朋友曲近以"深入浅出、节奏轻松明快、色彩纯正、语感较强"对他的诗歌给予了精准评价。当然，这是基于抒情面的阅读印记，就一个诗人写作的宽度而言，吕煊还有值得称道的地方，那就是在抒情基础上的叙述效度，增值了他的返璞归真，这个向度的书写实践，助力他自如地把诗意日常最大限度地呈现与打开。我注意到《白头发的叙述》一诗，写一次理发的感悟，从理发师的手艺迁移到"中年"这个生命区间的流年不易，第二段回忆年轻时的"少年白"，把对身在异乡的女儿的思念不露痕迹地带入，"女儿在一个说英语的国家对着镜头／让我把仅有的黑发梳理一遍"，这不似匠心的高妙结尾，让我惊讶。倒置的结构，清晰的映衬，连"中年"的现实无奈都被处理得那么轻描淡写。女儿的活力突入让本要滑向时间悲切的意念陡生喜感，让内化的叙事，有了外向的呼应，又回到了吕煊的抒情轨道上来，这种回返，对于一个经由世事但不弃精神追求的人而言，是诗意归真的必然！

吕煊是一个血液流淌着激情的诗人，灵魂闪耀着韧性之光，作为一个江南诗人，并没有在春风沉醉中迷失，而是通过诗歌这种形式的修行，打开朝向未知的视野，在异度空间呈现大于现实的开阔。在中国当代诗歌中，江南一直是不可忽视的诗歌重地，如就现代性的功绩考量，甚至就是主脉！白话运动以降，江南诗风的现代性探索一直方兴未艾，精彩纷呈，表现出艺术自觉与精神自足的优异，这关乎诗人们沉潜不躁，心灵愉悦。吕煊作为其中的一员，展现了诗艺进阶的自求，他在诗歌中始终保持着真切的热忱和成熟的素养，尽管日常忙乱，工作千头万绪，各种光怪陆离的非诗因素不断冲击，依然动摇不了他归真的决心。在他眼里，万事苍茫咸有意，一切景语皆情语，"在春天学会低头向植物的根部／向卑微致敬／幸福会从土里冒出温暖"。通常，内化之功是考验一个诗人的重要环节，文字里的人、事、景、情，如何才能促成诗意的致命一击，需要慧眼，更需要敏锐的感知。即便像《去丽水看方野》这种以叙事为基调的诗作，他也能写出饶有趣味的丰盈感和走心的活力来。

这得益于他善待世界的原动力。在《图书馆》中，他以少有的口语写作铺陈事实的诗意，通过寻找离家很近的图书馆与"我们"的疏离，折射现代人对文化滋养的蔑视，批判意味藏在叙述的清淡语调中。这难道不是世俗社会的一种痛？人们忙于功名利禄，在滚滚红尘中左奔右突，却不承想把切近自身最富诗意的东西丢弃。显然，图书馆是精神世界的隐喻，诗人希望鲜活的"真实"唤回迷踪的现代人，吁请"诗意的栖居"的归来。同样作为批判入题视角的诗，他在《阳光的多种情绪》叙写了一种哲学思考的张力："阳光，是一首充满语病的诗／她违背了黑暗的协议／独自向往光明／／人间，有许多历史必须是背地里干的／如王子擅长的风月／入侵他国的花园／有了坚硬的快感和幸福／／阳光，打开虎皮般的诱惑／妥协和虚伪顺着草尖生长／每一场暴动／总有人幻想充当英雄／／我在四十岁之后／遇见阳光，恍然／一切都来自空白。"阳光—人间—我，构成了诗的三维体系，基于自身生命的追问，诗人想要探知的是一种精神深度，而黑暗与光明的博弈，在广阔的大地上无时无刻不在上演。但是，这一切，终结于"四十岁之后"这个被时间浸淫的"我"，是的，一切终将是过眼云烟，空白是无形的宿命，当哲学遇到诗，唯有本真的情绪可完成多重注解。正如王小波所言："用一片童心来思考问题，很多繁难的问题就变得易解。"[7] 一个有抱负的诗人，在审视和意识钻探中，捕获了瞬间的美学感触。从俯瞰到附身的姿态转变，抒情的浓度和叙述的冷静，被勾连起来，虚实紧靠，形成一个矛盾对立的整体，从而达成认知的隐喻和阐释的透视。

总体看，执着于隐喻实践已经成为吕煊创作的一道风景一种动力，而基于诗学自觉的生命体认，在很大程度上，让他回到了诗的内在，在发力的两端或两个侧面同时展开抒情方式与叙事策略的探索，进一步推动着他认知世界的无怨无悔。写诗，吕煊是有主见的，在他的作品中，不管是抒发山川风物、勾画乡事故人，还是爱恋粗茶淡饭、叙写生活经历，都很专心致志、深情款款，他从来没有停歇在文字里找寻另一个我的脚步，那个他最愿意靠近的"真我"在冥冥中引领着他"日日新"。正如艾萨克·阿西莫夫说："我一定要去寻找，就算无尽的星辰令我的探寻希望渺茫，就算我必须单枪匹马。"[8] 其实每一个跋涉的诗者，都注定形单影只，从他诸多宿醉的诗中，可见作为一个诗人，其情怀里永远有一个风霜高洁的形象，那是精神征途中必不可少的诗歌真诚所带动的庄严与崇高。如今，他跟随波德莱尔，用心于诗歌表现领域的拓展，像他本人在《爱在》中说出的，将诗艺推到"人间日出"时刻那"充满光亮"的境界。

参考文献

[1] 欧阳江河：《诗异录，文本与读——"退身"》，《大家》2019 年第 6 期，第 106—119 页。

[2] [德] 尼采著，孙周兴译：《查拉图斯特拉如是说》，上海人民出版社 2009 年版，第 42 页。

[3] [法] 帕斯卡尔著，何兆武译：《思想录》，商务印书馆 1985 年版，第 203 页。

[4] 霍俊明：《张新泉：晚年豹变与秋天的戏剧》，《散文诗世界》2019 年第 1 期，第 26—27 页。

[5] 王国维：《人间词话》，上海古籍出版社 1998 年版，第 1 页。

[6] 吕煊：《悲伤是一种隐喻》，四川民族出版社 2019 年版，第 146 页。

[7] 王小波：《我的精神家园》，《阅读·欣赏》，浙江大学出版社 2019 年版，第 80 页。

[8] [美]艾萨克·阿西莫夫著，叶李华译：《银河帝国》第七部《基地与地球》，江苏凤凰文艺出版社 2015 年版，第 7 页。

（原载《中国诗界》2020 年秋卷，本书稍有改动）

当下生活与精神张弛的可能
——末未诗歌再论

内容摘要：苗族诗人末未，依托梵山净水，将地域的积极意义转化为精神的标高，因而不缺干硬的刚性质地，后现代的片断性与迷离色彩十分明显。在诗歌创作上，其触觉已伸入生活的底部，始终葆有同情与理解的自省之心，重视边地本土文化生成的多样性书写，善于审视化外之地的传统局限，积极移除固化的语境与写作习气，诗意开放，无空洞的狭见，诗思劲道，走笔从容，既不乏生活幽默，又有民族文化特性的趣味能指，表现出承继与拓展的向上品质。

关键词：少数民族；诗歌；精神标高；日常生活；先锋；地域写作

末未的诗，始终葆有同情与理解的自省之心，重视边地本土文化生成的多样性书写，善于审视化外之地的传统局限，积极移除固化的语境与写作习气，诗意开放，无空洞的狭见，诗思劲道，走笔从容，既不乏生活幽默，又有民族文化特性的趣味能指。末未的诗歌创作，意识敏锐，思路明晰，视野开阔，尽管已年过半百，却依然在突进，在甩脱僵化思维，表现出承继与拓展的向上品质。我在 2017 年《民族文学》发表的《2016 年民族文学诗歌年度观察》一文中，谈到苗族诗人张远伦和末未时，说：

"细察他们的诗歌，发现就文本质地而言，已经升格到可以比肩任何汉语诗人孜孜以求的高度。他们以带有前倾的姿态滑行于当代汉诗的飞地，骨子里依然有着民族性语境的烙印。"[1] 末未的诗歌，依托梵山净水，将地域的积极意义转化为精神标高，因而不缺干硬的刚性质地，后现代的片断性与迷离色彩十分明显。生活化的机智，同步于现实的脉动，让他的诗意及物而沉实，表现出紧贴当下的宽阔，以及重构诗性情怀的自信。尤其是当他明白"目及"的本位在于下沉到自己的日常，像"在河之洲"一样坚守"在黔之东"，甚至于就在一块小菜园里打开精神景观，完成命名的使命，向万物致敬，为诗歌寻根，于是一种更为细腻的锐意与更加宽阔的诗性豁然而出，一个生鲜的末未，逐渐为更多读者熟知。

一

塞弗尔特在《我为能感到自由而写作》中强调："诗应该具有某种直觉的成分，能够触及人类情感最深奥的部位和他们生活中最微妙之处。"[2] 这种以世界性诗歌脉搏为文本参照的高标准严要求，反映在写作个体身上，就是生成"生活之诗"的主见与自信的内因。一个有眼界的诗人，往往就在"微妙"处展现水准，因为有着探入事物的能力，所以总能找到自己的精神坐标，建构自己的诗意生活。

我一直秉持这样的洞察：对于持有诗歌主见且无怨无悔地沉潜写作的每个个体，就是"诗歌的中心"。然而，在不少关于诗歌尤其是诗人的打量与研判中，谈到地域性，论者往往表现出悲观的情绪，几乎都在无比悲愤地把地域与边缘等同，认为宝贵的地域是诗人及其诗歌被边缘化的元凶。其实，此种悖论的盛行，更多指向的是诗外的得失，比如关注度，比如社会学意义的功名焦虑。既然对文学有"越是民族的，就越是世界的"的观点，那么对写作本身的执着、精进，或许才是最应该被焦虑和被正视的问题。

贵州的印江小城，在地理上，绝对是都市贵阳和皇城北京之外的一个僻野，但生长于斯的末未，并没有因不在地理文化的"中心"而受此羁绊以致无法浸染"大视野的文学氛围"的诗路狭窄，相反，数十年的居安思进，精益求精，让他的诗歌摆脱了陈腐的书写匠气和陈旧的诗写套路，而是迅疾地虔诚地"站到了生活面前"，找到了属于自己的也是具有时代视野的诗与思，看不出他的诗歌有什么边缘的自卑，也不见有什么读者以边缘化的眼光轻视他的诗歌。从影响看，他获得的多是肯定与赏识。批评家霍俊明就说："末未并不是一个抒写'故乡'和'故地'的'狭隘主义者'。在一个个空间他具有拉网一样不断收紧和缩小的能力，也有显微镜一样不断放大和象征的能力。"至少在贵州诗坛，末未获得的成功已不容置疑，在完全打开了的诗歌世界，末未没有剑走偏锋，而是显得从容自信。他沉稳、扎实、训练有素的语言功底和耐心有加的诗学历练，赢得了应有的掌声。沈浩波在《诗潮》品荐云南诗人唐果诗歌时说道："从某种意义来讲，中国的诗歌场域，尽管不乏竖子成名之恶例，但总体上也还是有内在的基本公允，不会轻易遮没一个优秀的诗人。"[3]对于末未，我想时间给予的公正无须假设，地方性也因为他的努力而和"边缘"脱离了干系。他拥有和生活并行的情怀，书写着很当下的诗歌。

当末未脱胎于王晓旭，在诗歌上表现出执念的韧性时，他赋予沉潜的意义在整个黔东或贵州诗坛，就呈现出标本的显赫。这是毋庸置疑的，一个"老新人"的诗意焕发，岁月抹不去勤勉的痕迹，时间在悄然作证。

观其创作走向，显在的感受是，如果说革去《后现代主义的香蕉》那种表层化的意象书写让末未精确地找到了属于自己的诗歌语境，那么，将所见意象转化为内在象征，在很大程度上，将他的冥思推到了当下的富有建设性的诗歌现场，这也就是他的诗歌始终保持着较好的接地性的原因。他的诗歌总是怀有某种期待，表现出这样的特点：地域诗性书写的宽阔与自在；淡泊名利的自然归心及其诗言志的警醒与放达；复杂的个体经验杂合焦虑、盘诘、省思与行走意义的碎片拾遗；情感世界似有若无的光亮与中年心态在对应外物时的直觉触动，及其心性自由在现实与虚幻两端的散淡状态。总的说来，末未的诗歌姿态是前倾的，不抱残守缺，亦不作无谓的高音大嗓的假唱，他的诗歌，依托梵山净水，将地域的积极意义转化为精神的标高，因而不缺干硬的刚性质地，后现代的片断性与迷离色彩十分明显。更可喜的是，他近来的诗歌，已经彻底抛弃了初期写作固执于概念先行的那种言而不清的浮泛的模糊性意绪，远离了举旗标榜的自命不凡，他的触觉已经伸入生活的底部，能够比较从容自如地对事物进行诗意打量，他的诗写自由度、开阔度都比较大，这样的操控能力，和比肩当代汉诗丰姿的胆识在贵州诗人中虽谈不上异数，但绝对不可忽视，甚至放在全国诗歌视野考量，也卓有建树。

显然，地域经验没有直接对末未的诗写向度构成负面影响，他的写作没有忘记对本体经验的关注。比如写黄果树瀑布、故土黔东等一批具有典型的地域标志性意义的诗，将生存的根性与生活的思考，合力建行，形成抒情的别趣。在黄果树瀑布前，诗人没有凌空蹈虚，颠鸾倒凤地任性发挥。通常，在自豪感的驱动下，抒情主体十有八九会丧失自我，进入比肩某些语境的口号意识，空洞亮嗓，恨不得像推销土特产一样试图以声势压人。但是，灌输是最糟糕的策略，"思"缺位的诗，哪怕歌他千遍万遍，也注定无法入耳。末末深知走心的诗歌，需要透视的冷静和淬火的激情。故而，我们阅读到的是一种富有智趣的诗意，瀑布的凝视，加速了他对生命境界的提升。同时，他不满足于单一的美学取向，在构成诗的大观时，"思"被同步打开，诗体进入更为深微的复式语境。这不乏其例，如在梵净山坐看云涌金顶时，他写道："事实正在证明，水穷处生长白云／也生长凸起的孤峰／／前世，千里之外有人摸着夜色匆匆赶来／想在日落之前攀上崖壁，再攀上一朵白云"；再如面对乌江渡口的废墟，观照灵魂，给予心灵之远，他写道："黄昏的乌江，寒光跳跃／好像一群不散的灵魂／在练习，发出声响／／河闪渡的那个回水湾，聚满了旧物／一件件，漂了又漂，最终／又回到出发的地方／／浅水处，一株古树／大水淹到了颈项，它也不走／两只脚，死死抓住故土不放／／废墟上，荒草疯长／风吹草动，散落一地／岁月的苍凉／／最远处，是一片云／无家可归，抱着山头落泪／伤心，暗淡了它的白裙／／什么时候，月亮掉进水里／一张惨白的脸／加重了河闪渡的悲凉"（《黄昏的河闪渡》），这样的意味延伸到《废墟》时，便直接构成生阶的气势，"飞来的这些砖头／现在，已构成一个庞大的集体／让我错误地以为／是一座城池的废墟"从物界的废墟审视肉体的废墟，这个"转移"正是诗歌"发现力"的文学化与作者诗思的艺术化表现。口语与书卷气混成的架构，在引人入胜的同时，又生发思考的新动力；这样的效度，即便在写景状物的见闻里，也已然充满无尽的生趣。可见，于写作中，他自觉摒弃过于诗化而显得臃肿与迂腐的诗学追求，回到日常指涉的隐喻语象，在生活口语与雅意的双轨中游弋，这种情感的错进错出或曰经验的左顾右盼，以及混杂俗语方言的容纳气度，成就了他的诗歌。

　　他深知"生活就是隐喻的过程"。为此，2012年11月20日，诗人李成恩在鲁迅文学院第18期高级作家班诗歌研讨会上发言评价道:"末未的诗轻快流畅,像音乐上下翻飞,读来愉悦而奔放。他的创作有着更多明亮的色彩,他写时光,他写印江,他写劳动与仓库,都抵达了一种明亮的境界,这是一个诗人纯粹的境界,我想他很享受写作的过程。这是一个好诗人的境界……"事实是,末未在诗探索的道路上一直膂力不乏,他找到了自己的表达,质朴、自信、乐观、诙谐、风趣,活像地方古戏中身披蓑衣的赤脚傩公。这首《生活》,可谓写得地气沛然,活色生香:

> 你不能局限在我端着的碗里 / 说我生活所剩无几 / 我故意隐瞒了一口黑锅 / 正在将生米煮成熟饭 // 我现在手里的这只青花瓷碗 / 爷爷用过,父亲用过,它吐纳的味道 / 叫人间烟火。有一只碗端在手里 / 是我们一生共同的理想和命运 // 为什么还要紧紧握住这双筷子 / 说到底,油盐酱醋里难免有刺 / 而最怕的是一不留神,其中一根溜走后 / 剩下的,等于一个人的孤苦无助 // 是的,生活从来没有克扣我 / 有碗,有筷,有热腾腾的米饭,还有汤喝 / 你看,面对这余下的一日三餐,哈哈哈哈 / 我是笑得多么干净彻底,又无可奈何。

说这是一首传统诗,没人反对;说这是一首先锋诗,颔许者亦不乏其众。诗的指向明晰,独特性显赫,内容实在,有深度的内在关联与揭示意义,尤其在语言上,显见探索之力且取得了实验的"成功"。

在我看来,貌似沉湎于传统的末未实则坚持的是一种具有先锋性的诗歌写作,他的这种姿态,来自坚实的诗歌底气,来自个体思考比较准确地介入诗歌与现实生活的关系,他的传统是强化了作为诗歌本有的创新精神、自由的表达和个性化的洞察。因此，在他的诗歌中，地域、生活、经验、个性、思想、风物，这些构成诗歌的背景元素都有很好的位置感。如从表达方式看，叙述与抒情的主体"一方面把自己设定在观察者的位置，另一方面又泄露了这个位置被忘记秘密"。

> 空，是一只破手套。戴着它的手／正在五米外的建设银行数钱／一遍，两遍……他在数自己的命／／红萝卜，咪咪甜。人民币需要人民／正如劳动者需要劳动：娶老婆／保胎，生下未来／／可剩下的阳光和阴影／都已经不多，快／换上一副好手套，戴上它／／去磨砂，砌砖，打桩，浇梁／去高空划破日子的钢化玻璃／建设别人的梦，一如建设心中的家／／然，安全网已用了多年／而时间这东西，恰恰最不安全／没有一条绳索，系得住性命／／嘿喳，嘿喳……／一只手套又开始了／破的过程（《空》）。

叙述背后的"情"在昭示诗人尖利的现实批判与灵魂诉求。诗人的言说姿态本身就是诗的形态，在人生的断面，诗人给出了合理的寓意，赋予意象之"刀"以人性的温度，甚至是一种纠结的逻辑。诗的先锋不仅仅露在其表，更隐在其里。末未矜持地写作着忠于日常的"生活之诗"，他有主见，有内质，善于出诗意于微妙之处，无论怎样向时间与生命深处挺进，无论怎样展开与收缩，都能保持阵脚不乱！

二

一直以来，诗坛流弊之一是，好以"先不先锋"去"肯定或否定"诗人身份的合法性，而盲视自身诗歌的合理性是否存在问题。其实任何一首诗，都含有结构推进的完整、内在诗意的完成、情感逻辑的因果、节奏气息的对位、美学生成的独特等诸多协和因素。如果非要将"先锋"作为认定诗歌成功的一个标准，那么，末末并不令人失望，相反，他的诗"更进一步"，在长期默默的探索与实践中，他在文本上的表现早已让那些只会"满嘴跑马"的人望其项背。"一串鞭炮突然在半夜发出惊叫 / 六井溪注定 / 又有一场大事降临 // 鞭炮一生就开一次口 / 而此刻 / 说出便是生死"（《惊叫的鞭炮》）。他的诗呈现出来的超前意识，是自带的，来自生活，更来自其对文学的理解和对诗意可能性的挖掘。如果说这首的"先锋"多少有点偶得的突然和表现上的痕迹主义，那么这首《天黑了》所承载的"先锋性"已经浸入骨子了。"天黑了 / 但我从不害怕 // 天天天黑 / 天天六井溪都有星星在闪 // 那是亲人们身体里亮着的灯盏 / 从未曾熄灭"。这种旷古的情怀揭示，因果律的自然阐释与诗意的独特发现之深刻，才真正称得上与"先锋"靠近。

观察发现，关于诗歌的先锋，没有哪个诗人不在孜孜以求，因为谁也不反感这个诗歌的真金白银给自己带来暴发户似的"好运"。但往往是处在习诗初级阶段或习而不精深的诗歌爱好者那儿，最爱闹出"嘴上无毛"的笑话，敢情只要贴上这个标签，就可以速成诗歌"寡头"了。

于是，畸变的事情就免不了一再涌现，据我观察，有一种分行叫"八股先锋诗"。一是故意式先锋，试图以形式的虎皮掩盖苍白无脉的肌理，如舶来的楼梯式、螺旋式，甚至如当年孙甘露们搞的大长句。二是植入式先锋，试图以模仿西方诗歌的腔调而混淆与虚饰自身对汉语特质把握的不力，此在当下不乏拥趸，此类诗人即所谓的学院派，或仿西派，他们因占据优渥的资源而表现出握有先锋桂冠的自满。三是俚俗式先锋，试图以世人日常不假思索的粗俗话来达成白居易式的妇孺皆懂的效果，却落下"很白很白"的通天笑话，此即所谓的口水诗或回车键诗歌。四是政见式先锋，试图以对政治事件的评头论足以示敢言好斗的胆量。这是不是就成了当然的先锋了呢？就意识形态而言，有存在的合理性，确实也有人在恶喷的帮腔中受益，但对真正置身祸端的人却无济于事。希尼在《诗歌的纠正》中坦言："这种做法并没有对真实世界进行干预，但是它以各种冒险的方式给意识提供一个机会，去认识其困境，预知其能力和为其卷土重来做准备，因此它对诗人和读者来说都是一次有益的活动。它对现实作出某种反应，这反应具有解放及证实个体精神的作用……对于这个行动分子来说，设想一套可以包含各种事件但本身却不能产生各种新事件的秩序是毫无意义的。"[4] 参看希尼的态度可明白一点，非政治活动家而只是耽于政治幻想的诗人们，如果拿反政治的情绪覆盖诗歌，本身就是失策，绝大部分是在狡黠地以之为一种"工于心计"的捷径。诗歌是独立而宏阔的艺术门类。这样的意思，即便在诗歌艺术形式突破了文学形式的种族疆界的黑人女诗人桑切斯看来，也是一种深入的"求真"本位。她曾在一次访谈中说："艺术，或者说当作家的首要任务就是，向人们真真实实地展示这个国家正在发生的事情，并告诉人们如何改变它。"但她的基本维度是政治立场必须是"诗歌形式"的。五是情色式先锋，试图以对身体和欲望的动物性"自戕"来冒充或偷换诗歌之"真"，展示的其实只是一种暴欲的滥情，而真正有艺术见地的先锋诗歌必有独特的气质、骨质和特质，更多存在于诗歌的内部而非外在的不顾一切的非常道标榜。

其实，但凡诗歌具有先锋意识，或写作具有先锋觉醒的诗人，基本上都不自诩周郎，不作夸夸其谈状，而是稳扎稳打，像履带碾过大地一样坚实有力。对诗歌有心得的人，当其自信的诗歌写作丰富而宽博到强大的时候，完全用不着去依靠酱油味精似的调料。末未的诗歌，虽然整体还难负先锋盛名，但他的执着探索，在一些局部已经有了令人眼明心亮的表现。

"嗑／嗑／嗑／一只鸡——／白天嗑／晚上嗑／梦里磕／梦外磕／二十世纪嗑／二十一世纪还嗑／把我父亲嗑差不多了／又来嗑我／／这只鸡／拇指那么大／养在我家客厅／西墙挂钟上／嗑啊／嗑啊／嗑啊／／如此锲而不舍，我担心／终有一天，地球／也要嗑破"。如依照某些自大的逻辑推断："口语"的诗才是先锋诗的话，那末未的这首《嗑个不停的鸡》算不算忝列其中的"好诗"？简单、有趣、无意义、忠于本体，似乎那一套标准的每个细则都能在此诗中找到对位。再如："这个春天蝴蝶偷懒，香气散漫／我提着一颗心当灯笼／与一条小路志同道合／捕捉你风中的影子／／蒲公英是你，感冒时打的喷嚏／小蜜蜂是你，深居简出的甜蜜／而绿叶上的露珠啊／是你春风吹又生的心事／我真是老眼昏花嘞／把春天美好的事物都当成了你／／后来我才发觉／我在今世打破锣锣的把你找啊找／你的身影却惚若隔世"。要是参照外埠诗歌的调值及其取镜的习惯，这首《捕风捉影》在奉西方诗歌腔调为"现代性"圭臬的诗歌史料里或许应该有一席之地。

我惊异于末未的诗里，总有不竭的生活原力，无论是火塘边烤火所得的感悟，还是面对制造玻璃的人的起兴，抑或是喻指与老牛相依为命的老人"就像一颗棋子，试图救活乡村这盘残棋"的情感加载，无不展现了他对现实诗意的转化能力。这是一个眼光专注于生活现场，脑力却在高速运转，随时想着作为诗人对黔东的挚爱不可偏废。有心的人，草木皆有意，流水也深情，更何况诗人。他写"二毛"，一条陪伴自己孤独童年的狗，言语如诉家常，俏皮活泼，反映了在故乡的大地上，人与万物相亲相爱的鱼水情怀。细节带出的暖意生发，反衬山里日子那巨大的寂寞所隐含的命运悲切："二毛，你不警惕，不立起身子 / 不把前脚搭在院坝边的矮墙上 / 不转动脑袋，就根本不像一架灵敏的小雷达 // 再汪汪两声，二毛，代表我 / 向世界的风吹草动 / 发出友好的警告，或者回答 // 二毛，二毛，你一直都在 / 那时，我一个小屁孩 / 独自在家，从没感到过孤寂和害怕。"如此画面与情感的再现，勾连的是一个群落的成长史，乡村的、地方性的、有着命运暗示的、关于一类人的底层现实，隐含的意义但凡有相同经历的人都会因读诗而自动复活。

末未的诗歌，其实一直不缺先锋的在场，经由了半生年华的锻铸而有了更为坚硬的本质和更为自由伸展的语丝。他的地域敏感里容留了丰富的诗思矿产，他深入的生活体验与"地方性知识"的互文性，帮助他打破了表象书写的虚假，而嬗变为一种个性突出的"有根写作"，并呈现出极强的气场。

大道至简，大成若拙，庄子亦言："天地有大美而不言，万物有成理而不说。"因此，我更喜欢他那些并行于生命真实走向的诗歌。这部分写作呈现出迷人的生命况味，隐含了一种内在的不张扬的诗绪感染力。"事实再次证明，种瓜得瓜 / 人类的这个普遍经验 / 不一定靠得住 // 我曾经和父老乡亲一起，忍住悲恸 / 举起一把锄头，挖下长方形的窝窝 / 小心翼翼，把我父亲种下去 // 日升月落，花开花谢 / 我用泪水浇灌，用祈愿陪护 / 父亲也没从土里长出来 // 是不是，父亲这颗种子 / 因为在世上长出我，耗尽了心血 / 在地下，就再也没有力气长出自己 // 如果真是这样，来世的时候 / 说翻天书，我也要终生隐居 / 在一个人的荷尔蒙里"（《隐居》）。诗的"隐居"旨意出奇，非常理的"归隐"，而喻灵魂的一种状态，具体到诗歌形象的铺展上来，就是父亲的"死"与我的"生"形成的二元空间所产生的诗意制动。第一节，以怀疑论的眼光看待"种瓜得瓜"的普遍经验，用语调侃，诙谐有趣。接着写为父亲下葬的过程，及我在痛感中的寄望，一样有趣亦有意思。当悲伤化成生活的沉默，父亲"没从土里长出来"，因为他的种子用力"在世上长出我"，并"耗尽了心血"，再无力"长出自己"，这种大爱之无私必然遗传且驱动"我"对未来（来世）作出选择："来世的时候……我也要终生隐居／在一个人的荷尔蒙里。"

末未的诗歌，艺术的传统与现代结合较好，稳靠而不缺乏深度：

> 我现在躺下的地方，许多人都躺过／一些人慢慢坐
> 直身子，继续他今世的生活／另一些躺下后，开始厌倦
> 肉体／只留一颗灵魂，空气中随风飘着／／我现在前往的
> 地方，许多人都去过／那道门啊，进进出出，拥挤得很／
> 一些已经没有力气，但又热爱红尘的人／不得不等待转
> 世，重蹈人间烟火／／我现在要说的，许多人都说过／你
> 们的痛苦，就是我的痛苦／你们的悲伤，就是我的悲伤／
> 唯一的不同，是我把它们刻在了心上／／我现在躺着的
> 120，是我们大家的120／转弯抹角的路上，它总是走走
> 停停／一会儿有人上车，一会儿又有人下车／躺在上面
> 的人，谁也不知道终点。（《素面朝天》）

如果说诗歌是芸芸众生的一种宗教形式，那么，"素面"无疑应该是灵魂固有的形象，这也是敬天的必然铺垫。这首诗写病中之思，坦然风趣的背后，是诗人面对生死的超迈，在120急救车上的过程，正是心智由俗至圣获得升华的一段必经之路。关于尘世的痛苦与悲伤，不是肉体所能担当，而需心智开启更深的苦难认知。当然，这个"终点"是"谁也不知道的"，事实上，谁

的一生都无法真正圆满地抵达诗人言下之意的"终点",一首诗对生活哲学的完成有贡献,对世道人心有启迪,对生命轨迹有确认与重构之能,实属难能可贵。

更可贵的在于,这种在场的写作激活了一个诗人的认知,以及他对生活的体谅。在诗歌反映生活的书写上,末未展现出极强的深入能力,正是这种底盘扎实的反诗意的生活,促进了他内在的诗意诉求及其抵达文本的动因。

三

我注意到,在诗歌上,末未对地域写作的思考始终如一,从他早期的诗歌到后来直接以黔东为标识的"硬着陆",无不展现了一种"诗言志"的决心。但随之而来的,也是绝大多数诗人的共性问题:写作困惑导致的阻力愈益加大,尽管末未是一个不相信眼泪、越挫越强的人,但"瓶颈期"还是会不可避免地到来,比如诗歌的成色,尤其是题材的局限,就急需变化上的突破。

每个人面对自己的写作困境且需要获得解惑时,往往无所不用其极,绞尽脑汁,以致痛苦不堪,于是诗并由美意变成了"劳什子"。我也一样,常常束手无策,写作由此进入苦闷,陷入被动。如何突破?我的经验之一是"放下",然后去阅读,去生活,去远离诗歌的现场,通透地完成自己,完善自己,做自己喜欢的事,沉醉于自己的心灵家园,然后就会灵光一闪,接续写作初衷,走出困境,解决诗歌写作的困惑。经验之二是"阅读",去读书中寻找经验,寻找突破口,寻找灵魂向自身透视的最佳途径,修正偏向,进入正轨。经验之三是"问自然",荷尔德林说:"如若大师使你却步,不妨请教大自然。"自然有承载万物之灵,投入自然的怀抱,去亲近更美的事物、更善的自身、更有意味的形式，诗，必然会自大道阳光，春燕翔集。经验之四是"自己"，自己是自己的主观，自己是自己的山水，自己是自己的上帝，我们的诗，拯救或修补自己，再延及他人，就会产生巨大能量，成就更大的未来景观。在谈到诗歌创作时，末末说"自己正在不断挑战和超越自己，《在黔之东》已经成为过去，下一阶段的创作又是一个新的开始"。于是便有了《菜园小记》，在《人民文学》发表后于当地引起极大的反响。

　　然而，末末的问道自然不是让自己远遁于世外桃源，消极沉湎于田园牧歌，而是下沉到更深的尘世，在喧嚣中开辟出一块灵魂的"飞地"。"不去种地，这个生存的法则 / 就要被我荒，我，就要被什么废 // 而此刻，我有快刀在手 / 本意是斩乱麻，却误斩了半尺春风"（《燎原记》），看，与被动的退避行为不同，诗人要在"现实"披荆斩棘，开荒垦地，耕种作业，唯有如此才不至于"荒废"。不管是生活真实，还是刻意而为，诗人燎原，并非是一种"秀场"，而是真心实意的举动，这不是寄情于山水的简单逸兴，是灵魂突围自身局限问道自然的高雅掏摅，是一种积极向上、锐意进取的精神发声，是福柯所言的"求真意志"，是现实生活的文学表现，是诗与广阔现实发生闪电与雷声的交融。

　　　锄头只有一根筋，两根它就活成了累赘 / 最近我超级迷恋，握住它的直脾气 / 成全它，成为急先锋，代替我对大地发言 // 一根筋就是比两根筋好，锄头吃土 / 但又从不吞下一粒。它只有牙齿，没有肚皮 / 仅这一点，回家我就让它至高无上 / 和祖宗平起平坐，便于讨论农业的问题 // 最近大地有点儿忙，一直在抒写秋天那篇回函 / 大地从不糊涂，它清楚得很 / 玉米、大豆、辣椒、南瓜，必须闪亮登场 / 它们是我一日三餐，最偏爱的词

第一辑
论道求真

语／——朴素、温暖，正人间／／最近，差点儿累坏的，是
叶落归根的根／是瓜熟蒂落的蒂，是花前月下的花／它
们风雨雷电，五加二、白加黑地长／而锄头无所事事，
它又发起了红脾气／——不让它下地，它就生锈给我看。
（《锄头记》）

从此诗可见，在完成升级改造之后，末未的大局观有了生活
哲学的智趣。语言更显朴素的生活魅力，像说话一样自在，叙述
的趣味和诗意的开发在渐进中自然打开，又在节制的语调中透析
更高意义的审美愉悦。谢有顺说："文学写作的创造性，除了记录
和还原一段真实的生活，塑造一群真实的人，还常常体现在作家
对一个地方的描写与建构上。好作家都是有原产地的，都有一个
精神徘徊难舍的地方，这个地方，可能与他的童年、少年生活有
关，也可能是他虚构的文学故乡——在这个精神王国里，有作家
本人的经验和生命体悟，也有历史的尘埃、他人的气息。有没有
这个写作原点，对于一种写作的风格化至关重要。"[5]

当代诗人如何与现实保持纯粹的文学性关系，一直以来都
是个重大话题。在末未这儿，他采取了"还原"的态度，这不是
为了消遣，而是积极的心境导向，我更愿意把这块菜园看成是
他精神镜像里的一抹亮色，在自然主义与农耕文明的回溯中，获
得反观现实生活的沉着定力。他陶醉于那些及物的细节，以及
由此生发的微妙心绪，都可以看作是一个诗人在伦理化的日常
找寻自身，完备自我的确认。"今日少人事，天空像在悟空，蓝
得正好／适宜提着一只旧木桶，去菜园子下阵雨／我有芫荽、韭
菜、蒜苗、小葱、老黄姜／这群味蕾的小刺猬，有人间烟火的欲
望"（《浇水记》），不可否认，占据他生活经验的，已经是回不去
的滚滚红尘，他希望在灯红酒绿的现实世界之外，有一个可供发

呆的空间。就连"这群味蕾的小刺猬"都"有人间烟火的欲望"，尽管诗人试图用充满野趣的动物比拟同样充满野趣的植物，但欲望的赋予，本身就是基于万物平等的诗性在场，是本质化的"物我观"通过诗歌的造化而得以成立和昭示意义。我相信辗转于城乡之间的末未，在触及复杂的人际关系时，一定对米兰·昆德拉所言的"令人反感的远不是他们的丑陋，而是他们所戴的漂亮面具"有着强烈的情绪回应，因此，他需要归返田园，回到童真状态的事物面前，去修得"真我""本我""忘我"，从而延续他"洒脱、随性、自由、不羁"（庄鸿文语）的性情。因此，他的《菜园小记》，是城市经验背景下，一个自由的灵魂对主体经验的再造，在不得不面对的时代轮毂前，他需要获得缓冲的权利。完全可以将这种现实行为和诗意诉求看作是对"地方性"的坚守，是对"黔东"这个精神高地的一种缩略实践，也是诗人突破困境的必由之路。但希冀只是乌有，真实的原乡根本就"回不去"，于是不难理解他怀着复杂心绪在《署名记》中写下："这垄花生叫朵孩，那垄豇豆叫小马 / 还有水白、彪彪、明彦、再高、敬伟、翔宇 / 在这个五线城市，他们地道、无公害 / 把他们的名字和诗句，写在木牌上 / 种到这块夹缝地，我就感觉天天和他们一起 / 看朝霞与落日、月亮与长庚星。"这颇具匠心的用力，其实都是在维系一种平衡，在菜园里叫生态，在生活中叫常态。当然，这更是我愿意看到的景致，也是此诗的一大亮点：有人的诗歌，有矛盾对冲的内在，往往最有意味。与其说他是在借物喻人，不如说他在审视内心隐痛的同时托物言志。在繁弦急管的当下，"无公害"的底线，其实已是境界的标高。这些朴实的自言自语寄托了他的文化追求，对在夹缝中求生存的一群诗人，他爱怜有加，倾尽心意，愿意像侍弄庄稼一样悲欣交集。

　　"新时代的诗人要热情拥抱时代，深入生活、扎根人民。"在全国诗歌座谈会上，中国作家协会党组书记、副主席钱小芊讲话时如是说。他还强调："探索语言和人类表达的新疆域，这是诗歌所担负的重要文化职责之一。"[6] 我想对于末未的诗歌创作在气象上的进阶表现，有目共睹，他没有走大而无当的路子，而是平行于生活，他的抽离不是逃避，而是接近更纯净的现实，是对个人生活在一个时代的多元诉求的塑造，其所表现出来的当下意义是对当代少数民族地区诗歌的丰富与加强。

希望这种丰富性的诗歌能够进一步充盈他的智慧人生，愿更多细腻的、韧性的、绵实的、如他呼吸一样温热的诗行带给读者更大更饱满的惊喜！

（本文原刊于《中文学刊》2021 年第 5 期，本书稍有改动）

参考文献

[1] 芦苇岸：《2016 年民族文学诗歌年度观察》，《民族文学》2017 年第 4 期。

[2] 张桃洲：《奏响"弦"外的旋律》，《诗刊》2013 年第 2 期上半月。

[3] 沈浩波：《灰色的诗——唐果诗歌品荐》，《诗潮》2015 年第 6 期。

[4] [爱尔兰]西默斯·希尼著，黄灿然译，《诗歌的纠正》，见《希尼三十年文选》，杭州：浙江文艺出版社 2018 年版，第 342 页。

[5] 谢有顺：《更准确地去表达都市中的光与暗、情与罪》，《青年作家》2019 年第 11 期。

[6] 钱小芊：《凝聚诗界共识，繁荣诗歌创作》，《文艺报》2019 年 12 月 4 日。

第二辑 歌以咏志

在逝水流年中执着构筑灵魂居所，打量日常生活细部，赋予陌生事物以诗意探知的真诚，带着言志的深刻体察，展开景致追问和智慧探寻。

诗性光芒的年代记忆

——姜红伟和他的诗歌运动访谈录

一

　　回望百年汉语新诗，可谓起于青萍之末，20世纪初叶，新诗以新文化运动排头兵的姿态断裂于古诗词统治中国诗歌一千多年的历史，一头雾水地扎进新的语境和向度，尤其是在艺术探索上，表现出更为独立的姿态与发声。由于社会形态的急剧变化，新诗受制于各种外因，始终未能步入良性的发展轨道，磕磕绊绊，跌跌撞撞，一直艰难地活在残缺的世界。其短暂的历史，总是回荡于自废武功与不断纠偏、又茫然失蹄、再矫枉过正的争议之中，并派生出官方与民间这种背离艺术本体的粗蛮分野，以至于造成泱泱诗歌大国写诗的多于读诗的，中国诗歌立于世界文学的荣耀，异常无奈地定格在遥远的唐朝。然而，诗歌本就含有"不甘平庸"的质素，随着体制的松绑和各种西方文艺思潮洪流般涌入，诗歌陡然异常活跃，诗人几乎成了新时期中国文学率先崛起的一群，而这股"诗潮"率先卷席于校园。"在二十世纪七十年代末期至八十年代末期，由于拥有着对诗歌共同的热爱，来自全国各地高等院校的大学生诗歌爱好者们高举着理想主义、英雄主义、浪漫主义三面大旗，从四面八方聚集到八十年代诗坛，组成了一个上百万人参加的具有强大创作力量的大学生诗歌创作队伍。他们这些像群星一样闪烁诗才光芒的学院诗人，创作了一首首脍炙人口的经典诗作，撰写了一篇篇颇有价值的评论文章，组织了一个个团结协作的诗歌社团，创办了一份份质高品佳的诗刊诗报，编印了一部部荟萃精品的诗选诗集，开展了一次次形式多样的诗歌活动，在校园内、在社会上、在诗坛上掀起了一场人数众多、声势浩大、波澜壮阔、狂飙突进、影响深远、非同凡响、卓有成效的大学生诗歌运动，在中国当代诗歌史上开创了一个重要的诗歌流派，谱写了一页辉煌的经典篇章"（姜红伟：《诗歌年代——20 世纪 80 年代大学生诗歌运动访谈录》）因着这样的历史辉煌，那么，作为诗歌建设的一份见证，一记联通未来的启示录，是很需要有人站出来的。

作为那场具有年代意义的"大学生诗歌运动"的研究者，姜红伟的"觉醒意识"萌蘖得如同早春二月的蜡梅，他解析了原因："这场罕见的运动既是空前的，又是绝后的。但是，因为当时没有强大的话语权，没有得到诗歌评论家们的高度关注，没有得到诗歌理论权威们的充分认可，没有引起诗歌界足够的重视，在有意无意之间，那场曾经轰轰烈烈的八十年代大学生诗歌运动被诗歌史遗忘，大学生诗歌运动的历史功绩成为一段被湮灭、被忽视、被淡忘、被失踪的诗歌史。"从中可以看出他决心编制这个大型"访谈"的蓝图与动力。

于是顺理成章地，在时隔三十余年后，他以一己之力，在有限的条件和局促的财力等多重困难面前，创办了"八十年代诗歌纪念馆"，着手收藏那场轰轰烈烈运动中的大学生诗歌资料，潜心编著中国第一部全方位、立体式、多角度描述 20 世纪 80 年代大学生诗歌运动史实的长篇诗歌史料著作——《诗歌年代——20 世纪 80 年代大学生诗歌运动访谈录》（以下简称《诗歌年代》），做了至少需要一个庞大课题组才能完成的浩大工程，这种愚公移山的精神，带给当代诗歌的是一座光芒闪耀的丰碑。

二

这部《诗歌年代》，涉及北京大学、复旦大学、吉林大学、武汉大学、湖南师范学院、东北师范大学、中山大学、安徽大学、中国传媒大学、山西大学、内蒙古师范学院、青海师范学院、南京大学、杭州大学、安徽铜陵师专、天津师范学院、杭州师范学院、贵阳师范学院、中国人民大学、扬州师范学院、甘肃师范大学、四川大学、河南大学、江西师范学院、贵州大学、暨南大学、西安财经学院等全国为数众多的大专院校；文学社及校园刊物有早晨文学社、春笋文学社、五四文学社和《这一代》《红豆》《雁声》《秋实》《赤子心》《耕耘》等自办杂志；访谈的作家、诗人及评论家有陈建功、张胜友、徐敬亚、张桦、骆晓戈、邹士方、邓万鹏、韩云、郑道远、蒋维扬、兰亚明、史秀图、徐永清、李建华、赵健雄、唐燎原、邹进、林一顺、王自亮、江文波、唐绍忠、孙昌建、穆倍贤、马莉、叶延滨、李黎、曹剑、游小苏、陆健、沈天鸿、王剑冰、张品成、李坚毅、吴秋林、郭力家、孙武军、詹小林、汪国真、沈奇等，其中大都是当今中国诗坛的中坚力量。书中所包罗的诗人诗事像闪亮的群星，成网状结构覆盖了神州大地的东西南北中，熠熠生辉，蔚为壮观。

这个大型"访谈录"，以全局视野和局部精细进入百年新诗的列阵，当众多诗人以战地黄花的姿态投身于当代诗歌的一线现场，在放大自我的书写中建构个人理想，期待流芳诗歌史时，姜红伟先生却以另一种书写格局介入新诗建设，这种集观察、研判、整理、提纯，最终进入文本集成的"个人行为"，更像是一份诗意的"功德"。

作为一种书写姿态，姜红伟的意义暗合了法国哲学家米歇尔·福柯所说的"书写的角色本质上是疏远，是度量距离"，只不过，这个距离，已经不是诗歌意识窄道方面的哲学思考，而是现在与过去，是"我"（诗歌观察者）与"彼"（诗歌运动场）之间的一种"度量"。显然，那些彼时态的隐秘的真理和衍生的价值与意义，在客观与主观的二重空间里，诗歌生态链被盘活了的同时，也"意味着我没有死，我在我书写那些已死之物的时刻没有死"，也是因为这样的背景考量，"诗心永存"才不至于是装点门面的花言巧语，姜红伟也因如此"书写"而确立了个体生命意志与当代诗歌的关系。

在此之前，《今天》的创刊人之一芒克有一本散文集，名为《瞧，这些人》。芒克以回忆录的方式记述了 20 世纪七八十年代的诗人们的诗歌轨迹，并配有诗人们的代表作，此书为研究中国新诗发展提供了鲜活的素材。"文革"留下的空白，造成纯正的文艺思潮断档，不过诗歌的暗流从未停止涌动。事实是，20 世纪 70 年代末，诗歌作为先锋的文学体裁，像一把利剑，划破长空，在思想活跃的领域全力领跑。当然，由于视野局限，散落在诗界深处的珍珠也绝非芒克所呈现的那样寥寥可数，有许多被遗忘的诗人、诗社、诗歌事件，没有被开掘。如果从广角看，芒克的视线显然只在房前屋后打转，而至于比朦胧诗更广阔的、更为有生的诗歌力量，更具广阔的时代背景和奋斗历程的档案式、交互式的，更鲜活的关于 80 年代诗歌的"解密"资料，还得由志存高远的人来完成。偏居边区的姜红伟，自建 20 世纪 80 年代诗歌纪念馆，自发研究 80 年代诗歌史和校园诗歌史，自得其乐地收藏全国诗歌报刊资料，以真诚而严谨的态度以及敏锐而富有远见的诗歌嗅觉，完成了宝贵的文本结晶，即《诗歌年代》。他立足诗歌，尊重诗人，坚守立场，集学术性、史料性、客观性于一体，不仅全方位回溯了当时的鲜活动态，也客观再现了一份关于中国新诗阶段性的历史记忆。

该丛书以散点透视的形式记录诗歌历史。已经完稿的上部，真实地采撷了1977年和1978年范围内大学生的诗歌运动面貌的精华，从北京大学、复旦大学、武汉大学等诗歌重地，到各省大中专院校；从文学社团领袖人物陈建功、张胜友、徐敬亚，到著名诗人叶延滨、汪国真等，访谈中都各有侧重和亮点，在新诗百年的节点期，作者秉烛伏枥，和时间赛跑，用详尽的诗性文本，向发展中的中国新诗献礼，向历史长河里的诗潮与诗人们致敬。

作为一本访谈录，如何聚焦诗歌运动的核心，避免泛泛之述，姜红伟先生做了很深的"功课"。或许在他看来，以诗人及其作品的影响力与传世价值为坐标系，尤其是那些诗潮涌动、奔流激荡的版图，是关注的重点。比如北京大学这个诗歌策源地，就不可错过，陈建功说："我们北大77级文学专业的同学，入校后适逢思想解放运动兴起，文学创作风气炽盛。"老三届的大学生们是幸运的，也是火热的。他们站在历史的节点上，激扬文字，以梦为马，以诗铸剑，开拓了中国新诗的先锋。他们投入了巨大的精力，创立了《这一代》，进一步壮大了"五四文学社"，助长了一大批优秀作家。如黄蓓佳、王小平、查建英、史铁生、刘震云、海子、骆一禾、西川等，有的作家如今依然延续着旺盛的创作力，那些留在文学史上的诗人和作家，其文学梦想就是启航于大学时代创设的文学社及社刊，也可以说，因为青春和诗歌，他们的生活有了更高的起点和更为遥远的终点。

一次次艰辛的采访，一句句出自肺腑的真言，那些曾经的年轻人依然生机勃勃地活在当下，记忆更不可抹去。因为深度访谈，属于中国的"八十年代"，被赋予一层超越时间概念的意义。一个个校园诗社，一本本自办刊物，一个个活动发起人，带着审视的目光，带着深切的情怀，带着诗意的回溯，带着史实的新鲜，悉数闪亮出场，给"八十年代"沉淀的诗学意义，更加空前、深广！

在访谈著名诗歌评论家徐敬亚时，姜红伟采集到了"八十年代"是"被诗浸泡的青春"的论断。"浸泡"二字足以代言那个时代激情高涨、风起云涌的诗歌氛围，人们的精神渴求、诗歌理想、生命张扬，是当下所不可比拟的。亦如西川所说，20世纪80年代，不写诗的人是不正常的，而当下，写诗的人却被视为异类。两相对照，让人唏嘘感叹！由此观之，《诗歌年代》这部诗意纵横的大书，警示读者，曾经的"我们"离诗歌是那样地近，那些事实真相，甚至比诗歌本身更有意思。其中有些"爆料"，是非常宝贵的，如诗评家徐敬亚说《赤子心》的创刊比《今天》还要更早些。他以38年前的往来信件为依据，出具陈晓明、王小妮、吕贵品等人都特邀参与建社的事实。《赤子心》共出版九期，徐敬亚借此还参加了首届"青春诗会"……凡此种种，表明这部访谈录超越历史时空的意义，对诗歌史的深度挖掘，展现了积极作用。

毋庸置疑，诗歌史学工作是枯燥的。作为大学教材推广的《中国近代文学史》的编写路数有板有眼，重视流派和理论，多有乏味。而姜红伟所采写的《诗歌年代》一改传统诗歌史的编著形式，采用接地气的口述策略，结合当事人的现实境况，以坐而论道的亲切对诗歌的历史真实进行客观的筛录。这种生动的编写技法，更加贴近读者，也更易还原史实真相。在采访燎原时，作者将他的创作历程和作品结合在一起观照，还顺便带出《昌耀评传》和《海子评传》的创作形成过程。这样的角度切入，便于揭示一个诗歌评论家的心路历程，也侧面反映了当时人们的诗歌信仰，真实回眸了一代人的诗性光芒。

三

　　当然，20 世纪 80 年代的诗歌发展是曲折的。"文革"刚结束不久，百废待兴，许多在地下运行的诗刊，像《今天》一样，因为局部的思想先锋的缘故，遭到了不同程度的封杀。但诗歌的火焰没有熄灭，当时的诗人们并未就此却步，而是在夹缝中寻求新的突破。精神的可贵的与曲折的进程，更让那段辉煌不可遗忘。王自亮在访谈中披露——1979 年，全国 13 个高校的文学团体，联合出版了一个民间刊物《这一代》。1979 年底，《这一代》创刊号（也是终刊号）终于寄到了杭州。但中间少了 16 个页码，根据目录，正好是一辑诗歌"不屈的星光"，包括徐敬亚的《罪人》、黄子平的《脊梁》、王小妮的《闪》、超英的《沉默的大游行》等，第 96 页之后也不知少了多少页，翻译的日本电影剧本《犬神家族》才印了个人物表，正文都还没开始。扉页上临时油印了几句告读者书："由于大家都能猜测到也都能理解的原因，印刷单位突然停印，这本学生文艺习作刊物只能这样残缺不全地与读者见面了。"估计类似这样的残缺事件，还有不少，胎死腹中的，莫名夭折的，被强制毁坏的……各种阻力都对诗歌进行围追堵截，但星星之火一直在燎原，诗歌的春笋在此起彼伏地破土，最后形成一派盎然的生机，从这个意义上，扎加耶夫斯基的"尝试着赞美这残缺的世界"，更像是"八十年代"诗歌运动的写照，"残缺"不可避免，但"赞美"依然高亢。诸多鲜活的细节，在《诗歌年代》中满血复活。由此可见，《诗歌年代》不仅完成了对 20 世纪 80 年代诗歌的梳理，同时具有填补诗歌史空缺、充实诗歌在中国新文学长廊的丰富与活力的历史意义。

　　在传媒业高速发展的今天，选择"访谈"这种相对比较自由的特殊交流方式，客观上便于采访者与被采访者之间有很好的沟通。做这个访谈，作者与嘉宾只有对20世纪80年代的诗歌脉络一清二楚，对各个诗歌运动的前因后果一目了然，才能有的放矢地把握大局，鞭辟入里。虽然访谈指向的都是"八十年代"大学生诗歌运动，但是在内容上，完全做到了不重复、不累赘，而是互为补充，各有精彩。有的访谈侧重诗歌活动，有的则将大学生社团作为主体，有的注重被访者的创作故事，有的则是把诗歌创作技巧和诗歌评论着力点作为主要话题。

在诸多的访谈中，孙武军撰写的《青春的聚会——忆1980的青春诗会》是个例外。孙武军多层面回顾了1980年青春诗会上的17位诗人的作品和相关事件。"没有目的，/在蓝天中荡漾。/让阳光的瀑布，/洗黑我的皮肤。/太阳是我的纤夫，/它拉着我，/用强光的绳索/……/我要唱/一支人类的歌曲，/千百年后/在宇宙中共鸣"（顾城《生命幻想曲》），"空白的一代"中重点推荐了顾城的诗作，这么构思显然意在表明"黑夜给了我黑色的眼睛，我却用它来寻找光明"是20世纪七八十年代的年轻人的精神实况。的确，诗歌就是那个时代的太阳，诗人们在诗歌的隧道里蜗行摸索，寻找思想的光。除了言及顾城，孙武军还谈到自己的发表经历，交代了转型期的徐敬亚、朦胧诗代表人物舒婷、"老顽童"黄永玉、海子的自杀之谜、艾青和杨炼的诗人故事等。曾经意气风发、那样的如诗如歌的他们，用精神之光，照亮了"八十年代"诗坛。

四

据姜红伟介绍，该书计划写三部曲，书稿总量达100余万字以上，附录各种珍罕图片500张以上。这无疑是目前中国诗坛关于年代诗歌记忆的综合性强、特点鲜明而典型的厚重文本，具有独家的原创性、珍贵的史料性、可读的故事性、对象的代表性、话题的多元性、精彩的文学性、丰富的学术性、理论的创新性等诸多良好特征的呕心沥血之作。

20 世纪 70 年代末以来的二十多年是中国新诗历史上成就突出、思想活跃、探索积极、诗意勃然的时期。伴随着文学的全面复苏，新的诗歌艺术潮流出现了，因其在艺术形式上多用总体象征的手法，具有不透明性和多义性，故被称为朦胧诗，其代表诗人有北岛、舒婷、顾城等，他们的诗歌作品极大地推动了诗歌在大学校园的传播。就目前受访的诗人们的反映看，普遍认同"20 世纪 80 年代是中国大学生诗歌的黄金时代"这一定论，也都期待有人挺身而出，予以情怀的结晶和付诸实践的行动，进行书面的提炼与传播。

20 世纪 80 年代的大学生诗歌运动轰轰烈烈，硕果累累，如今回望那个时期的诗歌运动，绝对不辜负"空前绝后"这个形容词。可悲的是，它并没有引起诗歌界足够的重视，而且长期被忽略和淡忘，以致游离在中国诗歌史之外。幸运的是，《诗歌年代》的作者姜红伟先生通过创办八十年代诗歌纪念馆，积累了相当丰富的诗歌史料，他看到了发生在 20 世纪 80 年代的大学校园里的这场诗歌运动的价值，清醒地意识到了这场运动是文学景观中一个独特的、永远不可抹去的文化现象，在中国新诗历史中有着非常重要的地位。

该书展现了大学生诗人们在那个年代的思想动态和生存状态，该书也可以说是近距离记录了他们在青春成长期的生活片段以及写作状态，具有极高的学术和历史价值。此外，诗歌爱好者可以通过这种访谈形式，诗意地进入当时那个激情燃烧的诗歌岁月，分享大学生诗人们的诗歌智慧和热情，因为被访谈的这一百五十余位诗人是那场诗歌运动的亲历者和优秀代表。他们穿过时间的街巷，进入我们的阅读视野，面对姜红伟先生的提问，嘉宾们声情并茂，娓娓道来，不回避，不掩饰，生动而具体，充满了反思的力度和深度，让读者产生极强的现场感以及超乎个体生命的历史感。毕竟，那时的客观条件与社会环境是今天的人们很难想象的。在某种程度上，我们感受到了当时大学里浓郁的诗歌氛围，他们的勇毅和奉献、赤胆和热血，他们的激情和失落、峻急和彷徨，他们的追求与躬行、忘情与忠诚，都在访谈中得到了重新确认，并通过这样的途径，重新找回他们曾经的精神气质，或许其中一些远离诗歌战线的"急先锋们"，会因为这事的触动，再次义无反顾地返回诗歌现场，为式微和落寞的当下诗歌倾力摇旗呐喊，在诗歌建设的征途，投身于更具挑战性的鼓与呼。

迄今为止，还没有什么学术机构或学者对 20 世纪 80 年代大学生诗歌运动进行如此系统而全面的收集整理，但令人欣喜的是，志在心中的姜红伟潜心修为，筚路蓝缕，向诗坛交出了一份优异答卷，他自觉而自发从事的工作，是献给新诗百年的厚礼，在这样的默默付出中，他在助力复活诗性光芒的年代记忆的同时，也让自身光芒涌入！

（原载《诗探索·理论卷》2019 年第 3 辑，本书稍有改动）

日常诗意求索的"另一种现实"
——评许春夏诗歌

　　许春夏在退休之后不减蓬勃诗情，甚至表现出比自己青壮年时期更执着、更富有创作的本我性，这现象印证了真正的诗之爱其实贯穿着一个人的一生的认知。他比较冷静的写作姿态，在某种程度上更少了功利裹挟的驱动，进入了性情而为的自适。如此，诗和人的距离，更近；诗人和诗意，在作为生活需求和精神自足的两极表现出来的关联，自然就少了流弊的浸染，多有沉静而清明的修为。这犹如里尔克晚年的"诗与人生"的"经验"，即诗歌写作会给自己带来一种节日慰藉的沉浸，带来奋进和激昂的力量，会觉得因了诗歌的读写，"溜走的每一时辰，越发年轻"。写诗的目的，是为了"让当下的每一天，都是人生里最年轻的一天"。如此体悟，花甲之年的诗人许春夏，一定感同身受。不可否认，相比晚年里尔克，他对诗歌的理解差别显在，但谁也不能轻视任何生命个体那颗虔敬的诗心。

　　在心灵需求上，许春夏的表现是显而易见的，崇拜诗歌，已是他日常行为的一部分。写诗于他，谈不上是孤独的写照，也绝不是说愁的寄托，而是一种生活方式，一种言说的习惯，那些日常的生命体验、情感认知、人事交结，或者基于抚今追昔的想象复活与刻录、都在提炼之后、成为可感可触的诗境。诗歌无非是给予他一次回望自身的机会，一条连接自我与外界的路径，一双在湖畔低飞的翅膀，一种为苦难的过往提供验证和为了幸福来临而祈愿的真诚。这构成了他诗歌整体比较"外向"的特点，在具体表现上的展开，不乏其例。

生活关联：闻着新稻的香味找到回家路径

汉语新诗经过百年演进，逐渐从早期因改良使命而固有的呐喊式抒情的主流里析出自由书写的多姿多彩，诗人们实践着的诗歌流派繁富，手法多样，诗歌的边界一再突破与拓展，越来越宽泛和模糊。相异于那种吟诗作赋的诗人，许春夏无疑属于将生活诗意化的人，把生活当成诗，去建构另一种现实，融合非虚构特质与想象力及个人体验的新感觉。这意味在《新稻》一诗中比较突出：

> 新稻的香味 / 以夏天的厚实向我扑来 / 得益于断过粮 / 我看上一眼 / 内心就被爱力灌满 // 镰刀上的月光 / 沾满露水的晨晖 / 在没有大面积地收割前 / 让目光先来一次抢收 / 我要带它们走 // 如此巧妙 / 达到了与日光之子的神似 / 以正确的方法，注解 / 我不是来自虚无 / 我来自可以辨别的 / 舒展之地

全诗共三节，在诗的第一节，诗人就捕捉到了具有江南属性的典型意象："新稻的香味 / 以夏天的厚实向我扑来 / 得益于断过粮 / 我看上一眼 / 内心就被爱力灌满"。诗的有效性在于曾经的苦难衬底，"断过粮"的切身感受，自动转化为今天面对新稻时的内在悸动，如果把新稻的香味看成是一个觉悟，那么，它"以夏天的厚实向我扑来"的形态就是诗意经由诗人感知后得出的独特体验，或者说生活的事实经验。而苦难记忆的瞬间加持，不仅让

"爱力"这个词成立，也加重了诗意"灌满"的分量。第二节进入收割模式，"镰刀上的月光/沾满露水的晨晖"，因有积极的内导，即便是起早摸黑的劳作，也变得唯美了。这是站在稻作文化背景下的客观叙述，而作为个人诗意的转换则是"在没有大面积的收割前/让目光先来一次抢收/我要带它们走"。这其实是一种热爱与怀想的见证。正如诗人所意"以正确的方法，注解我不是来自虚无""我来自可以辨别的舒展之地"，风吹稻浪，稻花香里说丰年，这舒展带来的舒坦，的确"真善美"！

延续这样的心意去书写诗的现实感知，当然就可理解他会写出《果乡》和《麦苗》等作品。在这些分行里，实证的诗意显而易见。对于许春夏而言，原乡深情是不以岁月的磨难而磨灭，他追求"言之有物"，笃行的是"言而有信"，坚守的是"言出必果"。这是他超越现实描绘的意义所在。"每个人都是/水果的灵魂附体/坐在哪里都很乐观/纵是落下也是芬芳之王"，他用发自肺腑的语言承载着喜悦的情感，表达对故乡的向往与赞美，真挚生活中的印迹，有着强烈的入世感，叹惋目击之物被尘杂淹没了光芒，诗人意在为读者提供一道重新审视大地的"窗口"。至少在他看来，这里有他赖以完善自我、完成自己的依恋和获得彻悟的根源。如在《麦苗》中，他写道：

> 我靠一块麦苗的颜色/构成了人生的完整/这风景之王把拔节的优雅、壮美/关系到我的身体/我可以土地一样睡去/冷杉、菩提树、枫叶/较好地解决了消失/麦芒刺痛光芒。以温情的感恩/让我相信麦田不会是静僻之城/我每日君临/赦免自己过错的隐而未现

由庄稼的形象联想到自己的人生，在深度融入中开启精神自

足的思考与关怀，写实与写意结合，真诚、笃定，画面很独特，语言有质感，构筑的诗意风景，映照了他的心路历程，在朴素的表达中抵达生命与生活的本真。作为诗意传递的主要情愫，许春夏爱屋及乌，其美学观照一方面忠实于所描绘的乡村生活，另一方面，又不自觉地陷入主观的情绪采集。不难看出，麦子和土地构成的背景，是他心灵所依，让他的写作向度在从自然属性向社会属性的转换中，找到切实的支撑。他诗中，大量的情感都指向了乡村，混杂着痛感、眷顾和意识渲染的回望，所作不是纯粹的写真，而是带着那个被诗意改造的"我"与现实碰撞而生成寂静的风俗画，一切人事景物的构成或构图弥漫着粗粝的审美气息。

他随时随地需要一个回家的许诺，一条乡愁所望的归返路径，一种理想主义的生活情调。这使得，在独自面对庄稼时，他表现出忘情的一面。表面虽有着镇定的满足，内心却升起挽歌的苍凉，最终却仅仅满足于一种精神虚构。席勒说："真正美的东西必须一方面跟自然一致，另一方面跟理想一致。"事实上，这也只能是一种"理想"，本是为了摒弃生活的烦恼，却在诗歌的遐想与实践中，生出更多的烦杂。

求索日常诗意，是为了找到跪着的自己

读他的诗，深感他的"日常诗意"的显在。他笃信生活处处有诗意，可以说，这是他诗歌写作追求的意识自动。这种写作的"随意而为"从摆在我案头的三本诗集《上国呦鸣》《用方言与麦子对话》《桫罗树下》（"桫罗"二字即"娑罗"，原书名如此），可得出结论。就"上国""方言""桫罗树"这三个关键词的隐义便知，作为诗人的许春夏没有任何冗余的情感缠绕、节外生枝与旁逸斜出。他全部的用力几乎都在"根"部。他的根，自

然是家园及其半径延伸的山水田舍，岁月杂感、亲情伦常、四季节典、风物美景、生活印记、人事活动，等等，都被诗意攫取，都是他"兴观群怨"的理由。于他而言，诗，是一种记录，这种"日记"行为当然是一种富有雅意的生活方式，亦是"我手写我口"的当代回应。这个概念自清人黄遵宪在《杂感》中提出以来，中国诗歌追求"自我现实"便成一脉，待到五四时期，倡导白话诗的胡适再次大召世人，新诗于是有了如叶圣陶先生指出的去"虚伪、浮夸、玩戏的弊病"的自我要求，这种决裂于古诗陈腐气的革命性实践，延续至今，已在百年新诗进程中形成精神特征并被不少诗人付诸默默无闻的耕耘。

　　或许，在名利攻心如焚的人看来，许春夏并不是一个严格意义上的诗人，但这不妨碍他一腔热血，比起那些谦卑于表倨佞于心者，他的表现纯正而情真：用心为诗人，尽力做诗事。当下诗坛，其实最需要这样的精神投入：写，有感而发，不会表现出与现实格格不入的愤世嫉俗，更有别于那种尚在蹒跚学步，却自以为是、自大无脑的肤浅；为，古道热肠，因一份爱好不计成本，真义浸骨，只为尔生不为身，夫唯不争，质朴而本色。这从他的诗歌气息的自然流露便可见一斑。

　　用对待生活的方式写着乡土故人，写记忆中那些砥砺的光辉，写一颗心对应的故乡半径，是许春夏的最爱。正如他的乡党杜飞进所言："许春夏一直努力在用他的笔留下自己的故乡，并用他的诗唤醒和强化着如我这样无数同乡人的乡愁。"他认为，"生活在喧嚣里，我们不仅需要乡情乡愁，更需要站在泥土里仰望蓝天。"他赞扬："许春夏通过自己的写作，不仅保存了自己心中的山水人情故乡，而且保存了文化中国的精彩片段。"也就不难从他"稻香的视野"看出基于出生地情结的深沉，这绝对不是什么乡土诗歌一说的本色游离，而是代际生活的本相：草鞋、玉米花、炊烟……在许春夏的那个年代和成长经历中，几乎人人同构，是日子的常态，所以他视线抵达的尽头，是苍茫大地及其葳蕤着的悠悠万事，是行踪所及的移动风景，比如重走长征路见识的伟大伏笔，在遵义外一块玉米地千万遍复述尖辣椒一样的台词，一眼古井的光芒对灵魂的照耀，在节气里感受对往昔生活的眷恋与热爱……

也只有在上了一定年岁的诗人的写作中，才会出现这种日常性、地方性的生活瞬间转喻成诗，生活记忆与历史知识构成具体的情景和感受的抽象，现实思考沾有泥尘，隐秘经验带着露水。总之，当个人感触回到情感塔基上，类似《我的籍贯在唐诗里》这样的独特发现就会蜂拥而至——唐诗三百首／我在寻找／与我相关的那一首，哪怕／只有一句，可我／找着，找着／找到了跪着的自己。求索日常诗意，是为了找到跪着的自己，诗人为自己塑身各有其法，但许春夏的精神形象，显然是一个"大写"。

几千年来，在中西方文学谱系里，"寻找"一直是作为母题在延续与传递，从《诗经》的"郁于心而泻于外"作为源头，对安身立命的期待，到屈原《天问》般的士大夫襟怀，无不透露出一种关乎自身之外的家国热忱。当然类似于西西弗斯推石和海明威的《老人与海》等集中释放的深刻意味，就更加具体地把人置于心性坚韧的外部现场（社会）。许春夏溯源唐诗，寻找籍贯，最终在现实"找到跪着的自己"，这个强烈的隐喻所隐指的，其实是一颗巨大的诗心对纯正诗意的传承与发扬光大的在所不惜。在进入诗歌轨道的许春夏看来，"纯正诗意"是什么并不难理解，他曾这样表示："从某种程度上说，我的人生和写作仿佛就是一个从大地上长出的灵芝，不断地吸收，生长和进化，融进了细胞深处，成为大地的灵魂。"他还说："一个真正的诗人，最后呈现的一定是把词语之剑指向自我生命的写作，一种海德格尔似的对宇宙无限终极意义追问的写作……"诗歌让他学会了谦卑，获得了站着的坚定。在宗教生活里，"跪着"这个直接联系"祷告"的特定行为，让人的形意丰富化、内涵化，杲杲苍天下，只有膝跪大地的人，才能获得精神站立的永生。

其实一个诗人的写作倾向及其情绪出口往往从作品题目就能感知大概，比如《上国呦鸣》对于故乡浓情的力度，就显而易见。稻作文化涵养的诗意，被记忆复活，且深入故乡的每一个毛细血管之中去，人也好，事也罢，围绕具体场域生发的独特感受，是十分高级的"我手写我口"。他在自己的情感阐发中，紧靠心灵底座，抛弃不切实际的虚妄，连期待都有着向上的生命张扬。

许春夏从小生活在东阳农村，典型的浙中平原及山地生活在他的思想感情中烙下了不屈意志的印痕。这就不难理解他的诗中，农村生活题材的作品占据了相当大的比重，当这些诗歌显然有别于那种大众化的乡土腔调，而以细节描写和个人感知见胜，朴实平易中夹带着峻急的主观，语言常常表露出个人特点和地方表达习惯，有时说理也不乏深沉的哲理和宗教色彩。日光流年，物移人老，唯一不变的是，作为见证活力的"你我他"将故乡的外延无限扩展。常见的普通物象承载的主体思考，通过意象转换和视角分化，遽然提升到宗教境界，抵达精神原乡。既有对过往声色的轸念，也有对未来憧憬的迎迓，同时又有新事物突如其来的不适感造成的内心挣扎，在现实层面，产生悖论性洞察：家乡的荒坡上的野草会调动自己"悲悯的心情"，为消逝的事物发出卑微的痛感；又因山城将通高铁的消息而欣然于"许多热烈的表达"。这种情愫起兴，在《上国呦鸣》里，几乎与生俱来。无论是愉悦，还是相背离的情感走向，都很直接。诗歌于他，是为了让"生活充满想象"，他坦承自己是"轻技型"，不事"诗歌技巧"。但到了《用方言与麦子对话》一集中，有所改观，他开始懂得让文字里的事物通过"曲意"助力自己获得更为丰妙的仁爱之心。

> 这样的相遇还是第一次／并知道它来自那里／我挪了几步／想让山风呼它跟我回家／它却翅膀缓缓张开／一个没有倒春寒的胸襟／／这个双肩下垂的亲人／没有我想象的那种孤单／这是我的一次胜利感／我们没有相谈甚欢／却也捡到了一根它遗落的羽翎／正好我可以为气喘开个良方（《山中喜遇白鹤》）

必须指出的是，近些年来，对沃尔科特晚年名作《白鹭》的摹写冲动，几乎成了中国诗坛的"一窝蜂"景，不管懂不懂，吃没吃透，反正随人言好，就噌噌贴上去，盲动十足地整将起来，分行嘛，总是容易的，回车键噔噔噔敲，好不快意哉！但观察发现，那些一哄而上的"白鹭体"无外乎使的是套作的小聪明，没有虔敬自然的素洁之心，没有深入事物（白鹭、白鹤、白鹅、白鸦之类）的以时间为保证的深度。没有寂静体验和内视自身潜在的诗意期许，怎么写得出真正动人心扉的佳构？画葫的分行远离官能的生理作用（直觉），人和诗，始终处于一种紧张的互斥局面，当然就谈不上生命意志的对称性感受起于言辞溢于情愫。只有晚熟的人，熬出心思的汁液，才可能让诗性的光辉像老陶瓷上的色泽，虽斑驳，但依然坚毅着时间的质地和岁月幽微的美与内秀。

但许春夏的这首《山中喜遇白鹤》主体周正，主见达雅，主观思和，人与物交融得法如呼吸。全诗共两节，起句写相遇，"这样"暗示彼此不是第一次见，但这次比较特殊，"想"袒露了

"我"不同于以往的心态：让山风呼它跟我回家，这个"家"显然已经超越了日常经验的物理处所，而是一种命运共同体的归宿导向，是一种基于深度体验与极度信任的超验感应，因为它张开了温暖的怀抱。完成了首节诗性起势的陈述之后，第二节开始导入"显志"的轨道，"亲人"一词，铺垫了"天地同源万物同宗"的旨意，它我两有，两有即万有，互不相隔，所以不"孤单"。诗人更是提升到"春天里的一次胜利"的高度加以认识。最后话锋一转，说它"遗落的羽翎"，是治愈我心灵沉滞的"良方"，一只白鹤和一个有诗意的人，在特定情境下获得了亲情融通的可能，成了"我"受教修身的"活教材"。

于是递进到《万物都是亲人》——

　　早起，出门 / 我惊动的声音 / 已有了祖父的年份 / 走向田野，来到湖畔 / 脚音懂得了自我喃喃 / 不企望天鹅一样翻山 / 昨晚归来的路 / 早上走走刚好 / 阔心面对的湖面 / 扬尽的仿佛真是一个梦 / 温度慢慢升起 / 是脚步从量变到质变 / 看万物都是亲人 / 禅定，眺望 / 这恰好给影子融入灵魂 / 从圣人到达圣人

　　面对活着的烟尘扑面，荷尔德林说："如若大师使你却步，不妨请教大自然。"一条熟悉的小路，通向湖边，"我"每天都在来回踱步，但"我"每天的踱步却感受不同，这是"我"的自省从量变到质变的必然。其实每个人的灵魂里都有一个痴心向往的湖泊，但未必每个人都能得到湖中圣水的沐浴与灌溉。对于许春夏来说，这条昨晚归来的路，早上又走，揭示了一种日常化的生命形态，在这样的修行度化中，他敞开心扉，与外物同辉。他始终相信"湖"这个既定的远方意象在时刻把自己召唤。这条路注

定人影稀疏，寂静得可以擦燃。于是，脚步、梦、灵魂，一一自动进入一个圣化的序列。当然，应该把许春夏的"从圣人到达圣人"理解为是"心底干净心胸宽博大爱无疆"之人，精神圣洁，诗意纯粹，而非神话意义上的踞上者，这从"万物都是亲人"可以揭示出答案，或者，它本身就是答案。全诗以简明但准确的感受性描述与富有亲和力的想象，在语言经验中寻找日常思考的虚拟形象，并从中探索出属于自己的当然也是公共认知所向往的化境。"湖"这个核心意象，及其诗意的能指，让他的有限生命与无界的大自然最大限度地交集，因而富有一种宽阔的塑造与赋能。

大白话：跟着太阳走，这是多么正确的事情

"对于每一位诗人来说，世界上永远是黎明。"沃尔科特的诗意发现，充满神秘的真理性。是啊，黎明之后的早晨，是曙光，是朝阳，即便云雨，那也是早雨，最终都会雨过天晴。让心晴朗，是许春夏在诗中抵达的期待，这是爱与敬畏的前提，是自身发光的前提。基于这样的现实诉求，他的诗歌考量就有了"自新"的直观与达观。比如《光芒》一诗的表现：

> 天上出现万丈光芒。散步的人 / 顿觉脸上都有光。闪电不是来制造 / 骇人听闻，是酝酿着喜剧总动员 / 我从心里翻出小学时的课本 / 有一句大白话： / 跟着太阳走，这是多么正确的事情

在他的创作中，这几乎是一首富有主见的诗，能感受到他那种信手拈来、落字成风的快感。诗的情景是在雷雨来临前，一

种交响的欢腾，一场光影的盛宴，一次心灵洗礼的通透。意象与口语完美结合，情感与诗意沛然自生。最后三句，化用（借）小学课本，非常高超地缓解了说理的生硬。许春夏曾对我说，他喜欢与我这种没城府不藏掖的人交往，是源于他对"正能量"的热爱。他坚信阳光普照大地的永恒性。他说约我的想法已有一年多，这让我感佩极深。那一次触动，我为他写了一首《湖畔谒见许春夏》的诗：

> 简约的事物都在西湖旁侧 / 寻得短暂的栖所 / 时令的臃肿之外，冬月的寒凉从旧历里 / 借来一天阳光；我借来一夕闲逸 /——那么，就在君澜见 / 绿茶洗胃，入口回甘，要说的话 / 等不及酱香的琼液生起火苗，我们已回环 / 在晚熟的话语里，像两把藤椅 / 支着磨损的筋骨，相谈有意思的事情 / 无须章法，也不管是否有效 / 只有说出，才能同构供给侧和需求侧 / 才能让火苗荧荧地有了酒香 / 勾兑年份的记忆，并获得豪迈的许可证 / 我们的表情，找回了寒潮收走的潮红 / 天地贯穿的，我们有知 / 夜色包裹嘉禾晚熟的稻和西湖沉默的水 / 像走亲一样，回到温暖里

很明了，诗说我俩都了凡，属于"简约的事物"，因此能和相关外物一道抽身于"臃肿"，在有阳光和闲逸的冬月相见于西湖不远处的君澜，吃茶、喝酒，掏心掏肺说话，像两把旧损的藤椅，在经历世事沧桑之后，被醇酒的火苗点燃，找回了散失已久的激情。其实对于浮生，我们都不抱什么奢望，但对于温暖的向往和亲人一样的慰藉，无疑都还有所期待。于是见面如逢故，我如晚熟稻，他似西湖水，那么当然，"天地贯穿的，我们有知"。

我们能知什么呢？我入天命之年，而他已退休，尽管隔代，却不隔心。"同构"我们生命中的"供给侧和需求侧"的唯有"诗"。在他的写作偏好里，生活中的友情酬唱，亦是重要一脉。2021年3月20日，为迎接老乡楼永良的造访，他即兴写下《湖畔居遇楼永良夫妇》：

> 我与楼永良夫妇 / 在西湖相遇 / 他住得离湖更近 / 有我更多的羡慕 / 看那么多的人绕着湖 / 我们说起老家 / 曾经离西湖很远 / 看一眼湖边的梧桐 / 就会想起祖父、父亲 / 我们捧杯品茗 / 是捧着湖水的内心 / 如此热情 / 是相信西湖没有恐惧 / 只有传说静好 / 在湖畔走走 / 给陌生人指个引 / 不忘告诉他 / 保俶山灯火更好 / 这阳光的一面 / 晚上还有

这首直白之诗，素净得几乎没有修饰，就像真情本身。这首诗，不以"术"为构，而在"道"为本。同住西湖边的老乡两人，从在出生地遥望西湖到最终归属西湖，把异乡变成故乡，"看一眼湖边的梧桐 / 就会想起祖父、父亲 / 我们捧杯品茗 / 是捧着湖水的内心 / 如此热情 / 是相信西湖没有恐惧 / 只有传说静好"。幸福意味的背后，是奋斗足迹在光阴中延伸成诗意的无以诉说。那么就不说了，把"说"留给身边需要指路的陌生人，向他们讲述西湖的美好、历史的辉煌和地域的光芒。庄子说："生亦何欢？死亦何惧？"从东阳到杭州，物理距离和时间推移并没有改变彼此的本性：生死可略的超迈与心境超脱通过逢故的情绪转化，把"存在"的历史杂陈与现实意味从自身局限宕向身外的自然。是西湖，让他们心如止水静若安澜。人之于湖，与有荣焉，人湖圆融，方能达成自渡的宽广和渡人的格局。这一遇，克制了多情，

返归本来。

我相信许春夏写诗的目的就是为了"开蒙"，是为了让"湿漉漉的心情 / 有了新一天的通行证"，他甚至从一块麦田看得到祖父和自己的神情，喜欢用方言与麦子说话，完成诗意的期待："它掀起的麦浪中 / 我至少还能追得上 / 祖父期望的饱满。"所以提起祖父，他的情感就自动归向人间烟火的深长意味："祖父喜欢坐在门口 / 期待有人路过""祖父的孙子 / 把过道改成了博物馆"。摹写亲情在日常状态的画面，让他醉心于无尽的回忆。日常性的诗意捕捉，几乎成了他的另一种日常——指向精神层面，同时又穿透烟尘，成为岁月静好的加持。如《弄堂》：

> 门牌号总是沉寂，就像阳台 / 总是以自己的名义狂欢。这条临街的弄堂 / 风很容易找到古诗。寂寂之声，让我 / 昨天经过了，今天还打这儿再经过 / 许多故事绘在墙上，是告诉我 / 这里的一切都是真的。如同石板缝 / 开出的花，太阳每天不同，露齿一笑 / 也都是新的。恬静的恬静，抖动的抖动 / 虚有不论，一切都有自性 / 从没有被遗忘，一个重生的喉管 / 作为拐弯，河畔的通宝城，已是弄堂的 / 一部分。这是不是它眺望小巷后 / 以一个安静的悟道者的遐想？ / 还有墙体，一丝不易察觉的裂变 / 正成一个卖点。整个弄堂，宿店连连 / 它能接纳黑暗，也就可属于狂欢。

难能可贵的是，对于生活，许春夏的诗歌写作表现不是选择逃避，不是被阴郁情绪左右而沉沦不拔，而是全神贯注地投入生活的敞亮，听从诗意的召唤，他的视角，不是俯瞰，而是平视，他的抒情，不是高音空载，而是低诉的预实。有时，随着语言陡转，进入他预设的主观，把日常生活陌生化，在熟悉的情景中揭示新意，造成日常性的异质感。很多时候，那些复活的熟悉记忆，就在眼前，在细节的清晰中舒展，像毛细血管，散发切肤的温暖。人间从来都是"饥者歌其食，劳者歌其事"（何休《公羊传解诂》）。许春夏的为诗之道，高度契合这个定论。于他，"饥"已成为过去，而"劳"依然，只不过从"劳骨"变成了"劳心"。有意无意，他总是煞有介事地"歌其事"。歌屐痕处处，歌峥嵘岁月，歌湖光山色，歌所闻所见。对于自己的"书写"，他有清醒认知，《我的诗》写道：

> 现在很多诗句无人问津／其实，诗歌首先能化痰／
> 如果它能成药，药店必定关门／诗能冲破黑暗／现在，
> 已越来越／被无眠的人认可。我想／那肯定还会有另外
> 一个太阳／好像我在家乡画过／女儿在幼儿园也画过／我
> 写的诗，以前／自己都不满意，但祖父／总在地里种起
> 月季来点赞／就是那刺儿，唤醒肌肤，还有灵感／许多
> 人和事，不曾亲近，也是一片温馨／诗句是藏在天上，
> 还是深埋地里／我还不知道，我只知道／我的每个字，
> 都是在草尖的晶莹里撷取

在他看来，诗歌一定是"有用"的，如"药"能"化痰"，那些反向而为的诗歌注定"无人问津"。面对文学不再打动人心的现实，历史学家汤因比以保守的目光担忧说："当艺术家仅仅为自己或为自己小圈子里的好友工作时，他们鄙视大众。"看得出，许春夏也一直在思考这个问题，他觉得自己的诗，曾经也囿于孤芳自赏，他不满意，或许是因为写得太草率。现在，他虽然不明白"诗句是藏在天上，还是深埋地里"，但他对自己的写作提出

了新的要求，"我的每个字，都是在草尖的晶莹里撷取"。海德格尔在与荷尔德林的灵魂对话中说道："诗人的天职是在对美的筹划中让美的东西显现出来。"这首《我的诗》，表明了许春夏的创作态度、自我定位与判断，它一定是来自年华风蚀之后的回响，是心扉打开时的勃动。《毛诗序》言："在心为志，发言为声，情动于中而形于言。"许春夏说："我用镰刀收割了一排大麦 / 看到它们快活地缴械 / 真像一群孩子……"

以近乎"笨拙"的方式旁若无人地进行着"我手写我口"，写自己的生活半径与日常行踪，眷顾大地，眷恋乡愁，眷怀生命，在现代文明的缝隙费力却自得地找寻传统的诗意，这个诗性历练，足以让他心满意足。他君子自守、诗心纯粹的纸上漫步，显然把我打动！而他耽于日常诗意求索的"另一种现实"，无疑具有非典型性的艺术质地和个人性特征。

（原载《铜仁日报》"梵净山周末"2021 年 4 月 16 日版，本书有改动）

观澜一见
——关于温岭诗群诗选

温岭是个名副其实的诗歌重镇，涌现出了江一郎、老枪、王自亮、杨邪、藏马、陈剑冰等一批享誉当代诗坛的诗人。他们中，已故诗人江一郎在读者中早已经树立了自己的丰碑，其余诗人，也都因为写作力的强劲或淡然的心态获得了尊重。从"温岭诗歌"到"温岭诗群"是递进，洋溢着升阶的气势。新面孔增多，是好事，意味着潜在的诗歌力量在加持，在发出地方诗歌后继有人的强音。

气场强大，气息稳固，互不模仿，各有向度。温岭诗群的诗人们都有着赶海人敢于向涛头立的诗写执着。每个人既矜持写法上的独立性，同时又有着向艺术塔尖砥砺奋进的求真意志。

对于我来说，范蓓丽绝对是一个新面孔，先前，我从未读到过她的只言片语，但"新"不等于"未完成"，著名评论家李敬泽还称自己是文学"新锐"。在《时至今日》中，范蓓丽展示了一种极具特色的禀赋。这种抒情方式在我看来，特质鲜明，是一种"极度抒情"。一般而言，只有经历过大悲或大喜的人，才配得上持有这种抒情气象。比如人生厄运重重却写出了《安魂曲》的俄罗斯白银时代代表诗人阿赫玛托娃；比如饱尝人间苦难的李清照在遭受巨大不幸之后，抒情格调由细腻、缠绵蜕变成激昂、豪放。温岭诗人范蓓丽，使用着有别于当下诗歌主流的笔法，而专注于自己的内在感受。她的诗表现出巨大的情非得已的悲悯特质，抒发有着直击的力量，自觉规避了普泛化的情感空载。《在异乡，邂逅一条流浪狗》，以寄物寓情的传统笔法，低诉苦情袭扰的"今我"。"小黑，请允许我这样叫你／我不知道你的名字／也不知你来自哪里／但此时，你是我／唯一的陪伴"。诗开篇就惊泣弥散，这种蚀骨的动人，酸楚莫名，代入感强烈。她的衷情之诗，复活了中国传统文学中的"望夫"形象。她以全身心的用力倾诉本真的此在，希望在虚空中获得回应，无论是回忆过往，还是感知今日，抑或是对峙孤单，残醉于寡酒，寄思与诗，在墓地祭扫……她都不甘于命数的叵测，依旧期待"等我"的奇迹，期待他"用一千行诗句对我／轻唤，思和念／依然是……"也因此，"我爱上了我的敌人／这黑夜唯一的／倾诉者"。在中国当代诗歌中，作者形象通过客体经验的反向作用而完成"自我"塑造且颇为直接的，十分少见，创造性抒情，是范蓓丽诗歌的高妙之处。

在温岭诗群，杨邪的诗辨识度很高，他的诗，对语言的生成性、意趣的获得感、内在的事实化，有着极高的要求。与其早期的诗相比，如今他更讲究"自然笔法"对一首诗从结构到内容的"和中生异"。比如《雾》，平和冲淡的叙述节奏带动内在感受，雾非雾，而是诗意的背景板映衬美好的时辰，这一幕（过程）被我看见（发现），也带动"我"一同回味，简单的事实因人为的互动而意犹未尽。《我不是强迫症》将目力对焦服装店里的塑料模特，于情景化的事实中牵念出伦理的现实空白，诗人借暴露的真相，检验自我情感的尺度。《回家之路》从司空见惯的日常行为里榨出诗意，矛盾衍生的细节推断，把"我思故我在"放大，戏谑的精准其实意会的是无处不在的生活无奈和难以契合的人心，看似简简单单的"回家"多么不易，人类回到自身又有多难，杨邪的优秀在于，擅长在平淡生活场景之中挖掘出奇之思，但这个"思"正是出作品的必须，是有诗歌造诣的必要前提。

陈剑冰的《围炉夜话》，以冀望时光温情为诗意开合的册页。日常状态之中的诗意信手拈来，达成感知别趣与理析之思，是他的拿手好戏。在表现手法上，展现出对主客观调度的收放自如，而这种超时空联想的自信有时显得"很不讲理"，笃定如此操作方式正是功力使然。这在诗歌史上不乏其例，比如阿甘本认为"但丁的《神曲》出现声音与意义的断裂，使诗的内在结构失去了完整性，并非是在制造诗有待完成的未完成性，而是要中断那种将声音的因素融入意义中的诗的形式"。从"山顶的寂寞"到湖畔"空椅子"上坐着三五个"雪人"到"爱美的容颜善于变魔术／也敌不过皱纹的手艺炉火纯青"的臻化，陈剑冰的诗，让温岭诗群多了一份"观澜"的摇曳多姿。

同是"遁隐世情、往来素然"的腔调，相较而言，张明辉的视角更切近于对身边事物的打量。其诗根性显在，喜欢深入事物的细部，专注于发现小事物鲜亮的活态，还原生命初元，于渐变的微妙中抓住诗性重力，或让"物"获得应有的经验指认。很显然，《故园》作为一种"心相"，已从隐喻转化为敞开的现场。他的诗，起调轻缓舒展，然后经由实证般的描叙将诗的触须带入"象意合一"中，并实时作用于"我"——搜集经验的累积，最后，松开紧攫的意念，让事物坦荡。无论是《目送》的"我只想目睹它爬上那片树叶／然后，目送它离去"，还是《白鹭及其他》的"另一只白鹭，撞见了魂灵／无助，惊恐／风，加速了逃离／时间的音符在此停顿／面对一条过去的河流／我该说些什么"，抑或《清明》的"前世苍茫／海是去途，亦是归路"，无不展现出清淡的意味、低调的自问与冷静的判断。

"我和你坐在路边石凳上／脸上一片灰色的宁静／坐着不动，就像／进入一条黑暗的灌木丛／道路幽深而没有尽头"，这是戈丹的诗《我们一直坐到天黑》中的片段。作为情感的出口——诗，真切地将她眷恋的现实及其可能的情绪支点细腻地表现出来，颇具感染力。她写两情相悦，写共度好时光，写异域体验，写感物知事，都带有纪录片色彩，因此，她在写着有"识见"的诗，几乎每首都暗含一个掌故。按照经验在场的对位书写，戈丹的诗里有两个"我"在时间的变迁中朝着不同向度分治：一是面对自然时的慎识，如"身边走过的人／无人为我停留，我粗糙的皮囊／／留不住一粒黄沙／只能站在河中央／看着自己被众多的黄沙簇拥"；二是在面对未知的警觉，如"每天经过北山河边，两旁的柳树和房屋／隐喻黑暗的过去／我突然想到，如果没有诗歌／我还能用什么点亮前面的光束"。维度感强的诗人，当有更宽展的"下一刻"或"下一首"。

若水的《我曾久居的小镇》，可以看成是他审视人生的一次自我鉴照，他对故乡半径的诗性丈量总是安然于无数个"一得"中。出生地的一切，在他的主见里随时有着异化的可能，甚至一瞬也能发生品质变化。在语言表现及手法偏爱上，他的诗与"浅意弄象、白描传神"的部分古诗词有接脉传统的靠近。这是好事，值得提倡。不过，也要看到，他似乎不经意受制于某些网络流行写法的"感染"，而诗作整体稍显单一与单薄，致使作品清浅有味、延展不足，但我看重的是，其语言背后一个生命主体的装载量与容留力，我相信一旦完全打开的他，一定有能力应对苍生万物，那些背负更多的"别处"，那些目击的"不适感"，一定会给他带来手握重锤的底气。

写《大海的真相》的老屋，义无反顾地展示了海派诗歌的本目。他的诗，因为内容的陌生化而使得语言自带异质感，扑面而来的渔民生活气息，生动鲜活。诗歌"兴"什么？往往易被忽略。老屋写大海，有着如数家珍的优势，其诗没有停留在海景表面，而是着眼于向海而生的人，在特殊的生活环境里，有着怎样的日常景观。欣喜的是，他的诗歌在展现海滨生活的时代气息方面没有缺位。《禁渔期》就难得一见。全诗 12 行，两节。诗以专属意象的缘起，写禁渔期里有人想要出海捕捞。这违反禁令的行为语言吓醒了水手的家人，她木梳掉落楼梯上，长发散开。诗人于是乘兴起智，借题发挥："委婉的波浪 / 把生活的尖锐，逼退了一小部分 / 生长的世界 / 好像从来都是这样 / 危险而动人"。诗的形象，其实就是诗人内在的精神面貌与心灵质量，有没有提纯的功力加载，不言自明，一目了然。老屋的大海诗，是献给温岭诗群的重礼，给读者留下了深刻印记。

　　题材丰富、主题鲜明、内容饱满、风格多元、表现手法多样，温岭诗群的诗人们展现的文本厚重，跃然纸上。温岭诗人，因为作品，已获得读者敬重；温岭诗群，因为兼容并包，正在逐步壮大！

（原载《江南诗》2020 年第 6 期，本书稍有改动）

原乡书写的诗性语境与精神纵深
——仙居诗群论

近年来，作为台州文学力量重要组成部分的仙居诗群，开始以集群形态亮相浙江文坛。省内诗歌媒体《江南诗》《星河》《浙江诗人》，以及综合性刊物如《浙江作家》《台州文学》等，仙居面孔不断涌现。其中部分年轻诗人陆续在一些外省及全国性报刊崭露头角。以"王钦木名家工作室"为平台依托，由知名诗人王青木领衔而涌现出来的诗人应勇强、应美芳、徐静、应贤慧、王学斌、周春华、朱益琴等已渐成骨干趋势，他们蛰居山野，远离喧嚣，杜绝浮躁，潜心修为，日常工作兢兢业业，业余爱好有声有色。这种尝试着用诗歌为本地扬名的勇气可嘉更可敬。他们矢志不渝地执着于诗歌真义的探究，沉浸心灵诉求的纯情书写，以蓬勃之势给当下诗坛注入一股清流。仙居诗群崛起的现象，开始引起了各方关注。而作为评论介入的一次体验，我在他们的文本观察中深切感受到了如是诗歌气象：基于当下生活普适性意义的家国情愫，倾心于歌唱的抒情传统，潜心拓展热爱故土的精神纵深，忠诚于自己的内在体验，并在各自的心田默默耕耘……

精神性的敞开与抒情的敞亮

仙居诗歌的领军人王青木，生于20世纪60年代，迄今已在《诗刊》《星星》等权威刊物发表诗作众多，诗作入选《浙江诗坛

50年》《浙江诗典》等选本，出版有《南方树》《亚热带》等诗集，他已跻身浙江诗坛的主力军阵营，是仙居诗歌毫无疑义的精神地标。

"好想一条混浊的河流倒流为清澈 / 好想一片喷药的桑田回到沧海的蔚蓝 / 好想挎一个酒葫芦与你醉卧天涯"（《好想》）。他的诗歌有南方诗歌的美学写真与浪漫情愫。精神性是他执着多年诗歌建构的美学特征。他擅长将人文视角探向安然大野，注重山地人文景观的深入在近距离的物我对视中生发诗意的触点。很多时候，诗歌作为一种自然物态，在对接于他的内在经验诉求中，纷繁的生活场景自动与他形成相遇的美好感知。因而，那些看似随意的记忆片段，经他分行实践，便拥有不凡的语感、漫溢入味的深意，形成含珠凝辉的妙趣。

他的诗歌不回避抒情的高位，有现实表现主义的意趣。他忠实叙写地域意义上的一方水土，注重节奏的控制和音律的调节，对汉语新诗"发悱于情，形从于意"的传统赓续比较执着，也颇有心得。"哪怕阴云和黑夜隐藏你的歌唱 / 我内心的月窗，都要等你 / 等你不再无动于衷等你满圆 / 尽情地倾诉忘情地拥吻"（《仙居月窗》），把对故土风物的挚爱提升到伟大爱情的高度，这不仅是兴味使然，更是"我在诗情"的担当。比如这《仙居月窗》，因巧妙的构思和想象的转换，就有了入定的气息。瓦雷里在谈论帕索尼《异端的形象》时提到诗歌如是说："诗歌是某种持续徘徊在意义和声音之间的一种若即若离的感觉。"如此可见，本意中的物我对应而成的诗意，可以让人忘掉一切外部影响的干扰，而表现出可贵的"一意孤行"。"迎面而来的白云默默无语 / 一再压低我躁动的音量"（《安然大野》），类似这样的发声，就彰显了诗人心雅情盛的风度和敢于自我清淤的气度。

当下，荷尔德林吁请的向大自然请教的命题几乎已被当代汉语诗人奉为圭臬，王青木也一样，他心中永远藏着对清泉的慕想，《致一个莫须有的人》这首诗，虚构了一个二元视角，以你我之间的情感逻辑为换行的依据，以我想成为你体内的抽水蓄能电站为想象起点，然后以互为依托的线路推演，逐节释放内在情感："我可以是蔚蓝的大海吗 / 你是否听到我汹涌的潮汐 / 我用这内心的烈酒 / 写下一行行虚无的燃烧的诗篇。"水、湖边、梧桐、大海、潮汐……情感的烈度在增大，诗的音量在升高，纯赤的心底在袒露，诗人借助自然之物的心潮喻示，达到了和谐的统一。

在作为现象观察的个案里，仙居诗群的王青木，绝对是一个有情怀有境界的诗人。他的带动之功是显的，我曾经在《诗歌的地域特色与团队精神现象》一文中对地方诗群或文学社等集体抱团出发的现象持肯定态度。确实是，先有集团军似的冲锋陷阵，而后才会有"将军元帅"涌现。有"诗仙居出诗仙"的目标，才会有向上的风景，是谓"取乎上得乎其中"矣。起码对于王青木而言，做老杨梅的心还是有的，理想不可无，万一实现了呢！于是，就有读到他的《指尖的光芒》一诗时的会意。这首诗里，他给予众声褒贬爱恨不已的手机以正能量的肯定。在微时代，他视手机为纸，食指为笔，随时随地书写从心中飞翔而出的诗意："一个个汉字如羽化的小鸟 / 歌唱的小鸟愤怒的小鸟 / 一只充满诗意的手机 / 随时随地收藏。"现实生活中，王青木几乎已经将业余生活的全部献给了诗歌，一个忠诚于精神追求的诗人，他的快意必然倒映着远方的晴空。

非虚构的本色与打开的本意

看得出，应勇强的诗歌有历练经年的技能基础，手法上体现出训练有素的圆熟。其诗歌视野展现了一定的宽度，既有向外的接壤生活现实的即景抒情，也有内转的书写灵魂肌理的重力挖掘，一些诗呈现口语倾向，但更多的还是属于情绪比较稳定的综合性实验。

在《金竹寺自然村》这组诗歌中，诗人注重个人诗绪的"贴近生活贴近现实"。他目光所及的村落，不再是风景意义上的自然景观，而是生活深度的下沉。只有一排破旧房子叠着一排破旧房子的金竹寺村，只有一二米宽的动物足迹淹没了行人脚印的泥土村路，真实写照了城市化进程背景下乡村文明衰落的迹象。一首诗能唤起读者对国家意识的思考和为三农命题如何向前提供了情绪参考，起码在外延上，走出了"小我"的局限，这也体现了诗人的时代责任担当。"现在村子瘦得只剩下把老骨头了 / 被三四户人家死死地支撑着 / 傍晚几颗昏黄的灯火 / 点亮金竹寺村深深的荒芜与寂寞 / 这个衰老的村庄 / 此时正一步步走向消亡"。尽管这些诗句还存在诗意提升的空间，但在视角敏锐度上，是富有积极意义的。诗人，不是只会吟诵风花雪月的一群，也应该有家国情怀，心怀天下，情系苍生，是作家的终极命题。诗人如何与生活现实擦碰出思想火花，一直是几千年来诗歌写作的题材传统。因此从这个角度看，应勇强的诗歌有田野调查属性，他企望以一己之力，写出乡村现实的"微史"之诗。

区别于仙居其他诗人，应勇强表现出了对现实主义的偏爱，打开方式直接，《所见》一诗写微醺的村民主任与不良开发商等利益链条合谋拆迁村子的事实，这是一个不具独特性的题材，作为写作的选择是比较稚拙的，要写好是有难度的，因为已有为数不少的诗歌涉及和表现过相似内容。好在他笔力精确，同时取了一个与内容合体的标题，虽然是简单的"所见"二字，却传达了真实现场的细节洞察以及可靠的真相报告。这种路遇的传统可从《诗经》的"国风"部分溯源，从《诗经》的"硕鼠硕鼠，无食我黍！三岁贯女，莫我肯顾。逝将去女，适彼乐土。乐土乐土，爰得我所"和"坎坎伐檀兮，置之河之干兮。河水清且涟猗。不稼不穑，胡取禾三百廛兮？不狩不猎，胡瞻尔庭有县貆兮？彼君子兮，不素餐兮"找到依托，从杜甫的"三吏三别"中寻得共鸣，而现当代文学中类似的"现实"更不乏其作。沿着这一路径，他的诗歌在角落里展开搏杀，《一对环卫夫妇》《右邻》等诗歌，从人性与命运的暗道取材，因而富有现实同情的疼痛感和在场感。他坚守的是非虚构诗歌的一脉。

即便写感物诗，如《黑蚂蚁》《钥匙》等，都有人世之重的影子和生活底层的脉象。只有在写古杨梅树、山中秋声、油桐花、陶公祠、杜鹃花、秀溪等静态物时，他的紧张情绪才得以缓解，诗中所表现的丰富经验，尤其是来自细节挖掘的独特感悟，开始显现更为广阔的本色。

完整性的雅兴与纯美的雅致

真情照彻与善美力量的源源注入，是百年汉语新诗传统倡导的主旋律之一，这已经发展成为当代诗潮最明显、持续时间最久的"宏大叙事"。在阅读应美芳的诗作时，我毫不费力地找到了她的诗歌感点，脑际自然而然地闪现帕斯捷尔纳克的经典判断："生活是一条悄悄滑向麦田的小蛇。"应美芳的诗歌写作，表现出坚守人道主义的本真，她的诗中埋有深情的富矿，生活感触细若游丝，无处不在。她对美好的塑造不是刻意摹写，而是自然流露。这是一个干净的人对现世的冀望，那些耽于人的活着而不得不与存在发生撕扯的烈性事象，几乎都被她毫不留情地过滤掉，是的，真正诗心娇美的人，是不容杂质对诗绪的干扰的。孔子说的"诗无邪"，在她诗里得到了很好的继承。她借故乡的杨梅呼唤纯真岁月的归来；一条暮晚的绿道，经由她的情感加载而豁然展现无限的美意，令人陶醉、流连。

因有纯质底色的铺垫，她始终诗心激荡地注视故乡的一切，与青山一见钟情，与浪漫的彩虹幸福招手，与神仙居的雨展开灵魂对话，与回忆里的紫薇分享这个渐变的世界里独有的香气。这种生成性的唯美，散落在季节、天气、山地、云雨、节令、花木、虫鸣等日常之思中，那些大可齐天、小及些微的事物，都得到了她诗意提纯的光顾，王国维在《人间词话》里提炼的诗观"一切景语皆情语"是她心声的主轴。她的诗歌有一种"走读"的广阔与自信。她的精神物语贯穿自然大化和生活妙不可言的正面现场，女性视觉及自动流泻的情愫，细腻而温婉，绵延不绝地通向内心世界的最深处。

换言之，一个情感世界里没有仇隙和抱怨的女性，作为诗人，也许可以斥之言不触痛感，意不接人间烟火，但也完全可以从另外的美学意义对这类写作加以考量与肯定，即在疾言厉色的当下语境中，诗意诉求的传统对真善美的呼唤一直强烈。诗评家谢冕先生始终认为诗是高贵之物应有雅气："这世道最不缺聪明的恶，缺心灵高位的自我救赎。"一个没有沾染世俗气和诗坛流弊的作者，一个坚持不与诗歌红尘中那些痴爱向下和灰暗心态写作的网红为伍的女诗人，是难能可贵的。她的诗在对接生活思考与自然陶冶的过程中，一直在场，也始终呼应着心灵的律动，关联着大地上的事物，深入抒情的纹理："今夜，我用微弱的心跳／写下一首虚无的诗／再次敲醒冬夜的黎明"（《虚无的诗》），显然，她将"诗言志"的力量始终维持在事物的原点，这样更具精神张力，她向往温暖，深信"虚无的诗"能够抗衡冰冷的现实与寒彻的人心，最终换来蓬勃的黎明，普照人间。

不难看出，"至善的诗意"在她的抒情中占据着极其重要的地位，也让她诗意的抵达，具有相对稳定的完整性。

向内转的自觉与情思的自在

徐静的诗有比较明显的"向内转"的轨迹，她的兴味表现出对毕晓普、沃尔科特等重磅诗人的诗学范式的钟爱，喜欢深究针尖上有闪电的细腻与惊奇，她放逐的诗性自由而通达，意象一旦打开，诗的感觉就会得到从容的呈现。比如："云朵游回深海 / 一把黑伞，一顶帽子 / 沉入无声海底 / 这里没有鲸鱼"（《我和未来隔着蔚蓝的空气》）。这种自在的收放，将她内心潜藏的对应于外部世界的影像，进行了具有舞台剧功效的整合与提炼。她擅长以象征主义视角将生活之海中与自己关切的部分挖掘出来，经过意识形态的还原从而形成一种奇异的诗性深刻，这种气质禀赋贯穿了她的诗写向度，成了一条精神主线。以至于即便在写母亲节的这种主题诗歌时，也有别裁的火花闪现："时光放大了经历 / 缩小了深情 / 都是深一脚浅一脚往前赶的人 / 那些波澜壮阔与逼仄疼痛都是背影。"很显然，对于诗意化的母性光辉，她没有停留在大众认知层面，而是勾画了独特的经验形象，使得"母亲"一词富有张力与质感，展现了深度的意蕴。在仙居诗群中，她的语言体系和想象再造，都具有较为清晰的辨识度。

比较看来，沉思属性在仙居女诗人的诗中不太多见，但徐静在尝试涉猎，她试图写出情感背后的一些思考性的东西，凸显出一些解构的鳞片，她觉得这样更接近文学揭示意义的本质。《真正的时间在别的地方》探讨的已经远在肉身之外，诗人借助自己的眼睛，进入事物细部的打量，获得了全新的感知与奇趣："空镜之下 / 一滴水划过肩胛 / 带来细长尖锐的穿透 / 抚养匆匆来去的喘息。"她乐于在诗句的演绎中开发新感觉，同时又搁置鲜为人知的秘密，并赋予这种感觉陌生化的表达，因此，哲思这种诗歌的高级形式，在她的文字里开始萌芽。"每一刻都在诗化／生活不断喷涌的分层／遮盖死亡的每一道屏风／如同米粒般的叶瓣／在变黄前走失"（《刽子手与诗人》）。"喷涌"与"走失"客观描述了社会世相的真实情态，也确认着这是一个"残缺的世界"，邪恶与良善共存，黑暗与光明同在："刽子手与诗人共治／一半冷雨一半叹息。"这些时空下的舞台表现，隐喻着投射现实的一面镜子。

细察发现，徐静的诗，有着妖娆的表征和霹雳的里子。她热眼看芳华，冷眼看世情。这犀利一定来自超出年龄的经世阅历。或者说，她的诗有着尼采所言的日神精神的外观之美，但真正的意味却是抑制状态的视觉装置艺术，是冷色与下沉之力的集合。"废弃的雨丝，局部的记忆／一个诗人的冬天／没有四季／没有人想起"，兴于喝酒而展开的冷抒情，暗示对饮的并非知音的无奈，把孤独写得凝重、深刻、精准、形象，体现了一定素养。这样的诗，对仙居诗群的多重语境具有丰富与延展的作用，可喜！

想象力的可能与实践的可观

而处于勃发状态的应贤慧，其诗表现出超越地域局限的外向特征。他用心于人事感知，诗意多了一层平凡人生的淡定，却对缪斯的追随一往情深："你依旧，不急不躁／围着生活的轴心／赶路……"（《时光的轴》）。放飞心灵，是他的"诗言志"的本源。当下，声色犬马，浮光掠影，人性麻木，世人常常溃陷于深深的无力感的灰暗，作为一种精神背负，诗歌，承担着拯救灵欲的重任，那么当然，自我救赎的意义就不言而喻："屋檐的栅栏围住／岁月的天空，围不住／飞翔的灵魂"（《屋檐的栅栏》）。他的诗，意绪节制，不浮泛，没有流行诗歌写作那种扑面而来的"杂音"。

这种诉求的纯粹性，在仙居"80后"诗人中表现出来的实验意义不言而喻。

应贤慧诗歌的发力点在于江南人文气息的浸润，尽管面对的是纷纭尘世，但当他以温润之心进入诗歌的通道时，眼前遽然展现非同寻常的景象，一切事物隐藏的美就会自动进入还原后的本相："回到一颗种子，一粒鸟鸣／一道无人问津的伤口／前方都是辽阔的事物／心灵如脱缰的马驹／与披头散发的云，一起驰骋／向着一个陌生的方向"（《在空洞的事物里驰骋》）。诗的美学散点对接了布莱尔的《天真的预示》，事物的哲理时空得以洞开。小中见大的开阔，与诗人诗意发现后的奇异，充分展现在一个超越理学的感性状态，诗，便有了向前拉伸的各种可能，向着更高意义的快乐即陌生的领地迈进。

他的诗，还有一定的传奇趣味取向，作为一个诗人，想象力的可能性，也是证明开拓性的重点之一。借助想象力把虚构世界的异度空间打开，再进行叙事组装，从而展现出魔幻现实主义的超验感受，进一步把人的本真袒露，诗的功能感反而更强烈了。在《寅时，一个兵荒马乱的时辰》一诗中，诗人借助荒诞的细节，把锋利的时间碎片下潜在的事物寻找且影射更多的人情世故："该干点坏事了，趁管闲事的人都睡熟／把手伸成一蔓藤，向夜的最黑处／抓住那些现实里苦苦寻找／而不得的事物。"诗开篇就大胆设喻，进入手撕皮毛的直接，把"欲望"端起来写，显得很有力度。诗人意在从反向思维的角度审美，喻示显在的真相未必可靠，光鲜的东西也未必是好。"兵荒马乱的夜，月亮是靠不住的／这个借别人光的家伙，无论多么圆满／都是沽名钓誉之辈／宁可相信梦境和幻觉"。世道人心的相因相谐和关联转换，不是以表面现象的遮蔽物为面具的，得靠诗歌的力量去揭示和诠释，得靠形象的感知为读者提供感悟的提示。

这首诗的光明的结尾说明诗人并非有"向下"的癖好，而是尝试先锋元素的注入与现代性实践的实证，就成诗的表现看，有一定的美学塑造。更可贵的是，这样的诗歌，在仙居诗群中因少见而富含深意，而诗人作为一个诗歌写作者展现出的起点之高，令他在诗歌写作领域的发展是值得期待。

低音区的沉着与心灵的沉淀

在仙居诗群中，周春华和王学斌称得上是绝对意义上的中坚，他们的诗歌都有着纯诗质地，葆有梦想的本色。外向抒情是周春华的诗歌写作习惯，他力求通过耳闻目睹的情景及其被发现的意趣，达成一种飞翔的感觉，他总是以一个现实旁观者的角色参与诗的建构之中，他耽于在暗处打开灵魂，对世界保持着情感介入的警觉，"我常常把头颅高高地扬起"，靠诗的圣洁维系着始终不肯向世俗低头的诗人形象。王学斌以存在感建构自己诗写的向度。也许受过萨特的存在主义观念影响，他对事物的真相颇为在意，怀着一颗敏感之心穿越城市里的人群，去感知人间的悲喜，即便那些极尽倾诉之衷的物语，也都带有明显的主观色彩，这种一以贯之的潜能，潜伏着精神的远方。在诗歌认知上，他是一个有主见的诗人。

释藤和吕敏的诗歌心得具有跨界的意味，虽然她们不以诗为内心生活的全部，但绝对当诗为美好现实的隐喻，陶醉于诗情画意的人生，游走于大美天地之间。诗，在很大程度上，给予她们的是"远方"的快意，是一种宗教意义上的自得其乐，儒道释等多重感念的混成，撑起了她们诗歌表达的时空。

一个有趣的现象是，仙居诗群中，女诗人兵强马壮，她们的诗歌风头几乎盖过了另一半边天，这不是坏事，相反，因为她们的活跃，更加说明仙居诗歌的清新、灵动、闲逸、唯美，是可触的，有实证的。这种接近自然本色的诗意慕求，与大美仙居相伴相生相得益彰，是人杰地灵的诗意表现。除了前述的几位实力突出的诗人之外，朱益琴、周云芬、项宇红等人的诗歌，所展现的进阶之势，也不可忽视。

朱益琴的诗歌写作向度，平行于日常，及物性比较好，讲究意趣美的抒发，爱在细微处打磨星光，她诗歌中的心理暗示比较突出，内容具有一定的宽阔度，"日子"的味道浓郁，如"小时候，我们和你一样灿烂／一把小剪刀一个小竹筐／足以装下满世界的／阳光"；个人化的感悟可爱而充满灵趣，如："我睡在我的醒里，就像／爱睡在恨里诚实睡在谎言里"。其诗面目清秀，色调鲜亮。

周云芬的诗在处理自我感觉与环境感知的关系上，表现抢眼："像种粒一样，更贴近泥土一些／聆听大地的苏醒，草棵的萌发／聆听一条河流的奔跑，以及／一只白鹭的爱情"（《立春》）。类似诗句的抒情令人神往，写出了内心的境界。项宇红的诗质地轻灵，携带着个人对外部世界的热爱与怀想，情感真挚，琴心可鉴。

同样值得期待的，是仙居诗坛新人辈出的局面。方灵娜、王均委、张燕翔，对这些新面孔而言，时间是他们成长的资本，也是检验他们诗歌水平的试金石，他们需要投入身心满怀深情地去擦出精神火花，击响灵魂的回声！

结束语

总体上看，仙居诗群在写景状物、寄怀寓情方面表现出了一定的强势，但也因此表现出创作面的狭窄和创作手法的同质化倾向。诗人们需要进一步打开视野，找准各自的擅长深入当代诗歌丰富多元的表达前沿。目前，这个群体的诗歌在写作难度、深度与高度上，都有所欠缺。他们需要"诗歌野心"的强力推动。作为旷野之心的诗情，仙居诗群发力不错，不过，倘若从当代诗歌高原甚至高峰的"雄心壮志"方面考量，就难免显得薄弱和单一，尤其是在上升到诗与思的更高层次时，尚难觅出色作品，需要大力激励和迫切建构。

不过值得肯定的是，仙居的诗人们立足于仙居本土的景深观照与抒情，有着非凡的意义。仙居的山川、水土、风物、人伦，以及这块土地上生生不息的子民及其热气腾腾的生活，囿于故乡半径写作的福克纳、蛰居瓦尔登湖的梭罗、歌吟大堰河的艾青、独处苍凉高原的昌耀等，也都是从原乡书写渐次展开宏阔视野的。评论家谢有顺说："风景描写看起来是很小的问题，它的背后，其实关乎作家的胸襟和感受力。"诗人们用诗歌的方式聚焦仙居。对一方水土痴心不移地持续关注，作品丝丝入扣地描写着自在所及的生活冷暖，历历如绘地表现着属于仙居的当下语境，在生活热度的冲击下发出自己的声音。仙居的诗意生活和富足精神是他们胸中的大义和笔下的乾坤。这是一种基于现实而作出择定的伟大情感。相信只要仙居的诗人们不忘初心，砥砺前行，不断呈现诗意新气象，就一定会给当代汉语诗坛留下一记强音！

（原载《浙江作家》2018 年第 2 期，本书稍有改动）

第二辑
歌以咏志

"当美妙的想法始于我们"
——关于李郁葱的诗

"精神立像"及其相对意识考辨的突出，是李郁葱作为诗人留给我的初步印象。就人文视角而言，我相信爱因斯坦的理论建树——相对论，在广义方面，一定有对现代物理学的超越，人类对宇宙和自然的一些"常识性"观念，对当今诗学的启发是巨大的。读李郁葱的诗稿，"物我相对性""时空交互""多重语境""精神空间的物理托底"等关键词相继在脑海中闪现，对于诗歌，我们的认知其实才刚刚开始，而认知之外的意识更新，又不乏强烈的共进趣味。他的诗，有值得深入探讨的物理空间和情理纬度。我认为，他的自信如他在诗中的期待——"当美妙的想法始于我们"。是的，有想法就活络，而美妙，出诗歌。

一、"无我"之物的诗意与物我相关性的在场

李郁葱是一个"精神立像"气质显在的诗人，他有一种旁若无人的专注，有一头扎入诗意的固执己见。正如库切所说，"精神生活"是作家为之献身的最为充分的"理由"，因此，库切的诘问"我以及在大英博物馆深处的这些孤独的流浪者，有一天我们会得到报答吗？我们的孤独感会消失吗，还是说精神生活就是它本身的报答？"才显得有力且令人深思。在李郁葱的诗里，一种基于精神参考的现代性考量从精神层面向更深的哲学意味挺

进，像所有中国古代诗人喜好寄情山水展现高洁心境一样，李郁葱深入的是由物及己的内心世界，或许在他看来，自辩的导论是心灵旁白和意识之辩，自己是自身在通向灵魂状态的那个"无我"的最熟悉的证词。

不难看出，李郁葱的诗歌创作始终处在一种生成性的顺势而为之中，这很难得，其诗内容宽博，展现出一个经验丰足而有为的诗人对驳杂现实的介入勇气，面对光怪陆离的生活镜像，他始终保持着处变不惊的清醒，善于绕过表象深入事物神秘的部位，创设心灵境语，达成诗意的江南瑞象。

比起他早期的才子式抒情，如今他的诗多了一份理性的冷静，这是一个诗人成长轨迹必需的跃动，是生命闭环中的自觉怠速，一个奔走的人，需要慢下来的沉思。他已然觉悟，当下诗歌仅仅迷恋于词语的变异造奇而博得一点儿好感，是很糟糕的，真正立得住的诗与诗人的人生历练、心志意气、智识境界、认知体系、现实关切的宽厚，以及语言的现代性领悟，同在某种纬度上为阅读期待提供意想不到的感受与力量，才有嚼头，才经得起深究。这些新作展现了他对当代生活的深入，不以形式为重，而在意结构和语感层面的稳固。他在"触摸时代背景下灵魂的秘密，以一个当代人的个人史记忆时代"，当生活被切片般存储，"曾经"与"此在"就不会浮光掠影，在进取的积极意义的倡导下，日光流年赋予的伤感也是一种正面价值的赋能，那些闪光碎片的打捞，那些陆离的人事景物的触及，都会给心灵奇异的一击："这一日早已成为记忆中的一艘弃船／像青春"《在废弃的大船上》。横截一段"周末"时光，在"秋天"与"江风"的时空表情之下，观照荒废中的自己与对流逝的不甘："但如果春日消融为秋天，阳光／挽留那一阵突然的雨：江风，给我们／什么样的表情，在这个平常的周末／我们的眺望是否有着内心的惊讶／

当这些人没有被自己所打败。"这并非线性交代，而是错开了另一个空间的存在之诗。登高远眺，浊酒释怀，在诗人看来，袒露在秋日里的江滩旧船，废弃了的只是时代的虚幻，而他已悄然当之为一个遗存，担负着祭奠岁月的使命——"这荒芜的船是一个逗号／而我，光阴渐消，越来越是个问号。"是的，这艘被遗弃的船，在诗人这儿，作为一个参照，指向再生的美学意义，助力诗人达成一种极具暗示性的物我观，"物"即目击之自然景观——船，"我"乃经由观照获得意义重启的"新我"。已经废置的大船与抵御荒废的"我"同步发力，在平静的水面上看到被封闭的雷霆。于是将悲秋切换，"我愿意在一个春日登上这船，突破局限，找到新的、镜框之外的光／如果我们有足够凝视自己的勇气"。

长期以来，在对世俗化课题的深入研判与解析中，诗人们都表现得兴致勃勃，但旁观者却始终看不到结题时间，对李郁葱来说，隐喻的现实无比强大，而梦想的守望也异常坚韧，二者作为一个矛盾存在，伴随诗人介入对当代的判断，已渐入佳境，在理性和感性交织与碰撞过程中，达成一种见微知著的镜像性语义。因此，李郁葱的诗，表现出对时间探测的积极导向，他不耽以廉价的热情看待外部世界的表征，而以一种疏离的心态，保持着知微的执拗，他的丰富性就在精神空间的诗学延展里，细微的笔触与细腻的内心辉映砥砺，在相对性的声控中总是能够闪现推陈出新的亮点，这方面，李郁葱表现突出。

二、耽于修辞的象征倾向及其可能的深刻

李郁葱是一个象征倾向明显的诗人，他不回避修辞的力量，他的诗歌创作既有"静"的深邃以及哲学意味的倒映，也有"动"的内驱属性及其活泼表现。"你们看见他的名字消逝于石

头 / 石头裂开，一句话诞生。"他对法国诗人、文学评论家伊夫·博纳富瓦的推崇，其实就是一种"同道"或"师承"的回应。就他的诗歌观感及其写作路数看，象征主义传统的影子显在，他应该一度对波特莱尔、瓦雷里、马拉美等为人公认的象征主义诗人有过极大的兴趣，因而才有文本持久的丰茂与艺术活力的恒定。风格上他受伊夫·博纳富瓦影响，用词严谨，用意形象，题旨深广繁复，时见玄秘，有时诗意也表现得直接而强烈：

> 而他们到来，肉体的松弛 / 在绷紧了一个冬季的严寒后 / 那些声音变得固执而悠长，如果你听到 / 或者被那突然发育的芽苞所惊讶 / 相比于之前的冬天，你能有一个春天的心吗？// 像是脱落了的衣服，从少女到妇人 / 这些树，几乎没动，却勾勒出时间的流逝 / 它们那么喧嚣，在我以为静态的美里 / 它们不动声色地开始表演 / 用饶舌的赞美，把事物隐藏于更深。

这首《植物园》的片段里，前一节有"病树前头万木春"的象征，后一节直接就是对破坏园林美感的那些"喧嚣"和"表演"的厌恶。抛开情感轨迹，诗歌的情绪走向还表现出一种经验的自足："那些在成长中被忽略的，那些简单的手势 / 当阳光和雨水间隔着落下：/ 对熟悉的身体感到疲倦 / 但能否从陌生的地方获得？像 / 这些叫不出名字的植物，万物生。"生命不可言说的隐秘就是对世界本相的卫护、打开与呈现。

在他看来，世界的诗意就在"隐而不见"的内在里，我们所见的景象其实只是一种虚幻，而非现实本身的形象。万物对应的天地演变，广阔而幽微的境界，"只有通过语言的创造"才可让个体经验抵达其核心，而它们往往是无形的，既熟悉又陌生。

《夏之原则》借海鸟之口说出那些日复一日单调的涛声"是大海的原则",而这原则更是对喧嚣和沉默的重新定义,是"我们将开口说出"的结果。诗的旨意是基于现实考量之后对真理或真相的恪守与追寻,这里,"诗"是自我净化的容器。《夜跑者》除了暗示"用减法去增加生活的长和宽",还表现出对自身藏匿的黑暗的绝不手软。"他在自己的身体里挖掘出深深的夜晚 / 他要摆脱的夜晚比身边的更黑"。诗人改变世界的前提是改变自我,只有敢于剜去自身的黑暗,才能让世界变得光明。这种本我旨趣超越了比比皆是的自我圣化的狭隘的本位主义,更接近于福柯的言说要义,求真意志只有对个人有用时,才能影响更广更远更符合情理。《致1089年的苏轼》以复古视角,试图走进苏轼的精神气度里去,诗人于是想象自己"顺流而下",在时间的河流里跟随先哲,去拜谒古老的道法,关于人格尊严的执着与大我的无限可能性。"在这一年,看见青色点缀的大河 / 渲染、流淌,天马行空 / 如同河道上出没的白鹭 / 一直不曾改变:它飞,那么优雅 / 仿佛凝结在时间中",白鹭在沃尔科特笔下,已成为一个观照生命状态的经典意象,这是不是也对一千多年前的苏轼有效?有时,诗意的深刻就在不经意的松弛笔法之中。

三、天真的经验与"孤独"修为的美学旨趣

自古诗人皆寂寞。李郁葱也难逃这一宿命,但是,孤独是生产力,耐得住寂寞、受得住大孤独的,都是经得起咀嚼的人物。陈子昂"念天地之悠悠 / 独怆然而泪下"(《登幽州台歌》)与屈原"惟天地之无穷兮 / 哀人生之长勤"(《远游》),以及罗伯特·佩恩·沃伦"我最怀念的,不是那些终将消逝的东西 / 而是鸟鸣时的那种宁静",这些天地人神交辉同频的绝唱,将小我的

孤独形象，升格到无限的时空之中，往来超然，而具有伟大的人格力量。斯蒂芬·欧文说："新的诗歌正是通过返回传统，运用改造传统而产生。"江山恒久，人生几何？伫立天地间，即便繁华，也只有自己陪伴自己。也许得益于这个悟道，他的诗，就气质禀赋而言，孤独是一条纵贯线，在不少诗中，"孤独"一词高频出现。有一首题目就是《孤独》："雨走了进来，在拉上窗帘的房间里 / 另一个湿漉漉的我 / 另一种声音低声朗诵着 / 睡眠醒着，在水的波纹里 / 每一滴水都有小小的涟漪 / 而我听到小狗的呜咽，像是对夜色的畏惧 / 它有那么沉重吗？在无辜的眼神中 / 我可以听到，甚至是青苔生长的哭声 / 雨带来这个夏天的礼物： / 轻轻地鞠躬，为一小片的晴朗。/ 我翻了个身，雨还在下。"这首诗展现的情景，让我不由自主联想到李白的"对影成三人"。真正懂得孤独本质的人，连挣扎都变得温柔。雨天独居斗室，除了雨声、狗的呜咽，就只有另一个湿漉漉的我在呼应……王国维说"一切景语皆情语"，李郁葱深谙此道，浑然入诗，透彻而淋漓。

显然，李郁葱对布莱克"天真是一种智慧的深刻，是一种富有内涵的官能力量"的定论有强烈共鸣，早起读微信，他有感："总归会淡去，那些经验和天真的承诺"，其实这话一经说出，就暴露了自己的某种不合时宜，在可见与无视的双重界面，他始终不渝地阐释着自己的偏爱。于是，"孤独"就占有其诗关键词的核心位置。当这种情绪化为气息时，诗意就表现得极其可贵，一方面，他希望隐遁于文字的空间，获得精神自由，但在深度进入之后，却又深感一种无形的束缚器皿一样将自己笼罩，这就是孤独。《晨昏别册》借用唐代高僧寒山的"日月如逝川，光阴石中火"作为题记，彰显之意不言而喻。寒山这个符号，几乎汇集了"形而上学"的东方智慧与讲古的神妙，是一个大写的"孤独"在文明史中自然而然的深度意象。作为与庞德、加里·斯奈德，以及罗伯特·勃莱等美国超现实主义诗人神交的"老师",寒山在他们心目中,有着至高无上的地位,尤其是美学旨趣与心境造诣,令他们倾倒着迷。我们知道,所有的诗意几乎都会通过阅读传递"新知",在另一个未知时空被"重启",比如唐宋诗词在今天人们的日常生活中承担的文化美学及其精神修养的重要性。毛姆认为,对于有良知诉求的人,善在多思中自我救赎的人,阅读便是一座随身携带的避难所。这其中蕴含的意义、力量,远比字面看来丰饶、广阔得多。

天真与孤独在卡尔维诺这儿是诗人的使命,是隔离众人,热爱大地,升入天空。问道天地间,谁能不孤独?李郁葱时常会陷入一种虚无感。"我看到它消失于夜色,此刻 / 有星星孤独的拥我入怀,它和这夜色重叠 / 我,一个虚无者的夜晚 / 推敲于更深沉的虚无。如果是夜色的挽留 / 有妖娆的花的声音,和寂静的路 / 它们构成了重量:压着我的 / 不是这苍穹和群星,而是我脚下的大地",星星与"我",孤独相拥。这应该是一种常态。借用博尔赫斯的话说,是"你的肉体只是时光、不停流逝的时光。你不过是每一个孤独的瞬息"的感同身受。"如果我愿意独钓于岁月的一侧 / 会不会有耐心耗尽于未遂的火?像一个礼物 / 年轻时,我把诗写得复杂 / 诗并不打动所有人,它不给所有人慰藉 / 它有自己的荣耀:现在它独自存在 / 在发黄的纸页中,它独自说话。/ 那一年,我十八,有人说,她五岁 / 所以岁月如削,寒山子,不如我们回到这山中 / 藏在每一朵桃花的绽放里 / 那里藏着一个浩瀚,我们抵达的终结"。优秀的诗篇总是以其独特魅力感染读者,一个诗者,自我认知的深浅决定着诗歌的成色,当然这其中,对孤独的体感,最为重要,它是生命不可或缺的部分。

甚至,是生活核心地带,延伸到每时每刻。在《某一日》中,诗人将"孤独"视为对自己的惩罚,他说:"而我的青春 / 在那里独自孤独：也许 / 孤独早已改变了我，在我的体内 / 它形成了街道、河流、滂沱和阳光 / 一遍遍惩罚着这些被记忆遗忘的人。"在《纪念：2016年3月16日》中，"孤独"是一种"自尊"。"这些年，我跑步或者长久的行走 / 偏爱于它们带给我的孤独 / 如果我走出城市一点，我偏爱于 / 那些微微模糊的灯光 / 像一个醉汉，我偏爱于那孤独 / 是一座小小的屋宇 / 锁住我不喜欢的喧嚣，无论是 / 褒扬还是诅咒。我更爱 / 那一直追随着我的影子，如果我 / 和它之间，能够构成一个世界 / 那种在忍耐中形成的自尊 / 它屈尊于那些疲倦和自由"，当这些天真之诗多维度多层面指向个体主体经验里的灵魂状态，一个空虚的肉体，因为诗意的发现，渐渐就有了"内在的充实"。

四、在相对论的滂沱之外，潜修"山水的秩序"

不得不提他的两个组诗《雨的形式主义》和《山水相对论》。

《雨的形式主义》共有5首，采用交互性的结构话语体系，以乐观和悲观互为话题切入，围绕"而你的内心已是雨后 / 在一片滂沱之外"（《雨》）这个核心句，对"雨"这个意象渗透的人文意味，进行探微的建构。这组诗，展现了李郁葱诗歌辩证趋势的显豁意义。作为具象的"雨"，即"物"的形式，在对个体情感认知发生作用时必然会被导入"主义"的自我假设之中。

在《一个悲观主义者的雨天》中，雨的形式移位于"主义"时是"让人发愁"，这是古典主义的传统路径，带入的是"愁绪"，与呼喊发生美学碰撞，就加大了雨天里"人"的现实一面，一种不确定的甚至有点"强说愁"的冒险，加大睹物而由心的不可名状却又思接千载的可能。当"花瓣""大海""春天""雨伞"等诸多繁复意象同时在一首诗里出现，并成为诗意触发的动能，诗人内心的诘问和欲言又止的辩证，淹没在雨声里，而眼前实景在忧思中渐渐向虚像偏移。"阴郁的春天，我们被雕刻的流水／它难道不是一场梦吗？"这个结尾，与宋代晏殊的"满目山河空念远，落花风雨更伤春"构成了一种超时空的"神合"语境。而《一个乐观主义者的雨天》突然就进入另一种境界，这时的雨，和圆舞曲、空濛的山色、剔透的雨眼、飞起来的世界……重组，一个苏轼式的感触赋予了诗人春明景和的当代性提示：陶醉足以忽略全部。与其说两个境语衬出了两种心态，不如说在观察者的情绪两端，站着两个不同的世界。它们的代言人各自以"空虚"和"充实"展开"如是说"，说什么呢？设定情节、导入话题、冲突交锋、高潮起兴、袒露心结、给出感受，一个是"献身于一个自我的保护"的悲情，一个是"如果雨移走了我的影子，我不再踩着自己"的乐观。作为构思上的一个出奇的安排，最后的交响《如果悲观主义遇上乐观主义》被设置在"半梦半醒"的区间，二分法的活学活用。一个人身体里的两个自己，肉身笃定与灵魂飞跃其实是凡人的常态。"一个假寐时出没于你身体的人／你们争执、你们拥抱，你们有着太多的相似"。兄弟伙儿，姐妹花，有人的地方才有江湖，有人味的诗歌才有诗意，"睡和醒的重叠，是昨天的你／和明天的你：但他们不会成为／今天的你。即使你站在中间，像一张／可笑的合照（纪念一次普通的旅游？）／也不会更可笑，比如／墙挡住你的视线，而你可以想象／那消失了的时间——／那么，既非乐观，也并不悲观"。卒章显志，这是诗人的"主旨"，它们既不和解，也不敌对，世界和世事就在这二分框架里和谐共生，一个人的内在宽阔，就在相互的二律背反中趋向合理。诗人不是在复制哲理的概念，而是在析解的实践中，遵循诗学原理，通过纷呈的意象得出探索的自足与检测发声学的变量。

"当美妙的想法始于我们"，李郁葱如此感慨诗歌带来的"好处"，哪怕虚无，哪怕只是一场没有意义的宿醉。但是生活之外，即便只看到"那些高高的墙和无边的天"的"其中的一部分"，也是好的，值得"执迷不悟"。他说"另一条路不是我的选择，另一种风景不会向我展开"，为此，他选择作为隐者的那点与红尘的格格不入："留一点白？好吧，把群山留给旷野／把河流留给雨水；把你／留给我们月下的对饮。我们退回到／各自的影子里，像随风摇曳的松叶／没有风时，它在我们的心中动／而我们，回到我们的植物年代／当我们所拥有的动物岁月／陷入一种不知名的安静里"。是的，他宁愿捡拾并津津乐道被"他们所忽视的植物的美德"。心归于野，道法自然。老子说："夫唯弗居，是以不去。"这是老子《道德经》里的，核心要义是不占有，便不会失去。每个人都离不开肉体的现实，但是任何人都不排除有一双超越笨重肉体的灵魂的翅膀，李郁葱赋予自己飞翔的权利就是放眼远观，试图回到"从山野中来，到山野中去"的存在主义哲学命题里寻找那个"独立思考"的自己，因此，他写下了囊括21首耽于旷野诗学主轴的格调下沉、心思稳健的组诗《山水相对论》。在那些日常经验中，他秉持天地万物各各其美、美美与共的"共和"愿景，让自己的初心对接自然，写出最原始的感觉和大道至简的心意。

山水诗首先发端于中国，鼻祖谢灵运工诗善文，博闻强识，他以细致的拟态过程，注重主观判断与山水景物的交融，注重感觉的真实对山水意蕴的加持。就诗歌文本看，李郁葱一定对此有所觉悟。他的山水不是躲避的出世，而是有着对入世的现代性挑战。比如《田园诗》的开篇，他开宗明义——"我们压根儿就没考虑过要在此长住／尽管它是美的，像一张明信片"。可以想见，相对于古典的田园寄托，他必须正视现实的桎梏，一个理想主义不泯的诗人，他希望以此在的可能打开无限的憧憬和开拓空间。李郁葱诉求的基于"相对性"的山水诗，具有日常性、融合性、利他性、开放性的特征，不管是廊桥，还是家禽；不管是无人居住的房屋，还是为植物命名；在古镇访古，还是围炉夜话羊皮书……致力于现代场域的古意挖掘，试图在红尘中开辟出容纳灵魂的居所，把尘世包裹的自己请出来，隐于诗中，为文明添加一把柴火，让心律响动清音，这，为他所钟爱，为他问道不竭。

一个乐于把自己交给自然的人，一个希冀灵魂与肉体的和谐统一的人，一定能在欲望之外，建立一个和乐的"理想国"。李郁葱的山水诗不是一般意义上的仿真描摹，而是加载了心理建设的情怀关切，展现了痛苦、彷徨、渴望、懊悔、迷惘、失落、欢欣、陶醉、妙趣、自省等诸多情感体验的特殊性。说到底，他在"相对论"的不求惊人之语中想要塑造的是一个本真的自己，他致力于让顺应尘世化的自然，回到"这一片刻，我愿意鸡同鸭讲，好好活着"的此在，歆享"孤独"，潜修"山水的秩序"。

（原载《浙江作家》2020 年第 7 期，本书有改动）

现实触须的敏感与内在锋芒的敏锐
——班玛南杰诗歌评论

在文学生态变异加剧的今天，诗歌首当其冲，但又坚固异常。总体上看，受到冲击并无法自保、不能一以贯之的，几乎都是诗歌阵营里动机不纯的"伪诗人"。反之，对于虔诚的歌者，对于那些压抑着歌喉以带血思考介入生活，并迸发向上力量的诗人而言，诗歌领着前行的步履愈益坚毅，他们行走在大地上的身影，拖着长长的惊叹号，向着远方，踽踽独行。是的，走心的诗歌，永远属于寂寞者的事业，远离喧器，心底坚实胸怀广大，像宗教一样虔诚地建构专属通天的高塔。这其中，藏族青年诗人班玛南杰的写作无疑具有标本性意义。出道至今，他先后在众多文学刊物发表作品，并入选多部权威选本，而成为鲁迅文学院少数民族创作高研班（诗歌班）学员和中国作家协会会员，他已是一个业有所成的人。其诗自带芳华，既有现实触须的敏感，又不失内在锋芒的敏锐，禁得起评骘。

一

追梦路上的班玛南杰，充满激情，又怀有悲悯，惯以深度美学的方式打开了他作为一个诗人面向世界的洞察。他忧戚的独白里散射着人生的苍凉，以及不屈的灵魂挣扎。"那些画面 / 和承载那些画面的空间 / 都是我生死相依 / 却难以托付的秘密 // 我赐予他们时间和力量／在生命犹如亡灵一般的沉寂中／在稍纵即逝的舞台上／在人人顺从地跳跃的影像中／在黑夜跋涉的世界里／思想赤裸裸地／独处于难忘的过去与稠密的未来之间"，这首《梦》中的句子，直抒胸臆，袒露着诗人胸中"志气"。人生如梦，梦由情生，因此"那些画面／和承载那些画面的空间／都是我生死相依／却难以托付的秘密"，诗人直承梦的依附及其开枝散叶的现实姿态，"不顺从"表明他反叛蝇营狗苟的俗世暗流。他明示，置身荒诞的"身"迷惑不了"心"。他寄望诗歌试图从幽暗的缝隙找寻告慰心灵的力量。

班玛南杰写诗已经整整十年。通常的说法：十年一代。那么这个写作的长度对于他，非常宝贵：尽管一路走得"磕磕绊绊、摇摇晃晃"，在写作路上遭遇诸多迷茫与彷徨，但挺住意味着一切，他始终初衷不弃。他"非常庆幸找到了适合自己梳理、宣泄和证实生活的方式，这其实如同食物与生命间的联系一般自然常态"，这是他在处女诗集《闪亮的结》的后记中的自我界定，而恰恰是这种"非诗人"般的存在方式，让他幸运地入定诗歌的第一现场，埋头扎进一个多元化的现代社会。现代文明发展与民族古老传统的反差巨大，每个个体与社会之间充满各种复杂联系，生命和命运又是如此难以揣度掌握，每种细微的变化都能够让他的身心经历深深的迷惘与伤痛，无法从一些无形的纠缠中解脱出来，这是他必须面对的现实。这种无奈与纠结，是生存的本相，也是诗歌生态在底部产生巨大冲力的坚实土壤，诗人不回避，不漠视，反而以此掘进更富意味的精神高地和情怀纵深。"因为这样，我试着用个人化的书写去进行一次反抗反思，尽力关注社会文化或者人生本性的苦痛与激情所在"。当代诗歌的问题，正是"个人化"与"社会化"之间在书写上的矛盾无法达成"和解"，自我太过于隐晦和不可调和，现实隔膜又难以被乏力的个人小情绪穿透，以至于形成更大的裂隙，彼此互不买账。只有当基于个人化的"痛苦和快乐"与普世价值情感中的痛楚发生化学反应的时候，诗歌才有意义指涉上的当代价值，呈现开放的被接纳的经验在场。显然，在这个层面，班玛南杰的觉醒没有缺位。对于外在生活朝向自身的一切，他认知清醒："它们的质量就是我本人的质量"，他期待"巨大的沉默和深远的寂寞"之后的爆发。一种来自诗歌的盘点，或者说并行于生命的诗意出发让偏安一隅的他极其享受"自制的生活"。

在我看来，正是他身上展现出的特有的少数民族诗人的谦虚、豁达、包容与开放的气度，铸成了其诗歌的特质，一个敢于向自己的"稚嫩、轻狂、焦虑、浅薄"告别的人，才有走出狭隘的可能，才会向着"厚重和博大的诗歌内涵虔诚进发"一往无前。他清醒地意识到，一个少数民族诗人要认清自己必须把"梦想"放置于广阔的诗意空间甚至世界的文学坐标之中，才不至于故步自封，才会大有作为。

二

"躺过的床上都应该隐藏着一种温度／每种温度都应该蕴藏着一个期待展翅的酣梦"，一种有温度的人生，就是有态度的生命。这梦想的底色，成为推动班玛南杰诗歌的河床。毫无疑问，《葵花册》之于诗人的意义，十分重大，这首长诗耽于整体性寓意，而彰显的是"故乡"意义的写作，是诗人对"大武"这个专属地域特有的关乎生死轮回过程中的细部考量。这种挖掘的专注一定程度上既是对出生地的一次精神检索，诗人希望通过全方位的"触碰"，把思考半径规制在"臆想与现实的结合"里，同时也是诗人主动将自己的凡俗之身当成故乡属性及其边界的延续，从实际意义的故乡上升到精神关照的故乡，从实地人文觉察到自身思考的诗性塑造："……在体内膨胀为另一个胸腔 / 失衡的情感架空了理性的躯壳 / 一切迷茫、失意……伺机鱼贯而入。"值得注意的是，这种个人化感受，其实也是大众化的遭遇。当个人美好的情感图谱遭遇生活不测，林林总总的无情肆意发威、无法遂意时，一种撕裂的人性开始成为显赫的"真实"挥之不去。理想丰满现实骨感就不会只是停留在诗意表达层面，而是以更复杂多变的微妙涌至心头，"一切迷茫、失意……伺机鱼贯而入"。借用评论家耿占春的话说，就是"这些诗歌文本为我提供了把经验主题化的可能，同时又提供了与晦暗不明的语境保持隐喻关系的方法"。

在《葵花册》中，诗人以全知的精神维度和强烈的焦虑视角进入一种异域，即标签化的地域抒情解决不了的深度景观，班玛南杰已然明白，诗歌，只有专注于人，才会有出路，才会最有效，人的内心、人的精神和灵魂，在特定情境下表现出来对应于外部世界的明暗、繁复、深邃、冷酷等，更有可能指向人性的"不可驭"。当然，间杂的闪光，温暖、朗润、开阔等积极层面的抚慰功能及其催人向上的所指，也随着诗意的渐入，而逐步形成开放的走向与多维的触动。"你俯下身 / 拾回那些熬过冬日依旧炙热的阳光 / 走过春风，忽略无数芽苗萌动的心事 / 挣脱叶脉向岁月延伸的纠缠 / 跳出年轮在生命刻画的无奈 / 毅然跌坐人类苦难的枝头 / 只为把光明与温暖 / 送进我们即将绽放而又层出不穷的美丽心蕊"。在隐喻、象征、暗示的向度牵引下，诗人想象中的自我塑造是渐至丰满，通过变形、错搭、闪回等意念虚实的试探与确认，精神路径与生活杂感交织扭结，最终形成突围的锐不可当。这种形象塑造，有着对屈原、李白、但丁、荷尔德林等先知的投影。只不过，班玛南杰似乎更喜欢把格调处理得晦暗不明，或许这是出于一种现实考虑而采取的一种"婉曲"，诗人似乎找到了个人心律与人类共振的调值，内在密致的意象组接，随着情绪的流泻，导向温暖与光明，开出不竭的花语。这有点类似波德莱尔《恶之花》对"不灭的灵魂之光"的笃信和"陶醉于痛苦的深渊"的任性。

三

如果说《葵花册》全景扫描模式开启了诗人的生死观，以及由此在展现生命宽度的同时把握精神脉象，并在试图摆脱单一生猛的青春意绪而余入复杂落寞的中年情感，在彷徨与自信的悖论中创造"深刻的自己"，那么，在他的一系列新作中，班玛南杰呈现了作为诗人的又一种状态：基于现实人性的多维探测，尤其是对阶层生态的人本个性挖掘，显得急切而强烈。

他的《路过一个人是如此之快》无疑是抗争诗学的一次有效实践，诗以颇具冲击力的视角语言，切入现代社会凌乱的现场。"当下"是作者无法破解却又必须面对的一道大题。"我猜二道桥附近有许多她那样的女人／人人都幻想有一块劳力士金表，最好是男式的／松垮的表带扣在轻柔的艾特莱斯袖口上面／像离异前新婚丈夫紧紧牵着的手"。诗人的意义正是在这样的"不回避"中获得对应社会真实的世相，诗中的女人们所在的"二道桥"隐含了极其丰富的俗世外延，这是通向滚滚红尘的桥头堡，充满城乡接合部的文化符号。女人们的欲望，带出了强大男权对情感世界的左右和意识舵向，而她们的遭遇和麻木于命运的"自得"，正是人性堕落的悲哀。

这是一首人性速朽的见证之诗。宝贵的时间，不对人生走向智美有效，而是用于提示交易尽快完成，其揭示力度通过细节刻画，那种人性之"恶"，竟然堕落到打起盘剥时间的主意来，"发条越来越紧"是为应对"一个接一个干瘪的男人"，因有趣、可笑，而更发人深省。诗人选择从这个断面剖析滑坡的世道，如一把藏刀挥砍沾满泡沫的死水。而混迹其中的这个人，他曾经从军的身份隐藏于手机彩铃，自负地进行着人格分裂的双面人生：一边操持军人的利落本色／一边用心扎进俗世尘埃。尽管本色有时还残留着"唤醒"的余味，故乡也依然坚毅着初心的召唤，但生活的血本，很难从"埋头苦干"中淘到利益的分币，乡音也无法让孤儿般的两人在生活着的异地相互温暖。

在我的诗歌观察中，"招待所"作为一个具有诗学镜像被"慢镜头"化的独特性几乎是第一次见。班玛南杰在西部高原这个更具混声元素和时代洪流回音的地域中，找到了如爱尔兰诗人希尼一样向下挖掘的出水口，其实，在我们的社会转型过程中，更多的招待所承担了浓缩社会图谱，见证人性的灰暗意识与倔强的生存法则，这个富有"典型"含义的艺术表现，其关键在诗人本身是否具有介入能力与保持内省的锋芒。叙利亚诗人阿多尼斯认为："诗就是黑夜，白天以它为镜子，照出自己的存在。"对于班玛南杰而言，刳开市井的表层，搜寻喧嚣背后那些真实的人性，写出生活底层的实况，把世人最真的一面淋漓展现，因此他的诗歌斑驳陆离，场景转换总是朝着在场的向度位移，对人的关注，对人性的洞察与塑造，似乎是他诗歌永久的坐标轴。仅仅是对一碗面的需求，年轻姑娘就可以撕掉"羞涩"，而工地上挣命的男人面对诱惑也能突破"旱田和学费"的禁戒。"仅是一大一小两碗面／进入身体的热量／一个热气蒸腾／另一个汗流浃背"。如此低级的食物需求与肉体交易，触痛了诗人的心，进而让他的诗行对应了这样的艺术法度——文艺作品对"不伦"的表现就是对人类激情的描绘，同时也是对人生种种道德困境的展示，其魅力就在这种困顿却热烈的情感中被放大。显而易见的是他的"放大",不走"下半身"的噱头,而是赋予身体与欲望一种真实的情态,一种"存在"的视觉打量,一种对活着的追问。海德格尔在《存在与时间》中提出的"此在"概念是"存在的本质在于把握那个提问者的存在"。也许班玛南杰冥冥中意识到,对存在的诘问力度,定会转化成诗人自身存在的意义。于是在他诗歌中的现实,呈现出罗兰·巴特指认的"我是我所是者"的残缺图景。它们散布在破旧的招待所、老人们值守的村里、灯红酒绿的悦宾楼、商贾熙攘的南方、北方,而在宏阔视野下的社会大舞台出没的,是转业军人、退休领导、年轻诗人、中年商人、街舞小生……众生相的刻录,最终淹没于一条灰尘飞扬的土路,命运的轨迹也终结于戏剧性的一幕:修路炸山的飞石打瞎了左眼 / 因此,他无比幸运,先进、模范…… / 跟着村长到处披红戴花,到处脚下生风 / 直到撞到领导的座驾 / 看到那么多人在认真地看着自己的瞎眼 / 他慌忙摘下红花指指干瘪的眼球: / "一只眼。看路就看不见您 / 看您就看不见路。"对于"路过的人",他因为"修路炸山的飞石打瞎了左眼"而成为一种"幸运",成为"跟着村长到处披红戴花"的"先进、模范",瞎眼而幸运,巨大的讽喻让诗歌开篇衍生的悲剧感有了一个及物的共鸣。但诗人似乎意犹未尽,一个更大的"局"紧随而至:撞到领导的座驾,一种犹如契诃夫似的幽默与讥讽跃然眼前:"看到那么多人在认真地看着自己的瞎眼 / 他慌忙摘下红花指指干瘪的眼球。"细节背后的人性深刻从围观的"那么多人"的麻木与作为主角的"他"借希望于"干瘪的眼球"的言外之意试图转移话题,最后以"看路不见您"与"看您不见路"的自嘲作哲理式收场,其中有限的回旋余地,加大了诗歌意境构成的意义共识。

于是不难理解,在一个充满谎言的世界里,诗人竭力让自己像一个无比忠诚的布道者那样踏上了异常艰难的求证路途。他对于动荡中的底层描述，为当代中国文学的诗歌叙事和社会观念洞开了一道豁口。

四

行文至此，有必要再绕述一下诗人班玛南杰的底层意识及其关注的兴趣触点。关于底层意识与作为话语实践的底层叙述，李遇春曾撰文阐述：一种是"阶级"意义上的底层，划分的依据是经济标准，即物质财富匮乏的社会弱势群体；再一种是"阶层"意义上的底层，划分的依据是组织、经济和文化三种社会资源的有机构成，即"综合人力"较低的社会弱势群体。阶级意义上的底层是沿用的革命历史语境中的"成见"；阶层意义上的底层是在新时期以来"后革命语境"中出现的"新见"。

姑且不论新时期文学在底层书写上的建树成果瞩目，也不遑论后学术时期的"底层"对文本纯正意味的严重剥离，单就班玛南杰的诗歌本身所提供的场景和打开方式，底层意识就可见一斑。这或许是他新作呈现的一个异数，当然，其所展现的"现实"，有着别样的"人间烟火"与"社会隐痛"：

她和别人通话 / 声音总压得很低 / 像在谈论不可告人的秘密 / 像是从一个秘密工厂 / 一件接着一件不停输送 / 她耐着性子照单全收 / 再后来她接电话姿势也低 / 低到有些鬼鬼祟祟 / 低到恨不得接起电话就隐身 / 一手扶着电话 / 另一只手捂着嘴监视四周 / 周围人看她接起电话 / 自觉和她保持距离 / 她恪守唯一的安全法则—— / 远离人群 / 保持沉默。

诗中祖露的"她"，无疑是一个被性别定义的人，一个和此时代的某个端口紧密相连，而这个端口通向的，正是一个被生活驱赶而聚集的族群，类似杂乱、喧闹的"七十二家房客"，但正是他们，撑起了社会最坚实也是最有艺术指向意义的人文生态，客观得没有参照，也无须调查取证予以回应。一切深度的打开都潜伏在诗人主体责任感对世道的诗意阐释之中。苏珊·桑塔格在一次采访中说："我不相信有'人类经验'这种东西存在。有各种不同的感受力，有各种不同的对艺术的要求，对'艺术家是什么'也有不同的自我构想。艺术家认为有必要做的事情是，给人以经验的新形态……艺术家是这样的人，即他挑战被接受的观念，或者给予人们关于经验的其他信息，或者其他阐释。"如果说文艺作品应当是对不同的可能性的展示，那么诗歌，就更应该是成功打入日常之象，去表现最富有意味的人、事，或者是对最极端的东西在现实面前的特殊观照，"是创造性的而不是刻板的"。她身上带有某种属性的暗示，这是生活困厄对人性逼退的应验。"她信任听筒里的声音 / 怀疑听筒外的两对耳朵 / 她迷恋按键上呼叫每个人的单纯的号码 / 厌恶来电显示上赤裸裸的姓名 / 反馈给她大脑多余的信息 / 除了充电 / 她都习惯用不为人知的乳名 / 称呼手机"。

当今中国，社会阶层的裂隙处于一种焦灼状态，自文学诞生至今，作者只有重视了"人"，注重探究人的本质，尤其是不缺位于各个阶层和不同背景下的所有人及其复杂性的深刻揭示，才谈得上对文学艺术规律的尊崇。欣喜的是，班玛南杰的认知起点不仅赋予了诗歌提升社会共识的基础，也给更高要求的文学理解提供了条件。不难看出，班玛南杰的底层写作，不是简单模仿那些局限在流水线上作业的既成定势的底层人物形象，那种不切实际的几乎已成宣教口径的创作惰性，已为他自觉摒弃。相反，他更专注于诚实、勇敢地在生活洪流的基石之中去抒写、打捞深邃的"感觉"。他诗歌中的底层体验，是朝向精神之窗发出的纵情而又节制的吟唱。他自觉超越过去既有的主流化底层写作模式，把艺术视角转移到对自身生活的肯定，深入体察当前广泛、复杂、多变的现实生活，发出真实的声音，他的诗歌，以理性认识为基础，以感性形象塑造为手段，沿着体察世道的必由之路不留余力地昭示底层写作的真正价值所在。

作为一个新诗写作者，如何从生活经验里探测未知经验并展现其无限的可能性，从而回避"二手玫瑰"的尴尬与盲动，摈弃习惯性的自我复制是走出概念化诗歌藩篱不可或缺的原创动力，因此，赋予现实以形象才会生成可感的诗意。综合班玛南杰的一批新作可见，他的诗愈加注重整体的完整，在意象与世相的双重意味。他忠于现实又不倚重现实，随时有着出尘的风雅和入世的勇气。"一个优秀的作家既要精通现实，也要与传统或历史建立对话关系。"小说家格非认为，"文学艺术是现实最为敏感的触须。当今中国的社会发展波澜壮阔，为作家们提供了丰富的写作资源和素材。同时，现实极大的丰富性和复杂性，也给作家们的写作提出了严峻的挑战。"如果说《路过一个人是如此之快》是集中以调侃的口吻叙写底层生活的苦难，将主人公经历的辛酸际遇置于荒诞表达之中，对线索人物的畸变轨迹进行明暗穿插，但在人性塑造上却始终表现出惊人的一致性，隐含的社会批判渐渐生成诗歌内在最打动人心的力量，那么，他的《大武，大路之外》完全可以看作一个"副本"，诗人力图把触及外部世界的眼光转入内在锋芒的思考知觉，从复杂的共生关系中理清自己的面对，把"每次出门"都当成是走在"新的荒原上"，然后"在每一个路口之后自然交错的空间"倾注想象的热情，谋求"灵魂的激荡",在"一亩常年痉挛的田地"自行"萌芽、抽枝、结穗",为着"赎罪"或"洗礼",为着"繁华"之外的"宁静"被"安排妥当"。对生命意识与文化意味的省思,在很大程度上,取决于诗人自身的心灵宽度与精神的真诚度。

诗歌是回响的脉搏,永远对求真负责。在意义指向上,班玛南杰的诗歌始终坚守一种唤醒意识。持"唤醒"主张的法国思想家弗朗茨•法农认为只有唤醒和铸造民族意识的文学,才是真正的民族文化,才可信、有效、有生命力和创造力。而立足于人的日常感知,才是维系文脉最核心的"魂",最有力的"根",最不会走样的"底色"。任何诗歌,几乎都是在"隐"与"显"的二分维度上书写属于诗人的个体经验朝向经验世界的秘密、智慧与艺术张力。班玛南杰的诗,正是这迷人的一面,把我迷住。

总之,班玛南杰的诗呈现了一个少数民族诗人的最大"开放度",骨子里的进阶意识缘于少数民族血液中特有的韧性,他内心的光芒,在驳杂现实敏锐地捕作诗思之真,精诚致力"写作方向感"的维系,表现不俗,值得期待。

（原载《青海湖》2018年第10期,本书稍有改动）

卓拔原声的群岛诗学景观
——谷频诗集《散步》评论

谷频的诗歌，既有人文主义的立场，也有理想主义的坚守。一个一生的日常起居和思考诉求都围绕着岛屿展开的诗人，他的写作无形中会有一种异常激越的灵魂忠诚，这种不离不弃本身就是诗的韧性的一部分，也是一种文学美德，古今中外为数不少的大家无不具有类似的深度情怀。是的，写作需要专一，需要不二的情怀，需要紧贴心灵诉求的语言对自身内在形象的展现。而谷频，正是顺着这样的意识跃进，将个体生命的诗意投射与地域的文化意义成功焊接，从而构成密不可分的物（环境）我（生命）合一的思想体系，这个"一厢情愿"的默然坚守自动地作用于作为诗人的谷频在日常行走中的精神向度。诗歌，自古就依附地域而使其成为历史文化景观尤其是文学发端的支撑，彼此相互关联与缠绕，无论是《诗经》中的"风雅颂"，还是屈原的家国情结，都与复杂多元的地域特色构成宏大的互文特质。谷频的诗歌，立足于群岛，经营于群岛，不仅在浙江诗人中独树一帜，即便放眼全国诗坛，像他这样执着于一方水土且在诗艺探求上卓有建树的诗人也极为鲜见。

他的这本诗集，其灵感生发与特色构成，大致有三个方面：

一是海洋特质的地域诗性意义的自如展现。这在他诗歌中占据着极为重要的位置，可以说是谷频成其诗名的支柱。在诗歌百年进程发展到以"内容为王"的今天，一个诗人找到自己的日常书写，越来越重要，当然也越来越困难。日常，重构于地域的现实的变化着的时空，无疑对作为凡夫俗子的诗人个体具有宽泛的指向性意义。18世纪中叶，丹纳在《艺术哲学》中就提出作品的产生取决于时代精神和周围的风俗。作为文学当中最具个性的体裁，诗歌的发愤泄情，率真而直接，诗人作为地域与诗歌创作之间相互联系的纽带，一方面抒写了某一地域文化所传递的信息，无形中渗透了该地域的地理景观与人文特色；另一方面又通过诗歌创作影响了这一地域的文化基因。谷频在他的诗歌中，大量内容直截了当地指涉出生地，总体看，他的诗歌与专属地域——岱山岛的互相影响并非停留于浅层赞颂，而是经由个人化视角，再经过思悟打捞后沉淀而成一个比地域本身更宽广的世界。在诗人的择定与最优化的诗思运作中，多元同构，诗人的主观情感与地域文化之间相互碰撞、融会、冲荡。在精神高度互为犄角，共同挺进，地域时空承载着他虔诚的诗歌精神。因而，也就不难看出《在岛上》所传达的复杂情感，"如果"作为假设性话题带出了一个基本的现实语境，在作者眼里和心里，海洋毁坏家园的事情，并不陌生，每年都席卷而来的台风可以让"礁石成为沙粒的遗址"，让"每一条街、每一棵树／都会在海风中重新找到形体"，这是"大我"，即诗人所处的环境——地域，以一种并不可爱的面貌示人，但回到"小我"，精神的崇高感，开始呈现出另一种风景，"我已将身体抛入大海"的情景，无疑暗示灾难面前必然存在的死亡考验："苍凉""偷渡者""死鱼的鳞片""船骸""魔咒"，这些意象构成的隐喻意义，把岛上生活的不易和存在的艰辛展示出来，一切似乎都是荒诞的源头。置身于这种泥沙俱下的"真相"当中，诗人却执着于反向的合唱，基于"忍耐"的诗学，把散落于诗句中的"飞翔""灯盏""发亮的弧线"等零星但顽强存在的向上元素串联，从扭转诗行的颓势，以积极的姿态导向更高层级生活重感：浮动的岛屿生活多像虚幻的情景，对于诗人来说，"风暴的预言"背后，是"光阴留下潮汐"，周而复始，"一波未平，一波又起"。是的，没有什么能像岛屿那样，让诗人进入深层次的思考，这个几乎承载了他全部生活的岛屿，绝不会像一缕青烟飞霞那么简单，也不仅只有"阳光海浪白沙滩"的浪漫，还有血雨腥风，一切人类的悲欣，都在此交集。抛弃诗歌肤浅美学，而进入真相探寻的形象塑造，才是诗人的重旨。英国地理学家迈克·克朗认为："文学作品不只是简单地对客观地理进行深情的描写，也提供了认识世界的不同方法，广泛展示了各类地理景观：情趣景观、阅历景观、知识景观。"谷频的诗歌海图，不是浅表的抒情和单一的线性叙事，有《二月的岱山岛》中的季节景深。毫无疑问，岱山岛作为精神策源地，对谷频有着非比寻常的意义，这是他挺进内心深处的诗意气场，展现他在出生地昂首阔步的多维探知。纵观文学史，故乡意识是真正的诗人绕不开的情结，正如叶芝所言："我们所做所说所歌唱的一切都来自同大地的接触。"只有沉浸得深入，才会获得丰富的内在，建构独特的审美版图。对很多读者而言，岛上生活，其神秘的细节、喧哗与躁动、沉静与孤寂，以及各种质感强烈的画面，无不冲击着读者的审美神经。在谷频心里，岱山，"是东海空出来的最后一块陆地"；在读者眼里，岱山，是个"张开空唇的孤岛"，走进字里行间，有种被亲吻的感觉，这感觉，犹如马尔克斯笔下的马贡多，尽显异域、异质、异美特色，诗歌因独特而葆有强大的生命力。谷频能写出不拘一格的诗行，是他的体验真切使然。可以毫不夸张地说，在对海的感知上，他的生活就是体验。"而二月单薄的渔汛，让每条街巷变成了／洋面，都在盼望着一场完美的风暴"。风暴是岛民常见的自然现象，这就不难理解它高频次出现在谷频诗中。因习以为常，诗人反向认知，视风暴的恐惧为完美，不过，这风暴，是渔汛给二月带来的人文生态景观，作为自然的延伸部分，被谷频捕捉，并加以形象地诗化，从而生成别样景观。"我们全身的鳞片，必将重新回到海水中"。一个敢于让身心都浸泡在海水里的人，还有什么不可以达成？又有什么不可以面对？这样的诗歌完成方式，能有谁比他更为拿手？

二是生活日常的诗性状态及其经验外化的个人定位。如果说"岛"的频繁出现，让谷频的诗歌写作逐步找到了自己的表达自信，那么，围绕海岛生活展开的日常性诗意及其境遇无疑更为真切地定位了他的人生坐标：一种经验化的与年龄共谋的诗歌景观由此而完全打开，这也在一定层面增加了他诗歌的看点。桑德堡说："诗是在陆地上生活、想要飞上天去的海洋动物日记。"而岛屿，作为诗人谷频赖以生存的陆地，在诗意的浸淫下，一如中国当下诗歌大陆的一块飞地。比较突出的是，他的生活印记与海洋的关系，无缝对接，如影随形。他以别样的体验写台风来临的生活状况。《在嵊泗碰上台风》中，面对台风的突如其来，诗人刻意回避了台风的恶行，隐去了肆虐的暴烈，升至主体时，成为"我幻觉的马匹"的直接，逃离而去。诗人的言外之意，非自然界的台风，而是精神上的"唤醒"，这才是他诗歌的重头。就写作的意义而言，只有超越事物的本身，从现象攫取新的发现，获得新的认知，即独特的"诗意"。确如他的诗歌写作表现，在他笔下呈现的日常生活，与海洋气候一样体质驳杂，那些瞬间的情绪经由意象再植，变成隐喻或象征的符号，落笔于诗行，就具有多重意味。就像他的一首诗《宁静与骚动》那样，海边生活的本相，宏阔的宁静，伴生躁动与喧哗，日出日落，出海归航，生命的打开与收束，在无尽的岁月中启动轮回的马达。那些没有止息的激流，那些旷达的生命狂欢，那些醉心于星辰大海的仰望，那些海上作业的记忆，那些花草与鸟鸣的诱惑，交织而为一场大海的盛宴。诗评家耿占春提出"对经验世界的理解力和感受力，对语言的可能性的理解，或一种更自由的意义实践能力"，以谷频的诗来看，他的意义实践，以及对既定生活的感知，颇有心得。谈谷频的诗，尤其是呈现他生活状态内容的诗，不得不提《散步》。这首诗是谷频诗意自然书写的代表，呈现了诗人的生活状态，表现了他经年累月独处海岛生活的自在心境。"诗是生活的表现，或者更确切地说，就是生活本身"（别林斯基语）。诗人在日常生活中，怀着一颗谦卑之心，把自己放在很低的位置，那些不为人察的幽微之处，正是诗人的情思大放异彩的舞台。这种人本关怀的微言大义表明了他的取舍，迎迓与抗拒，强突与退守，显而易见，泾渭分明。略带颓废的语调并非说明诗人选择对生活举手投降，而是对生活真义深度认定的举手加额。诗人由此全息进入不动声色的人生气味，他宁愿在一首诗中接纳大海的壮阔，而摈弃曾经或许慕想过的甚至追求过的外在光耀。从生活的岛，升阶到灵魂的岛，让他心中有了真正进驻海洋的可能。对那些简单的场景轸念，对群岛深处一朵野花的诉说，以及在对一枚浆果炸裂后的汁液的回味里寻找精神的远方，更为他器重。站在更高诗学层面，这生活之重，才是真正的地域忠诚书写的精华。福克纳认为做一个作家需要的三个条件是：经验、观察、想象。作家就是要尽量以感人的手法，在可信的动人场面里创造出可信的人物来。作家对自己所熟悉的环境，也势必会加以利用。好在已在知命之年的谷频，经验、观察、想象，都已具备，难能可贵的是，他的诗思接在地上，不囿于碎片化的现实泥尘，海洋特有的净化功能已经悄悄渗透进他的字里行间，这个气象，于他而言，无比珍贵。

三是精神探测与技艺修为的深度远涉。老实说，评谷频的诗，我最担心的是止步于既有的高度而停滞了诗艺追求的动力，这种现象在中国诗坛为数不少，不少名噪一时的诗人，主观背离新诗的发展气象，缺乏向经典学习的勇毅，爱慕着一项诗名，流窜于各种活动的场子坐在显目的位置，却拿不出像样作品，写作力早已泯然于滔滔诗潮，成天靠着不自省的虚荣硬撑着模糊的脸面。但谷频不是，他一直走在诗艺精进的路上，内省、谦和，身上始终有一股令人动容的向上品质。在这部集子中，其中一块明显内容是，他与外国文学大师们的对话。这些诗歌的出现，意义非凡：一方面见证了谷频百忙中不放松阅读的广度；另一方面，暗示他西学为用、艺无止境的虚怀。中国诗歌自1917年白话解放旧体伊始，一直走在借鉴西方现代诗歌与自建诗学传统的双轨路途，这两条路，都具有生成性特征，非一朝一夕一蹴而就的，主动学习自动更新日日新是必需的也是不可回避的。这也是谷频的思考，对大师的膜拜，对他们建立文学高度的虔诚，足以说明一个人的精神成色。当下汉语诗坛有一股排外的不良情绪，整天高喊中国诗歌的自治却又无所适从，殊不知只有艺术才称得上没有国界，而诗歌作为艺术的尖端，博采天下众长，汇入全球语境，不可缺席。在技艺的精益求精上，做一个大视野的诗人，迫在眉睫。偏居岱山群岛的谷频，以更宽广的胸襟默然地行使着自己的读写自由，这在个人诗歌史上，意义不言而喻，也是他敢于写出《我的博尔赫斯兄弟》。博尔赫斯，如雷贯耳的阿根廷作家，与帕斯、聂鲁达齐名的拉美三大诗人之一，在诗歌、散文和短篇小说创作上建树丰厚，硕果累累，安德烈·莫洛亚说："博尔赫斯是一位只写小文章的大作家。小文章而成大气候，在于其智慧的光芒、设想的丰富和像数学一样简洁而精确的文笔。"在这位世人敬仰的世界文学巨星的零距离品读中，谷频获得了高度的身心愉悦和无比畅达的精神自由。这也不难理解，谷频诗歌的"混沌"美学与博尔赫斯诗风的靠近有着间接的关联。我甚至

第二辑
歌以咏志

177

认为，谷频的这一部分诗歌，在他的整本集子中，就写作的成色而言，更具意义指向的清明和技法的效度，可读性也更强。与名家为邻，从他们的思想里汲取养分，感受"精神的铭文"与"语言的味道"，在解读中体悟诗句的美妙，越过不朽想象的背后沉醉于那些深邃的心灵迷宫和智慧的光芒。济慈有言："任何一种艺术的高超之处就在于强烈动人，能这样就会因其与真和美紧密联系而使一切令人不快的成分烟消云散。"可以看出，这不仅印证他阅读博尔赫斯的快感，也印证了他阅读济慈本人，旁若无人地对视济慈窗台上的夜莺，获得灵感，也印证了他在文字里走近艾略特、海涅、艾利蒂斯、雪莱等才冠寰宇的大家，为他们的一举一动所牵动，发感，发声，发言，通过内在形象的塑造达成平等交流的尊重。这种丰盈充实了他几十年不离不弃守岛的底气；同时，读书写诗这种习惯更加丰富了诗人谷频的内心世界。也可以说，群岛提供给谷频生息的环境，是他安身立命的故地，他为此自足而安分，一生的坚守足以说明一切。但在精神原乡的找寻上，他一直没有止息求索的膂力。换一种说法，因为诗歌驻守于心，他才会感到真正的安宁。这灵魂的岛屿，他一天也没有停止构建，写作让他停不下来。他的歌唱，声线浑厚，那些唱向大海的歌谣，又都潜伏着潮汐的力量。他在尝试着创造自己独特的向远之路，所有外部之物加载给他的困惑、茫然、恍惚、怀疑、疼痛，都不曾动摇他的抉择，因为大师们的光芒涌入，即便歧途与绝境，也最终被执着的航道碾压。

　　总之，如套用"诗言志"来说，以诗立名的谷频，所言之"志"，不仅指他个体的生存，更涵盖了整座岱山群岛的命运。

　　　　　　　　　　（原载《浙江作家》2017 年第 10 期，本书稍有改动）

随物赋形的诗意在场
——评凸凹诗集《蚯蚓之舞》

　　实力诗人成都凸凹诗歌作品精选本《蚯蚓之舞——1986—2017》有着十分抢眼的诗学景观，其现代性中凸显的尖锐感、顿开感和痛感无比显豁，这些诗歌在完成诗人个体经验阐释的同时，也为"大我"的打开提供了一种当代路径。整本诗集由"大师出没的地方（1986—1999）""脱口而出的沉默（2000—2009）"和"蚯蚓之舞（2010—2017）"三辑构成，收入的112首诗是从诗人30余年创作的1000余首诗中遴选出的精品。这样的编辑思路，也体现了艺术尖端的精益求精。诗集的精制与诗人矜持的前卫写作构成一种呼应，颇有意趣。

　　时间秩序和青春激荡的诗意纵横成为"大师出没的地方"的显著特色，作为他比较早期的写作，这一辑的诗歌呈现出叙事记忆与现场书写的基本维度，即一种书写本位的自足与通透。

　　写于1986年秋的《翻书》，翻开了一代人共度的蹉跎岁月，诗人"一页页翻下去 / 生怕夹带一页过去""一部部翻下去 / 唯恐漏掉一部过去"，他要翻出什么呢？诗没有提供正面的回答。这正是此诗出彩的地方，构思"留白"的装填，交由读者完成，而作者只提供"暗示"——好事的路人莫名所以 /20 世纪的来人莫名所以 / 我装成漫不经心。"好事的路人""20 世纪的来人"与"我"生成互文性语境，将"我"提到一个旁观者角度，以经验的回光折射"20 世纪"那些不可忘却的风云际遇。那些隐秘的湮灭于历史深处的人性故事，翻找不完，无数的"下一页"在佐证定论的同时也生发诗意的无限。

凸凹是个在场感极强的诗人，他的诗歌作为生活投影，反映在精神探知上，首先是一种意识觉醒的在场。《牙膏皮的小学时代》通过隐喻的力量显在呈现代际遭遇，但诗人似乎又不仅仅满足于呈现本身，而以隐在的讽喻把贫瘠记忆中的荒诞性说出来，诗人的义务在于"说出"，在于对典型命运中的各色人等的"异常"作出简洁而有力的表达，即所谓"象外之象，韵外之致"。"牙膏皮从单身干部宿舍扔出 / 多好的单身干部，多奢侈的单身干部 // 那是六七十年代 / 牙膏皮的小学时代，小学时代的牙膏皮 // 收破烂的老大爷牵着一位辍学的小姑娘 / 聪明的小姑娘，牙膏皮的小姑娘"。这种单曲回环式的强调，着意于"那些年"的强烈折射，一块牙膏皮隐喻贫瘠的时代，各色人等、各种超现实的人事表现，都在诗歌审美视角之下，放射艺术之光，极具感染，富有共鸣。

凸凹的诗风犹如他的诗名一样棱角分明，这种前突的姿态主要表现在两个方面，一是内在观察的敏锐带动的艺术气质的尖刻，在写什么上，他从来不回避诗歌指涉社会、介入现实的问题，或许在同时操持小说的他看来，诗歌并非文学的蕾丝花边，而更具有匕首的意义，他的所写总是那么实实在在，每一首诗似乎都可以作为小说展开的浓缩。那些呈现在他笔下的人事景物，无一不具有戏剧本质。一个生活阅历丰富、入世深刻而又情怀超迈的诗人，因此获得了精神富足。另一方面，表现在语言上，基于叙事底座的文本建构，不沉沦于浅白无聊的口水，而是探析意象诱因，语言超出生活又不脱离实际，其所产生的深度意味，成为诗歌的艺术触点。波德莱尔在《艺术的镜子》中说："想象力是真理的皇后。"这已经成为诗歌艺术规律的真理性结论。纵观凸凹的诗歌，他的想象具有整体性，或者说，在诗歌中，他打通了事物本体与主观喻体的界限，从而能够自如地站在诗歌面前，审视着与身体发肤血脉相连的世界。这使得他的语言在叙述带动的生成性过程中自动呈现历史感、现实感，以及对"诗歌无用论"的纠偏。

　　尤其是，在"脱口而出的沉默（2000—2009）"一辑中，他的语言具有这样的特点，虽不乏诗歌情感的煽动性，却不高蹈而怪力乱神；既有写实叙事的造势，又不故弄玄虚而乌有成章。他始终保持着诗歌的警觉，施展拳脚招招有的，一个肩负诗歌使命的诗人，必然会自觉拒绝花拳绣腿，这是本色，是出力作的前提。在语言的使用上，如果说凸凹有别于其他诗人最为明显的，是他对现实性与创造性的探索与实践。譬如写于 2005 年的《针尖广场》，就超越了他 20 世纪的一些现实书写诗歌注重个体打量的偏执，而转向整体性的群貌塑造："一个人，在针尖上构建广场 / 一万个人，在广场上朝圣锋芒 / 远望去：神树海上升 / 婴鸟在中部嘶鸣、盘桓、无限长大。"不难看出，诗歌对"群怨"的剖析闪动着人性的光芒，尖厉而刺眼。从"一个人"到"一万人"，不做任何语势的缓冲与情节的铺垫，而是遽然加速，升格到一个精神场域，进行意象再造的诗意盘诘，加载个体经验于二度创造当中。"针尖上空无一人。只有那 / 随物赋形的梦魇轮转不休 / 建设者的鼻息温暖、湿润、清澈 / 与此对称的是镜中：一座城池的倏忽消失"，这里，凸凹无形中给自己的长处画龙点睛——随物赋形，这是他最为拿手的好戏。存在之诗的显与隐，所蕴含的哲学慕求与哲思闪现，被赋予了形象的错位与重组，不讲理又暗含深刻的合理性。"思想的坦克从针尖的广场隆隆驶过 / 穿鞋的父亲从针尖的广场赤脚跑过 / 大火从针尖的广场淋过 / 冰雪从针尖的广场烧过 // 一根线针缝制多少嫁衣 / 一根药针滋养多少肌肤 / 一根钢钎打出多少天地 / 一根炮管轰出多少朝代。"现代主义的荒诞不经和现实主义的锥心刺骨，构成"凸凹式"的诗性意义与诗学倾向。语言的奇思妙想、经验的丰赡繁富、智慧的火光飞溅，都充分展现了凸凹的潜能挖掘能力，这种放得开又收得拢的本事，是心性自由与文人责任担当的践行。

法国诗人勒内·夏尔提出过这样一个形象的观点："诗人是报警的孩子！"但具体反映到他的诗中，却是逍遥式的离场闪避——诗人缺乏直面现实的勇气，在今天比比皆是。但读凸凹的诗，冥冥中却能感知有一种内在关联存在。他不仅在场，而且前置，硬汉的口吻是他诗歌的音色，这在《蚯蚓之舞（2010—2017）》中，更为明显。在这一辑中，诗人就是一个通灵的存在，或涉地域，或陈文史，或叙家事，或化心境，或抒情怀……语面摇曳多姿，语势短促而有力，但语言背后的意蕴更耐人寻味。一个有大视野的诗人，必须有临场应变的能力，能驾驭多种笔法，有着高超的技术。这方面，凸凹较好地展现了他的实力。在长诗《不断的刀》中，他突然变法，语感凌厉，诗句与表达对象气息相近、气质相宜，构成了一个有机整体。这把刀既是独特的一把，又有着集世间无数好刀所长的"万能"，写透写尽，荡气回肠，读来英雄之气洞开心扉，刀即人，刀即命，刀即道，刀刀刻骨，刀刃生辉，好不爽快！

诗人凸凹，在诗言诗，且歌且舞，在不断的未知探测中，他已经拥有了属于自己的力量，正如诗人批评家西渡所言："凸凹晚近的诗则以生命体验的深度置换了思维的深度，完成了对生命本身的诗学认知，达到了他创作的高峰。"是的，从这本精选诗集看，他已经表现出有足够的底气为自己的精神嘉奖！

（原载《北海日报》2017 年 9 月 17 日，本书稍有改动）

歌，或返乡路径的诗意图示

——玄武《孤乡》印象

很显然，在读到第 19 首也是《孤乡》的最后一首《我有卑微的责任写出其名：南彰坡》时，我被一股强烈情绪感染，对于"南彰坡，我在这个村生活了十三年，然后家搬走了"的作者注解，有文学感知经验的，几乎都能明白其所蕴含的意味，或者说，诗人的意图被无情暴露，为一个生活了十三年的村庄，写下内心莫名的感触，当然，忧伤是难免的，而又似乎不单单如此，关于乡土记忆，以及"乡"这个人文策源地，如今只能以遗憾收尾。

对诗人来说，世间万物的原本模样是他诗歌写作的灵感所在。在第一首《它站在山崖前，仿佛随时跌倒》里，诗人让那棵开花的杏树引领我们进入他的"孤乡"。那些"粉色的细碎的杏花 / 发出世界原初的光 / 昏黄而蛮野的土崖上唯一的光"，可以照见诗人孤弱的童年，以及纯净的初心。这些既是久远的记忆，也是岁月的遗照，可触摸可感知。"它站在山崖前，仿佛随时跌倒 / 它仿佛率领着身后奔腾的群山"，这样的画面，透露出一股乐观的豪迈之气，诗句如此光彩夺目。

海德格尔晚年在其诗化的哲学思考中这样写道："诗人的天职是还乡，还乡使故土成为亲近本源之处。"人们所追逐向往的"生存处境"就是"家园"，而人对"此在"的皈依即是"还乡"。或许这句话还有另外一层含义：城市根本没有生长诗和安放灵魂的土壤，灯红酒绿只会让诗人的灵魂流浪无根，唯有土地和故乡可以给予诗人一个安静温暖的怀抱，让诗人找到恒远的归属感。

这组诗是写给那渐行渐远的故乡，以及那些日益陈旧的时光阴影的。在故乡，诗人是孤独的，他应该也学会了享受孤独；在故乡，有那么多值得怀念的风物和人，那些关于杏树、白蜡树、柿树、麦田、燕子、麻雀、发小、父亲、母亲、奶奶、姐姐、弟弟等的记忆依然清晰而真切，我们在诗行中可以感受到一个个小人物的无奈与湮灭，"家乡的夜晚黑得深沉 / 淹没多少人间事，多少人平淡一生"。

急剧变化的当下社会，"异形"得已经让人无所适从，在变化和消失的过程中，诗人试图记录和保留他们的印记，在诗人笔下，我们可以清晰地看到在这片偏远贫瘠的土地上，生老病死的轮回一直在上演，也在重复。当然也包括某些情绪。诗人正在一点点长成岁月鉴照的另外一个父亲的模样——"我带回的苗他统统种死 / 有的死于浇水，有的死于施肥 / 一会儿他一歪一歪 / 一手拿一棵葡萄出来 / 白胡茬上都挑着笑意 / 我忽然想起少年 / 我挖回一棵野杏苗的快乐 / 而父亲，他站在院里，满脸不屑"（《就坐在大树错结的盘根里》）。当年自己的快乐就是此时父亲的快乐，父亲当年的满脸不屑却是此刻我的不屑，这种不同情绪的轮回令人唏嘘不已。

细细品味玄武的这组诗歌，不难发现：他图示的人世画面，闪烁着人性的光芒；每个生命的存在，有其合理性与矛盾性，体现了他对个体生命处境的怜惜，这种悲悯情怀和诗句散发出来的凝重感，展现了极强的诗性真诚。

春雨后的村子土腥味升腾 / 传言明娃媳妇和猛蛋相好 还有福儿媳妇 / 福儿和明娃去印尼打工 / 对我来说无

所谓反正／都是我发小／／只是明娃有姿色的女儿／在城里做来路不明的事／／清明节外面的人都没回来／患癌的兵儿在炕上／咽下最后一口气／像小时比赛憋气那样／这一次他彻底赢了。(《春雨后的村子土腥味升腾》)

在这三个诗节里，诗人像一个旁观者展现了其所见识的农村真相：乡民空虚孤独，在"乡"无"乡"，失去了归属，他们无奈于命运的困厄与生命的无常。而在另一首《盛世的风吹动》里，诗人这样描述自己的发小："纸幡下的新坟里／发小不满四十六／他的病不知因何起／他的坟不知何时没／他的家也不知何时没／村子空洞而茫然／像一个八十岁老头"。笔力苍劲，意蕴入骨。当下，在一些地方，"空村"现象已经是城市化进程背景下的故乡缩影，诗人愤怒于眼前之景，发悱成诗，乡村之"孤"，瞬间淋漓凸显。

而《宛若返回她的青春》，则曲笔刻画普众性的村妇形象，她丢了东西，很是懊恼，但是她不会骂街，而"指桑骂槐"。"她坐在清明的路边哭。坟在沟那边／她走不动了。娘唱着哭／这是我接触的最早的艺术／她说，死鬼啊，落下我一个人凄惶／在那边你发脾气吗，吃得下饭吗"，诗人运用公众化的叙事和抒情语言，给读者呈现了一位北方老妇人的形象，读之，我的脑海里浮现了琳子的那首《不肯叫出他的名字》的诗句："我的天啊／我的好人啊／／这是若干年前／一个老婆婆坐在坟头／哭他男人。"这两首诗交叉所构成的画面，直接逼视现实的细节，极富镜头感，十分生动地把底层乡人的命运真实地表现出来。这也说明，对于一个时代的良知鉴照，诗人从来就不曾缺席，他们进入的现实细部，正是诗性的深刻指向。当然，所成之分量和可能的文学劳绩，则因人而异。抵达的缺憾，正需要更多奋勇的验证。

　　或许，在诗人看来，人类只有像呵护自己的身体一样呵护所栖居的"孤乡"，才能够善待自己作为生命个体的"人"，也唯有如此，才能在一次次返乡的途中善待自己的"存在"，而不致迷失走散。

　　于是，就不难理解"孤乡"在玄武的诗歌地理中占据的位置。人类已经停不下来的忧戚，强力地击打着他的感知。那些童年经验作为美好的诗意祭奠，与诗人对现实的失望形成鲜明对比，同时也作为一份人文背景，不断提醒他的思考，如何有效地接入当下。"曾为路边的美所打动"的幸福记忆其实也隐含着深度的无奈：熟悉的事物消逝，美好一去不复返。这个回不去的现实，作为事实本身，逼着诗人退守精神领域，企图在"无为"的审美构建中一厢情愿地去"建立以人心柔弱为始的秩序"。

　　读《孤乡》，心中总是不经意地闪现里尔克的这两句诗"因为生活和伟大的作品之间 / 总存在某种古老的敌意"，当然，对于玄武而言，这种"古老的敌意"的深刻性并不局限于如何理解和处理写作与生活的关系，而在于需要面对的呼啸的当下与原乡渐远的紧张关系，"看啊，那孤独地 / 旁若无人开着的杏花！ / 它站在山崖前，仿佛随时跌倒"。杏花的孤独，不正是人的孤独？随着社会进程的加速度变奏，后工业时代蜂拥而来的"不适感"，已经破坏了"秩序"的平衡，尤其是对人文精神的冲击，简直无以复加。人类的宿命里，早已有着绕不过去的"命运的山崖"，这"摇摇晃晃的人间"，挣扎是每个生命个体的常态，当然行尸走肉者除外。瞧，诗人眼里，即便"家燕"都能探触人间的体温。

　　　燕子都回来了 / 它们不栖落，有云无雨 / 高高翻飞，
　　如快乐一词本身。 / 我爱燕子引领整个春天的飞翔。 / 五

岁时房梁上的燕子 / 排泄弄脏了我的连环画书，/ 我挑了它的窝。/ 这个错误惩罚了我四十年。/ 每次看到燕子我都希望 / 它是那一只燕子的后代。(《燕子带领整个春天的飞翔》)

诗人被一个错误惩罚了四十年，旨在验证人性之"恶"的必然因果。我甚至认为，《孤乡》呈现的质地具有挽歌的特性，这种特性结实而有效，在某种意义上，接近诗人基于宗教意义的形象自造。诗中弥漫的虚幻的乡愁意识与诗人的固执己见互为悖论关系，从而产生一种说不清道不明的均势，在此前提下，一切阐释都显得虚弱乏力，唯有诗歌这种形式，似乎才能解决核心问题。我不止一次说过："只有想象可以不朽！"玄武通过诗歌的实践，既为自己找到了"返乡的路径"，同时也因为真情抒写的自由自在和"乡事"在叙述中的打开，而有了"神迹"寻得的喜悦。不回避当下，不粉饰太平，不在虚情假意中陶醉和洋洋自得，敢于揭示浮华背后的"黑丑硬"与"假丑恶"，才是一个有担当诗人的真正形象，及其应该拥有的文学人生。

当然，如果组诗独特的内在经验展示更坚决和孤注一掷，以整体感为坐标而对应的细节处理再精到和完备一些，基于抽象的虚构与具象的写实关系权衡方面，更加出其不意一些……《孤乡》必然会成为作者本人写作进程中的一座丰碑！

（原载《黄河》2018 年第 3 期，本书稍有改动）

悲悯的站位与微光的捕捉

——评刘应娇的诗

刘应姣的诗有着显在的外向情感和女性情愫的繁茂。这种外向必然与其西南边地少数民族（毛南族）的地域情结，及其生活宽阔带出的独特感知息息相关。记忆中，我读到她的第一首诗是《母爱的底色》，诗人以母亲为其孙女"绣背带"为动感意象，打捞母爱的底色，形意舒展，构思巧妙，推进自然。母亲用背带养育过我，如今这背带又传递给我女儿，给予她爱的温暖，这种大爱真情，是另一种形态的针线活儿，体现在具体而细微的诗行转换中，朴素真挚，意味隽永。

可以说，从封闭的大山深处走出的诗人，所有生活着的外地都是情感的"异地"，于是，作为诗人的"敏感"就会自动发酵，一切的"新鲜"都朝着"鲜活"转化。她的诗，很少呈现"撒娇式小情绪"的低声倾诉。面对外物，她调动女性独特的视角与具有纵深感的人生经验，敏锐地捕捉到事物自生性的内涵，及其可阐发的生活情怀。这就使得，她的诗，更多呈现的是正面抒情的勇气。而且，当情绪的用意一旦获得诗意的对位，在现实层面，就会表现出通透的质感和氛围营造的舒畅，因此，她总是选择掠过细微的牵绊，而喜爱在急速的语势中注入整体意味的思考，尽可能抵达情感开掘的深度。"是真正的草民 / 有虚拟的身躯和隐形的甲胄 / 以破帽遮颜，借缒衣避体 / 为五谷的丰登日守夜候 /……/ 脚踏一方土，仰望的晴空已 / 嵌满云朵的殷实与福报 / 沃野广袤，那件一度青黄不接／的蓑衣也羽化成多彩的蓝图"，这是《稻草人》的首尾两节，可见诗意提取的迫不及待与对美好预设的坚定。所感锐利，言辞滔滔，情思沛然，朗阔高迈，表现出在"现代性"之外的书写可能，以及新诗传统手法固有的娴熟、跳脱的习惯。思接千载的激情，在感染力的渲染上，具有无与伦比的优势，澄澈、清朗，保留着美好人性的期待与随物赋形的生活畅想。这种写法作为20世纪乡土诗歌的一脉，在当今依然显在，而渐渐剥离主流诗歌写作反而具有某种异质属性，这在写作上，无疑是一种"冒险"，然而，正是由于别无他顾的我行我素的风景营构，才让读者在工业化侵蚀农耕文明的强大背景下，看到了新的"触动"，找到了新的诗意"触发点"。

当然，一个诗人对于时代的书写，不可能只停留在"过去式"的吟唱、感伤，抑或任意的情绪铺排之中，还必须得对当下负责，对所见所思形成形象化的艺术面貌，从而产生如布莱希特所说的好诗"都应该有历史文献的价值"的有效性来。诗人的目力聚光当下，就是一种自觉。让思绪触及变迁的活生生的现实，映射出对生活业态的介入性观察，在自身凝思与观察对象的关系转化之中，形成有效的合力，从而产生此在的"历史留痕"的画面。显然，围绕这个命题，诗人心事重重，她强烈地感知到"挖机如虎动乡愁"的乱象，以及反射在诗人精神上的剧痛，但也真实地暴露了其内心的焦虑。"半个集镇，都被这个新时代动了手脚"，这已经不仅是诗句的"语不惊人死不休"了，而是一个诗人面对历史与未来的一个交代、一次检阅，这份精神刻录同时作用于诗人与时代，所提取的在场的诗意，关乎国家与民族的命运。尽管写得"琐碎"，但产生的灵魂叙事却不同凡响，加注了鲁迅主张的"血与泪的控诉"的文脉，呈现出力透纸背般的重压感。

通读她的诗歌，会发现她对人性底色的关切有一以贯之的自觉。写事如此，写物亦然。比如："在尘埃落定的方向唱歌 / 腹中的流水怀揣洁癖 / 也挑拨迷雾 / 高蹈的彩虹找不到天空 / 那些城池、街道和马路一直 / 灰头土脸 / 等你荡涤的蹒跚步履 / 也等你弹无虚发的高压水炮"（《洒水车》）。诗以歌唱的方式赞美勤劳的洒水车，这个低姿态的易被世人忽视的"物"，笨拙（步履蹒跚），但有着饱满的激情（弹无虚发），它"怀揣洁癖"清洗城池，让尘埃落定，这种"反向的唯美"，赋予平常之物更高的敬意和最大的美感。

同样，在写"人"时，她始终保持着悲悯的站位，着眼于命运微光的捕捉，从而使诗句质感张扬，引人深思。在《当大事》中，她以精确的意象和精准的笔法写道："……死去和活着 / 都充满挫败感 // 灵前有人焚香、烧纸、磕头 / 安魂曲尚未奏响，灵堂已鸦鸣密布 / 我只担忧，哪一方土地 / 能埋得下一个孤魂苦痛的回声。"诗人以体恤之情和诗歌的名义，对一个五保户的遭遇施以人道主义的恩泽。语意激烈，充分凸显了生命不能承受之重及其可能的诗意，情感内敛，怀仁立善，冷峻中透着鲜活的人文关怀，而对万物悲悯，是一个诗人的最高境界和最大快乐，也是诗人是否具有"大爱"的源头，雨果直言"诗就是爱"。

在杂花生树的当代诗坛，各种实验层出不穷，但唯有充满冷暖寸心的经验感知，并且有着向下挖掘的生命气度，方才能够展现出持久的力量和走出逼仄的"小我"，对世界敞开的，在庸常中激发潜能，在生活中淬砺诗心。别林斯基说，诗歌就是生活的表现，或者更确切地说，诗歌就是生活本身。因此也可以理解，刘应娇的诗意触须，多在朝向生活现场展开。在《大堰湾小酌》，回到了诗人与酒的传统，叙述自己与梁小斌、张岩松等一干诗友的一起煮酒谈诗，在诗酒盎然的兴味中"通灵"艾略特、叶芝和艾吕雅等大师的雅趣，最后踏上归途，被身份不明的鸟踏枝欢送，"微熏的我们 / 回到俗世的尘埃里"。诗穿透了生活，随意中暗含节制，开放中隐有含蓄，写出了俗常里的温馨与琐碎日子的光辉。同样，在《临涣老街印象》中，她觉察的不仅是陷于一场凝固春色的临涣，更有阔大春色里的人间烟火、细节趣味和生活真实富含的生机与生命气象。《在音乐小镇》，诗人以一个"看客"的视角，见证工业文明对一个业态推波助澜却不得要领，处处留下破绽，以及音乐人用秋风勾兑了"田园、篝火和啤酒"，而特制的"一场场圣托里尼的狂欢"。这种异质形态的当下画面和速成的"现代生活"之间，横贯多少物质与人心的裂隙。五味杂陈的现实与精神诉求，永远存在不可调和的矛盾，正是这种冲突的美学生态，让诗歌有了变声的可能，诗人有了书写直觉的纵横。一个抓鹅的细节，也能让她生发反讽"自诩为生命的意义"的自觉，这样的写作，极大地丰富了她的写作向度，增强了文本质感。一个诗人，当机智闪现在字里行间，那么，其表达就会更加从容有趣。"地灶里，木炭的红火焰从未熄灭 / 而它炙烤的，有时是关于麦子 / 的后记，有时是关于面粉的前言"（《那个打烧饼的人》），这真切的实景描述，展现了修辞智慧和极强的隐喻能力，其独特在于，现实僻静处的诗意发现，散发着生活的微妙，这滋味，可意会，也可以传递。

如果说《稻草人》还带有语言的边地习惯，气息比较松朗，表达不避大词，不隐藏大情绪，离现代性要求之下的诗歌重描述的实在、可阐释的弹性、重情感感悟力和启示与生发的自然状态，有一定差距，那么，在《所有修辞都太飘太轻》《在鹭山湖》《雪夜听陶笛》等诗作中，艺术性的提升显而易见，哲思与心智能够较好地融会在分行的推进之中，在关注对象的画面呈现与写作的主观诗思中，濡染发现之美，调理物我关系，进而完成生活的体验和生命的省思。"暑热漂移，独木舟向天空敞开 / 胸襟，舶来的鹅卵石仍以圆滑济世 / 季风稍作停顿，命两朵睡莲 / 降伏我水做的心"(《在鹭山湖》），作为外物的独木舟、鹅卵石、季风、睡莲，与我水做的心互动发展，和谐共存，圆融通释。在某种程度上，迷人的自然就是诗歌的全部，罗伯特·佩恩·沃伦《世事沧桑话鸣鸟》、沃尔科特《白鹭》、米沃什《礼物》，甚至包括美国超现实主义大师罗伯特·勃莱、詹姆斯·赖特等许多外国诗人的经典诗篇，无一不表现出这样的事实特点：他们在深度完成自己一生的诗歌理想时，最终都被自然附体。"拔高、低沉、迴叠／一艘潜艇的腹语穿透落雪之夜／茶盏的旧面保有慈祥之色／笙箫流落、弦歌破碎／十二月的白发已被低温点燃"(《雪夜听陶笛》)。在中国文学的传统中，塑造声韵的美，已有很高的造诣，《琵琶行》《春江花月夜》等诗篇就是其中的高峰，成语"余音绕梁"也形象地概括了个中奇妙。作为诗歌指涉的陶笛吹奏，在雪夜背景下，别有兴味，别裁凸显的，是诗人即刻的心境和熏陶之后长久的美意冲荡。而《所有修辞都太飘太轻》一诗聚焦"一只灰背鸽"，写出了它优雅迷人的孤独和电闪雷鸣般的寂静："我躲在帘子背后，看她阔步昂首／翅膀收拢，唇被一弯鹅黄封箴／闭口不谈所遇的闪电、风雨和雷霆。"被语言擦亮的灰背鸽，是世界的主角，经由诗人的灵感锁定而展现了无限的诗意和诗歌对心灵唤醒的无限可能性，闪耀着事物与生俱在的生命微光。

总之，为人豁达刘应娇，在诗歌表现上展示了如此两重性：既有大开大合的气势，也有细致入微的探知；既能检索自然的诗意，也能经手日常的斑驳；既能小中见大，也能大事化小；既有激越的情思飞扬，也有笃定的落笔从容；既可入世行道，也可寂寥求真。可喜她诗歌的界限，正在拓宽；诗路，越走越稳健。

（原载《楚风》2019 年第 4 期，本书稍有改动）

悖论之外的诗歌孤悬或诗体神话
——《亚欧大陆地史诗》略论

    如果一个人真的"返回过去"，并且在其外祖母怀他母亲之前就杀死了自己的外祖母，那么，没有他的外祖母就没有他的母亲，没有他的母亲也就没有他，如果没有他，他怎么"返回过去"，并且在外祖母怀他母亲之前就杀死了自己的外祖母？这个推理名叫"外祖母悖论"。读《亚欧大陆地史诗》，发现让爱因斯坦和霍金犯难的假设，似乎有了打通的可能。曹谁的诗学构想似在表明，诗歌可以是打包科学、玄学、神学、哲学、社会学、宇宙学等质态的一场旁证，诗集是他在想象背景下创设独立生态龛（生态学名称，表示生态系统中每种生物生存所必需的生境最小阈值）的一次不设防的探索。曹谁借助阴阳玄幻、意识呼应、元素互动，确立独特的异维空间，在此间生发的一切物事，因其特殊性，不仅互不悖反，反而对更高层次的格物致知提供了新的路径，旨在表明人类若想返回过去，在诗歌《亚欧大陆地史诗》中，没有任何障碍。而他本人，就成功穿越时间，在另一重界面的亚欧大陆地，找到了孤王一样的自己。

    在"异地"逐渐取代"故乡"、冥想空间愈益窄小的时代，作为诗歌呈现的可能性、多样性越来越受制于精神的委顿，当微观视野被作为书写现实的一种保鲜模式横扫诗坛，一地鸡毛般的小我经验堂皇充斥各个角落，且一再享受着"吃香喝辣"的优待，被奉为圭臬或典范，与之相反的凄凉境地是，那种创造性知识经验与想象传奇，那些澎湃的激情与一意孤行的"偏题"写作，那些孤峰嶙峋的诗意拓展，正在如随处可见的村落拆迁一样被公共性声浪淹没、解散、做空。那些我们曾在《荷马史诗》《神曲》中读到的奇幻与智慧的巴别塔意味，犹如历史传奇，似乎成了话题记忆，更遑论古印度的《摩诃婆罗多》《罗摩衍那》，古希腊的《伊利亚特》《奥德塞》，古代巴比伦的《吉尔伽美什》等独树一帜的异质性诗歌巨制。精神沉沦，是不争的事实。如果当代汉语诗坛的"主流们"继续举着"正本清源"的幌子"排除异己"，那么，想要诗人及诗歌在自己的远方书写或重现具有奇观诗学的浩大之作，并试图勃发走向前台的生机，几无可能。在此背景下，谈《亚欧大陆地史诗》，不仅意义凸显，而且作为一个文本存在，其自带的想象与言说空间，反映在创作本身，就有了二度打开的必要。

曹谁的《亚欧大陆地史诗》极像当代汉诗中的一块飞地，这种诗体神话范式，怎么看，又都具有雄心勃勃的谋略：一种基于诗歌野心的以亚欧大陆地为中心的共同体宣言，在强化、推扩。在全球化的今天，人类没有共同史诗，过去人类文明的演化以亚欧大陆地为中心，从两河流域的巴比伦，向东到犹太、埃及、希腊，向东到波斯、印度、中国，曹谁试图通过融合七大文明的人类历史，创作一部人类的史诗。史诗要有宏大故事和巧妙韵律，在自由诗时代的现代，他希望通过冥想进入故事结构，借助抒情保证诗歌意蕴，以自己的雄心去构筑人类的现代史诗。很明显，《亚欧大陆地史诗》有写人类的现代史诗即大诗歌的野心，作者希望通过自己的奔走呼告与创作实践，解除"现代性史诗面临前所未有的合法性危机"，应该看到，在个体层面，这种纯粹于诗的"危机意识"几乎绝迹，奇崛的诗意书写需要极大的气魄和"板凳坐得孤灯寒"的耐力。

"我在黑暗中已经太久，一切都已经在想象中完成。"曹谁以这样的告白告知外界，诗神已经携他上路，"坐在世界的任何地方完全知道遥远的角落里星球上你的生活"，类似如此胆魄的远有李白的"不敢高声语，恐惊天上人"，近有郭沫若的"提着街灯在天上走"，这些高阔的想象其实塑造的是诗人的宇宙意识，或说是通天接神的先念：万物有灵。诗人，是天地之间的信使。曹谁的诗人禀赋彰显了他诗歌写作特有的昆仑底色，这种离地三尺、汪洋一片排山来的高蹈抒情，建构了一个与现实格格不入的乌有世界。他一意孤行，我行我素，演绎不及物不接地气的头脑风暴，完全将自己的诗歌写作置于飞的状态，去创造一种陌生化的语言风景和精神现场。这一使命，正在被曹谁探索、践行。曹谁是谁？

曹谁，诗人、作家、编剧。原名曹宏波，字亚欧，号通天塔主。曾去职远游，在西藏、新疆周游数月而返，开始职业写作生涯，著述多为神秘主义和玄识风格的实验性文本：《巴别塔尖》《昆仑秘史》《昆仑神话》……主张"大诗学"、发起大诗主义运动。或许，喜好日常扎堆，沉湎活动，过多地外显了他不被看好的一面，但作为文本观察的公正性假设，必须正视这么一个事实，一个爱好市井声色的杂家，却写着不食人间烟火的诗歌，他光怪陆离的思考维度，与背景、人际、语境、当下诗歌，形成了巨大反差。而这差异空间，就是他写作的价值与意义所在。他抛开了现代性的影响与焦虑，以魂不守舍的出窍姿态，编织壮志凌云的神性诗意，这种敢于在通往"诗歌孤悬"的路途倾心用力的人，展现的不仅仅是这个世界更多未知的秘密，而是亿万年人类与天地神明之间不可割离的命脉赓续，从古意与天意中打井找水，获得传统共生的风景，从而表现出超越现实的"现代史诗"，表现出一种"不靠谱"的反叛精神，以及"我有你无"的极度自信。

参照"宇宙普遍属性"认知当代诗歌，那么，《亚欧大陆地史诗》无疑等同于暗物质形态，或者说，这样的书写，是一个不可否认的"态"。曹谁在这个"态"里找到了他的表达方式。姑且不以成败论之，单看这另类的风景对当代诗歌的丰富，就应该给予应有的关注。法国著名的超现实主义诗人布勒东说："神奇永远是美的。"《亚欧大陆地史诗》敢于以"史诗"面向世界，其所具有的神奇之美，是一个不可否定的积极因素。

阅读《亚欧大陆地史诗》，发现文本经验的异质性与传统想象的榫合，是富有创见的。在文本上，这本诗集几乎是《山海经》在当代荧幕上的投影。文本经验的无意识效应，内蕴与布局的延展对曹谁建构的诗体神话起了积极作用，视之为诗体神话，是因为这部作品切合了这样一些基本特征：纯粹的想象或幻想、整体在自然地理空间中铺陈社会现象、文本的"幻想"加工明显、虚构的现实场景是被神化了的情感形象。作者致力于改造旧有模式或秩序，"替天行道""唯我独尊"的主观愿望很强烈。这种舍我其谁的大气象在屈原、庄子、李白的一些作品中都有比较充分的实践经验。作者极为有效的自信生成，主观上促进了这本另类诗学的霍然面世。青年批评家苏明认为整个二十世纪以来人类的诗学是一种碎片化的痴妄诗学，它惶惶不可终日地背离了作为上帝整全性意义上的、百科全书式的整体诗学。苏明的意思是，抹杀整体性的当代诗歌缺乏面对世界的意义与价值。站在世界文学史纲的框架看，一个时代的文学，只有整体性的探知与建构，才具备立足时间长廊的可能，这或许也是曹谁的写作动因之一。

从结构走向可以解读出许多关于这部作品的秘诀，或者说作者想象世界的诗意纵横。在"黑洞和白洞之间的'测不准'宇宙：元素之歌（二十双阴阳歌）"这一部分中，作者通过"无影人"这个他者的观察，在时间与空间的坐标上，诠释东方哲理的二元意象：阴与阳，共有二十双（组），这些被作者升格到史蒂文斯所谓的"最高虚构"里的基本元素——基于作者情感爆炸的歌唱，展现的"大诗"风貌，不可谓不显赫。以第一部分为例，让我们来看看作者的诗学构想中的亚欧大陆地的格局呈现：

> 野马阴阳歌：火龙驹 / 宰马场；银豹阴阳歌：银豹（阳）/ 银豹（阴）；雄狮阴阳歌：孤独的狮王 / 沉默的狮王；巨龙阴阳歌：牧龙歌 / 龙涎香；老虎阴阳歌：虎风 / 虎谷；大鹰阴阳歌：心鹰 / 夜鹰；蝴蝶阴阳歌：牧蝶 / 雨蝶；鹧鸪阴阳歌：鹧鸪（阳）/ 鹧鸪（阴）；风阴阳歌：长风歌 / 风纱帐；土阴阳歌：麦地山岗 / 麦地之火；火阴阳歌：火居 / 火影；雪阴阳歌：大雪 / 血雪；春阴阳歌：大春 / 鸠春；夏阴阳歌：夏安 / 大夏；秋阴阳歌：龙马昆仑月 / 后现代秋谣：冬阴阳歌：冬散或死 / 冬或革命；太阳阴阳歌：太阳，请将我唤醒 / 太阳，请将我唤醒；独孤谁阴阳歌：独孤谁（阳）/ 独孤谁（阴）；断头台阴阳歌：断头台（阳）/ 断头台（阴）；预言阴阳歌：牛顿不起洪波涌起（阳）/ 牛顿不起洪波涌起（阴）。

从动物性的阴阳开始，远古洪荒中，"我"见证的世界，是火、山川、河流为核心意象的情愫起点和情绪转折，在阴阳调和与违和的矛盾对立统一之中，各种相容与抗拒的势力构成一元的"场"，生命在艰难前行，消亡与重生，无论是马供给"我们"（人类）狂欢（一半在火中沉落 / 一半在火中升起），还是其他。如此激发的追溯意义是，人类源头性的考量，或对于一个族群，在其生活的势力范围，能够展现多少值得祭奠的元力。"银豹从东方出发，在西方抵达／它总是在黑暗中独自行走"，作为一个古陆被描述的时空幻境，一个巨型的高级动物园，开始在作者胸中生成，兽们最为显在的人性一面是"孤独"，当沉默的狮王在"亚欧大陆地的山坡上发出低沉吼声时，作者联想到的是"有野心的男人将自己囚禁"的现实。动物对"地"的占据，马对远方的占有，豹对领地（帕米尔）的占有，狮对"中部荒原"的占有，龙对青海湖（水）的占有，虎对森林的占有，鹰对天空的占有，蝴蝶对花园的占有，鹧鸪对绝望的占有，风雪土火日等及至时序春秋冬夏的各自为政，衬托"孤独谁"（曹谁）在"中心位置的孤寂"，这特定情景的暗示或预示，把人类置于宇宙的空阔，从而探测孤独的本源，万事兴废，难以言说。"我的身后都是废墟／这里却是人们向往的地方／我的这些不谙世事的粮仓／更加不谙世事的是这不断围着我旋转的人"，赋予断头台以喜剧感，王与王的杀伐终极于"我的从容"，"这大地需要我的头作种子"，这是对本有的秩序的一次拨乱反正，从动物回到草木，人头以种子的形态，进入新的涅槃——我一直在围绕自己旋转。至于"亚欧大陆的五种形体"所主张的"天地人"的一体化，是不可逆转的轨迹，在作者的意识导向里，人类的童声发自物理的亚细亚，从帕米尔高原辐射开去的上帝的指纹，除了事实的蒙昧以简单向复杂，从单一的野生沙文主义的笼统，向阴阳两界的人鬼情仇以及东方和西方的爱恨的传奇，到荒诞世界开始对人类的情感构成产生影射，一场形而上的"昆仑决"，进入没有尾声的宏阔。于是，本然的人，本然的地理，本然的八方六合的宗教感，通过抒情冥想，进入魔幻诗歌的巨构。

法国作家弗朗索瓦斯·罗伊认为曹谁的诗具有"万花筒"特质，"多种语言的镜像游戏"对于诗歌写作，带来了异质的无界的当然也是无限的景观。针对扁平化的诗歌现状，批评家霍俊明评价"异数"写作的曹谁在"向一个没有远方的远方出发，他在一个拒绝'大诗'的时代写作'大诗'。这是一个在巴别塔尖倾心于伟大元素，目光深瞩于亚欧大陆地带的歌者"。

诗人不满足于在低级别界面一元表达凡俗社会的共有经验，而释放强大的灵魂能量，进入到神话般异彩纷呈的驳杂个人史之中。诗人依托灵魂本源，进入多元而高纬度的诗歌写作"野心"，自由穿行于文本内外，他掌控着时间的秘密与空间的玄思。在情感逻辑链上，他绝对不满足于做一个令人称道的因果轮回的"验证员"，而是希望成为一个有思想的灵魂奥义的创造者。

（原载《西北文学》2021 年第 1 期，本书稍有改动）

作为信使的心灵传叙及其言说方式
——雪舟诗歌观察

你要用一生去理解

日升和日落

艰难、磅礴、对黑白分明世界的操守

——雪舟《静夜思》

　　拿到宁夏诗人雪舟的诗集《秋日来信》（阳光出版社），甫一看书名就自动联想到理查德·克莱德曼的音乐作品《秋日私语》，那种天成的艺术韵律及其走心的平静缠绕在心挥之不去，脑海竟遐想起泾源的山川形胜与万类霜天的浑然。"现在，落叶已飘满山谷。一个音节，晚秋的／蝴蝶飞向，一溪的颤音，阳光／找寻每道山谷，每棵落叶的树，挽留一样／照彻山峰，半山腰，谷底……"这般描述带着闲适与自足的意趣美，可谓醉人心扉。而《来自秋日的散漫阅读》显然开启了雪舟诗性经验的时间刻度、抉择回应与心声袒露。他借布罗茨基的《钟摆之歌》，为自己洗心塑魂，不难想见，入秋之后，天气转凉，高寒袭人，诗人远避尘嚣，沉潜一隅，沉静在精神的另一重空间，无比惬意。"这对于我是新的一天。同样，墙壁上，一座钟的／摆动没有新生的脾气和界限"。记忆倚重的处所，展开山谷的纵深，进入阳光的广大，把他作为诗人在"此刻"的心像烛照。很明显，雪舟在意的是被时间改变之前，如何在语言的摆幅里，求得自我界限的突破。与其说这种"散漫"是阅读的即时表现，莫如说是作为诗歌之心，应该拥有的臻化状态。评论家霍俊明认为"诗歌从时间序列上构成了一个人的语言编年史和思想档案"，雪舟以诗歌的言说方式为自己的心灵立传，希望通过语言在多重纬度实现摹写的精确和意味的深远。

雪舟是一个严肃的诗人，他极力绕过表象的生活，深入内在的开阔地带。他的严肃是对纯净的向往，是对境界的深情。"黄昏散尽，我从海边回来／阳台上远眺，暮色的护送下／大海在慢慢沉没／黑暗收回了它全部的海水／爱，也是沉没的那部分／你在慢慢收回——"（《沉没》）。作为一名深居泾源的诗人，内陆特性反而使他对大海的向往与迷恋更难以置信。诗集中总共有15首写到大海。相较于高迥的内陆，这些作品，作为远方的互补，不仅拓展了他的书写面，让题材变得丰富，更是一种心境的外扩，是个人诗歌地理的板块迁移。《沉没》起句的隔世感，与著名的《世事沧桑话鸣鸟》（罗伯特·佩恩·沃伦）异曲同工，又有着马拉美的"沉入大海的这颗心将一无所恋"的忧戚。古今诗人，面朝大海时，往往会抑制不住生命的无尽情意，表现出诗与思的深广度。在雪舟看来，大海"肯定不是沙滩，也不是暗礁，不是岛屿"。《创造》一诗，连用了五个"不是"，最后"一轮旭日"让大海"呈现了它完整的面目"，这个才是诗人想要的言外之意，其表达的旨归即是"创造"，既是"结论"，更是"发现"，是"诗"在由"象"到"意"的形态转换中获得艺术认证。贝内代托·克罗齐在判断诗为何物时强调："两个经常存在的、必不可少的因素，即一系列形象和使这些形象变得栩栩如生的情感。"结构上的环环相扣，步步承因，诗意溢出不耽于情感空载的逻辑推理，而是依附于目击道存的美学透视。

一开始，我纳闷，雪舟写大海怎么会生生插入"爱，也是沉没的部分"这句？感觉来得突兀，待读到《爱的容器》尾句"我们却没有爱那样宏大的容器"时才明白他在《沉没》里的那句直言不讳的明断。雪舟的语气不容置疑，爱就是大海，收集万物的大海如同爱包容一切，这寓意，天造地设般对位。海的母性观照不乏其例，在冰心的现代诗里，大海就是母亲的化身，而海明威则在《老人与海》里给大海赋予了女性的身体和灵魂。我在雪舟的《暮冬：致女儿书》里，找到了他情倾大海的答案。他女儿在海口一个叫美梅的村子支教，这自愿行为是典型的爱的表现。"一个日日面对大海的人 / 自己已是栖身的小岛"，一个青春洋溢的生命"笑向苍天""汲取阳光的密"，这大志怎么能不让生父拈须断毫？在致大海的诗篇中，雪舟昭显了"诗者，志之所之也。在心为志，发言为诗"（《毛诗序》）的艺术特质与形象表现。或者说这部分内容，助力他得心应手地创造自我。"我多么希望 / 一辈子做河床 / 哪怕你流向四面八方"（《己亥新年：再致女儿》）。这充分表明，诗人一生都在创造爱与被爱汇成的海，期冀把自己活成一片高原上的海。感谢诗歌给予他如此福利，在他"道可道"，让他有感于"存在的存在"。哈金认为，文学的功能不光是"兴观群怨"，它的另一个更重要的功能是"存"，真正优秀的作品能够把人物的感情和思想鲜活地保存下来，使其传之久远，从而也使作者的名声长在。这种"存"的功能是文学本身的力量，不依赖权势，跟作者的肉体生命的长短也没有关系，它还可以解释作家写作的动机。文学创作的目的不是为民请命，不是为谁树碑立传，而是要在纸上不朽，要使作家自己的生命有所延续，使自己的"名声自传于后"。"信仰的磐石，守住高贵的尊严，在暗礁丛生的河流上""好诗，是将你全部的风雨，全部的血肉、骨头，写进去"……在和永珍、杨梓等友人壮游和把盏时，诗与生活，诗歌写作与自我，会在酒劲的催化下裹挟在"吐真"的豪爽里，放大，变沉。这个以"诗"为荣又百感交集百无聊赖的"存"，像一杯原浆，烧灼心扉，催动热泪、热血，就像杰恩帕里尼的感言："我不能离开诗歌而生活。它帮助我生活得更具体、更深刻。它塑造了我的思想，活跃了我的精神，为我提供了忍受生活的新方式，甚至让我能够享受生活"，因而"我们只剩下骨头了"。这溢出酒杯的诤言，壮怀激烈，抵消了桀骜不驯的流年。保罗·策兰说："诗歌从不强行给予，而是揭示。"跨越意气风发之后的理智的沉淀，正是雪舟的诗人身份得以确证并形象清晰的精神因素，也许只有这样才匹配"问道求真"。

不用说也许，直接的情况是，雪舟证明自己非等闲之辈的选择就是非常认真沉潜半生操持诗歌的不变。犹记得在鲁院时交流，每次看他那因沉思而严肃的表情，就觉得，写诗的庄严，绝非只是那种口头上说说，图一时之快、显一念之诚的"炫范儿"，而是敢于在不合时宜的社会里正面地，以凸显人类积极的进取心和"我陈述我之所见"（波德莱尔）的视角，极其用力地在诗歌里，展示个人化追求的高迈，让凡夫保有灵魂状态的种种精益的可能。

精神择业有命定因素，科塔萨尔的观点是，生活中没有比偶然的遇合更必然的东西。说不清"偶然"，那就说"必然"吧。雪舟写诗，是精神需求的必然，与故土的人文渊源和丰厚的诗学土壤的层层加码。无论是《在固原南河滩想起学生时代》交代的怀揣一本《诗刊》（理想）在拥挤脏污的街道（现实）穿行的那份意气："走得气宇轩昂／尘土飞扬，所展现的精神追求的形象，和表达的一骑绝尘的执拗"，还是《出生地》的"根性意识"的呈现，以及乡亲留守与我的出走之间的复杂情感生发的悖论性问题："踏上这条废弃的山路／我这棵中年的草啊／／来年能否在出生地／再绿一回"，都颇有重感。索尔仁尼琴的感悟是一句真话比整个世界的分量还重。对于诗歌，真诚的心思袒露及其依托的"情感元"所爆发的直击力量，一样分量不轻，萦绕在诗意里的"真"甚至有着更可咀嚼的价值与意义。确实，雪舟的情绪内置以及诗意审慎又使他的写作充满更多的"言外之意""意外之气"和"象外之觉"。要在这个强大得不可摆脱的哐当现实面前做出高贵姿态——写诗，成了出身底层、关切底层的他在生活的断裂处获得精神补给的一种方式。曾在庄稼地里荷锄劳作，如今成了"一个离开出生地的人"，"眼里"依然"噙满童年的泪水"，虽然肉体上不再"受苦受难"，但沉湎于诗，在分行里鼓瑟而歌，继续着道义上的劳作本色，使文字有着命根一样的韧性。

> 在最亮的星和一片刚刚出生的浅月中间／在鲜花和花蕾中间／在旷野上两棵不远不近的树中间／在山谷和另一面缓坡中间／我常常想到时光、距离和界限／想到我与他们之间的秘密／我知道俯下身子／才能听到青草的交谈／我相信混迹人群／相信深入事物暗藏的内心（《我常常在它们中间》）

"心之官则思"（孟轲），这些诗句恰切地传递出了雪舟"坐看云起时"的心境与态度。完全可以说，抗拒物质化的侵蚀与乡愁固本的一致性只有通过诗意传达才更能获得贴心的安慰，星月、鲜花、草木、山谷……构成旷野与时空。而"我"这个曾经足迹深入者的再次光临，显然有着诸多预设的心情起伏。"我"常常想到时光、距离和界限，隐含诸多人生无奈与现实繁难。幸好"秘密"在心，这份精神契约，暗示我没有背离熟悉的烟火人间，且"常常在它们中间"，心到意到，便要"俯下身子"。虽说"混迹人群"别无选择，但有与万物"交谈"让"我"深入。显然，低音区的事物，最为他偏好。这是一个有良知的诗人必然会表现出来的低姿态。他认为，"诗歌源于一个人的内心，现实存放的内心，精神过滤的内心，携带一个人的血肉和心跳，携带一个人的喜怒哀乐，来到纸页中间，以语言的方式，得以存档，从而重树形象——人的形象"。也许，正是"相信深入事物暗藏的内心"的趣味修正，让他不断抵达自我的诗意核心，在山水之间，在尘杂现实，在天海交际，在跋涉致远，在日升月落的界面，潜心修炼，非凡渡己，一如米兰·昆德拉的心语："从现在起，我开始谨慎地选择我的生活，我不再轻易让自己迷失在各种诱惑里。我心中已经听到来自远方的呼唤，再不需要回过头去关心身后的种种是非与议论。我已无暇顾及过去，我要向前走。"

是的，在营构精神地图上，诗人雪舟一直不遗余力。他的诗歌始终展现了对宁夏大地，尤其是巍巍六盘山的敬畏之心，经年累月将那些关联的意象塑造为心相，在生命感悟与良心写真的不断累积之中，升阶经验内涵。在荒原、河谷、霜雪、日光流年的记忆回环里，壮大思考的体量，增强对抗孤寂的能级，展开向往温暖的翅膀……

也因此，他加倍爱着大地，在现实中一丝不苟，在诗歌中激情飞扬。"少年意气，江湖旷远／那秘籍的总绪里／写道：剑在天山，心怀天下"（《少年游》），这首诗起兴于"在西部"，借"梭梭草""黑焦着脸膛的石头""云杉"等特有地理的风物，带出"欲与天山试比高"的豪迈。读此诗，霍然接上苏轼的名作《江城子·密州出猎》："老夫聊发少年狂，左牵黄，右擎苍，锦帽貂裘，千骑卷平冈。为报倾城随太守，亲射虎，看孙郎。酒酣胸胆尚开张。鬓微霜，又何妨！持节云中，何日遣冯唐？会挽雕弓如满月，西北望，射天狼。"诗与词之间的界限，瞬间了无。长期以来，关于中国当代诗歌的源头，一说来自古诗词，一说来自西方现代诗翻译。我看到的是，诗歌让当代雪舟回到遥远的宋朝，与苏轼同频抒发胸中豪迈之气，聊叙凌云之志。雪舟的诗歌明显有别于一般错位了身份的粗砺甚至是粗鄙表达，他痛恨口水，诗兴绝不在小感觉层面晃荡，不依赖心机语言抽离当下芜杂的镜像，而是节制地精进，在通透中兼收隐喻与象征等传统技法，展现艺术搏击的姿态，锻打诗歌的现实意识，尖利的、哀痛的、失落的、悲伤的、良善的、悯生的……所有关于人性企望里的美好、温情、希冀、祝愿、倾诉、祈祷、忏悔、孤独，都能在他诗中撞响回音。"落日不远，就在眼前 / 作为见证者，山川、旷野、冻僵的河流 / 以及辽阔而模糊的远方 // 撒在白雪上的反光 / 像从大地上拿走了什么，又像是赐予 / 也像我一生曾冒犯的事物 // 都在咫尺，却又拒绝 / 我躬身的忏悔 / 教诲我在茫茫人世，学会眺望，而不语"（《教诲》），如此诗所诉，雪舟看似在完成某种自省仪式，实则在深度剖析和立体打量灵魂的自我，升华逆行的境界，诚恳而宽厚，谦逊又悲戚。

不难看出，雪舟的诗歌写作立场是"从生活的朴素进入到诗本身的朴拙"。他自求"降调"，却并没有用从生理粗俗或滥情的语言快感介入诗歌写作向度，而是将本质化的诗意隐藏在颇具硬度的词语抑或舒朗的意象里。"瘦日如父，/ 荒草有众友，万籁同浩歌，坐等天明。"这《岁暮》的情态，照应了诗人静心于一隅，从外部世界的美学延展于哲学思考中，找寻物我交融的完善。在《明月之窗》里，他发出"中年"的叹惋，借想象打开生命壮阔的景观，企望"拧慢时光的发条"，甚至虚构一阵夜风推开自己的胸膛，假想打开一扇明月的窗，与知音共赏。赏什么呢？诗人没有明说，但倒溯不难发现，诗人超拔滚滚尘世，独在星空下的行僧修道的模样，为清明的意象世界开通了属于这个时代当然也属于自己精神的绿道。孜孜求真，是他的本分。

因而，在《这些年》里，他直言不讳："这些年，我都在一意孤行 / 这些年，我举着一盏迎风的灯 / 这些年啊，我不惧风雨不说晴 / 像一座空山，聆听风暴过后的回声。"决绝的意气里隐含迟疑，既敢于"一意孤行""迎风举灯""不惧风雨"，又自比"空山"，自知地"聆听"；一面是不认输，一面又谦谦然，这种典型的中年心境，因其逼真和富有形象意义，故加大了诗的内驱力。对于他的诗，我不想再从细分的角度去作切片透视，而更愿意从整体挖掘深度属性，比如他喜欢赋予意象以跳脱的思考，喜欢在不同事物的关联性中找到一些可以相互温暖和榫接的理由，出其不意地造出奇效。在《流逝》中，开篇使用借喻手法，以"一只鸟对翅翼诘问"达成"夏天消逝时我们在哪里"的自问。整首诗折射出个人与时间对抗、天地与流年搏击的均势，空茫的人心与自然面对时何其渺小，让诗人感到沮丧，发出落寞的慨叹："再没有比落日，更落魄的书生了 / 向西翘望的地方，遍地金黄 / 最美的事物，常常流逝于瞬间。"生命短暂，时间无情，老夫虽尚能饭也，却不可撷美储芳，似如罪过一般。自察、自省、自责、灵魂拷问的理性指向的是一种苟且偷生的"羞耻感"。在雪舟的形象思维体系里，诗歌的"醒世"功能几乎不容争辩。"我跪在荒草和雨水中间 / 我跪在杨树开始落叶的秋天 / 我跪在亲人的坟前 / 我的名字刻上亲人的墓碑 / 我替凋零的万物向葱茏的时光俯首 / 我看万壑的千峰身脱云雾如梦初醒"(《哀歌》)。哀而不伤，这一"跪"包含多少难言的隐忍，又折射了多少坚守的苦衷。他动人的虔诚使我不由自主地想起哲学家费尔巴哈的一句名言："如果太阳老是待在天上不动，他就不会在人们心中燃起宗教般热情的火焰。只有当太阳从人眼中消失，把黑夜的恐惧加到人们头上，然后再度在天上出现，人这才向他跪下……"在世俗社会煎熬活着，诗歌的求索之功，无异于一个人的宗教。雪舟的个人见识，也是精神众生的共识。他精进诗歌的气度，呈现的省思经验，正是普世价值的稀缺。

通常，考量一个诗人写作生命里的艺术宽厚度，力作是绕不过去的一道坎儿。对此，雪舟显然是有预知的，于是写下了二十四节体量的《定风波》。就篇幅而言，这首成建制的诗，在以短诗见长的雪舟这儿算"长诗"了。一般都知道，"定风波"，是词牌名，唐教坊曲名，为双调小令，最为著名的传世之作是苏轼作于宋神宗元丰五年（1082）的《定风波》。词人借雨中潇洒徐行之举动，于简朴中见深意，于寻常处生奇警，表现了作者虽处逆境屡遭挫折而不畏惧不颓丧的倔强性格和旷达胸怀。当代诗人雪舟的《定风波》，只是一种意味上的化用，与苏轼痛恨官场黑暗的怀才不遇没有任何意义关涉。从开篇征引茨维塔耶娃的诗句"只有风是对诗人的赞赏"来看，这首诗的主题表现来自阅读经验对个人认知的固化，更像是一把界定诗人身份的标尺。在他的诗意诉求里，此风，是采撷风雅颂的"风"，是吹过精神原乡的"风"，是个人化视野里，历史与现实相互交媾的旷野之"风"，是精神成人的主体生长、沉思结果、心灵飞升的九万里"风"，是风吹故土、爱抚万物、孕育生命、甄别良善、拂尘醒世、洞开大有的"风"，是"风吹送什么，什么就是风"的哲学官能化的"风"。在这"风"里，诗人任由意识驰骋，及地起兴，即景随性，充分暴露内在密闭的雷霆，唤起沉睡的闪电，通达时间长河里的未知。这种开放的意识状态，殊为难得，让尘世之"我"，在多维层面从"被动"跃变为"主动"，挣脱浮夸与矫饰，突破语言限定，独自在思想的旅途，把酒临风。"情以物兴，故义必明雅"（刘勰《诠赋》），他塑造自己已然独立旷野，临风冥想，在低吟中反思，在沉默中构筑语言的奇景，是为雅兴勃发的理由。写了半生的诗，他需要长舒一口，制造新奇，编织梦想，诞下生动，但情感的主线无法避开复杂的缠绕，伴生疑惑、焦虑、迷茫和恍然大悟后的不安。波兰诗人扎加耶夫斯基："每一个伟大的诗人都活在两个世界之间，其中一个是真实、可触的历史世界，有一部分属于私人，另一部分属于公共。而第二个则是密布着睡梦、想象和幻觉的世界……这两个疆域进行复杂的谈判，其协商的结果便是诗。"雪舟这把年纪，什么风吹草动没有见过，或许只有基于诗与思的想象之"风"才能吹出一片能让茫然着陆的能见度。

毋庸置疑，《秋日来信》其实就是"期盼"的巨大隐喻。它让诗人的向前"心里有底"。这就不难理解他的信使名单中，高密度地出现了布罗茨基、白居易、王摩诘（王维）、简•凯尼恩、艾略特（《荒原》）、博尔赫斯、茨维塔耶娃等人，无论他们是在去取信的路上，还是在送信来途中，都是他精神的依傍。诗歌理论家陈超有个著名的论断——诗人不应照相式地反映事物，而要潜入对象的内部，将对象"从它自身中解放出来"，让他所创造的世界替他说话，达到心与道合的天地同参之境。通读雪舟的诗，便知其抉择已定。我更愿意将这种自设看成是深度经验的辞格，因为在雪舟这里，写诗是灵魂的活计，需要灯火指路，也需要抚琴而歌的知音。

我愿意再读一遍他的《信使》——

我细算了一下，1990 年秋天之后
我再也没有收到过一封信。我也
再没寄出过一封信。我觉得我这些年

生活空白的部分，是因为信使不知所踪

我决定，从养一匹马开始——

（原载《朔方》2021 年第 8 期，本书稍有改动）

第三辑 序短情长

在意义指向上，诗歌无疑就是一种唤醒。真正的诗人都无比珍爱生命，热爱生活，悲悯苍生万物，对世界洞见独到，有创造性想象气度。

情怀烛照与主题变奏
——序袁宏的《阳光照亮武陵山》

　　本族兄长袁宏，是我的作家班同学。2018 年春夏，北京八里庄，鲁迅文学院第 31 届少数民族诗歌高级班，我们有缘结识。"特别好学"是他留给大家的印象。通常，他这个岁数的人写诗，总有一些既定的问题需要解决，比如观察方法、审美角度、抒情方式、语言表现等，他非常清楚自身局限，不仅不在意别人的"指出"，而且特别喜欢"请教"，经常向人讨要"指出不足"。这种争分抢秒的好学积极性无疑让我深受感动和感染。离校后，时有电话联系，他几乎每次都会围绕一些诗歌认知展开话题。"年龄大了，更要抓紧啊！"他有一种迫切的自觉，对于诗歌写作追求，表现得很是积极与上进。

　　他的诗歌，给我的初步印象是，长于咏物，有着周正的抒情传统，诗意具象明亮，审美目标清晰，没有阅读障碍。记得还在鲁迅文学院时，他给我看新作《让风生出飞扬的马鬃》："我用低处的雪 / 埋葬自己的影子 / 向高处进发 / 牵着一匹马穿越雪地 // 到处都是残枝败叶 / 仿佛打响过一场激战 / 战场来不及打扫 / 柏树、松树、杉树 / 折断了手脚，砍去了头颅 / 仍然站立在风雪中，坚守着 / 自己的阵地 // 我突然闯入雪地 / 像一位不速之客 / 无法调和自然之间的矛盾 / 只能投去鼓励的目光 / 或将马儿留在雪地里 // 那里有丰沛的水源 / 有丰美的草料 / 能让马蹄生风，让风生出 / 飞扬的马鬃"。当时读完，我立即做了如许点评：诗歌写作风雪过后的景象。低处，积雪深厚得埋葬自己的影子，这个朦胧的意象，为全诗创设了一个陌生化的想象空间。牵马上高地，放眼所见，风雪肆虐的大地仿佛打响过一场激战，但即便断头折脚，也不能动摇它们坚守雪地的决心——显然，面对眼前的凌乱景象，"我"被柏树、松树、杉树们感动，"我"无法"调和自然之间的矛盾"，显得无奈和无用。不过，诗人学会了从另外一个角度看待问题：雪地可以养马，而马，就是真正的诗和远方。此刻"马"的意象由自然的马提升到超自然的马，人生的体验便注入其中。

怀着一份真诚，我把它推荐给一个著名的诗歌平台，发出后获得了近两万的阅读量，反响热烈。"好诗，如临其境！""一首诗能够遇见品读它的人，是一件快乐的事，而一首好诗，遇到解析它的人，更是难能可贵。"一个自觉的诗人，是不甘在时间的窄道上停下脚步的，作为以诗净心为追求的袁宏，当然会暗自发力，自求突破。这不，不到两年时间，他硬生生端出一部诗集来。稿子干净、整饬、端庄、严正，可见所花心血及其坚定的诗思向度。他告诉我，"这本诗集是重庆市作协安排的定向写作，为扶贫专题"，像这类"政治性和政策性强"的题材不好把握，"写空灵了也不行，写实了不像现代诗，结合点难以把握，反复斟酌、修改、很伤神"。我知道他的费心，在今天，诗人如何走出"小我"，面对强大的现实，已经是一个严苛的挑战。这两年，"诗歌如何见证时代，书写人民"已经上升到国家层面，成为一个众所周知的"写作指导"。诗人如何"用诗歌书写新的时代"？2018年7月3日，由《诗刊》社中国诗歌网主办的"新时代诗歌北京论坛"召开。这次会议大力倡导诗人深入生活、注重实践、紧贴社会，努力为社会和人民创作出反映新时代风貌的精品力作。中国作家协会副主席吉狄马加在会议上强调："作为当代诗人，我们要观大局、有境界、有作为，用诗见证和讴歌这个时代。诗人不能缺席，诗人应该有这种担当和意识。"可以说，袁宏倾情创作诗集《阳光照亮武陵山》是对这一号召的紧密呼应。他深入实践、岗位下沉、主动作为，在扶贫攻坚第一线，积累了比较丰富的诗歌写作素材，他的这一写作行动无疑是对"文章合为时而著，歌诗合为事而作"的现实融入，体现了诗意生成的积极的社会性与时代性。

诗集《阳光照亮武陵山》围绕武陵山区的脱贫攻坚展开诗性建构，集中反映了酉阳土家族自治县广大干部积极投身脱贫攻坚的国家战略，展现了群众向往温暖，尤其是面对困难守望相助的内心世界和追求美好生活的坚毅品质，对其善意的人性作出细微的感觉捕获与正面书写。既饱含深情，又具象分明，寄物于情，托物言志。所见所思，触景生情，客观的真实场景装载诗人的主观情思，并带出意义的延展。他不求语言的奇峻与语势的起伏，而是注重挖掘人物与事态中涵在的艺术张力，素朴的表达显见情怀的力量。

这本诗集总共 100 首，每辑皆为 25 首（组），看得出，结构布局显然是经过了精心的斟酌与思考。整体看，第一辑"叙述与抒怀"，叙写山乡扶贫进程中的感人故事，从组诗《干妈的礼物》到《带着女儿去扶贫》，多角度，多层面，多审视，围绕主题，展开细节，反映了山乡的贫瘠和乡民渴求致富的愿望，以及扶贫干部的急迫心态，写出了初心，用情很深。第二辑"感恩与回馈"，着色村民对"扶贫攻坚"这项惠民政策的渴望，对下沉干部的接纳，对尽心尽力的扶贫人的感激。无论是"一封感谢信"或一份"倡议书"，还是"哑巴"的微笑表情与竖起的大拇指，无不充分突出了"吃水不忘挖井人"的主题书写，感恩的是家国，回馈的是情意。第三辑"赞歌与颂词"，耽于抒情的心意，借助村人村景的感触，以诗人的立场，对扶贫伟业发出由衷的情感写意，表达时代宏阔语境下的个体感受和主观情愫的提炼。第四辑"追忆与展望"，回溯峥嵘岁月里的壮举所凝结的精神力量，追忆逝水年华中人生的沉淀，对付出生命的同行表达崇高的敬意，对指向未来的美好前景充满必胜信念。

不难看出，他的这部诗集贯穿两条主线，一条是明事的叙述节律，展现诗人现实触角的敏感和深入细部的诗意能力；一条是释怀的抒情底色，表现他对扶贫这一重大主题的情感态度。组诗《干妈的礼物》叙写清明村妇女主任姚友菊认孤儿田华平作干女儿的事，她刚满七岁，父亲去世，母亲改嫁，濒临绝境，不幸开启了她童年，但扶贫改写了她的人生，幸运随扶贫政策降临。姚友菊及时向她张开温暖的双臂，给她买来漂亮的裙子、书包和笔，虽然命运让她过早失去亲人，但扶贫干部姚友菊却以母亲般的大爱毅然助力她延续多彩的梦：经常辅导她做作业，牵着她的手到都市逛街，到少年宫游玩，让她看看外面丰富多彩的世界，直至培养成一名艺术生。诗作通过描绘姚友菊给干女儿梳头、撑伞、接回家、吃饭、赠送小书架等温情画面，凸显扶贫干部春风化雨的情怀和爱如柔水的细腻。诗作最后以 5 月 10 日母亲节这天，田华平要送给干妈一件礼物作为收束，点化了鱼水情深的报恩："她埋着头专注作画 / 先画一栋白房子，让干妈居住 / 再画一颗红太阳，照着这个家 / 画几棵大树罩着房子，干妈听到了鸟声 / 又画绿油油的草坪，金灿灿的野花 / 簇拥在房前屋后 / 画几个小朋友，追逐蝴蝶 / 在草坪上大声欢笑 // 她一笔一画地画，生怕漏掉每一个情节 / 画着画着，她的眼泪冒了出来 / 掉在画纸上，漫漶成了一条潺潺流淌的小溪 / 干妈坐在溪边的石头上洗衣服 / 她最后拿起画笔，题写了一行歪歪斜斜的字 / '干妈，母亲节快乐！'"朴素的想象与温馨的心愿，交织成一种和乐的喜悦感，这正是诗人想要的诗意构建，是理想意义的脱贫后的小康图景。

综观这部诗集，着墨最多最深的是人物，"述人"的部分显然是诗集的最大亮点，多数人物鲜活可感，善美自现，葆有人性的温度。第一书记田勇飞，脱胎似的沉入村民的生活，帮扶不遗余力；乡人大代表许乾芳，因山寨每户人家囤积的上万斤洋芋（土豆）运不出去，为一条通组路，奔走多年；身上沾满鸡毛的贫困户许正富因帮扶政策而观念转变，从当初恨鸡到想当一个鸡王；五十四岁的驻村领导冉娅林即便丈夫躺在千里之外的病床上，儿子和儿媳又远在千里之外，仍然坚持走访贫困户，下村组召开产业发展问题商议会；租地种菜，年收入15万余元，一下摘掉了穷帽子，将命运之舵牢牢掌握在自己手中，靠一根拐棍支撑走路的村民许成江；已有一肚子"扶贫经"的清泉乡帮扶干部罗小成对人说"帮扶要举轻若重，对群众反映的小事，当大事来办，把群众当成自己的亲人"；86岁的"歌仙"，靠勤劳聪慧，虽不是村里的建档贫困户，却对"两不愁、三保障"很熟悉，执意用歌声为扶贫工作真抓实干的刘书记等人唱歌解闷，这肺腑之声，艺术地传递了人民群众对干部的肯定；酉阳自治县苍岭镇大河口村第一书记冉景清，2019年8月17日因公殉职，2019年10月，被中共酉阳自治县委追授为酉阳自治县"优秀共产党员"，被中共重庆市委宣传部、市文明办追授"五一劳动奖章"，被酉阳自治县人民政府追授为"优秀扶贫干部"！典型人物、典型事例不一而足。在我的阅读经验里，如此集中书写人物，以鲜活的形象于笔端于纸上于字里行间的，未曾有过。通常，"贴着人物写"是小说创作的成功秘籍，我欣喜地看到，在袁宏的诗里，这个艺术经验得到了开拓性的运用，并产生了别趣的重力。茨威格在《三大师》对巴尔扎克的写作说出的"演变、着色和组合的各种效应在他们身上完成，从组合的元素里又生成新的中和物"这段话同样适合袁宏诗歌书写的对象。尽管受制于文体特性，不能如大家文笔那么淋漓尽致，那么传神刻骨，但袁宏在尽力回避简单无为的表层记叙，而是尽可能挖掘经验世界里那些悉数登场的人物身上独有的意蕴，他们是敞开的，而不是幽闭的，承载着一种有效的生命责任担当和精神塑造。

著名作家纳博科夫也强调作家要在写作中"创造一种真实"。作为用诗歌形式写"扶贫攻坚"的《阳光照亮武陵山》，立足火热的生活，展现乡村巨变之下的真实的灵与肉，甚至观念与认知的碰撞。这本身就是生活真实的最有意味的形式。"扶贫队长招收了一批学生 / 害怕有人掉队 / 常在梦中点名 // 许文多，直肠癌 / 冉碧芝，食道癌 / 龚文熙，脑膜炎 / 杨光富，鼻咽癌 / 许成祥，尿毒症 / 许林，脑梗死…… // 这些身份特殊的学生 / 很伤扶贫队长的脑筋 / 若没见人答应 / 他吓出了一身冷汗 // 点完名，扶贫队长伸出手去 / 抚摸他们的额头，想驱逐病魔 / 病毒很顽固，潜入扶贫队长体内 / 啃噬他的心脏"（《点名》），米兰·昆德拉强调创作的要义不是展示已有的存在而是"存在的可能"，这首《点名》有如巴尔加斯·略萨谈到的"事件转化为语言的时候要经历一番深刻的变动"。让噬心的主题产生强烈的感情色彩，很大程度上，得益于作者的生活态度、精神质地和面对现实时的"不回避症结"。通常，审美视觉带动的灵感闪现，往往依赖于"在简单中挖掘诗意"，袁宏的这部诗集，几乎是不用游弋的心态疑虑"写什么"，而是专心于"怎么写"，无须考虑玄妙技巧与复杂情绪对诗意预设的干扰，而只是集中精力让自己的精神成果"获得对世界最好的理解"。于是，他说出"是生活的一种执念 / 送出去，带回家 / 像谷神一样贡奉"的心语，是笃信好日子"一个都不能少"的誓言，是一种饱满的甜蜜。这心声超越的小感觉小杂念，在某种程度上，让现实的诗意有了朝向开阔的美学境地的可能。王夫之在《诗广传》中称："君子之心，有与天地同情者……大以体天地之化，微以备禽鱼草木之几。"对于情牵山乡、倾力扶贫、爱满人间的大地上的事情，诗人写出了活着的意义，这一点，比什么都更重要。"它站成了一种风景 / 手中的光芒 / 照亮了脚下的道路"。在村子的分岔路口的路灯，守望的，既是灵魂的烛照，也是一场"问世"的诗人作为。当然，基于一种明确的主题变奏，部分诗作未免粗疏、匆促、单一和有待深入，但是，在扶贫一线摸爬滚打的袁宏，一手劳作，一手写诗，想以此表明在这种宏大叙事中的在场，不止有身体的汗水，亦有心智的付出。他记录的不仅仅是时代语境下的实干兴邦的画面，更是人类精神镜像观照中的奋进动力。

谨表祝贺。是为序。

2020 年 6 月 18 日

诗心似锦，花开有声
——序韦斯元的《繁花》

　　拿到广西诗人韦斯元的书稿，初看诗集名，便下意识地想到"似锦"这个后缀词。当今的诗歌写作局面，却如"繁花"好看，但要有"似锦"之好用，需要时间检验。

　　我应承写序，除开篇的自觉外，理由之一是推荐者韦力是我鲁院同学，刚直有范，我很钦佩；再是作者韦斯元的自我定位，我的理解是，他在事实层面已经投入当下诗歌的"繁花"的状态，而把"留待后人说"的事搁置一边，这份实在显见，"繁花"亦是他对多年坚持诗歌写作的形象性提炼，而"形象"是诗意由来与生发壮大的高级情绪。

　　韦斯元是个多面手，这对他的创作思考摆脱单一格局提供了有力支撑，反映在诗歌上来，就是表达的丰富多元。诗集《繁花》分五个可见繁富的板块。第一辑"岁月静好"，是"诗真"的典型性体现。诗人在岁月之河中静守内心的火花，尽管自身如长夜里的一粒晨星，但诗人于动荡中不弃求得一丝安适，以诗意对抗"冷酷"是现实，并把这份精神诉求当作"绝望中的一根稻草"，看成是"久旱后的一滴甘霖，久雨后的一束阳光"，"民生多艰"是诗人自我的面对，也是"小我"之外的社会本相，不忘，不无视，就是担当，以积极的入世态度，博取"信任与爱"，方能拥有真正意义上的"岁月静好"。第二辑"一抹桃红"，是"诗美"的光芒绽放。集中表现诗与远方的坚守及其产生动力的核心要素，而铸成"桃红"的美艳是"爱"，爱生活的疼痛，爱"错过花期"和季节的轮回之美，爱"一张把深秋寄给春天的叶子"。于无声处，感知世界的博大，爱人与被人爱，甚至"当爱成虚幻"，依然相信生活，即便退守到"独恋镜花水月"，面对"一抹桃红"和"流水"的光阴，喃喃自语，尽诉衷肠，道出春雨秋香，夏热冬寒，更与谁人说的惆怅。尽管如此，诗人依然不减内心的温度，坚信有诗就有灵魂的宽度。第三辑"咏史"，是以"诗心"鉴照读史的真诚回望。面对散佚在文明深处的人事，诗人没有绕开厚重的心灵史的诉说，不管是对先贤的仰慕，还是对历史人物的评判，或者出于文史哲的古今通感，都殷殷切切，深入浅出。那些"在风中翻飞的黄页"在诗人看来，并非轻盈的、事不关己的，而是被升格到"雀跃"的反面，在"细读"中求得"正人正己"的力量。诗人抛开诗意的表层，看重的是以铜为镜、观照自我的考量，把自己及他人置于"镜中"，在"独咏"与"对话"的沉思状态中，去索引更具人性的"前世今生"。第四辑"短歌行"，是"诗史"之于个体的生活现实及其个人化的经验的集束。但凡入"史"的诗意，往往具有不可替代的独特性，正如诗人自己所言："逼仄处，短兵相接，殇，载情载义。横槊赋诗，仓促不及，感于耳目，发于衷。"不管是凭吊，还是回望，有悲伤，但不悲观。一切由"衷"而起之"兴"，是最具人性的个体生命体验之"真"。那些远逝的人物和时间深处沉淀的泛着青铜光泽的文史情感，在转换成纸上诗行时，因凝重而更具力量。第五辑"生生不息"，是"诗实"的当然展现，是以挽歌质地对接膜拜的生命重力和灵魂高度。这些最接近诗人精神语言的人，恰恰是诗人自身存在于世间的底蕴、底气和底子。桑塔亚纳说："生和死是无法挽回的，唯有享受其间的一段时光。死亡的黑暗背景对托出生命的光彩。"对于任何人，伤逝是命运必然的归宿。如何看待生和死，或者说，在生死面前，一个人的认知、思考，往往更能展现一个人的生命质量。尤其是，当所有的时间注脚都围绕着生命的走向而更加动人心扉，那么，此岸的意义就会因彼岸的精神繁茂而发出更为响亮的声音。这犹如坎贝尔言及的——活在活着的人的心里，就是没有死去。诗人对重生与涅槃的期待，展现了更高的灵魂意义。

就诗歌成色而言，韦斯元的诗已有明显的"中年气象"，这是经世之后的情感外化和自动的生命外溢。"唯有鼓点可以直抵心灵／于是苍穹响彻新春最初的雷鸣／你看那被惊醒的蛰伏者／一个个伸着懒腰，张开惺忪睡眼／大地便闪烁着无数快乐的星星"（《惊蛰》）。蛰伏状态，何尝不是诗人自我的精神塑造？"无数快乐的星星"，是憧憬，也是自我修为的形象表达。一种至简的喜悦，和初心相切，与生命内在相关，从而构成一种与真正诉求相回响的花语，繁得通透，绽得有骨。当一个诗人进入他自己的语境，并索得朝向乌托邦的通道，那么，其所展现的，必然具有精神大观的盎然自信。比如"南山"这个意象，在当代诗歌的核心地带，总被诗人冀望很多，也有着惊世骇俗的感染力，耳熟能详的莫如著名诗人张枣的《镜中》那句"望着窗外，只要想起一生中后悔的事／梅花便落满了南山"的扑朔迷离之美，还有语感赋予的汉语景观，以及背后诗人的心境呈现。而韦斯元《南山散记》中的"南山"，是一座眼见为实的南方大山，位于湖南省邵阳市城步苗族自治县，正是"寿比南山"中的"南山"，这里的南山牧场，是中国南方最大的现代化高山草原牧场，堪称南方呼伦贝尔。诗人出于朝山的虔诚之心，倾真情，诉真意，出真觉："南山！我亲亲的南山／我把自己的灵魂／平静地铺满你碧波般起伏不绝的高原／一任兴致盎然的游人恣意践踏／一任善良的奶牛／连同一茬茬坚挺的小草啃噬，反刍"（《南山牧场》），"灵魂平铺"与"奶牛反刍"的美学对应，将宏阔的地理通过具化的细节转换成诗学的恣意表达，从而产生"我沸腾的血液注入你跳动的脉搏"的通感。孔子说"圣人立象以尽意"，在诗歌中，"象"与"意"的关系水乳交融，但"立象"的独具慧眼往往能直观地考验一个诗人的水准。诗中的"意"，直通诗人的意识、情绪、识见、觉醒、智慧、灵感等方面，具有瞬间性和弥散性，而使其固化的手段，最佳方法是"象"的对应。因此，如何见象出意，或纵意于象，很关键。在这个"散记"组诗中，韦斯元是有求索之心的，"南山"这个"象"，无疑就是他梦寐以求的灵魂高度，所以亲之好之，涉之近之，而涉途过程中的见闻与感知，提升了一个诗人应有的期待及其希冀达成的宽阔。我读这首诗，脑海里竟然下意识地联想起"路漫漫其修远兮，吾将上下而求索"的句子来，正好，他有几首诗写到了旷世孤独的心灵舞者——屈原。韦斯元称他是"秋水之滨的一个孤独舞者"，具有"绝世独立"的奇才。一首《秋水之滨的孤独舞者》极尽情思之深切，尽显灵魂塑像之激越："把苍天问了，把大地问了 / 把人世间给问了 / 可谁都不搭讪，你被迫自言自语。"问天问地问世间，无知音可朋，无同道可携，而"被迫自言自语"，这是孤独者的写照，一个真正的诗神形象，跃然纸上，回应了"绝世独立"的前述，十分扎心。继而，诗人放出激情，赞美偶像："你迸射的文字像一串串锐利的箭镞 / 歃入楚地贫瘠的胸膛 / 然后在大地生根发芽，整个中原 / 至少整个中原由此箭镞丛生 / 大地因阵痛而痉挛 / 血却从你的心头滴落滴答滴答滴滴答答 / 就在这迷人的滴血声里 / 就在这美轮美奂的秋水之滨 / 你载歌载舞把罹患的忧愁尽情演绎。"这种大音量的全角视野的赋比兴手法，从对屈原的外部形象描述转入起兴者内在的情感风暴，扑面而来一种撞击感和沉重力。可见在烦琐的现实，韦斯元诗心熠熠，他的坚守是向诗而为，以诗为敬。

"我想我必须致敬／一心向诗的人们／嗜诗如命的人们／无论如何我得致敬／所有爱读诗，爱写诗的人们／这些极富神性与神同行的人们／是我的神，我得致敬"（《致敬诗人》）。不难看出，致敬诗人，其实就是致敬自己内心还有一份高于红尘的寄予，这面精神旗帜的引领，让他活出了属于自己的味道。艾青说："诗是一个心灵的活的雕塑。"我想对于韦斯元而言，这话的深意，不言自明。

诗歌在当代，已经发展到涵盖阳春白雪与下里巴人的更宽泛的领域，一个诗人的写作向度，既有精神高洁的"南山"，也有烟火气的市井情结，不逃避现实，才能称得上诗意的超前与诗艺的超越。在生活层面，韦斯元的下沉度值得肯定。那些生活缝隙里的苍生，从来就没有远离他的目光。诗歌的"怨"，在人类的日常生活与社会进程的推动中，能够发挥应有的作用。因此，不难理解，诗人痴迷诗歌写作的执着内因，在《诗与思》中，他自解——"无数次提醒自己／别再耕耘寂寞的诗行／无数次告诉自己／不必为迷惘的离别感伤／但我怎能拒绝梦中与你相聚／思念的话儿又悄悄爬上笔端。"显然，是诗歌，找回了属于他独有的存在感，助力他树立了通向未来的鸿鹄之志。

祝愿他在这样一份挚爱中完成自己，完善自己，完美自己。

2018 年 12 月 25 日

写出灵与肉的新高度
——序陈述义的《在岁月的河流上行走》

乌江贯穿的沿河，山奇水激，地理的高迥和人文的互动，是自生的，也是恒常的，开天地之先，化人寰之灵，千山如佛，流水似道，在此生养，心律舒张，情意高扬，当若干刹那的触碰涌自心头，经由思绪的锻打，转换在笔端时，就激越浩荡，山回水响，有着贴近民歌的高亢和触景生情的高妙。因此，沿河作家辈出，而沿河的作家，又多以散文诗高手为人称道。

陈述义的在列，就显得天经地义。当他的散文诗进入我视野时，我一点也不感到突兀，好像他写的若不是散文诗，我反而觉得异样。沿河，这块散文诗创作高地，像一方山水，令人遐想万千。

这本散文诗集，是作者"行万里路，读万卷书"的言志心音，这种顶天立地的"在路上"的感觉，自古以来，为文人墨客喜爱，也是他们生成诗意情怀的常态，回到陈述义的散文诗中，诗意情怀就与地域发生了关系。耽于地理诗学的情感建构与想象再造，是这本集子最有价值的实践

集子总分五大板块，分别从五个向度能指作者的心境，彰显其最具活力的生命状态和面对生活的思考关联度。

第一辑，行走的脚步。这是一个文心磊磊的土家族后生，在寻求"远方"的迢遥路途，用脚步丈量一路艰辛，书写漂泊的孤独，展现积极的入世态度，豁达面对一切未知的风险，自我修复

莫名的惆怅，把乡愁寻遍，将沉浮看淡，建构人生的高度。是的，他强烈地感知到，每一次脚踏实地的行走，都在拉近他与山川草木的距离，任何时候，他都会以一棵树的姿态面对世界。

第二辑，疼痛的村庄。陈述义定然明白，伴随城市化的进程，村庄已被消费得越来越面容模糊，这个以乡愁为背景的人文底色，已经在落日和暮色中，陷入退守一隅的尴尬。在他看来，向远山告别，就是疼痛被撕裂的开始，故乡，已经不在纯粹意义上的出生地而变得恍惚，像宿醉之后的怅然若失一样难以名状，那些关于村庄的记忆，已经走样、变形，欢乐的村庄，情歌悠然的寨子，只有精神接纳还可以保有一席之地。对于深情盈怀的作者而言，这无奈，隐隐作痛。

第三辑，春天的絮叨。因为椽笔在握，所以无论世道蹇劣，人生如何不得意，但是，心灵的窗口总有一抹光亮在闪烁，情怀里的春天，永远蓬勃向上，一切忽如一夜春风来，所有的美好依然灿烂。一个心有远方的人，是不会只有寒冬的，春茶梨花，牧歌田园，高明的诗人，善于在草木的叶尖上安放灵魂，在一缕春光中放飞思绪，在喋喋不休中歆享幸福和甜蜜，这春天，从物理的现实跃然纸上，进入分行的节律，随文字的阵脚，解密春天的絮语。

第四辑，沉淀的表达。几乎每一个成熟的歌者，一切行吟的归向都会是心思的沉淀。陈述义已然知道这种精神向度对他的引领，因此，在这一辑作品中表现除了一个散文诗作者不可缺失的沉实品质外，时间是磨洗激情的砥砺，揭开现实的表征，穿越到历史的纵深，在人文深处打捞记忆，以个人化的想象复活感情色彩中有价值的部分，让久远的细节承载忧思，承载一条重返灵魂的道路，在时光背后，那个大写的、有纵横感的我，才可能被完成、被塑造。

第五辑，零乱的情绪。在这个急匆匆的现世，一切皆如过眼云烟，面对迷乱，一个以文为荣的人，在情绪上，不可能不受影响，于是一个真实的"我"如何出离喧嚣，不为"红尘"色诱，而"心远地自偏"，谋得一份"静好"，捕获灵魂诉求入骨的回声，就显得无比重要。亦如狄更斯的意思，这个时代很坏，但这个时代也最好。好自为之、独善其身的苦苦思索，无疑成了自我加压的一个命题。好在他有觉醒："世界渐渐陌生时，一个人寂寞的路快要走完，我们会逐渐淡忘了呻吟与疼痛。"耐得住寂寞，扛得住孤独，踽踽独行，永远是一个求真问道者的精神形象。

整体看，陈述义的散文诗，色质明亮，肌理刚健，视野通达，激情充沛、昭示了他面对自我、面对族群、面对故土、面对万物的真情流露，他的思考、他的苦闷、他的兴致、他的大爱，通过饱满的语言和朴素的初心，得以进阶式地传递。

继续勤于思考，拓宽眼界，强化内质，增持使命性的体验，更加充分地调动独特的生活感悟，尤其在抒情方式上，既走心又接地气，既张扬情绪又不失沉思的节制，语言下沉，向度开阔，写出灵与肉的新高度……这些，是他面对的挑战，也是我作为读者对他的期待。

2019 年 3 月 26 日

展现斑斓经验，见证精神气象
——序非飞马的《像一片树叶》

给非飞马新著《像一片树叶》作序，荣幸，亦是诗意信任的落地，因为之前，我已评骘过"印江三诗人"中的末未和朵孩，三缺其一，不好看！年关即到，杂事堆场，但快意应承并欣然写下这些文字，实乃遂行一份期待，从属于心灵召唤！

非飞马写诗，已经有些年头了，从学生时代的意气风发，到今日的沉稳持重，流年逝去了青涩，历练换来了厚重。这本集子，收录其作于2005年到2017年的主要诗作，十多年的诗意接续，集成的诗生活手册，展现了他斑斓的经验，见证其精神致远的气象。他早期的诗，到新近写作，心灵刻度历历在目，脉络渐变清晰有痕。一个诗人终有的阔大与平静，已然看见，值得祝福。是的，谁都有过早期的狷急，有过倚重形式感的稚气和对某些先导杂念的偏爱。然而，诗歌作为艺术，本质上更近于"随风潜入夜，润物细无声"的化境。从容，平淡，似有若无……当日常视点进入了文学性的诗绪，诗和诗人，开始有了真正意义上的灵魂路径。

通读整部诗集，感觉最为强烈的是非飞马对底层书写的执求。这是"80后"诗人在诗歌练习过程中基于先锋意识的"必由之路"。作为批判现实主义介入诗歌理想的责任的一部分，底层写作在题材向度上，一直为青年诗人们"诗言志"的主体，是一种诗歌抱负，如同"修身齐家治国平天下"中的"平天下"的诗性探索与实践一般。但显然，非飞马的"底层写作"与其他"80后"诗人"耽于对立化的社会情绪为主要诗路"有着比较明显区别，说"底层性"或许更为确切一些。他的发力点更在于卑微事物的细微感知。显然，那种小说片段缩略或小小说的分行叙写，不是他的慕求。他需要进入诗歌独有的眼界和为发现意念驱动而得以进入内在经验的宽阔，同时又顾及"我在"现实的平衡。"一条鱼在池塘里／自由自在／想怎么游／就怎么游／……一条鱼在池塘里／学会了游泳以后／从此就不再想／岸上的事情"，这是截取自《一条鱼》的片段。诗写得浅显，意旨上，以一条鱼隐喻人对自由的向往和乐在其中的终极追求，但诗的价值其实并不在此，而是蕴含的"逍遥"的端倪，这才是诗意丛生的苗头。一直以来，在关于新诗存废问题的争议声中，新诗因为形式更自由，诗人的内在书写更自在而受到广泛肯定是不争的事实。非飞马的这首小诗，起码在诗绪上，自觉对接了五四时期新文化运动的核心意蕴——释放人性自由，启迪精神境界之无限——这一传统。找准了切口，有了新的美感。

我欣赏作为诗人的非飞马，在面对底层书写这个命题时，没有囿于诗坛流行病理的苍白，那些为夺人眼球甚至不惜自卖自夸祈望获得吆喝声的浮泛残欲没有对他的精神召唤构成损伤。一方面，作为自由的个性坚守的愿景，他的诗有人性鞭笞和人间痛痒，某种批判现实主义的风骨始终贯穿于他的诗歌走向，他以诗为利器指向惩恶扬善的期许，祈福苍生万物和谐共生；另一方面，他明白基于内省的批判所闪现的诗意不能过于琐碎和情绪化，诗歌的真相表达和超越宿命的更高要求，犹如装置在精神头顶的星辰，不时闪耀着智性的光辉。借喻鸟、鱼、蝴蝶、蜜蜂等，他喊出的"做了真实的自己""在蓝天白云间高高地飞"，何尝不是人文主义立场作用于一个普通诗人，在世俗社会的高洁梦想？敢于说出"现在，我要做一个真实的自己／我要成为自己的主人"不难，难的是能在理想的开阔与现实挤压的空间挺立崇高的姿态，走出宏阔的图景。

假使一个诗人仅会以现实的琐碎情感加载和社会外在情绪的絮念作为书写主观，沉湎于句意浅白、识见普通的表层分行，必然背离诗歌的初衷，难以达成思想深邃、蕴含深刻的诗道。只有回到内心的真诚，通过独到而多元的经验阐发，将自己往通透里推动，往"独一份"里写，才是至上的诗意诉求。可喜的是，这个认知或者说觉醒，在非飞马的潜意识里，已经成为其洞察世界、延展诗情的主要支点。"我现在正看着窗外／一棵白杨／光秃秃的枝干上／一只瘦小的麻雀／它的羽毛／在风中／微微的颤抖／同时在颤抖的还有／麻雀的身子／身子下那双皮包骨头的爪子／爪子紧紧抓住的树枝／树枝连接着的树干／以及与树干连接在一起的大地……"（《细节：颤抖》）。"光秃秃的枝干上""一只瘦小的麻雀""那双皮包骨头的爪子"……毫不夸张地说，这些意象在他诗歌中是比较典型的，具有客观性的描述与主观性的回应的双重作用，不管他的瞬间捕捉出于有意还是无意，但可以肯定的是，作为一份经验的对接与传递，已经在细部深入与意识渗透中产生了属于诗歌特有的"诗意形象"。

并且，在气脉上，这个"细节"依然因袭他的"底层"执求，他始终深信无处不在的卑微事物具有与生俱在的心灵震撼，可以成就"枯藤老树"般的生命重感与目击锥心的精神力量。"一位真正的作家永远只为内心写作，只有内心才会真实地告诉他，他的自私，他的高尚是多么突出。内心让他真实地了解自己，一旦了解了自己也就了解了世界"。这是余华说出的"写作的捷径"，他直言不讳只有一个字：写！"写个二三十年，写作就变成了你的生活"。类似意思，莫言也有"一个人热爱一样东西久了，就具有了神性"的表达。非常巧合的是，相对于"大象级"的余华与莫言，像一片树叶一样的非飞马用诗歌呼应了建造精神殿宇的固执己见及其可能的自信。"像一片树叶／我要在春天发芽，变绿／要和花朵在一起／做春天的陪衬／／我将在夏天里变得更绿／长成一片浓荫／遮住果实，和人们的眼睛／／果实可是个好东西／我要让它躺在我怀里／越长越大，像正在发育的奶子／／我要让它成熟／给它芳香与甜蜜，直到／它坠落，被一双手摘走／我才落下，在萧瑟的秋风中／不慌不忙地落下"（《像一片树叶》）。这是一首具有艺术感的"言志"之诗，同样是表现自我诉求，诗人规避了"喊话"般直通通的表白，而是承用了诗歌传统技法中的"假借"，他明白，言为心声可以"喊叫"，但此举除了可以用"力量"肯定之外，似乎难有再多的审美可言，而诗肯定是要经得起审美的，"审"需要时间和精力，需要研磨与品味，否则，"金斯堡们"除了刚出道时获得标新立异的轰动之外，其后再没有能耐掀起更大的艺术波澜，想要有诗艺的深远影响，创作绝不能草草了事，现象永远也不可能替代沉沙为河的文艺潮流。"我向塞尚的画学习一些技巧，这使我明白，写简单而真实的句子，永远不足以使小说具有深度，而我正试图使我的小说有深度"。海明威在《流动的盛宴》（汤永宽译本）中道出的这个意思不仅可以作为小说创作的经验，也可以看成是诗歌写作的重要准则，因为艺术的基本规律是相近的。

这首《像一片树叶》之所以重要，是因为具备了避直、借喻、有象、出味、表声、造境等系列元素，而这些存在，让诗发出柔和的光泽，内在而富有力道。诗，就发音而言，艰难滞塞，所以真正的诗歌，与山头飚歌和街头啸叫有着本质上的区别。即便所写之诗站在批判立场，劈杀世道的龌龊与不公，也得有一定的技术含量保证。老生常谈的大道至简的艺术造诣，必是经过了训练有素的刻苦与九死一生的追求经由"入心"的内转之后获得的参悟。除非天才能够一石击鸟，否则一试成典，只能是痴心妄想。此诗最为我看重的，是他以"一片树叶"自诩，这很难得，诗人对自己的定位摸得准确与否，可以反映出其修炼的功力、境界与心灵质量。"一片树叶"，普通、渺小、微不足道，这十分切合在红尘中飘摇不定的"小我"形象。定位真实，才会有张力，只有精神不空洞，才可仰望星辰密布的天空。诗歌在当下，诗人在人间，就是"树叶"，但愿不愿枯萎、凋敝或者腐烂，是不是在命运面前束手就擒，让过程来说，让树叶的传递的"意味"回答。这就是"诗"，通透的象、明晰的曲、细茂的情……几乎全方位地都在达成"触动"的可能。

非飞马定然明白，当下诗坛，作者缺乏大精神，作品缺少大气象，也是公认的现状。因为精神维度的残缺，导致诗歌表象与内里虚弱的矛盾日益突出，各种不调和的偏执已经成为制约诗歌发展的软肋。因此他一直在寻求突破，期待从浅层书写的小土堆里走出来，登上山峰，走向精神视野中的辽远高阔。如果说他十多年的诗歌写作生涯中，斥责世态人心是永不变更的明线，那么断断续续的地域诗情则是一条可贵的暗线，然所起作用则更为要紧。正是这一部分，展现了他诗歌的宽厚一面。不得不说，作为故乡意象的"梵净山"无疑是耸立于他灵魂深处的神山。山水草木的神性，是探测不尽的未知；先民列代的前世今生，是写不尽的大爱深情。尽管就篇幅而言，地域书写在这本诗集中不算多，但比重却不轻。《2009：梵净山行吟》《2010：梵净山行吟》《2015：梵净山行吟》《桃源铜仁：镜头与风景》《2012：我的黄茅坪》……每一组都是沉甸甸的，饱满而有纵深，通达而富深意，与他的其他相对较弱且小感觉突出的片段式写作有明显的区分度，直接的意义是把诗人从自我的习惯思维滑行中解放出来。再者，诗，冠之以"行吟"，表明作者有士人之心和人文情怀。追溯源头性诗人庄子、屈原等，不难看出在中国文化语境里，眕念山川草木，归返心灵自在，往往与贬谪、落拓的人生不得志、郁郁寡欢深度关联，但非飞马不是，梵净山与大乌江交织的褶皱里那缈如青烟的"远方"是他的出生地，是他魂牵梦萦的生命摇篮。他触发纯粹，展现的是诗意的自信和家国情怀的纯真。因了发自内心的深思，才有不同凡响的诗意宽阔和独特感悟。"说出去的话捡不回/好比流出去的水收不住/在乌江边，我突然后悔此生/浪费的那些时间，那些青春//就像此刻，我眼看着滚滚乌江/东流去。一朵浪花/紧接着一朵浪花，一个波浪/推着另一个波浪//蹲下，我立即看到了流水//冲皱我的倒影。把手伸进乌江/我立即感受到一种力量，像命运一样/试图将我拉下水//来不及洗净，我赶紧将肮脏的双手/收回。我听到了浪花破碎的声音/我看到一只水鸟，在河面上起伏/它灵巧的翅膀扇动了，满河的白雾开始升起"（《想象本庄：大乌江》）。瞧，诗性沛然了，内在丰盈了，取舍讲究了，物我交互了，诗意的殖生开始自动强烈了……势头多好！

　　这种好感觉一旦产生，其所衍生的技艺变化自然会成为一种可持续发展的内在动力。在《带儿子爬梵净山金顶》中，他开篇写道："我们去爬山，去征服内心深处的一座险峰"，这看似平起的一笔却隐含沉稳的写作从容，随后的"而我们终究还得下山，还得回到生活的山脚/回到生活的底层。高山还是高山"，既自然，又带出了独特意味，以致"高山的意义就在于，让人高山仰止"所宕开的哲理就顺理成章了，而"如尘埃一样渺小的人"的"心灵和目光，可以高一些，更高一些，再高一些"的奇思闪现更是恰到好处，来得正是时候，不仅起到锦上添花的作用，更让诗意有了最大化的厚实。整体观察，他后期写菊花、写秋天、写家园等诗歌，已经跳出碎片化、即景式的写作短板，摆脱了"即兴发感不出新"的随意，进入沉淀的、熟思的、展现挖掘潜能的良性轨道。新诗自进入网络时代以来，就有一种分行即诗的所谓"不像诗的诗是诗"的谬论在混淆视听，这如书法界盛行"丑书"一样荒谬。那种没有基础的"简"，那种没有独特意味的"白"，那些没有思考深刻可言的"叙"，那些没有寸心肝胆濡染的泛滥的"情"，怎么可以是"诗"？美国大诗人庞德是中国式简约意象的忠实膜拜者，但这不影响他对艾略特的艰深与复杂的赏识，正是他的支持与帮助，甚至动手修改，艾略特的《荒原》才得以出版，并成为世界诗歌中的经典文本并产生经久不衰的影响。一个诗人，在面对艺术时，只有表现出足够的谦逊与真诚，才会检测出功力与水准的客观。任何企图以稚气的谵妄、认知的小心眼儿，以及聊无节制的诗歌练习充当"真诗"的人，只会变本加厉地盲目自大，不仅难以进入复杂而大观的诗歌艺术天地，在阅读上，也不会赋予真正的作品以应有的公正评定。以此为参照肯定人到中年的非飞马，对于整个铜仁诗坛，亦不乏坐标性意义。

在物质高度发达、人心古雅难再的时代，出版一部诗集，已经太过寻常，但对于非飞马，却不寻常。这是一部具有"打卡"性质的精神之书，毫无保留地袒露了他进阶的秘密。这是好事！怕就怕认死理。原地踏步，抱残守缺，却自诩诗歌了得的偏执狂现象在当代诗坛一直话题泛滥，不足道之。"诗文随世运，无日不趋新"（清·赵翼《论诗》）。诗人非飞马，向我们展示了他从山涧溪流摇身而为九曲江河的自信与踏实，无论是诗歌审美的观察与悟道，还是诗与思的实践与求新，他都没有止息过深入下去的脚步，这部着重于底层生命书写、地域诗情建构与内心经验挖掘与延展的诗集，创设了洋洋大观中的一道纸上风景，也为他创造了微观世界中的另一个自己！

2018 年 2 月 9 日

交出贵重的词语
——序叶琛的《夜之歌》

2017 年 8 月中旬，浙江省作协组织一批作家到鲁迅文学院，与中国作协组织的作家们交流，我便与同行的叶琛认识，因他写诗，我们自然相谈就多，便知晓他的一些创作情况，一个勤勉的人，身上因诗歌而多了一份雅致，内心因诗歌而增添了一份慰藉。看得出，精神的在场，改变着他，也完善着他。

在浙江"80 后"诗人中，叶琛的优秀无疑是突出的。叶琛的优秀在于，能够以细如游丝的感受去对接活着之上的诸多美好，予沉静思绪以及物的绵实，给苍凉世道以融融暖意，读来别有意味。他的诗歌长于抒情，而他的抒情姿态，又都是向下的、入微的，感性、直接，有一股直击心扉的穿透力。

叶延滨认为叶琛的诗有三个重要的元素：我、内心独白和表达的对象。因此读他的诗会感到温暖，能感到亲和力，同时再次证明了抒情和爱是很重要的具有生命力的东西。从浪漫主义渊源和表达现代人情感中间，叶琛的诗确实让人感觉到了温暖，有自己独特的语言和表现方式，他的这种浪漫情怀跟以前我们熟悉的浪漫主义诗人不一样，更平民化、更亲切、更能被感知。

在我看来，他的诗随物赋形，善于小处起兴，常常在细腻的探进中敏锐把握事物的诗意，那些日常情景，经他想象的激发和心智的过滤，会发出不同凡响的声音，带着别开生面的气韵，形成独特的生命体验。

与一般的"呈现"成诗不同，他的诗，有敢于直面"主观"的冒险。在《豆荚》中，起句便是"给我以妄想的是它开裂的空隙"，"我"的情绪，虽被修饰，但还是那么明显地靠近抒情意愿。"那寂静强烈的原野气息 / 在黄昏里，不止一次 / 叙述着成熟的经历：缓慢、丰饶与残缺"。他在交代豆荚开裂的过程，但做得巧妙，有命运感，有淋漓的抒情主体与客体的交互与推波助澜。说得直白一些，是"在场"，但他的"在场"不是血肉模糊的人性"在场"，而是观物有感的诗意"在场"，即物有了诗的可能，有了进入意识态势的主见。"我们站在了一起 / 用一次爆裂相互挤压着。土屋的一角 / 余晖正裹挟一粒轻尘 / 从后窗进来 / 那么准确地找到我们堆放的孤独"。写到结尾，豆荚和我，从互不相干的两个单数变成了命运交结的复数。在人世"相互挤压"又孤独着的"我们"，活得很不美妙，但因为一束余晖"准确地找到"而有了生命的欣慰，诗因而意味深长。

叶琛是一位敏感的诗人，他直言"喜欢的东西很多"。任何能够对生命有启发的事物，都可在他内心激荡起爱的"涟漪"。"后来，我喜欢上了一个姑娘 / 她的母体 / 分娩出我所喜欢的整个故乡"。这个结尾，说出了"根性"的文学母题，虽然似乎点到为止，但也是不容易。场景的出其不意、意象的有声有色、察思的独到与位移，在客观上，留足了诗的空间。

通常，能让平淡出新的诗人，都是"善感"者，而文学世界，这无疑是一个为人称道的传统，其直接的体现就是将自身导向曲径通幽的僻静，在那里捕获喜悦和对事物本真的认知，并反向作用于心灵，产生简单中的丰富精神风景。比如里尔克的晚年孤独、巴金的老来忏悔，莫不如此，那么当然，后生可畏的叶琛，概莫能外。"我爱瑶草遮蔽的野径 / 我爱尘境之外的柳荫 / 我爱翻找、爱折叠，爱苦难之时向自己微微倾斜 // 我爱他乡的旅店。

钟声、脚步／仿佛我抛出的送别／仿佛挂在风口的暮晚。我知道／有些事物，一旦提及，便是毁灭／／我爱那些裸露的尽头／我爱那扇低矮的房门外／梦的黑色树林／我爱夜雨的苦楝树……这爱的芦管，又让我想起／你细雪白白的核"。这首《我爱》，抒写了"我"的"精神洁癖"，其爱一目了然。他爱了什么，好像什么都爱了，但又排斥性特强。选择的过程不断加载主观裁决，诗，于是产生了应有的"价值判断"。诗中几乎没有什么渐变的犹豫，他能使突兀的抒情变得意味顿出，这是有勇的表现。

有时，在从外物描摹切换到本我的人性思考过程中，他能让熟悉的生活场景通过精确的感受力，展现微妙的情智，"抿一口茶，茶水像是回潮／把我准备吐出的泥沙冲了回去。小小的食管／像极了一条隐秘的河流／把往事吞得很深／／现在。黑夜已成为我的旧爱／从阳台向下望，冬天的草地，很容易被星星／点燃。而我如约／从容地退到荒芜的表面"（《初冬》）。喝着上市的春茶读到这儿，我忽然把杯有感，熟悉的"喝茶"，升格到见智的"冷暖凉热"，虽说"茶道即人道"的观点已不新鲜，但俗话说的"一口茶里有大观"，观人性，观世情，甚至观自在，应该就是诗意沉底的奥妙。

写到这儿，突然冒出"情怀"这个词来，这种阅读感觉是明显的，不能说是他诗意的全部，但能明显地感到，他所有的诗，都在验证自己是一个有情怀的人，或者希望通过分行的偏爱，完成"情怀"塑造。譬如《山居》一诗，把自己置于茂林修竹的所在和秋凉天低的时节，然后，开始"塑我"，展开士人般的情怀寄托：

心安江南／在一方小小的土地上迷失／在一方小小的土地上／收容悲愁、隐忍，以及流失间隙的命运暗示／

沦陷于此。垦荒、耕种、繁衍生息 / 日日诵读：时光如水，阔叶翻飞 // 生活简洁而潦草的历史 / 在这里飞离又汇集。俯瞰大地 / 俯瞰尘世隐藏的一切文明 / 生死轮回中 / 又有几回雾里清秋呢。

在与评论家王彬彬老师的一次对话中，针对在世俗陈见泛滥的当下，就中国士人情怀是一种被历代主流意识形态普遍认同的价值意识，具有高尚的、积极的、向上的、具有使命感和凝聚力的民族情感这个话题，我问他："你认为当代诗人如何才能延续和承继中国古代知识分子为人称道的士人情怀？"他脱口而出："必须保有为天地立心的人生哲学，在光怪陆离的现实，坚守住自由高洁的精神和卓尔高拔的品性。"何宗海先生有过类似观点，所谓中国士人情怀，是指中华民族在数千年的繁衍发展过程中，有士大夫阶层秉持和坚守的特定的道德文化认知情感和在追求实现理想中所产生的集体记忆。它是镌刻在民族文化历史长廊上的一道价值烙印，是士人阶层。而诗人，以诗言志，当然免不了直抒胸臆，所谓"赤子"情怀是矣。叶延滨称"叶琛是一个富有浪漫情怀"的诗人，是把准了脉象的。再看他在《交出》中"交出"什么："我交出我的一无所有 / 我交出家乡的河流像是交出体内汹涌澎湃的大江 / 我交出幸福和感恩 / 大海或小镇，沙漠或山谷 / 我等着什么在风中一点点飘逝 / 我交出贵重的词语 / 我交出人情世故，交出世事浮华 / 我像是获得了巨大的所有——/ 开门。见山，山外青山 / 傍晚时分，暮色动了，炊烟有平有仄"。这些直白其心的文字，已经绕过了"诗"的讲究，他似乎已经觉得不需要过多纠缠于语言层面，直奔主题，说出即刻而通透的人生，或许已经成了他写诗意的急需。

别林斯基说："要做一个诗人，需要的不是表露衷肠的琐碎的愿望，不是闲散的想像的幻境，不是刻板的感情，不是无病呻吟的愁伤；他需要的是对于现实问题强烈的兴趣。"以此对标，叶琛是有先见之明的。他强烈而饱满的情感宣示，恰恰映照了他藏匿的"慢"与"清淡"，这首《一个日常的傍晚》开门见山："从窗台望去／田野和远山显得尤为空旷／这种寂静里流出来的感觉，轻盈、自由／仿佛停在花瓣上的一阵微风。"这是他的日常，一个诗人因此找到了自己的生活从容，在凝神中，所有的光阴都慢下来，而人世也有了自己希望的样子：淡泊的心境、素居的情结。"诗歌是一面镜子，在这面镜子里，反映出它的生活，连同全部富有特征的细微差别和类的特征"，依然是别林斯基的话，精准地预叙了追梦不息的丽水诗人叶琛，他细小的爱与广大的心，透过诗行，那么蓬勃有力。面对诗歌，他交出了贵重的词语，也交出了纯净的心灵。相信他一旦加大诗思的力度，跳出固有的抒写习惯，丰富创作手法，丰盈内在感受，充分彰显"见微知著"的能力，一定会气象万千。

"燕子来时新社，梨花落后清明"（晏殊）。在这个杲杲春日，从白天到夜晚，敲击着键盘，听窗外雨声滴答抒情，回味着他的诗句，是一件美好的事情——

去一趟远方吧

一个人。在薄薄的夜晚，一点一点消失

2019 年 3 月 27 日

见证挚爱与向上的力量
——序周西西的《如风吹》

周西西是我喜欢的诗人。他写作的专注和为人的专一，让我感动，所以义务写这个序，就理所当然。

先说周西西其人。我和他，尽管彼此相识有年，但情谊的深入，只是近两三年的事。通常，挚友之间，往往都有一个从表面的"认识"到深度"认可"的过程，否则，即便隔三岔五擦肩照面，也未必能够交心。说得简单些，我是因喜欢他的诗歌才愿意和他打成一片的。要说喝酒，总的次数还是我请他更多。我的性格，要是格格不入，哪怕邀请吃长生肉也绝不上桌，逢场作戏的事，看着就不爽。长期困顿受气的历练已把我熬成了一面如疙瘩一块"不宽容"，一面又乐善好施、不计得失，行事爽快。"以文会友"这个前提，充分说明，作为一个读者，对成色足够的诗歌文本，我有至诚的尊重；作为一个诗歌编辑和观察家，对一个本色诗人，我无半点轻慢或不恭。

更关键在于，他身上，没有那种叫人懊恼的城府或让人敬而远之的逢源哲学。不像有的人，私底下求人得逞，面上装得若无其事。他不，很坦诚，懂感恩，有真心，向善向上。时间做证，我相信我的判断。平时，我有即兴涂鸦，如与他交流，他会及时把直觉说出来，多半都是高见，我乐意接受，再作改动，果然不同。可见他对诗歌的态度和精研度，已非一般。写到这份上，他缺的是诗歌公心的待见。

一个初中毕业就走上打工之路再自主创业、于生活的滚滚洪流中分心出神弄诗文的"不务正业"者，在乡下，是够格于新闻关注的了。之后很长时间，周西西因"两脚忙忙走，为了一张口"的折腾而停笔，于近年才在灵魂诉求上"重操旧业"，并出手不凡，势头不错，频频在公开的文学期刊成建制地亮相，获得海盐作协的连年表彰，还成功跻身省级作协会员阵营。好家伙！一下子，又要出诗集了。这个"集大成"的举动，对于底层诗人，无疑是一件可以比肩结婚生子有房之类的大事，如放在久远的人类背景里谈，意义更大，绝对是人生的一次阶段性胜利，当值祝贺。岁月见证了一个诗人的成长，磕磕绊绊，却也没有离失。在小地方，诗人的窘境，堪比稀有动物，但周西西还在坚守，把自己修成一道风景。我与之同行，幸甚至哉！

再谈周西西其诗，这是正题。我喜欢他诗歌中的生活诚恳，这"诚恳"是自我的，也是放开的。他的自我又不同于纯粹以西方诗歌背景为衣钵的那种晦涩、玄虚，而是在精神向度上，恰如其分地带进自己的在场，走笔沉实，毫不浮泛。说放开，是指不狂执一念，也不东一榔头西一棒子，更不会见好就跟一跟，无势就退避三舍。他有能超越阅读、贴近广阔生活的放得开。他的诗歌，具有较大的"容留"空间。

总体看，他的诗歌属于原乡性写作，情感的延伸幅度不大，所见偏好事物的微观，语势徐缓，语意舒展，看似气息随意，却有着深思熟虑的匠心推进，能让自己即刻的生活感知得以传递，使事物潜藏已久的新意得以掏撷。风云雨雪、星月河湖、山水海天、春秋冬夏等人人熟知的东西，在他这儿，成了情感及物的介质，使他有底气拒绝诗意的空载。螺蛳壳里做道场，这种书写貌似被动于题材的困扰，举步慎微，但要写出微光闪烁的诗意，这对一个诗人的心智激发，反而有着不小的难度，对诗人的耐心，亦是考验。虽说诗人善于标新立异，但迷信"熟悉的地方没有风景"的大有人在。周西西则反其道，身为农民，他偏写出了一亩三分地的"繁茂"，试图凿大这种"小"，一点点扩展思与诗的边界，在小心翼翼的书写过程中，捕获驱动内心的升阶之力和心灵之光。

他的诗有着值得信赖的情感基准，那些熟悉的场景，那些带着温暖的辩证的呈现，那些通达于外物又不物质化的馈赠，无处不在地渗透在他的创作之中，阐释着他的悲悯，见证他的挚爱与向上的力量。

可贵的是，通过诗歌，他发现了自身与物质的关系不是对立的、敌视的，而是相互依存、相互辨认、相互接受的喜悦。一种显见是，他没有跟风于那种文人化的矫情，把自己攥到高高在上的位置，以带着敌意的俯瞰姿态去藐视人间。那类时髦的诗歌，已不是生活艺术和精神药丸，而是自我圣化的精神骗术，常见套路是：自己是"雅"的，世道是"俗"的；自己是"善"的，别人是"恶"的；自己是"干净"的，他们是"无耻"的；自己是"真"的，众生是"假"的；自己是"光明"的，世界是"暗无天日"的；自己已"超脱"，你们"放不下"；自己"静谧如神明"，你们"喧嚣如小丑"；自己"不恶"，别人"有罪"；自己"干净"，天下人"龌龊"……仿佛自己高洁而大德，看似坚硬地指向了人性，批判火力十足，实质内心低级，其所调动的遣词造句都在极力回避自己的本性、自己的无耻、自己的肮脏，乍一看，貌似可感，殊不知满纸荒唐言，分行即失败。所幸周西西的写作没受此类"流行诗歌"的影响。在复杂的现实中，他始终忠于自己的心灵密码和前行的脚印，每次出门，走在寻求活路途中，把苦水吞咽，一寸劳绩一寸心，诗歌成了他寄托浮生的稻草、拯救灵魂的密码。他的省思从自身开始，从真实的痛楚与微末的冷热开始,自己是自己的实验场,自己是自己的靶向。一个真实生命个体的感知与得失,淋漓地诘于诗,诉于物,示于人,成于己,走于心,如看见一样切实,似触手一般融然。说实在话,一个能以诗相称的人,不在诗去重复那些公开的"谎言",就已经不错了,至少没有跑偏。

从近期在《诗潮》发表的诗歌看,他是越写越好了!这组诗明显走出了扁平化的表达困境,开始有了丰富的呈现,视角宽展,形意交合自如,纵横有度,人的情绪与诗的法理之间有融会也有冲决,细腻度与陌生化随行回旋,诗意的析出更靠近美学内需。"自我"在诗中从前台退位到诗后,诗,就有了别裁的趣味。最主要的是,他的诗有"生活",这种生活不是一把子下去的那种鲁莽,也不是优雅于各种关系的逢迎,而是本色的自在和有过滤感的心境在现实层面的导向,是见水准的探知与不失自我的变声。

> 湖面平整,放得下大半个秋天
> 和一些生活的细节:淘米,洗衣
> 或者竹篮打水
> 湖边奔跑的人,迎面撞上湖光汹涌
> 中年的水位漫过第一道堤坝
> 池鹭沾水惊叫连连,最长那一声
> 带有湿漉漉的余音
> 这一刻,浮萍悄悄收紧平坦的心

这是其短诗《湖光》的首节,也是全诗最出彩的部分,交代的生活细节有得有失,写得实在,但不琐碎,整个的诗意置于生活化的动静之中,呈现了一幅为我所证的时空写生图。心之官则思。这首基于自然情景而引发人与物互为观照的诗，反映了作为诗人的周西西在日常的生命状态。这种丰盈的内心，让一个诗人安于僻静的地理，乐于恒常的夫子自道。

支撑他自如言说的，是足实的生活经验，月光、樟树、鸟巢、酒杯、台风、湿地公园……赋予它们诗意的能力，展现自身更上一层楼的能动性，是需要有素的历练作为前提的。从《阳光照耀沈荡大桥》《在德善堂国药馆》两首可以看到，他似乎领悟了从"即景"中找到诗意的"真"，懂得如何调理诗意的生成性问题，处理"我"和背景的关系——

> 立夏之后的一场大雨，把陈家港灌成小满
> 永宁禅寺的风是轻的，轻声诵经
> 轻声走路。沈荡大桥也是轻的
> 贴着水面轻轻荡漾
> 浮在一百三十多年的历史里，留下完整的倒影
>
> 那些石头是重的，走不进人世的日常生活
> 一群乡音的骨骼互相锁紧
> 压住水花、星空和自己的魂
> 掉光毛的四只石狮子，已经熬成了罗汉
> 不介意把缺棱少角的记忆袒露给众生
>
> 天空蔚蓝，五月的阳光照着沈荡大桥
> 四十三级台阶的梯子，走不上天空
> 我回头看到时间的上游，被多数人遗忘的时刻
> 还有一个我
> 像一块百年前的条子石，在农历中被照亮

整首诗貌似在叙景，其实在写心。一座阳光照耀的桥，是诗歌本身，诗意藏在整体里，这个整体，不是别的，正是诗人即刻的心境。万物无声，目击道存，这也是中国古代诗人们耽于生活层面的表达所展现的精神大度。"落霞与孤鹜齐飞，秋水共长天一色"，王勃的看见，已经不是眼睛的任务，而是那双智慧的内眼在发力，所以"景"成为"境"。"念天地之悠悠，独怆然而涕下"，陈子昂一定就是在幽州台上感慨"前不见古人，后不见来者"的吗？他难道不是周西西诗中那被阳光照耀的"条子石"？许多的"王勃"和"陈子昂"，不是健在于悠久农历中？诗人如何在当下的生活中把自己的"独"表现得贯古通今，把即景生情升格成人文力量，这有讲究，但不易，需要潜修。

　　　　这个被月光和寒风狂揍的人
　　　　如今旧病复发，他不停咳出的朵朵桃花
　　　　看起来也像一张小小的地图

　　　　这些草，这些被打断骨头的植物
　　　　这些散发前朝气息的烂泥
　　　　现在要来修复受损的人类的骨头、气血或关节
　　　　它们应该还会生根发芽
　　　　长出枝叶，让病人体内暗藏春天，积蓄白云
　　　　"……如此。到秋天，你有
　　　　重新舒展的形态，与山河故土平分秋色"

　　　　老中医有大白于天下的秘方。每一个从这里
　　　　出去的病人，和那些心怀隐疾的人

如能以招牌上"德"与"善"二字做药引

疗效奇佳

——这一条口述，没写在处方笺上，无须付费

　　周西西的诗，很少隐含人性批判，但这首上乘之作例外，不管是精巧的构思，还是互文的运用，都颇有心得。从主题书写的类别观察，诗写"善"，大有人在，似乎约定俗成，没有异议，可谁要言"德"，就冒了险，立马有人跳出来指手画脚，好像"德"是"伪"的异体字。那种把"幼稚"错当"先锋"的粗浅认知一度流行。其实"德"是一种崇高美，是善的高级形态。康德说："世界上有两件东西能震撼人们的心灵：一件是我们心中崇高的道德标准；另一件是我们头顶上灿烂的星空。"在诗言诗，立德之人，一定占有了人格的制高点，一定有着诗意的沛然和敢于面对黑暗的勇气，内心也一定是敞亮的，是去伪存真之后的世道人心和星辰大地，是所有诗歌写作获得灵魂认证之后必然归向的大海。这首诗，借喻设的病体和"药"的功效，巧妙地赞美了"德"与"善"的正能量。诗意险中求，对于诗人，不失为一种自我挑战，也是一种现实需要。诗，既葆有小我特色，又能自动转换成柔软的道德力量，在人的心灵深处闪光，难得。

　　新诗发展已经延伸至百年历程，关于诗人与时代、诗歌与现实的问题是一个很大的热点。如果话题缩微，指向的其实就是一个诗人与他自己的日常。诗歌与生活，共融相生，也是从文学源头发展而来的巨大传统，最为中国诗人熟知的典型莫过于福克纳的"生活半径"定论；詹姆斯·赖特和罗伯特·勃莱等诗人乡村音乐般的美国现代诗歌，以及叙利亚诗人阿多尼斯的写作等，也提供了域外参照。"生活即诗"，这几乎成了真理性的共识。回溯汉语诗歌的走向，从《诗经》到《古诗十九首》，其中的大量

的劳动场面和生活场景，为中国诗歌"兴观群怨"的艺术特质定下了基调，当个人创作将诗歌形态转变为更具书写自由和抒情自在的独立单元之后，无论是屈原的汨罗问道，还是杜甫的茅屋所寄、李白的望月慕仙，皆是生活经验的判断与思想结晶的一种宏大愿景，只有超越了个人狭隘，超出了一般见识，才能赋予诗歌时代的意义。我相信，一个觉醒了的周西西，会紧跟语言现场，穿透事物本质，散发出更多光辉的情愫。韩少功在《天涯》杂志创办"民间语文"栏目时开宗明义说，要把文学"下降到广阔的地面上来"，这岂不也是当代诗人的一大命题？在周西西的诗里，地面上的事物，都有血肉、有灵性，他的语言和写作姿态既接地气，也不一地鸡毛。不可否认，每个日常无暇的人，都会被生活琐事弄得秋霜一脸，劳顿不堪，但诗歌这个不要钱的处方，有时就是比油盐酱醋管用。长期身处"找米下锅"这种工作状态的我，感同身受。当焦虑成为日常状态、飞速流转的现实让人疲于奔命时，滋生暖意、慰藉心灵的诗歌，就会展现可爱一面。因此，我尤其喜欢一边烟尘扑面一边矜持诗真的人，这样的人，往往不油滑不奸诈，真诚得像山一样可靠，恳切得像土一样实在。

时间如白驹，似铁骑，就看谁在养护、修理。作家张炜说："写作者可以逐新，可以守恒，但不能染上这个时代匆忙、廉价、伤感、浅薄的顽症。"是啊，现实的碾压滚滚而来，呼啸而去，一切快闪如飞，好在有诗歌，能让人心在美好面前稍作停留……加缪说："文学不能使我们活得更好，但能使我们生活得更多。"写诗的周西西，已经在"生活得更多"之列，哪怕这"更多"可能是疼痛，可能是苦闷，但有价值、有未来。因为诗歌里有着向上的力量，能使他思想深刻、人生丰富、生命充实、生活有滋有味。接近天命之年的他，几起几落于诗，已彻底离不开这份爱好了。他深知无诗的日子，有多么单调，是怎样地没有意思。可怕的生命空白，像一道鞭子，在鞭策他奋进。人生短暂，但写作道路漫长。如果注意规避习惯性的自我复制，矫正写作手法的扁平化，改变题材拓展的乏力，突破自我诗性认知的局限，加强对位阅读和训练有素的意识跟进，他诗歌局面的改观，会很惊人。

写诗，让周西西更低调、更实在，更懂得生命的意义。他严肃地对待诗歌，始终不失求真的自觉。我相信生活中，没有多少人讥讽他是个"诗人"，相反，在谋生路时，一定会有人因他写诗而给予最大的诚意和最高的尊重，这是因为——

周西西其人，敦厚、可信；周西西其诗，与大地平行，与心灵贴近！

2019 年 3 月 22 日

寂静从哗哗的河水中分离出来

——序林新荣的《天瑞地安》

　　几乎每个诗人都有一个出生地情结，或对故乡热爱，或对日常怨愤，或对成长回望，或对足迹感喟，或对山水寄情，或对草木静思，或对乡人画影，或对命运塑魂，基于诗意的沉淀和实践，林新荣用夹叙夹议的抒情笔法，展开了一幅写实意义的故乡版《清明上河图》。于他而言，生养的恩泽、养育的回馈，都写在桑梓情故地爱里，山水自然，草木人伦，一切心灵的触动，犹如身体发肤一样浸入精神的里子，当耳闻目睹的情景与情思交融，诗意的火花就会闪现笔尖，在字里行间筑巢引凤，和他一起，成为故乡人文风景源源不绝的动力和生命的告慰。从写作习惯看，林新荣是一个具有敝帚自珍品质的行吟歌者，对所经历的半径，他甚为珍视，落实在语言上，是用词的不拖泥带水，用情的有的放矢，用心的气定神闲，用意的简约质朴。于是，珍视的山水画面，熟悉的市井人物，及其隐含的节制意味与深度价值，被精确地揭示与阐释，这种"沉下去"的务实作风，超越了走马观花的潦草，而透视出他对家国原乡沉挚的爱和对生活体验的精心裁剪。

　　结识一个诗人，通常情况下，我更愿意从作品去判断他的水准、他的可信度和值得关注的高度，而不想从冗长的简介去捕获"好感"。在我看来，那些把介绍写得很具有"包装感"的诗人，大多可疑，他们往往游离于"诗外"，精于"做人"，难从"以诗论人"去获得广泛的认可。但林新荣是值得肯定的，我和他曾经在贵州荔波有过几天的"诗意同行"，略知他在诗歌上的成绩，这个土生土长的瑞安诗人，作品登上过不少堪称"大雅之堂"的刊物，入选过多种有名的选本。虽说这些元素不见得就能证明什么，但若是浸淫诗歌几十年，就知道其实要做到这些有多不容易，就此可见其"诗人"的成色。

林新荣在瑞安出生长大，在瑞安成家立业，一个一生的出发与归返都维系于一城，不离不弃情之所依、心之所为的诗者，自会获得缪斯的青睐，多年以来，执着的他，跋涉在登高望远的精神征途，创造了不凡的人生风景。站在成功学的角度，也可看作是不渝的追求获得诗神眷顾的一份告慰。

"寂静从哗哗的河水中分离出来 / 我不止一次看见 / 走失的黄牯哞哞叫着 / 生命中的惘然纷飞了下来"。任何地方，一旦万物都能让诗人像辛波斯卡那样拥有"静谧如迷"的心境，那么，诗意自会涌自胸襟，浑然而成。这本诗集，就是告慰的实证，是他业精于勤，将心怀与地域集合在一起的号角。诗集共分三辑：第一辑是地域观照下的个人化感悟及其问道自然的灵性书写；第二辑是本色生活中诗人打量当下的情感缩略及其现实隐痛；第三辑侧重抒发对地方文化名人的敬畏之情与仰慕名胜的由衷感慨。当然，看得出，他的诗兴重点在前面两个部分，尤其是对瑞安的吟唱，不吝声色，不遗余力。

在作为诗人的林新荣看来，所谓瑞象，无外乎芸芸众生安居乐业，勃勃有声，呆呆生光。而诗人表达热爱故乡的方式，载道言志，兴观群怨，在情怀，在魂魄，在视野，非比寻常。显然，《天瑞地安》，是林新荣写给出生地的至情之笺、精神之书。本集子辑录的 90 多首诗，表述的是诗人臻爱的瑞安，诗人以高度的诗性自觉挖掘瑞安的历史文化，以分行的沉思体察风土人情、凭吊人文遗址。不管是自然的河流、落日、江湾、水塘、古树、广场、山峰、水库、草垛，还是生活常态的担水、杀猪、地方戏、访友喝茶，都见证了他的一往情深。

"早晨的瑞安／被车流、汽笛、打桩／以及广场上的老年腰鼓敲醒／帅哥，靓女／显现在虹桥路上——／眩晕的时尚，动感的时髦／外滩霓虹这时隐去了"，这是我在林新荣诗集《天瑞地安》中的第一首《早晨的瑞安》中读到的句子。我很少出门，没去过瑞安，是林新荣的诗，给我提供了认知这块土地的唯一信息。诗是地域派生的远方，诗更是生活在地理上的茂密植物、纷纭人事和精神景观。甚至，诗里的"一方水土"，比传闻的纂录更有意味，比形象工程化的书写更加值得信赖和耐人寻味。瑞安是林新荣赖以生存的地方，命运维系不离其野，他诗里，瑞安的早晨是繁忙的，人事景物各为生计，展现出"不安"的一面，而她的昨夜，在"霓虹"的闪烁中不眠。生生不息这个"真实"，以不"唯美"的笔法介入富有质感的事实触觉，从而获得外向的意味延伸。"啊／依次排开的五座飞云江大桥／像一面摊开的手掌／（有人说是流动的经络）／伸向远方／一同奔出去的／是塘下汽配、马屿眼镜、仙降橡胶鞋……"茅盾在《文学与人生》中说："不是某种环境之下的，必不能写出那种环境；在那种环境之下的，必不能跳出了那种环境，去描写出别种来。"确实，诗的要义之一就是不以假言障真知，对于林新荣而言，"目击"的乱象正反映了出生地的可亲，而真正的生活，永远充满市井声色的无限爱意。"晓雾中云江，静静揽过来／像一条微凉的玉臂"。在诗人的察觉里，突然伸出的一条"玉臂"，意在昭示作者与地域的双重自信：我有美的能力。

在历史久远的中国诗歌道路上，诗人们往往以其独特的情感寄托，倾心于对出发地的真情描绘与阐发，那种独特而奇妙的内在节奏不仅感动了自己，也感染了众多文人墨客的倾慕与追随，在虔诚的品读中获得精神境界的建构与视野的拓展。这样的价值维系与寄托，凝结着诗意的智慧，在一方水土的微观中展现古老中国独具魅力的人文力量。

着眼于诗歌中的瑞安，挖掘瑞安的历史文化，体察风土人情，感怀人文遗韵，用生花妙笔刻绘自豪情愫，体现了一个地方性诗人的责任。因此，这些诗，生命体悟之显在，不言自明。不难看出，"精神性"是他诗歌的重要指标，也是他的作品辨识度始终不浑浊不模糊的母本。他的诗指向出生地的山水、人事，以及内心的地域观照，不琐碎，不萎化，有一种建构的诗学勇气和积极的入世哲学。"我要将三两只野鸭的振翅声／归到这一片静谧里／此刻／嗡嗡爬行到苇叶上的时间／以及摇曳时间深处的寂寞／最为迷人"（《江湾》）；"银器里是否藏了月亮／它们隐隐的光亮／是匠人一锤一锤敲打出来的／——上面有北斗星、金星与流星"（《银匠》）。他笔下的山水故人，闪耀着素雅质朴的光辉，其诗里的山水不是那种酒肉回肠的山水，人文亦不是那种虚与委蛇的人文，而是心思下沉，痛感及物，诗情恒久地根植大地的自然触动。在他的诗里，我读到了一种洞悉事物的高贵心灵，以及提炼诗性、赋予事物温暖而明亮的能力。整体而言，他的诗歌视阈具有"故乡"的丰厚与阔大，节奏讲究，因为对生命意义的执着追求而产生了如艾青先生所言的"心灵的活的雕塑"的效能。在对生活断面的覆盖上，他的书写表现出桑德堡感悟的"诗是在陆地上生长"的一致性。随着诗写经验的丰富，他作品中的"故乡"，外延与内涵都同时在向生活的本质扩张，其诗歌表现力的自由与自在及其笃实的意蕴深度，都已展现出积极的自信。

注重原声呈现，借以修复自我精神的另一重"大观"，在诗集中占据了相当大的比例。在时间里潜游的姿态和在灵魂的暗面博弈，以及生命体悟之显在是林新荣诗歌的凹纹，这种以消逝为假设的容留性让他的回望始终不离诗歌现场。他希望镂刻与拉伸的当下情怀有着可视特质，这就不难理解为什么他诗歌的指涉有相当一部分内容都关乎记忆，或者说"看见"最为直截了当——《观：藤牌舞》《吹糖人》《肉案》《老木匠》《银匠》《剃头匠》《弹花匠》……这些从时间中被诗人复活的"诗意"，当然地导入他者的灵魂纵深，在有文本经验的读者眼里，林新荣的诗歌，为当代诗人对生活守正提供了样本依据。

这是经由比较之后沉淀的感觉，是时代焦虑诗绪必要的拨正诉求之一。清刘熙载《艺概·诗概》有言："文所不能言之意，诗或能言之。大抵文善醒，诗善醉，醉中语亦有醒时道不道者。盖天机之发，不可思议也。"我一直存疑，去崇高的旗号对心灵的具化究竟有没有影响或产生了怎样的影响？不可否认，硬生生割离崇高与心灵的脉络不应该是诗歌干的事儿。

在林新荣的诗歌里，我读到了一种洞悉事物的高贵质素以及提炼诗性、赋予事物温暖的明亮的能力，这种能力的荡漾直观可感，总会在过目之后产生细如游丝的喜悦，萦绕而沉实。如："从她话语中带出的不仅是海／是比海更广阔深邃的心情"；"它的气息是王者的气息／它的伤疤写满了庄重"；"爱与关怀才是它的必须／它柔软的须／能抚摩世上的一切"……德国诗人施莱格尔说："我们对自己感兴趣的东西具有天赋。"多么精准！以此推测，那些被捧为"天才诗人"的人，其实是不存在的，因为木桶理论框定了他们的短板，但反过来，在特定的范围，人人都禀赋优渥，都有过人之处，值得他者羡慕。施莱格尔通过写作论述了甚至是颠倒了命运和快乐之间的关系，而林新荣则以诗歌向世界打开了自己发光的灵魂，打开了潮湿的双眼和通向广阔生活的道路。

整体看，他的诗歌视阈少幽怨的内心观照，多有生活断面的覆盖。谈当下诗歌，会发现三种类型特征鼎立为王的格局：一是诗人迷恋形式和内容上的无限度畸变，以语言符号为樊篱，将诗人自己与所处的时代和读者隔绝；另一类型是回到形象加情节那种单向思维的政治浪漫与豪情的创作教条中；当然最突出的一种类型是在大量自我复制或仿制受众欢欣的轻音丽嗓，这种缺乏人性掘进的流行诗歌造成当代诗潮主流轻飘有余，厚重不足。但读林新荣的诗，看到他的优点是："面对文艺碎片的时代，内心深处始终对现实生活有一种连体呼吸的感觉，对草木众生有一种体恤和亲密的挚情，对个体精神独立性的顽强坚守，对现实秩序敢于发出肺腑真声。"他写乡村即景，写传统匠人，写各色世相，目及底层民生，抒写即时感悟和心思的变数。艺术家的可贵之一在于，不贪大慕全，我们既需要宏大叙事的江河湖海，也不能缺少山溪支脉的细水长流，缺了源头性的抒写，无异于草木断根。在此，我赞许他的诗歌写作方向像嘉木一样有着清晰的纹路。

　　林新荣的诗笔不回避底层人，但他不像那些自命不凡的急先锋只注重自己生理勃起的感官写真，而是诗艺地把他们等同于铁匠、木匠看待，以命运的真切映衬人性的变异。当下，对写诗来说，复原现场并不难，难的是让鲜活的现实记忆产生艺术的绵延之力，让实证具备真理的诗性。高尔基说："道出真理与实情，是一切艺术中最最困难的艺术。"因而，鲜活的、具有鲜明时代特征与诗人个性的诗歌作品，则永远不会消失于当代和未来，是任何简单化的手段和粗制滥造、狭隘无知的涂鸦所不能替代的。

　　"迷雾世界就只是迷雾"。一个日本僧侣诗人的俳句似乎道出了乱象的无用与无趣。我有时也想，无论现实怎样破碎，诗人的精神重建不可回避周遭芜杂的搅扰，但总有一些人的坚守会让我们感到鲜亮和美好，总有一些踏实而自知的人在进行着沉稳的思考以及同步于生活的笔耕。诗人林新荣即是如此，他有着很好的自我精神修复能力。在《山中》，倾听鸟鸣，感知"岁月的轮回"，从而获得心灵的自在安然。在《杀牛》现场，看燕窝慢慢淌出"两行热泪"，他的心在滴血，这热泪，何尝又不是流自他的双眼？在《圣寿禅寺方丈楼喝茶》，他打入静谧的时间，亲近"虫唧、梵铃与雨打松枝的轻响"。在《大师孙诒让》中，他勾连历史，从"甲骨文的掌纹"进入人物精魂，便以敬畏的恳切之心将孙翁的"一支秃笔"升华为"一根硬骨"。在《叶适》里，他干脆直接想象主人公门前的树全是"橘树"，这与否定词下的"水"与"荷花"两个意象形成对冲，喻示硬骨，再辅之以"拂袖"这一潇洒动作，从而达成"铮铮"形象的塑造。这些散缀在《天瑞地安》中的诗作，其实就是诗人心象的脉络分布与情思的逻辑推衍，当然更是他修正自身、辉映精神光芒的重构之境。

愿这样的探索积极导向更高意义的欢悦，像他入定瑞安，呼应天地，修得灵魂飞升一般！

2018 年 11 月 19 日

第三辑
序短情长

255

醇酽的期待与祝愿
——序张杏雨的《晨曦》

　　三十年前，我在乌江边的思南民族中学（当时叫思南二中）求学，学校通知我，说《铜仁教育》的张强胜老师要来采访我，原因是我的散文《大山·太阳·月亮·人》不仅被《贵州民族报》副刊发表，还获得了当年湖南举办的全国"韶峰杯"文学大赛散文奖，于是，就认识了。张强胜老师是有悲悯情怀的人，怜弱扶幼，我很幸运，从此无论身在何方，一想到他就心存感激，有了微信后，他依然持续关注我，时常予我以鼓励。这样的恩情，三生有幸。如今，他爱女张杏雨要出版诗集，他又示信任，嘱我作序，言辞恳切，希望我拙言能"提振一下她的学习信心和积极性"。如此盛意，实在情难却。

　　艾青说："诗是心灵的活的雕塑。"我读张杏雨的诗，能感受到生活的诗意对她的学习成长与精神成人有着无比强烈的牵动与驱导，她内心的丰盈助力她屏蔽着诸多现实的繁难，而尽情赞颂着一切美好。作为灵魂镜像的诗歌，塑造人格，完善内心，促进思考，带动自身向善向美，是积极有效的内驱力。所幸这份"美好"被张杏雨及早捕获，学生时代就爱诗写诗，发表与获奖，生命朝向精神意味的通道提前开启这一夙愿，被她写进了童年的怀想，那是一段"充满幻异与糖果的时光"。在她看来，能启开心灵的窗户的，潜意识里，其实是一双梦想的翅膀。秉持这样的希冀，她出发了，浪漫温暖，遐想奇异，色彩明亮。在诗歌的沐浴与洗礼之下，她的青春与生命呈现了至少两种可观的状态。

一是现实诗意抒写的无处不在。不难看出，这些承载心灵美的诗意在张杏雨的成长轨迹里生发了无限的惦念、眷恋、怀想与憧憬。不管点滴的生活感受，还是情感的萌发，都显得纯净、明亮，张弛有度。这其实亦是曾经的我们，在阳光下，在雨露中，在校园的跑道上，那些温馨的关爱与热气腾腾的生活画面，转换成诗意诉求和精神慕想。一切过往，皆为序章。随着渐行渐远的足迹淡出年轻的视线，更多外力的注入将无数"现实"变为"回忆"，变为个体生存的一种经验性状态。作为"人"的存在，不可避免要紧跟时代步伐，只有诗心还能够将光阴留住，让模糊的自我印象清晰而完整。正如她在《味道》中写道："人生百味，冷暖相知。/童年，是我眷念的味道。/像沁人心脾的春风，/轻轻地，经过我的窗前，/送来爽爽，夏天的味道。/我挥挥手，摇摇风铃，/魔幻心中永恒的风景。/一缕阳光洒进来了，/是母亲晒过新衣的味道。"就生命的远观而言，对于消逝的岁月，似乎只有"味道"才可慰藉一生。眷念童年，感受夏天，晾晒新衣，如果心灵苍白，这些在"人生百味"中似乎可以忽略不计，但是，有心者如诗人，可以上观苍天万物，下视微茫求是，加载情感，向往温暖。作为张杏雨诗行里的"经历"，无论指向生活还是为了阐释成长，都维系本真执念，不移情志。

二是想象建构的另一个世界无比悠远。如在《另一个世界》中，她以三维结构诗体，先从基于现实的"晨阳""欢笑"两个层面把"我"带入具体的场景当中，关涉的校园，阳光金黄，微风徐缓，青草颤动，枝叶摇曳，她觉得这些处于开放状态的"美"带有普适性意义，"不像我在小院里独享"那般仅为提供个人"一得"，而是惠及众生，回应了"阳光普照"的"道义正确"。这一重发现，让诗有了价值。因而，升级后的诗意境界就不同凡响，一阵阵热浪般的欢笑可以覆盖尘埃，在这样的背景下，我伫立或漫步林荫之中，沉浸于书香世界，所思自然就有了"往深处去"的可能性。"另一个世界 / 处处书声嘹亮 / 呢喃小鸟瞅望着 / 我闭上眼神 / 默念几首小诗 / 在这爽爽自然中释放"。这样的描述其实已超越"仿佛"，而是"心之思"：追寻美的事业，生活当然不乏诗意。

"诗是人类向未来寄发的信息，诗给人类以朝向理想的勇气。"本着这样的精神基准，出身于书香门第的张杏雨及早沐浴了诗的阳光雨露，踩着诗歌的节拍蓬勃出发。她在诗中表现出来对生活的自足与眷恋，对善美的追求与分享，对生命的执爱与寄予，对远方的牵念与笃行，无不彰显了一种初生的气度。可喜可贺！

当然，和众多初出茅庐的诗歌爱好者一样，她的稚嫩是免不了的，对现实的介入能力还不够有力，对内心思考的挖掘更有待跟进。纪伯伦说："诗不是一种表白出来的意见。它是从一个伤口或是一个笑口涌出的歌曲。"悲欣交集，歌哭人生，文学关于人类的艺术表现反映在诗歌上，需要苦行僧一样的投入，作为一门切近灵魂的功课，需要精耕细作、深思熟虑。相信如果她精研于诗，就一定会前景广阔！期待她的表现。

2020 年 11 月 26 日

诗意的自我修正与完成
——序王乔的《半个月亮》

　　王乔要出诗集，邀我写几句，因为新冠疫情惶惶，我已久不作文，实在没有心情，这个节骨眼儿上，脑子里的东西难以安稳，但与他有过一面之缘，又是老乡，遂应承下来。再则，退一步说，此期还有静雅诗心，如此亦是一种逆行。可以！

　　诗集取名《半个月亮》，清新雅致，有传统的审美意趣，有民歌的情感暗示，有边地的风华呈现，当然更是个人诗性内在的象征与注脚，是精神憧憬，是人生向往，展现了比较开阔的可阐释性。

　　确切地说，在诗歌的面貌展现上，王乔的情感还恪守着比较清纯的诗意承载。他的诗，与"现代性"的关系不大，对比强烈，这种"世外桃源"般的沉静，如果将汉语新诗百年比作时间的长河，那么，王乔的诗性感觉与表现手法持续的是五四新文化运动的诗建设。那些经由数代诗人实践而形成的稳固经验，在阅读端给养的今天的诗人中，就包括王乔。主题鲜明，情感真挚，分行完整，句式干练，抒发满溢。一首诗，从缘起、开展、启悟、达意，到结束，都不含糊，也不见复杂技巧，表情达意，是任务也是目的。诗人的选择，就是以情化意，以意载绪，因此读来没有晦涩艰深之感。

　　结构布局上，诗分五章，每个部分都有一个主题词和延展的意象组成一个感性的"象中象"。但这也只是一个大致的区格，因为无论是亲情也好，还是爱意也罢，是相约四季，还是活着本身，其实都是互相交织、互为构成的，当作者的意识在需要诗歌来展现情感逻辑时，这些不同的单首，也有了互相照应的关联，说得直接一些，都是活着的全部。不是常有人说，诗是活出来的，诗是活着的证明，活着就是一首诗吗？在《多打十分钟》里，"就在昨天，我打的这个电话／妈接了十分钟，然后／让爹多接了十分钟／／原来，针尖上的母爱／和麦芒上的父爱／怼了这么多年／现在，怼到我的电话里来了"，为了针尖上的母爱，麦芒上的父爱，愿意多打十分钟的电话，这个"针尖"对"麦芒"，构思精巧，也别有生活妙趣，呈现的是亲情图景，也是活着的温情必要。再比如《和声》"……筐沿上是横着一捆柴火／筐底仍然是我／／狭窄的天地里／我哭声一声比一声大／肩胛勒出血泡的母亲／轻轻抽泣／我是高声部／母亲是低声部"，在山地里，我的大哭（高声部）和母亲的抽泣（低声部），一高一低，构成和声，于是，一个简单的情境，就有了诗歌的造诣。类似这样，看似小巧，实则是生活参数使然，活着的底色，显而易见。

我喜欢他诗中写到的榨油房、坡地、凉桥、山崖等原生属地的感觉，甚至豌豆花、萤火虫、半个月亮等乡村风物折射的活着的情绪，哪怕仅仅出于诗意的修饰，或对及时的生活片段增添个人指向上的乐趣，都带着有别于野趣的真朴，这时，他是彻底忘记了"诗人"这个名号的，而是作为一个具体的人，参与到画面的构建中，情怀，成为唯一的依托。

我与王乔没有交往，仅一次在末未家里相见，这也好，关于一个诗人的解读完全来自他的诗歌。虽然说情怀也是普遍性的，不至于归纳一个诗人的独异，然而就那一次有限的面识，能看出他的本质之处，他身上保留着我们对自己曾经熟悉的那一部分，对人对事的注意力集中与一门心思的谦恭。就犹如他的诗《被阳光挤瘦了的村庄》"站在村口的某条路 / 以回归或怀念的方式 / 审视自己的家乡",这样的形象,又使他有别于一般层面上的老乡。审视,即回看,甚至有些情感之重的巡视——关于自己生长的地方,关于锅碗瓢盆的日子,关于相濡以沫的亲人,因为一个"瘦"字,重新获得了文学意义上的重构、陈述与真情的另一重梳理,介入了命运的角力,文字便有了血肉的活态。其实每个具有乡村生活经验的人,骨子里都少不了"瘦了又瘦的回忆"。这就不难理解,他会在《记忆》的开篇写道:"时间久了,铁的记忆 / 一不留神就开始斑驳、生锈。"来自父亲关于农业及农事的唤醒,刺痛了他,这是一个具有救赎意义的探测,对灵魂有效。

确实,纵贯诗人身上的灵魂守望,往往更见触动之功,我们何尝否定得了作为诗人的出生地情结?他写德江,写扶阳,写梵净山,写乌江,"写"是抒怀的必要表达,由此也宕开了他视野的宽阔,一个踏实的诗人不会放过任何耳闻目见的时机,包括走出去,在视觉的另一层面回证认知的灵性。在龙泉,他得出"农民用半斤秤砣压住整个春天 / 正在一粒一粒种下 / 今年的春光"这个超越眼见为实的"大观"。挺好!

在《我是聪明的》一诗中"……不过我还是 / 试得出脸和屁股 / 谁冷谁热 / 要不然就不会 / 夹着尾巴做人了",他相信自己是"聪明的",对冷脸贴热屁股、不惜夹着尾巴做人的生存,是清醒的。再如"如果能忘记所有的相遇 / 以及所有爱的词语 / 那么,我想 / 先我身体腐烂的 / 一定是出窍的灵魂",他的选择性忘记,是想让腐朽身体里的灵魂得以"出窍",在月光下找到"出发的方向"。是啊,活在尘世,谁也不能摆脱烟尘扑面的世俗桎梏,但谁都有向灵魂栖居的诉求,王乔在经年累月的琐碎中,没有被无情的时间打败,而是,诗意盎然地"撑着一闪一闪的绿灯 / 占据草丛那株马尾 / 抢占一块幸福的高地"。

祝福他，以诗确认着自己的存在，并在执着不悔的自我确认中把作为凡俗的自己修正，把作为诗人的自己飞蛾扑火般地去完成。

2020 年 2 月 29 日

在词语中校准精神坐标
——序卢建平的《词语的惯性》

因为诗，我与卢建平有过一面之缘。他诗性人生的实诚，就此进入我的视野：不急不躁、虔敬待诗，有如唐代诗人张易之吟诵的"千丈松萝交翠幕，一丘山水当鸣琴"的内在。这让我对他有了超越好感的尊重。鲁迅说："弄文学的人只要一坚毅，二认真，三韧长，就可以了。"卢建平在写作上的表现，像他人一样稳健。疫情汹涌的年代，诗集《词语的惯性》的推出，可视为他写作人生的阶段性总结，亦是个人呼应时代的精神能量。

整本诗集共分六个部分："动词的顽劣""形容词的率真""量词的冷暖""介词的眼神""名词的深忆""代词的忠诚"。编排考究，显然是花了功夫的。艾青有句话大意是，诗是一个人心灵的活的雕塑。不可否认，诗人卢建平，一直在以词为砖瓦，默默垒筑心中的精神殿堂。他在汉语领地，自由驾驭，诗性沛然地生发体感，由衷地发出灵魂的纯声，给自己也给读者提交了一册时光登记簿。那些记录于诗行的作为语言的词或词组，所传达的精神旨意，进入时光通道，开启了新的征途，打开了向内的坦途。

通常，诗人的动词情结是最不可绕开的一步，但是，能避开人云亦云的，并不多见。第一辑，卢建平以"顽劣"所指"动词"，乍一看，很夺目，深入诗里，才发现别出心裁的好，开篇之诗《任何已经发生的都是未曾发生的》，以俯瞰视角，表达了诗人对万物的敬畏，这种基于"存在即合理"的诗歌伦理，对"物"之"诗意"的美学升格，具有自生性目力。整首诗都处在"告知"的动感之中，而暗含的"预示"都伸向了不同维度，这让诗歌意绪含杂的丰富性得以确立。"风静下来的时候／万物都不发表意见／这个时候，所有眼睛都聚集到／黑色的天鹅绒，而魔术师的手指却被／忽视，阴影中／一定有什么在悄悄增加／而另一些自然在悄悄被抽离"。诗人暗示不为人知或易被忽略的那些隐秘事物的发展变化，殖生与委顿，都别有洞天。就像"窗口是睁着眼睛睡觉的记忆／任何已经发生的都是未曾发生的／就像树紧握着树枝／在静下来的风中，等待另一阵风"的自解。从隐喻到隐喻，诗带着情绪与腔调，没有落入僵化浅白的说教，而是孕育诗意形象，意在让读者的感悟与作者的心思触碰火花，或绽放激情的光焰。"说"是这一部分诗歌形态的基本表征，《流逝是难以篡改的真理》《我以为》《相信爱情》《一条鱼的赞美与感谢》《在一个词语的黄金分割处》等诗作，都把按捺不住的言说之词安放在喉结上下蠕动的韵律之中，安放在从内心到唇齿的迢遥路途。就像诗人读西苏的《美杜莎的笑声》那种抑制不住的表达："是一支骚动的画笔，从童年葱茏河边／到歌声飞翔的彼岸，该用什么色调／来横陈春天吹弹得破的肌肤，与喷泉／无与伦比的美丽"（《春天的胴体》）。抑或有着《升华》里的基于日常情感的表白达成的相融："蛰伏成圣洁的露珠，静静地／等候爱的光辉，透过睫毛的栅栏／抵达你发亮的双唇。"这些言说之诗，怫发脉管，动心载意，聚情凝晖。

我能理解心有胜景的卢建平在把自己从普通人蜕变成诗人之后，内心的波澜和思想的天空，要怎样的深彻大悟才能抵达求索之需。因而，在同是实词的第二辑和第五辑，他的情感聚焦在"形容词"和"名词"，这显在的诗意旨归近乎执拗。在那些煞有介事的诗歌创作经验之谈中,"形容词"几乎是被"口诛笔伐"的"倒霉蛋",而他恰恰不避偏好。或许他觉得这是葆有人性和生命保鲜度的归真、是关于词语迁徙的回溯,是一种驾驭能力的彰显。因此,当我看到"形容词的率真"这几个字时,自然就多了些许期待。在这个板块中,"表现"是诗人对诗的寄予。借助"有些含在舌尖下的词语",诗人为"形容词"在诗歌创作中找到了存在的合理性,甚至有些刻意地要突出"形容词"的表现,即诗意贡献,因此,"率真"这个判定,很有见地。"那个名叫幸福的女人 / 依着不再荒芜的等待 / 笑出了泪水","幸福"之于"女人",是一道丰盈的景致,是言笑晏晏的形象。可见,"塑造"是"形容词的率真"的核心思维,甚至带着几分冒险的偏执,但恰恰如此,才让平凡的生活闪现诗意光辉。等待、依恋、疼痛、遥远、向往、挚爱、沧桑、湿润、坚挺、寂寞、孤独、荒芜、幸福、温润……这些随处可见的散落于诗行中的形容词,无比强烈地指向了人和人的情感内核。同时也展现了诗人在处理经验与想象、思考与感受、主体情感与客体反射的主观能动性,既有个人自由,又不失传统规制,在现在与过去之间,呈现一种波西米亚式的艺术质感。"湖水再深,也深不过你漫不经心的笑靥 / 如果说沧桑可以融化久别重逢的喜悦 / 日子终将消弭执手端详的微澜 / 那么,某年某月的某一天 / 流连是否已经成为一句神秘的谎言 / 无论如何忘返 / 也返不过那些清澈的潋滟"(《贝加尔湖畔》),世界最深的内陆湖所象征的情深意长,能不与浪漫挂钩? "什么都可以揉碎,唯有 / 这条线,无论你如何使劲 / 不知源自何处的战栗 / 都在持续收紧。哥啊 / 爬坡不只是老牛与月亮的事 / 清风每长一寸,妹的心头便鲜嫩一片 / 深山也不过你双唇那么深 / 那么多静谧中的天籁 / 我独爱你忘情中的喊叫 / 像山梁上的那只蛤蟆 / 将所有的沙哑都投进了淌水的小河"(《小河淌水》),异域且切近心灵的呼应，穿透海枯石烂的爱恋，哪怕成为"一条线"，也要长流不竭。《轻轻合拢手掌，你就来了》《反刍纯白的爱情》《依偎》《因你的盛开而含情》《让深情的注视为你驱散风寒》《该拿什么接住你的美丽》《我们共同的修辞》《心悸》《通过一粒米饭吻你》……诗人开启反复咏叹的人类诗歌的母题，并由此升华自己的情感境界。惠特曼说："艺术之艺术，辞藻之神采，以及文学之光华皆蕴含于纯朴之中。"所有的"诗言情"，只有经得起"爱"的过滤，才能冠以"率真"。也因此，诗人才会通透地写出《我也愿意为你》这样的纯色诗篇，以归巢的小鸟、深情的落日、守候的梦呓、清晨的曦光等事物，扇形对应"等待了五百年的诺言"，永恒性关联"我愿意为你"的复调，诗性替换呼唤。敞开的隐秘，成全了诗，救赎了不甘枯寂的灵魂。"你掌心的温，有小小慌张 / 灯光在连廊尽头隐去微笑 // 楼梯的小心思，唯角落知道 / 会不会停电，是谎言还是故事 // 靠近你发际，喉间瀑布就干涸了 / 时间像人世上最短的直线 // 直线两头是心跳与鸿沟 / 响彻和空洞。都是我的宿命 // 就像这按捺不住的小兽 / 在你裙裾上蹭出微微花蕾"。这《小慌张》，慌了心思张了本，真叫一个情意深。

诗人为命名而生。卢建平为此感到踏实。在他的诗句里，实词的实在让诗意得到了实惠。正如他在组诗《双花西米露》的题记中所说："生活，需要诗歌和双花西米露，从玫瑰到茉莉，从茉莉到西米，从分到合，自合又分，分即是合，合即是分。"但诗人也绝不会就此以旁观的冷静复制显见规则。莎士比亚说，一朵玫瑰，你无论叫它什么，它都散发出美丽和芳香。作为对记忆的实证，卢建平总感觉"有一支无形的手"，握住他"疲惫不堪的身体，在黎明前的天空写下，与梦迥异的孤星和弯月"。每个诗人的一生都在奋力营构自己的苍天大地，在书写自己的隐秘内心，而语言作为载义言志的手段，必然会呼应脉象的跃动，这种近身肉搏的方式，卢建平称之为"词语的惯性"。面对大千世界，他知道"没有什么可以独自静默"，而是期待像"阳光一路天真地喊了过来"。只有在诗歌中，诗人的赤子情怀才是最为可靠的。"笔尖在光阴之外/书写明净的天空/浅蓝的抵达/是隐身于信笺之后的星光//那些堆积着黑白文字的心事哟/刚一展开/就有词语飘落/在残冬的暮色里"，基于抒情气息的推动，诗人借物寓意，调和了自我与外界的关系，从而抵近了明媚："歌或者唱，我抿紧嘴唇/怕一张口/便有词语，借助惯性/砸痛渐渐靠近的春天"。当下，诗人如何确立日常中的自我，怎样在语言世界获得共生的权利，并成为一个被语言呼吸救活了的"现代人"，被词语塑造，在经验世界成长为新的认知主体，是值得深入思考的一件"要事"。这让我想起德里克·沃尔科特的经验审察："改变我们的语言，首先必须改变我们的生活。"所以就不难看出诗人卢建平耽于命名的癖好，或许只有作为动词的命名行为才能让属于他的那些事物获得二次命名的特权。请相信在想象世界，任何主观情感的产物都能得到诗意眷顾。"如果一切都可以用翅膀命名/我会用树林命名小路/用玻璃命名你/那些木质的方格，不是沉默/也不是忧郁/他们是以远方和天空命名的从容/以及庄严"。瞧，一旦进入乌有乡，进入理想国，进入巴别塔，诗人就会发现自己无比强大，一切人间道义、万有真谛、使命责任担当，都会因为"发现"而自动生成"影响的焦虑"之外的广大时空和层次多维的净界。因此，他言："发现，依旧是可靠而纯真的/它熄灭迟疑/也点燃远处的辽阔/正如你斑斓的双翼/一面被智者梦着一面被命名环绕。"

我已然看到，在词语支撑的语义空间，诗和诗人同时找到了顺从于惯性滑行的句子而赋予了意味和意义的形态与路径。于是，量词量出了人世的冷暖，介词毕露活泛的眼神，代词携带着真情的刻度。那些关于季节轮回的诗篇如"一架缠绵的琴"，让诗人有了"张口即成歌声"的自信，恰切地应和了人伦的转合。当俗世再也回不到"从前慢"时，只有精神里的四季还散发着弦歌的清音。而"介词"的方向感，将诗人的地域倚重心思前置，屐痕处处，神采奕奕，乐山乐水，托物言志。"谁也不可能用一个蹩脚的比喻／便将天空的白云擦得这么干净／但你可以用目光不断将她涂蓝／直至每一缕阳光都如宝石一般深信不疑／／所有的草都争着用辽阔的风发言／树却以干脆的绿／朗诵着起伏不平的地平线……"（《从墨尔本到堪培拉》）。诗人觉得，所有说不出的愿望，都已在千年凝视中风化成沉默的传奇。正是这一重体验，加大了诗人形象的清晰度，而更多言不尽的山水，则深藏在卢建平的灵魂深处，孕育脱口而出的美声："赞美自会穿越干渴，信仰终将绿遍沙漠／再看一次你仪态万方的红／我就成了你翅膀上的美丽与尊严。"毋庸讳言，因了"信仰"，他以词为媒，借诗为器，校准了自己的精神坐标。

在诗歌境遇遭到工业化浪潮步步紧逼的今天，年过半百的卢建平依然本色不改地在打磨语言，爱着词的气味与痛感，这本身就值得抒情与叙事。波兰诗人赫贝特认为"诗人唯一的国王是语言"。读《词语的惯性》，我欣慰于语言把他带入秘境的驰荡，以及被诗意主宰的意志，接连半月，夜以继日地在我这儿获得呼应，引起共鸣。祝贺他！是为序。

第四辑 文本导读

诗歌是人类心灵的一个部件。这个部件只有在有慧根的人那儿，才会产生作用，才会对诗人在现实前提下拥有的超拔质素展现出非凡意义。

王陵春雪

》杨 梓

春天和雪一起来到银川
我一直想看黄昏披雪的西夏王陵
感受围炉而饮的温暖；我最想听
白发苍苍的智者，讲述党项人的尚白之梦

辉煌之后的宁静无边无际
九只雪白而饱满的乳房哺育着万千子民
从白雪覆盖到夜色笼罩
那该是荒凉之上的绝代繁华

西夏王陵尚未开发，贺兰山麓的戈壁滩上
只有几座高矗的陵台，方圆杳无人烟
偶尔掠过昏鸦的几声鸣叫
穿透寂静无边的旷野

面对陵台、贺兰山和雪花之后的夕阳
还有另一个世界，共饮了一瓶白酒
一条地毯式的金色光带从西天斜伸过来
我站起身，天已全黑

导读： 第一句说西北银川春天来迟的独特景象：春雪共舞。在此背景下，我的所想与所闻，穿透时间，进入那个曾经辉煌于历史深处的党项人的精神维度，进入野史的自由空间：尚白之梦。诗因此有了积淀之"实"所具备的情感依托。悯惜的，悲怆的，昭示对一个亡逝族群的追忆，以及诗人在即时情景下的心灵状态。辉煌、白雪、荒凉构成的美学关联，将"九只雪白而饱满的乳房哺育着万千子民"提到壮怀的深度，于是有了建立在呼应亡灵基础上的激荡与惋惜之情。字面背后，是复杂意味的弥漫、散在与延伸。于是，第三节，将自己的意识从"怀古"里拉回来，拉到现实观察的纵深。在作者看来，未被开发的西夏王陵也许是一种幸运，是躲过时间"屠刀"的命理运行，隐没于久远烟尘的坟茔，在贺兰山麓的戈壁滩上，"几座高矗的陵台"被寂静穿透："方圆杳无人烟，偶尔掠过昏鸦的几声鸣叫，穿透寂静无边的旷野"。这情感渲染对整首诗而言，已达到高潮。因此，尾段让"诗绪"跳出"另一个世界"就是一种必然的顺势而为，转入既定现实，就多了一份人间烟火的活力。然而，尽管诗人挣脱了雪中王陵的带入，在夕阳的陪伴下，本因忧思而饮，却不料被酒力带入更大的"深愁"——我站起身，天已全黑。一字千金，作为肉身的我，可以在言欢中度过一宿，而灵魂的此在，则进入了深思忧戚的无尽之中。看的是雪，想的是命，是循环往复的历史烟云和复杂沉寂的诗意冲动。杨梓的诗既有匹配宏阔西部的大气象，又不失现代性观照下的诗写深刻，这让他的诗在葆有新边塞诗形式感的同时富有多层次的深邃意味，因而形成自己的辨识度、内在感和诗性主见。

池塘边

》雨　橡

那朵睡莲

临睡前

叫了我一声父亲

我便控制不了自己

轻轻为她唱一首晚歌

寂静的池塘

除小鱼儿不羁之外

都想克制

一张蛛网从树上悄悄地散落

我的女儿，好像没看见

导读：诗的开头，睡莲临睡前"叫了我一声父亲"，一个荒诞的起笔陡峻、突兀但合理。诗人夜深人静时，独立荷塘边，和外物保持着"克制"，我惊异于这首诗的"造境"和戏剧化特征，一种冲突中的和谐之美影射了诗人对复杂现实之外的向往。当然这并非是精神逃避，而是作为梦想的存在与人格高洁的诗意诉求——"轻轻为她唱了一晚"的"莲"象征了什么？无须我赘言，我需要提请读者注意的是他抒写田园牧歌，却去除奢华的铺排，如此干净、有张力，内里妙趣沛然生辉，短短 10 行，简单中蕴含多褶的层次美，读来十分有味。诗评人西翔曾借用英国诗人菲利浦·拉金的一句话"当我开始写作更具有特色的诗时，我已经发现了如何使诗像小说一样耐读"，点出了雨橡诗歌耐读的特性，一点不为过。

棕榈树

》周 鱼

名画家或摄影师作品中的
任何一棵树，都比不上
现在我从它的
幽暗下面穿过的
这棵棕榈。
它们都活着，活在
画布上、照片上
且会一直活。
只有它令我突然感到它
会死，因此它才
在此刻无比真实地活着。

湿气凝聚在叶片上，吸引
金色路灯光，它微微颤抖，
告诉我这是一个唯一的黄昏。
这里有一个唯一的我，
一个有所缺失的我。那夜
有一个人从我体内取走了
一小块，留在

那条街道。

总有一日它会

从某种定义上回来

还原我。

但请在——

不还给我的时候

就别还给我。

这样在瞬间里，

这样在失却里，这样和

一棵会死的棕榈一起

活着，是完整比不上的。

导读：对共生经验的个人化阐释，由此而展开感性物体的丰富内在和发现意义，是此诗有效性强烈的显著特征。诗人着意于真实话题，也就是经验自辨的一次精神深度的挖掘。

　　诗的外在意绪来自诗人平中见奇的洞察：暮色里，灯光下，一棵路边的棕榈树，是任何画家或摄影师的"杰作"都比不上的，因为那是一种人为化了的"假"，对它们的存在与否的研判带出一个背景意义的"时代"，虚假充斥，失真盛行："它们都活着"的事实（现实隐喻）到"且会一直活"的判断（经验感知）。对于有识见的诗人及诗歌，深层理性无疑是形象化塑造的基因，自然世界的棕榈树（真）与画布上、照片上的棕榈树（假），构成了标本性的意味。假的会活得生机勃勃，而真的终将老死。这是悲剧，是对人世间的考量。就意义"场域"的整体性看，诗的第一节，已经完备。

　　但诗人兴味益然，他实在憋不住续"隐"。他站出来"言志"，演示一个"缺失的我"，即一个缩小版的辩证的"时代"，诗人指涉的取舍，已经不是常态认知的得失，"在失却里"和"会死的棕榈树"的"活着"，才是真正的"完整"，或比完整本身更深刻。此眼力，独到深刻。

诗人对真假的态度，既一目了然，又味出多汁。诗人借助语言符号暗示具有纵深感的内心表达，比图画符号更富于表现力。法度的审视，视角的变易，层递的转捩，因精微的叙述而让"物"传递出哲学思考的别裁。

星光下的河流

》大 卫

先用太阳命名一条河，然后
再把这条河流放在星光下
更有意思的是，这条河流
可以直接放进时间里

这条河流是自带钻石的
它把浪花分给两岸
这条河流甚至可以脱离世俗
直接成为大海的分支

今夜，我有幸与那片星光一起
成为它的波浪与流域
坐在河边，甚至感觉到肩上的露珠
是有弹性的

侧耳细听，还会有虫子的叫声
从未感觉到，一条河流
会在暗夜里布置生命
清澈的星光，亲切的鸟鸣

细细的虫子

发出细细的叫声

喜欢这星光下的河流

水面是软软的，颤颤的

坐在这里一动不动

仿佛河的第三条岸

其实，心跳是很快的

我就是那个自带火苗的人

看似不起波澜

其实内心一直有什么

在一闪一闪

导读：对诗歌而言，命名是一个神奇而富有挑战性的课题，或者说只有在诗歌中，"命名"的可能才会达成建设性的意义指标，因为诗歌更接近"三生万物"的道家学说："道生一，一生二，二生三，三生万物。"

以太阳命名一条河流，这大胆的想象富有创见，这条河流昼夜流淌，一直流进时间深处。在处理时的关键词是"放"，这个动作背后，折射了"我"遗世而独立的旷达思想，而背后隐含的"小我"与"河流"所构成的关系，浑然无隔。由此，诗人导向了为自己精神命名的另一种开阔：闪耀金光、自带钻石、超凡脱俗，直接连通大海，并成为大海的一部分。而"我"倍感荣幸的是，与星光一起成为河流的"波浪"，成为"流域"。"波浪"的动态美学与"流域"的静态哲思，反衬我立身岸上惊异逝者如斯时的恒久姿态，悠悠的千载之思撑满躯体，肩上的露珠弹性十足，这夫子自道的形象，十分生动。诗意至此，思想层面的"超脱"渐入佳境。

当然，诗人不会限于一首诗的"大"得以满足，而对微观探知，更别有真切迷恋。从目睹之成色转移到耳听有洞天的深邃，让诗的内部空间变得丰赡。这条河流不仅会闪光，而且还会发声。伯克兹在《指定继承人》中所说："好的诗歌是对声音和意义的一种复合性认可……声音是意义的一种，意义也是声音的一种，因为意义对应于心智，声音对应于心境。"星光下的河流，忠实地映照了诗人的即时状态。随着诗意的掘进，河流已经升格到精神世界的繁富，"我"仿佛已是"河的第三条岸"，命名从外向内渐转，从而抵达对自身强大之心的洞见，一闪一闪亮晶晶的是天上的星，也是临河冥思的心。

诗人动静交织完成的诗学追问，既是诗之道，也是人之道，更是心之道。

峡谷与拖拉机

》姚　辉

废弃的拖拉机，靠近
父亲指认过多次的峡谷

它开始锈蚀，像天上那轮太阳
它咽下轰隆隆的声音
将身影，夯进水田与野风深处

它奔跑时留下的路线
属于火一般消退的年代，属于
杂草与孩童彤红的张望
它用四颗螺丝，铆紧
急剧下滑的黄昏
它复制过属于谁的酸楚？

有人将一只羊
拴在打盹的拖拉机上
羊用舌头，舔舔拖拉机前额
它试出了铁与油漆斑驳的温度

而一块铁将重新发出响声

红色拖拉机，将又一次

压低风雨构筑的峡谷……

导读：乡村气息扑面而来是这首诗的典型征象，但表征的外在感受不为诗人所动，而诗里乡土的内秀，才是诗人的根本慕求。地方性深度记忆的下沉诉求，写出了时间与人心构成的双重维度，正是这个层面的意味，让诗歌的走向变得异质而又入心。父亲与峡谷的命理关系，本来比较沉闷，却因为拖拉机而鲜活生动，充满现代性暗示。停在峡谷里的拖拉机，作为一个历史隐喻，折射了深耕岁月的独特画意。"它奔跑时留下的路线 / 属于火一般消退的年代，属于 / 杂草与孩童彤红的张望 / 它用四颗螺丝，铆紧 / 急剧下滑的黄昏 / 它复制过属于谁的酸楚？"诗载动的情感，具有明显的时代旧迹与线性特征。但是，由于诗人个体体验深刻，因而不乏细节的动人与一段已知生活渐变褪色朝向未知的幽微敞开，这正是使诗意变得难能可贵、变得接地气的神来之笔。作为一首诗的"意外"，拖拉机的命运使它有了一个搁置的当下，被一只羊相伴，铁与羊之间的突兀美学，变得和谐有趣，因为"它试出了铁与油漆斑驳的温度"。或许得益于这个启示，因此，在诗人的意念中，这架废弃于峡谷的拖拉机被赋予了勃勃生机，"将重新发出响声"，在风雨交加的峡谷里重新出发，迸发无穷的动力。这种永恒性的探索，恰是诗人写作扩张的一次诗学实践。

站在下游

>> 张德强

无须讳言，眼下
我已站到了人生的下游
离入海口不远了

终于开始慢下来，舒缓似一片落叶
几百里随波逐流
跌宕起伏
水花飞溅成一些分行文字
或许聊可自慰

回溯源头，那清澈见底的笑
早就被污泥掩埋
我的上游青春，曾漩涡般迷乱
山石嶙峋，岸树苍郁

而水流一泻如注
长河便义无反顾奔赴大海
呐喊，欢唱

导读：以"河之下游"比兴"生之尾段"，这首先就让公共区间滋生感点有了可行的完成度，共鸣的首要条件是类通，个人经验与大众感知一旦接轨，其带出的效果就是感叹——抒情由此而硬扎。这对于张德强来说，就是活出的境界，一种直接的力与美的生成，一种抵达入海口的豁达的可能。那么，"慢下来"就是必然，如落叶"舒缓"就成了生命"人自无求品自高"的象征，而随波逐流的诗意，正是诗人诉求之中的那份不刻意，那份无用之用的逍遥。偶尔采撷浪花，分行聊以自慰，入心，即是到家，到家的透彻，到家的不拐弯抹角。第三节，诗人一反前述洒脱奔放、万念不惦的超迈，而言"回溯"，这其实是检视自身之"思"：在人生长河中，污泥掩埋清澈，青春迷乱如嶙峋的石头，但不管上游有过怎样的跌宕，一生经历多少苍茫，但朝向大海的流水却从不停歇，诗人敢于用"一泻如注""义无反顾"这样的固化语言彰显、昭示自己依然未曾失却的初心，回到"呐喊"与"欢唱"的本态。整体看，此诗章法讲究，书写承载了汉语新诗遵循"严整"的传统。姚鼐说："文有一定之法，有无定之法。有定者，所以为严整也；无定者，所以为纵横变化也。"能掌握"一定之法"成"严整"之诗，是为所能。

我有美的能力

>> 程　维

我有美的能力
必将它转向博大
而不再计较于小辞
如果山河是可以吃的
小鲜的烹饪法
束之于壁
闲下来的流水
自当无需多言

我有美的能力
也要藏之于海晏
不会轻易示人
而耽于炫技
如果与虎谋皮
拆骨浸酒
抱朴的美学
必趋之于毁灭

我有美的能力

人间修辞早已齐备

我以汤勺而取

上帝不该予以责怪

我以庸人之心趋之

还之以拙

就是对美的尊重

而不事雕虫

施于挽弓的巨臂

导读：我有美的能力！这种舍我其谁的气度在碎片化当道的诗坛，不多见。诗人身上或大脑潜意识里残留的 20 世纪 80 年代诗潮裹挟的个人文化趣味，在今天，无异于一种骨气，一种坚挺的飞扬之力。起码是，诗人宣言般的自我界定，顿然明了，却又不似一条标语的粗鲁与难堪。

程维的这首诗有着强烈的本我意识，诗以三节分别呈现了有别于小我喧嚣的博大，有别于炫技精湛的抱朴美学，有别于雕虫小技制导之下的庸人哲学过分的本我。不难看出，对于"美的能力"，第一节，从味；第二节，从典；第三节，从理，最终的指向，是诗人的从心。史铁生说："对写作而言，有两个品质特别重要，一个是想象力，一个是荒诞感。"这于诗歌而言，似乎更加重要。诗人出离现实的主观，却又终于本我的主见，冷峻和节制的表述之下，藏着强大的试图冲决成见的勇气。

是的，诗有表征的理，但也不失内里的强突，二者的悖论情绪，涟漪一样贯穿始终，诗人所见和文本在思，一唱三叹地转化成张力对峙的现象诗学语境。生命本真的复位与个体认知的加载，随着情感逻辑的推进，而有了更多对接外部经验的可行性。

现在我只爱一些简单的事物

》潘洗尘

从前，我的爱复杂、动荡

现在我只爱一些简单的事物

一只其貌不扬的小狗

或一朵深夜里突然绽放的小花儿

就已能带给我足够的惊喜

从前的我常常因爱而愤怒

现在，我的肝火已被雨水带入潮湿的土地

至于足球和诗歌，今后依然会是我的挚爱

但已没有什么，可以再大过我的生命

为了这份宁静　我已准备了半个世纪

就这样爱着，度过余生

导读：潘洗尘的诗歌总是能准确映照"活得越来越纯粹"的意念，他的情怀里有一种东方哲学与美学的圆融，清晰温润的表达始终如一，语调平滑，不突兀。能做到诗行演进的无杂绪且又不单调乏味，是功力体现。"至于足球和诗歌，今后依然会是我的挚爱 / 但已没有什么，可以再大过我的生命"，以此看来，我们有相通的心境，"现在"，历世过后的一个时间节点构成整体的大转折——我只爱一些简单的事物。这是共鸣的触点，也是诗思归一的原点。这首诗，对从属于心性自由的贯彻通达而本色，从前的爱及愤怒情绪，与如今的爱，已经截然不同，如此巨大的区别，来自诗的透悟，真正的挚爱一定是有选择和立场的，在宁静里爱着，尽管余生有限，但却是真正接近于那个"完成了的我"。

明永恰

>> 于 坚

群峰冷冷如阳光下的黑夜

斜坡上，明永恰冰川领着洪流

一直涌到世界之巅

冻结于绝对之白

尺度消失处

道始

神来

不寻常的朝圣

令崇高者永怀困惑

最高，是搁浅在顶峰之上

还是秘潜于经文的某一节？

东竹林寺的诵经之声告一段落

隐身云端的剧场拉开阴森帷幕

诸神离座提着落日之袍嬉戏在天空之庭

哦，在那儿，一步不是一个脚印

脚踏实地者永远无法抵达

哪怕揣着荷马史诗、冰镐和

暗藏在各种蓝图中的意志

智慧在焦虑中等着腐烂

英雄必然失败

他们的墓在途中

觉悟到美之虚无的是那些

定居在雪线以下的牧人

他们放下猎刀

跟着沉甸甸的妇人去大地上生殖

解放炊烟，烧制陶罐，酿青稞酒

哦，瞧那常绿的草甸上

牦牛们低头感恩。千年如此

苍鹰只在坡底的黑森林上盘旋

导读： 读于坚的这几年的作品，我感叹传统的力量和影响无比强大、无处不在也无比管用，他以诗作强有力地反击自己曾经留下的"诗到语言为止"的兴起之言。他的诗，越来越注重神性的建构，并力图以诗歌打通诗思抵近神明的遥遥路径，每一次提笔都特别在意神灵的感召，这确实是诗写境界的一种修为，不悬空而实在，每一步都清晰而绵远。此诗写明永恰冰川，目的是为了"神来"。但为了这个"理想"，他的着力于"诗道"，赋予情景化的冰川以陌生化的想象。在静观的过程中，静思罩着巨大的朝圣动机，与别人诵经不同，于坚以诗歌超度修行，尽管"必然失败"，未能如愿，但他看到了靠近神明的事物：妇人、炊烟、陶罐、青稞酒、草甸、牦牛、苍鹰等，并在他们身上体验了一次全新的悟道。

夜读散记

》江安东

我们总能想出办法对付黑夜。
我读一本刚买来的书。她看夜场韩剧
眼睛被主人公的爱情照得很亮，然后满足地睡去。

而银杏树一定还在路边，是惶恐还是忍受？
很多生物，这些人类的近邻
正在泥土下翻身。

翻过猜忌、仇恨和贫富之争这一页
但是，我还是能够在下一页
辨认出他们：互相撕扯，冒着烟。
止息的风，或许正在酝酿。
一阵雪粒簌簌地落下。车棚上
和地上的薄雪，反射着白光。

寂静的白光，在我熟睡中一直亮着。
黑夜像个顽童，在上面滑行。

时间用铁锤敲打着我们的耐心。

很快，白雪会消融。我和光线穿透的窗帘

那些路边的树，一起来到仿佛幸福的早晨

导读：诗写阅读带给自己日常生活的美好，写得这么风生水起，温馨动人，一下子触到了我的心底。"我们总能想出办法对付黑夜"，尤其喜欢这个开头，提炼出了一种诚恳而真实的普遍性。开头一节，描绘了小日子的温暖，读书与看韩剧，彼此都从生活中找到了满足。然后笔锋一转，进入她睡眠之外的文本世界，进入情节与意味无限之中，进入那些打开生活的文字和照亮精神的寂静里，因"我"的阅读感悟，丰富与细腻在洞悉中经由二次创造而变得更加迷人。有意思的是，其实对阅读与看韩剧，作者的情感倾向是明显的，但诗人没有让诗句充当辩手，去情绪化地评判是非，而是以"有容"的心态专注于唱好自己的"心曲"：在当下的道德底线之上，谁都有自己认定的价值观，谁都有被别人羡慕的东西，就看谁展示的东西更有魅力。能让人和穿透窗帘的光线与路边的树"一起来到仿佛幸福的早晨"的阅读，是不是还很管用？

敬亭山记

>> 李少君

我们所有的努力都抵不上
一阵春风，它催发花香
催促鸟啼，它使万物开怀
让爱情发光

我们所有的努力都抵不上
一只飞鸟，晴空一飞冲天
黄昏必返树巢
我们这些回不去的浪子，魂归何处

我们所有的努力都抵不上
敬亭山上的一个亭子
它是中心，万千风景汇聚到一点
人们云一样从四面八方赶来朝拜

我们所有的努力都抵不上
李白斗酒写成的诗篇
它使我们在此相聚畅饮长啸
忘却了古今之异，消泯于山水之间

导读：对中国文化传统旗帜鲜明的承继是李少君的诗写胆魄，他对"自然是中国古典诗歌里的最高价值"的理论坚守其实也是留给自己诗歌创作的一个精神底本。悠悠万事，自然为大。荷尔德林曾说："如若大师叫你却步，不妨请教大自然。"在精神层面，大自然无疑是人类的大课堂，可汲取的养分取之不尽。如此佐证，旨在说明作为艺术的诗歌不应回避自然万象的精气神，北宋的张载认为"凡象，皆气也"。李少君的自然至上情结让他超越了驳杂语境下的诗歌碎片与乱象，而进入更开阔的视野和更为可塑的完整性。这首诗，在感怀宣城的敬亭山。这座被李白的诗歌塑造得壁立千仞的"圣山"作为自然造化和古典诗歌的一种象征是显赫的，也是激荡人心的。诗的结构整饬，内容好读易懂，每一节的领起都很"自然"，每一节的拓展又都很"远大"，诗意地追问和回答了人在自然面前的思考、在时空变幻之下的冥想，以及对人与自然的关系的探寻与解密，气息苍茫雄阔、超脱豪迈，显现了一种自然诗意的宽广气度。

凌　晨

》费立新

凌晨四点半，不远处公园里的蝉
已经开始嘶叫。
空气灰暗，沉闷。
没有一丝风吹来。

我睡不着，我越来越睡不着
我走向阳台——这么闷热的天哪！
那些蝉，像城里的农民工
在没有空调的屋子里
也会睡不着。

我听见我的灵魂也在痛苦地嘶叫，嘶叫
没有一丝风
天空沉闷，像一个锅盖……

那些蝉，并不知道它们栖身的树枝
树根早已腐烂。

导读：提起同城诗人费立新，我就心生敬意，他对诗外功名的遽然超脱，对事物本质的准确界定，对生命意识的冷静深思，对人文精神的默默恪守，都处在较高的层级。他的诗数量不多，但都保持了强力的质素，即便放在当代诗坛的"台面上"考量，也毫不逊色。他的功力扎实，作品内涵深邃，叙述从容，诗真诗美有见地，尤其是对自我灵魂的内视一直保持着透彻、真切的主见。这首《凌晨》，写实于一个生活细节：凌晨四点听蝉鸣，睡觉不成见通灵，于是，五味杂陈的世相一并在心里翻转，"那些蝉，像城里的农民工／在没有空调的屋子里／也会睡不着"这个联想带起的悲悯感自然而具触动效果。"天空沉闷，像一个锅盖……"这独特接地气的想象与结尾两行"那些蝉，并不知道它们栖身的树枝／树根早已腐烂"体现了诗人不俗的艺术发现功力。

另一个秘密

» 西　娃

在暗处，在任何人的目光都无法
看到的地方：她绝望地看着他
——这个坐在原木堆中的雕刻师
他正一点点地雕刻她。鼻子，眼睛，唇……
她从暗物质中分离出来，被迫拥有身形

她多么恨他。宛如一首诗，她游荡
以任何形体。却被一个诗人逮住
被造物与造物之间的敌对关系
悄然形成——这是另一个

秘密："不要以为，你给了我形体，就给了我
生命。"孩子这样告诫他的母亲

导读：印象中，西娃诗歌的尖锐感很强，他运用空间的经验比较智慧，用语干净、精细，犹如亮晃晃的刻刀。每一首诗都是一块压缩饼干，文本的张力强大，在冷静的洞察中展现了庖丁解牛般的揭示力，以及介入事物的现象与本质的批判性。这首好诗，采用剥笋法，层层揭示，既有游丝般的细腻描绘，又有超验的细节

延展，更有整体观照的形象性提炼。诗人想要打开的秘密是非单一的，既有塑像与塑魂的不同，亦有爱与恨的转换，还有局部与整体的关系，以及灵魂与肉体的辨识，等等，在其中都有对位。另外，写法的错进错出和技艺的多样性，也让这首短诗产生了非同寻常的美感与深邃的内蕴。

在东莞遇见一小块稻田

》杨 克

厂房的脚趾缝

矮脚稻

拼命抱住最后一些土

它的根锚

疲惫地张着

愤怒的手想从泥水里

抠出鸟声和虫叫

从一片亮汪汪的阳光里

我看见禾叶

耸起的背脊

一株株稻穗在拔节

谷粒灌浆在夏风中微微笑着

跟我交谈

顿时我从喧嚣浮躁的汪洋大海里

拧干自己

像一件白衬衣

昨天我怎么也没想到

在东莞

我竟然遇见一小块稻田

青黄的稻穗

一直晃在

欣喜和悲痛的瞬间

导读："写实何以出诗意？"是我读杨克这首诗冒出的追问。当
然，这必然与诗人非凡的情怀、功底、境界和创造性的语言及技
艺息息相关。此诗的题目，让人对退守于后工业时代的传统文明
产生挽留、悲悯与无奈之情。开头一句以"厂房的脚趾缝"的广
角造喻而总起，"一小块稻田"的来之不易，一下子把生存的大
命题诗性化，并衍生无限的生命况味。"矮脚稻／拼命抱住最后一
些土"，这两行喻示活着的艰辛。接着从第二节开始进入细部的
叙述，刻画稻子的根如"铁锚"张着，再联想，如愤怒的手，从
钢筋水泥的丛林里"抠出"鸟声和虫鸣，这是一株稻子在祭奠失
去的"家园"，"禾叶耸起的背脊"的坚毅表明不屈于圈地运动的
灵魂依然存在。第五节视线移位，稻穗拔节的乐观精神"传导"
于"我"，将"我"身上的"喧嚣浮躁"无情拧干。我觉得，杨
克此诗的高妙之一在于捕捉和使用了"白衬衣"这个比喻性意
象，这无疑是农业文明的精华与纯洁的象征，现在因一小块稻田
的"遇见"而为我"获取"，明晃晃的，如摇曳的稻穗"一直晃
在／欣喜和悲痛的瞬间"。杨克的诗，隐含的感染力很强大，他
朴素的诗人情怀从不背离贴地的张力。穿行于这个时代的光华与

隐疾之中，他没有因忙碌而失却敏锐的洞察力，那些淹没在烟尘中的眼前事物，因为他对温暖的向往与人性关怀的铭记而洒满了一层诗意的光辉。

蚯蚓，是地下诗人

》马启代

——蚯蚓，是地下诗人。最懂黑，所以不说话
唱歌，但像元曲或宋词

它让土地穿越身体，如诗人让黑暗穿越灵魂

所谓精耕细作就是从泥土里打磨词语
它不以柔克刚，只以小搏大

为了躲开人类的挖掘，那些血腥十足的铁爪
它必须把自己向深邃里写

导读： 在当代中国诗坛，马启代以倡导良心写作而独树一帜，但这同时也把自己的写作实践推向危险境地，因为稍不留神，就容易掉进自设的精神语境的陷阱里，好在读这首诗时，我没有看到任何概念化的影子，或者说没有出现担心的那种先入为主的中心思想对诗人艺术创造力的遮盖。首先，诗人向下的眼力拉低了可能高蹈的赋物情感，一个"地下诗人"的直接命名予"蚯蚓"以高贵的桂冠，但是，读者在意的是，高帽之下的诗性创见。马启代提炼蚯蚓拥有"最懂黑""让黑暗穿越灵魂""把自己向深邃里

写"这三重境界，抢眼，也很有说服力，写蚯蚓的诗歌不少，但如此诗一样写得不冒失，不吹毛求疵，写出了新的洞见的，不多。我发现，不避重就轻，不虚张声势，善于对世界加以本质性的发现与笔力千钧的书写，是马启代的强项。

从南方的树下走过

》 江　野

磨一面铜镜那样
从南方的树下走过

冬天，树叶依然茂盛
总要它们向下坠落
可是树叶的阴影依然连着
嘴唇的缝隙

从里面看过去：
世界上的人仍旧没有树的样子和灵魂

磨着我。它们盯着我观察了很长的路程
但我不会反光

不会树叶一样折射虹
和一圈一圈荡漾的行人

导读： 这首诗成色很好，质地很纯，格调亲切、柔和，内在凝练
而富有弹性，写出了一种归隐的情愫和超逸的禅意。诗中的现实

是作为背景化解心境而存在的，动感十足。"磨一面铜镜那样／从南方的树下走过"，开头两行生魅得力，时间是一面镜子，我是磨镜之人，在南方的树下，思考宇宙大化、人生万象，追问生命的影踪。这棵树是实，也是虚，其实喻不枯不倒的精神之树，凸显了诗人自我建构的勃勃雄心，因为这份高拔，他看世界上的一切，就多了一分透彻的底气，当然也包括对自己的省思。时间也磨着我身上的斑斑锈迹，但这忠贞不渝只会让我的肉体老去，而不会有"反光"，唯有精神树叶才会折射彩虹。诗成于"我思故我在"的哲学经验，但没有任何浮泛的宣示口气，维护和展现了诗歌作为艺术的动人一面。

在异国他乡与汉字相遇

》韦廷信

当我遇见你，我体内思乡的因子迅速张开双臂
甚至冲出身体。这是血亲之间的感应
我恨不得调出体内 5000 个汉字紧紧围住这条街道
表明我此刻一点也不孤独
在这里，皮肤不同，语言不通，我已穷途末路
像被丢失在异地的一枚月亮
独自圆缺，自调阴晴
我站在这个用汉字书写的"中国菜"菜馆招牌底下
像一个遗失多年的孩子终于找到了亲生父母

导读：这是一首以事实意味唤醒精神寻根的抒情诗，它一反作者喜欢叙述程序的习惯，而以事为钵，盛下乡愁的米粒。在异国他乡，遇见汉字，也仅仅是"中国菜"这几个常见字，却隐含家常的诸多意味。这比体内的 5000 汉字存储的威力更为巨大，也是真正的血亲的源头。通常，"当"字领起，就更靠近假设，离本真略远。可是，在这首诗里，一切呈现都如此切近，带着切肤的温情，所幸的是，诗人在气息转换中恰切地安放了寓意深刻的一枚月亮。这就不同寻常了，诗歌有了文化指向，诗意有了烟火日常，月落月圆缺，这字面背后带动的深意，没有一个答案可以

清晰地回答，只有诗的包容，才能形象地完成诗意主体在异域勾连的万古愁。不过不用焦虑，诗人已经提前预设了回应，尾句断案一样有力，"终于找到了"，关联的"亲生父母"，嘆然将血缘意义上的亲情升格到地缘高度的家国依恋。一首短诗，小的是形制，大的是涵泳，予的是深思。所谓立言，通过此诗，有了被实践的快慰。

河 流

>> 徐琳婕

想到一贫如洗，想到
清澈，干净。想到长明村
薄薄的，灰色的命运。
想到那个叫汪水爱的村民
年纪轻轻，丈夫就随河流远去
她把自己日夜埋进贫瘠的土地
好喂养两个还没长大的孩子
她说，累了，就把身体撕碎
放进河流清洗。任凭河水带走
她坚挺的乳房和骨子里的娇媚
河流顺着她身体的褶皱，掠走她作为
一个女人全部的美。她说
她从不让河水流出自己的眼睛

导读： 开掘个人有限经历中的隐秘经验，使之传导出一种公共性感受，并让心思超拔日常，有了往深处探进的触动，徐琳婕的这首诗表现优异。在她的诗歌视野里，敞开的生活，经由审视后的裁取，变得不自在了，那些微妙的细部感知里，藏掖着尖利的刀锋般的能量。这首诗，以河流的博大隐喻女人命运的全部，暗含是水的女人，一生都无法摆脱苦累，不得不随波逐流，但是诗人想要表达的，是一种不屈的隐忍之力，一种无私和甘于奉献的美德，一种坚韧而又倔强的人性之正能量，一种被索取与自愿的悖论始终互为张力咬合着，推进着诗意带着内在意义转换，展现了一种难得的"唯一性"：叙述的张力贯穿始终，形成一种非虚构的"在场"，生成强烈而尖锐的生命情绪与俗世价值观的启悟。在阅读端，确有"让人于惊愕中领悟到诗中的一切"的基于现实把控的超验回应。殊为不易的是，她直击本质，自带狠劲儿，下笔如下刀，即便写亲情爱恋，都有命运感的凸显。这得益于她诗里有人，有人情味，有烟火气，有清苦的成长史和生活的宽展度。恰如罗伯特·佩恩·沃伦所言："诗歌就是生活，是充满了活力的经历。"这，也正是徐琳婕诗歌的最大亮色。

网虫的虫

» 翟永明

要把你吞下了
要对你的肺做出决议了
要把你的手伸到天上抓住电话线了

网络的络和网虫的虫
名字都像是一条彗星的尾巴
名字后面我们都是木偶人

网虫的虫就要出发去蜕皮了
它们给我每天的杯子里装满了玻璃
它们给我的眼睛鼻孔和喉咙

填满了幸福的指纹，每天我提着灯笼
抵死搜寻那些躲在蓝色天空后的人
我看他们，想他们，呼他们

是因为看，想，呼另一个人
一个从不上网的人，妹儿或是媚儿

都与他无关，妹儿或是媚儿都是些

不知名的虫，它们牵群打狼，呼猫唤狗
一条呼唤另一条，又被第三条丢失
它们是些抵死快乐的虫，它们提一些抵死快乐的问题

遗憾呵，不管怎样我好像在飞船上
无人目睹地飞行　不管怎样我好像
来到一个比天空更像天空的地方

不管怎样我都只按"前进"这个按钮
不管它在与不在　进入还是退出……
遗憾呵，世界上所有停电的日子

导读：人们提起一个诗人，首先想到的不是其诗人身份而是自动将其放到"文学"的高度去指认，本身就是气场强劲的表现，作为 20 世纪 80 年代女性诗人代表的翟永明，她震撼文坛的激情和独特奇诡的光芒已经被文学史肯定。当然，这也成为羁绊她前行的一个桎梏，为此，她一直在摆脱中求变，也一直保持着诗艺的灼灼烈焰。这首《网虫的虫》，翟永明交代"写于 2000 年初学上网之时"，10 多年后才翻箱呈现，可见慎重。读这首诗，能明显地感觉到她的喜好在从普拉斯到叶芝的转换，气息变得绵和，智趣多了触须，语言自由而迷人。她从网上窥人也探自身，带着本地口音的幽默与调侃"呈现出别有思想深度、别有审美意趣的整体风貌"，以诗的形态写出了触网之"痴"。尽管她不再使用穿透力很强的集束语言或句群，但仍能从开头的"吞下""对你的肺做出决议""手伸到天上抓住电话线"与结尾的"不管"与对

停电的"遗憾"中，看出她激荡的义无反顾的那种"精神气质"。这就是风格，是才气的底色，任由手法与心志变异，都不可能丢弃。这也是翟永明的诗歌始终保持在场的关键！

北茶园

>> 胡 桑

一个地址变得遥远，另一个地址
要求被记住。需经过多少次迁徙，
我才能回到家中，看见你饮水的姿势。

不过，一切令人欣慰，我们生活在
同一个世界，雾中的星期天总会到来，
口说的词语，不知道什么是毁坏。

每一次散步，道路更加清醒，
自我变得沉默，另一个自我却发出了声音，
想到故乡就在这里，我驱散了街角的阴影。

"我用一生练习叫你的名字。"
下雨了，我若再多走一步，
世界就会打开自己。

导读：相对于胡桑一些知识性凸显和形制密实的诗歌，《北茶园》多了一层疏朗的异质口感。体现在创见上，此诗没有流于景致加造境的类型化套路，而是将北茶园作为一个"地址"做可行性研究，并在其中强化诗人主体性的思考，在诗绪行进中，一种辨识的气质如影随形，细腻的表达和用力的平衡张弛有度，诗歌何用？诗人何为？胡桑以诗的方式寻找着答案，也是他自身及其灵魂从一个简便的地名通向世界的途径，好在曙光昭示我们诗人胡桑修为不无所成，他喜悦地告知："我若再多走一步／世界就会打开自己。"首句给出的不确定性，将沉思带入深刻。这种特定的在场书写，让诗意的产出变得可靠、可感。修辞立其诚。北茶园无疑就是诗人对面的自然大化，置身其中（每一次散步），就会有新的感受，无论是出于修身的，还是咏志的依托，都底气十足："道路更加清醒""我驱散了街角的阴影"。诗人的自我辨识往往基于清醒的认知，在此层面上的诗绪衍生，俊敏、深远。

诗，不是诗句

》白鹤林

从结尾来看，诗的确是无用的。
它甚至连灵魂都无力救赎。
但当我们尝试着来解读章节和开篇，或者
回顾那些被记录的人的命运，
你会发现：诗，正是阅读本身，
以及我们正在遗忘的部分。这就好比：
当熟透了的柿子掉落到了地里，
诗就是柿子；如果老练的警察终于
揭示了事件真相，诗就是警察；
或者你是睿智的旁观者，拥有激情
也懂得节制，诗也是你……
尽管很多时候，这一切都恰恰相反！
但反过来也是如此：青涩的柿子，
愚蠢的警察，和得了健忘症的旁观者，
依然全部是诗。这也正是故事
想要告诉我们的：诗，不是诗句！
（但显然这令人难以置信。）
而如果我说，诗是少女（有时候也是老人）
给这个世界提出的一个难题——

没有答案的疑问，你或许会有所顿悟。

不言而喻，那才是诗。

导读： 在"70后"诗人中，白鹤林的诗歌量是比较大的，手法也比较丰富，但近年来，他的写作在抵近内心回归诗歌方面，呈现出态度坚决的一面，这种现代性的自觉对于一个成熟诗人而言，无疑是好事情。这首诗，无疑是在做艺术的"辩解"，对于一个追问性的概念的阐释，他避开老生常谈，从结尾开始倒溯。"诗就是柿子"的熟透与青涩、"诗就是警察"的去魅与生魅，"诗就是睿智的旁观者"的激情与节制，这一连串的比对与隐喻做得圆融不糙。作为唯一可算作答案的"诗，不是诗句"，其中明了的意思是"有句无篇"不叫诗，这是对习惯性的大众诗歌认知的一个纠正——读诗不能只记其中一两句，但难勉陷于乏力，因为习惯了非诗性的直白认知往往惰性十足，需要给出数字一样的标准答案，这甚至包括一些顺口溜诗人。至于玩味道这等事，人家缺乏耐心，喝惯了白开水，哪习惯牛奶加味精的新潮？在概念灌输深入骨髓的劣行面前，任何"手艺"都可以忽略不计，这就是诗歌当下之无奈境地。

属于大地的另一种形式

》戈 丹

如果，请允许我这样设计：这最后一幕
在旧房间的一张桃木床上
我深卧聆听来自体内乐曲的呼吸
是怎样一丝丝牵动，尚还柔软的身体曲线。
我的亲人，他们围在我四周
既不太近，也不太远
替我复制着平淡无奇的一生。
我紧闭双眸
嘴角擎着隐秘的笑
床头灯开始暗淡，我顺手掐灭
那凸出于地面的身体
挟着无人知晓的秘密，迅速抵达
另一个预想的深处
黑暗的通道，你无法想象的快
而我在这短暂尘世留下的唯一证据
身体的凹痕
也很快被大地填抹。

就这样，我被滞留在深处

听不到一切，依旧竖起耳朵

导读：我很喜欢这首诗！一次就寝的诗意，写出了居家度日的温馨，但仅仅这样是不够的，诗歌还告诉我们许多隐秘的超出了日常生活感知的觉悟：比如存在与消亡，比如平淡与奇崛，比如小我与世界，比如自足与发现，种种隐含的关系没有扰乱诗的清晰与不可或缺的那种"诗艺"的含混，构成了诗的迷人气味。诗人处理诗歌的境界是按住的、衍生的，没有急于求成地或如雄辩家一样地以某一个句子承担想要表达的全部，其所言之大化乃标题所预示：人的睡姿"属于大地的另一种形式"，诗歌的功能在于本质（真相）揭示，作为一首好诗，足够了！而语言的鲜活、表达的从容，以及简单的繁富，这些，让诗歌作为"艺"的特性增强了厚度与可信度。啰唆一句，我这是首次读到戈丹的诗，也是首次知道有这么一个诗人，至于他或她的具体情况，我一概不知！

瓦蓝瓦蓝的天空

》李　南

那天河北平原的城市，出现了

瓦蓝瓦蓝的天空

那天我和亲爱的，谈起了青海故乡

德令哈的天空和锦绣，一直一直

都是这样

有时我想起她，有时又将她遗忘

想起她时我的心儿就微微疼痛

那天空的瓦蓝，就像思念的伤疤

让我茫然中时时惊慌

忘记她时我就起身走进黯淡的生活

忙碌地爱着一切，一任巴音河的流水

在远处日夜喧响

导读：记得 10 多年前在诗生活网站的诗人专栏里读了李南的诗后，我作了赞许的留言，她也很快回应，那时诗人们都还比较单纯，讲究真心实意，绝对不装。不装的李南，写下过好几首非常棒的诗，如《下槐镇的一天》《呼唤》等，其中当然包括这首《瓦蓝瓦蓝的天空》。她的这首诗，无论什么时候读到，都如初读一样新鲜，我想这就是新诗的魅力。诗歌以他乡的视角，切入遥远的故地，连接二者的深层脉象是乡愁，是深深的怀念，但外在诱因，是头顶瓦蓝瓦蓝的天空，"瓦蓝"，这"思念的伤疤"，作为一份念想，成为漂泊在外的活着的理由，是"爱着一切"的理由，像河水一样亘古，发出纯美的回响。这是一首没有复杂技艺的好诗，格调清明，诗魂动人，共鸣深深。一个优秀诗人的实力，往往潜伏在简单透明的诗意之中，李南便是。

面窗而坐

》马　休

————

指甲修长

就像苍白的自我的教堂

从反面半升倒悬的角质月亮

你是你自己的房间

你是你自己的囚徒

没有人在此

阳光摸进你的窗栅栏

在你万籁俱寂的皮肤上

有一匹空无的斑马的狂想

导读：这是一首现代感强烈而内质坚实的好诗。诗人想要表达的是时间与人的关系，诗人将存在的永恒与虚无的对抗写得安闲而和谐。诗意的有效性从题目就开始了。一个坐在窗前的人，指甲长长，这个暗示是从心出发的，因此才有接着的明喻——教堂的出现。十指连心，面窗静思者，一如修行的课堂。指甲盖下的"小月亮"，暗示内在的修成的直观。有窗就有房间，然而，真正安置得了大灵魂的房间只有自己，一个人的静默，才可将自己囚禁。思之诗，由此得以形象地阐释。作为静态的一种修补或美学的激活，阳光摸进来，照在皮肤上，照着每一个通灵心思的毛孔上。一个晒着阳光的人，心里如跑马似的，在"狂想"。诗取一个生活细节，却意绪纷扬。一个静坐窗前晒着太阳的人，犹如一座教堂，诗人想要表达的是，肉身是囚禁不了灵魂的。心在，便永在！

亲爱的生活

》木 槿

请靠近阳台坐下来，我需要跟你谈谈
亲爱的生活
首先，我必须向你说明一件事
这些年，我并没有辜负你对我的厚爱
把一个人交给另一个人后
我变得更加疼爱自己
所以在很多时候，我学会了原谅
其次，作为一个把异乡当故乡的人
当我谈起牧草、天空、童年和一片草原
它们在另一个春天再次走进我的生活
其实，这一切不仅有我的童年，还有
我的骨骼、性情和爱
最后，若干细小的事情都证明了几个实情
比如我的胸怀是窄的
我犯下的错误始终得不到谅解
还有我夜里做的梦，一天比一天汹涌

导读：诗虚拟一场对谈，将生活置于"我"的对面，以幽默的口吻，逐一"披露"自己，坦诚日常之欢。从恋爱到婚姻——"把一个人交给另一个人后／我变得更加疼爱自己"，此为第一层。第二层以"其次"移位，将生活从单纯放大到异乡人的情感和经验世界，其中隐含的乡愁和童年的深味，深化了诗意的纵深。"最后"，回到"身体"，意味回到"真实"，回到现实的无奈。诗人没有去数落那些似曾相识的"错误"，而以"汹涌的梦"喻指一切人生际遇，把象征性的一切交给读者，把诗意的重力传导给读者，是为妙笔。这是一首年轻之诗，缩影了那些将将扑入生活洪流、弄得水花飞溅的青年群落，喻示了生命可以承受但无法预见的深沉正悄然来临。

不要在我的灵魂张灯结彩

》南 鸥

聚光灯只能打开虚幻的吗啡
我已经习惯暗夜，习惯它的孤寂与寒冷
我知道，那些致命的意象只能在
暗夜的底片上浮现。感谢加冕与恩赐
我已经镶入暗夜的体内，正在向
它的心脏地带昼夜挺进
正在回到从前

孤寂是一种修炼，是一种
百年的福气。就像酒神洞藏千年的原酒
蕴藏日月的精华。请不要惊落
覆盖日月的白霜，不要在我的灵魂
张灯结彩。更不要给时间
抹上靓妆，请记住：素面朝天
才是最高贵的容颜

导读： "习惯孤寂与寒冷"，是修炼身心并获得"精神高贵"的途径，甚至在诗人自我的认知中，是唯一的途径！南鸥执着于在诗人们纷纷转向尘杂的现实书写中，依然坚守在高蹈的抒情舞台，并持续地一意孤行地建构着朦胧诗以来的精华部分，他的诗，延续着 20 世纪 80 年代的诗歌意气与脉象，既不回避大词，也不怪力乱神，他喜欢让自己的每一首诗都有表现宏观意识的强大气场。这首诗，站在为灵魂净身塑形的高度，通过本体性的赞美释放情感的爆发力，在词语中纵横心性自由。这首诗，展现了他一贯的诗学主张，灵魂的高贵是人类始终修炼不息的灯塔。为此，他直抒胸臆，通过意象的铺陈与转换，不断表达同一个"中心"。为了感谢造物主的"加冕与恩赐"，"我"必须在"孤寂"中不放弃"修炼"，哪怕"素面朝天"，只有这样才能保住作为诗人"最高贵的容颜"。标题即主题，喊出了胸臆，竭力为自己喝彩。

无雪的北方，只有一条河是白的

》韩春燕

无雪的北方，只有一条河是白的
我提着半辈子的心事，行走在
那些冰冷的水滴上
而我的身后，返乡的人
络绎不绝

封冻的河仿佛沉睡，但分明
有些事物醒着
譬如，河底的鱼，以及
退到水草根须里的一点绿色

故乡还有许多事物
在这样的季节里彻夜失眠
一如村庄里那些从远方
归来的人

村庄正在老去，而那条河
看起来却是新的
苍老的浮云已尽沉水底

总有一些人要涉水而来
也总有些人要
涉水而去

一条河的世界岂止三千
箭矢一样的风从北方以北而来
在辽阔的河床上呜咽，最后
投河自尽

无雪的北方，只有一条河是白的
数不清的水滴紧紧相拥，一起
凭吊远去的风景
凋零的事物
那些绚烂的光阴

导读：读此诗时，我所在的江南大雪纷飞，窗外雪景祥瑞高阔，不由心地敞亮、振奋，自带勃发的力量。于是冥想，此刻时空对应的北国，又该是何等的冰天雪地景象？恰好得到韩春燕的即兴之诗，她及时而真实地再现的却是一个"无雪的北方"，极目远眺，"只有一条河是白的"，失望之情如"冰冷的水滴""苍老的浮云""凋零的事物"等特指意象，它们在作者的情绪里横陈铺展，激起万端慨叹。地理滋生与时间气象的可逆性冲突，个体期待与现实情形的巨大反差，所构成的美学意义，引发起兴者壮怀激荡，她感知的存在，她见证的归来，以及对逝去光景的轸念，都透着悲怆。北风投河自尽，是何等地苍凉决绝。此诗写出了如今诗潮少有的情感硬度。

身后的托付

» 熊　焱

蟋蟀的琴匣刚刚放下。公鸡的鸣叫

就像利刃划破了晨曦的丝绸

父亲起床了。他要翻过十道斜坡

爬过八座山头。然后在茂密的树林中

伐取两株最好的杉木

整个夏天父亲都在院子里锯木、刨花

用墨斗拉出一条条笔直的黑线

宛如他单调的生活轨迹，黄土上的大风

一次次地吹伏他形容枯槁的命运

父亲光着膀子，那健壮的力

健壮的美，是森林的手臂

从他的胸膛中捧出澎湃的热情

一块一块的木料，在他纯熟的手掌下

抵达轻灵的舞蹈和飞翔

杉木清新的气息，就像舌尖上柔软的低语

呢喃了整个火热的夏天

白露过后，父亲加快了节奏

他给木料抛光、上漆，最后组合成棺木

像一艘停泊的小舟，静候着生命最终的摆渡

父亲轻轻地笑了，那如释重负的表情

仿佛是奔流的溪水泛起了浪花

是一抹曙光穿透了长夜的黎明

那一年父亲才四十一岁，是一名老道的木匠

他精力充沛，身体康健

却跟每一个生活在这里的乡民一样，早早地

为自己备好了上等的棺材。即使生前穷困潦倒

也要在死后安顿好这一具劳碌奔波的肉身

导读：熊焱的诗歌一直敢于从正面下手，他对接尘世的情怀反映在叙述上也呈现一种别样的抒情质地，而这种抒情具有雄厚的生活底蕴，以及来自现实的经由个人经验提纯后的诗学指向。这首新作具有特征化的地域纪实色彩，这个与困厄命运对抗却最终臣服于苦难的父亲形象具有强烈的典范性，父亲与棺材之间隐含的多种关系，将诗歌意象升华到了艺术张力的高度。诗歌的结尾十分扎眼，读来惊心！记得诗人侯马有诗追问"怎样才能站在生活的面前"，而我也早就注意到熊焱曾经发出过"诚实，是诗人面对世界的首要方式"的声音。带着沉重的心情读完《身后的托付》，感觉到答案就在其中。整首诗，场景鲜活，呈现的事物较好地烘托了人物的在场感。父亲的行为与环境和谐统一，既是生活本身，又是命运的暗含。温暖中透着韧性的生命哀婉，基于回溯的地理诗学带入，在阅读面，恰切地诱发了读者自身再认识的启迪。

一根白发

>> 敕勒川

一根白发落在桌子上，像是一段
可有可无的时光，被人注意或者忽略
都已经不重要了

一根白发终于找到了自己
像命，找到了命运
像人，找到了人生

一根白发长长舒了一口气，仿佛一缕
累坏了的阳光，可以
安安静静地躺一躺了，然后

怯生生地说——
我用一生，终于把身体里的黑暗
走完了

导读： 就作者的诗意开掘而言，一根白发不仅是一段时光，更是
一段艰涩的人生，一段隐忍的命运。甚至直接一点看，一根白发
就是一个人的命。这普世情怀的诗性认知，产生了强烈共鸣。除

尽发丝中的黑，就是命的终结责任。这个发现美学意义的陌生化处置，让诗的收束具有极大的质感与感染力。结构上，本诗颇为讲究。第一节从发现桌子上的一根白发生发感慨起笔，点出诗意的精要：不重要。这个意思顺承第二节的命与人，白发的隐喻得以充分揭示。第三节以白发结束劳累一生的命数，回归本我的超然，作了积极面的诗意渲染。最后卒章显志，以肯定白发终结性作用收尾。"我用一生，终于把身体里的黑暗／走完了"，白发怯生生的自言自语，实则道出了诗人对一根白发的洞见，以及写作此诗的意图。整首诗，意旨明了，语言生动，内蕴连贯，始终处于一种动势之中，读来兴味盎然。

中　年

» 育　邦

我知道

我与世界的媾和

玷污了我的日子以及从前的我

我有别于我自己

我从千里之外带回一片树叶

当我看到鸽子，就会流泪

在人与人构成的森林里

我总是采撷那些

色彩绚烂、光怪陆离的蘑菇

仅仅因为它们是有毒的

在菩萨众多的大庙里

我所点燃的每一炷香都那么孤单

忧郁而烦躁地明灭

我把剑挂在虚无的天空中

因为它已疲惫

我徒劳地搓一搓手

迎接日趋衰老的夕阳

它简朴得如一滴清水

凋零，流逝

却拥有寂静

导读： 育邦的诗，一直在低情绪的延展中体现诗歌的自觉，始终有一种夫子似的闲适与自然的师承。这首诗，立足"我"与世界的关系，省察一种对峙的丧失，刻薄一个顺从的自己，训导内在的傲骨不可无，不屑与大神为伍，而精进于自己的庙宇的建构，哪怕孤单寂寥。在时间的消磨中，诗人高挂疲惫的利剑，沉潜于内心的清扫，在消逝的事物面前，返璞归真。因远离喧嚣而求得的"寂静"才是诗人乐于接受的归宿。从头至尾，诗真实地袒露了"我"的心路历程，诗人始终在辨识与确认自我，当然最终的落点亦堪预见。对"我"的精神形象的塑造，是此诗表达放肆的底气，将内涵的高度维系在叙述的慢性取向中，亦见诗人性情。

一匹马

» 北　野

你光着脊背向北飞，北方
多空旷啊，那个无人的世界
堆满了白骨和眼泪
我的白骨要堆在那里
我的眼泪也要流向那里
空空的马背啊
我的心已如颤抖的碎絮

看着你自己在那里飞
我忍不住要流泪，我荒凉的
奔马啊，在你的脊背上
是月亮银色的烙印
只有草原是无声的
它深如死亡的白日，它的死
多远啊，像命运遥遥无期
像秋天掀不开的死灰

而现在，我一个人
要回到哪里去呢，这空旷的

大地，没有人踩着我的霜迹归来

也没有人安慰我无声的泪水

导读： 这首诗充分体现了北野诗歌的"野性美"。与其说一匹马在北方的大地上奔跑，不如看成是，整个北方的空旷，都属于这匹穿越刀光剑影而来的骏马。诗行背后，累累白骨折射着历史的沉重和战争的无情。诗人悲天悯人，发悱于心，替一匹孤单的马流泪，其实是借以抒发自己的"大我"襟怀。一匹马成为"我"的过程，就是诗的内在想要达成的深度意味，即大孤独震撼人心。北野的诗，既有北国的开阔，也有化外之地的纯粹，他对于天地人的思考，自动地处于一种紧张的物我认知关系之中，高拔而无所顾忌，强烈而隐含悲悯，本质化的语言进一步拓宽内心感受。这种抒情偏好，抛开了现代性的干扰，表现出心思合频的率真。

曼德尔施塔姆

》曾 蒙

整个俄罗斯的悲痛，
沉浸在巨大的阴影里。
那一刻，一个刀锋般的硬汉，
挥泪如雨：他悼念的诗人
与几十万的公民死于大屠杀。
曼德尔施塔姆——
列宁格勒与彼得堡
被画上等号。那里的家在灯光里熄灭，
温暖被取缔。
远东没有钱与食物，
沃罗涅日的诗稿上缺乏棉衣，
你死于饥寒交迫的第二溪。
那里的木板床，又硬又冷，
如同莫斯科郊外的晚上，
你独自面对流星，互相鼓励互相撕扯。
我读着你的诗行犹如被判决了死刑，
身外之物毫无人性。
后楼梯凝结成冰，门铃无人摁响。

导读：这是一首以认知经验为基础、以强烈情感为依托的悼念之诗。诗情饱满，推进有力。俄罗斯白银时代的代表性诗人曼德尔施塔姆的去世，不仅让俄罗斯诗坛暗淡无光，更让整个世界文学蒙受了巨大损失。曼德尔施塔姆生前遭遇的不公，受到的苦难，饱受摧残的非人般的日子，让悼念者——一个刀锋般的硬汉，挥泪如雨，在这即景的背后，是满腔愤怒，激烈的情感指向无比凌厉，那个没有人性的现实，人人痛斥，那个容不下一个伟大诗人，使之无法安生的极权世道，在"他"胸中撞击成四溅的火焰，最后又被无奈冷却成冰，留下空白，凝聚爆发性力量。贯穿诗行的景仰、敬畏、膜拜之情，所生成的感染力，亦很坚硬。

天山江布拉克一带

》叶　舟

时值盛夏

这一面山坡生机皆无：

月球的表面，庳干的

池塘，史前洞穴

凋敝的牧场

将一张劫后的残破脸孔，搁在了

歌剧院式的旷野。

据说，这里有过麂子、麋鹿、狐狼

七肘长的金雕、三步宽的鼠兔

以及无边无涯的羊肉花；

信不信由你，还有过

吹着长笛的大象、杂技鸽子

敲锣打鼓的虎群

夜半宴饮

却在黎明的山崖上醉卧的恐龙岩画

甚至雪原上，一闪即逝的

蓝色鲸鱼；信不信由你

其实这里只盛产爱情，

午后，当明眸皓齿的姑娘走过时

一只羊便掏出肠子

绷上琴颈，大声漫唱起

青春和火辣辣的肉体。

导读：读这首诗，我即刻想到卡尔·桑德堡的话："诗是在陆地上生活，想要飞上天去的海洋动物的日记。"在此诗中，叶舟以"日记"的形式展开诗歌视野，盛夏的天山江布拉克一带，"山坡生机皆无"，像"月球的表面"，似"戽干的池塘"，更有如"史前洞穴"的时光印迹和"凋敝的牧场"的沧桑，连缀成喻的诗意扳弯了读者审美经验里的"天山"的形迹，而朝着现实痛感的方向牵引，然后笔调一拐，由实到虚，归结到"将一张劫后的残破脸孔，搁在了／歌剧院式的旷野"这样的形态上，残破的狰狞与歌剧院的美构成一种二元对比的张力场，这是"旷野"诗学的自由而奔放的表达前提，亦是叶舟基于这种诗学自信才可能持有的饱满与张弛。"据说"之后的"动物凶猛"作为诗歌的核心，是要揭示这一带是"生命摇篮"的命题。凋敝中的葳蕤，粗陋中的美好，这种运用对冲激荡而达成的哲学意味，是叶舟诗歌美学向度的一个显著特征。"午后，当明眸皓齿的姑娘走过时／一只羊便掏出肠子／绷上琴颈，大声漫唱起／青春和火辣辣的肉体"。为了"爱情"，一只羊甘愿以肠为弦，忘情弹唱，这种肉体的动物性的"介入"正是纯真情感的皈依，将"人为"因素尽力排除在诗外，是叶舟矜持的一份纸上执念。

年轻的时辰

》 胡　弦

楼上有个小孩子在弹钢琴，
反复弹一支简单的曲子。
——部分已熟练，部分尚生疏。
我听着，感觉此刻的生活，
类似这琴声变调后的产物。

我的母亲和伯母在隔壁闲话，
一块红布上，印着她们敬仰的神。
河水从窗外流过，
那神秘、我不熟悉的控制力，
知道她们内心的秘密。

墙上挂着祖母发黄的照片，
白皙的手，搭在椅子黝黑的扶手上。
她年轻而安详，像在倾听，
也许她能听见，这琴声深处
某种会反复出现的奇迹。

导读："此刻的生活，类似这琴声变调后的产物"。一句有揭示意义的诗出自邻里琴声——这是无数小区傍晚的"真实","被兴趣"的东西并不诗意，诗人及时捕捉并点化了内因。母亲和伯母为一块红布而让内心住进了神明，这正是她们安然于世并传导我敏感而爱恨的根源。第三节，以祖母年轻的照片勾连光阴的故事，那神秘的动人琴声，是年轻的理由，也是梦想的开篇；每个人都在这么振振有词地活着，活出了经世的旷味。胡弦近年的诗，得益于对特罗斯特罗姆诗歌要义的领悟，意象纯净，绵密但清晰，别有兴味。值得注意的是，胡弦的诗在冷静观察之下析出的诗意，时刻闪现火花一样的"智趣"之美，这种把汉语自身优势充分展现出来的，尊重语言本身，词不再让位于情感或不被情绪裹挟从而造成拖泥带水的表现方式，在今日诗坛已经独树一帜，自成一格。

黔　南

》梦亦非

月光大地，斜对东南弃置的铜镜
玄黑，沉重，荒凉满面
内在之影越过月海边沿

群山在缓慢的涌动中升起、潮湿
仿佛从磐石中寻找到水分
譬如幼枝、小兽、梦中换羽的鸟儿
月潮助长了荣耀的法则

那露水的祭台上，馨香低迷
是否，神不会留下痕迹
三月是神之火，藏在言辞之间

"时光的法轮常转呵，天上地下
呈现出它愈加繁华的季节"——

黔南的天空下是洗濯的古铜，镜像中
最后有谁前世的迷醉，来生却寂灭

"雨水弯曲，流向万物的欲念"

青草举着火焰，照亮了满溢的田野

导读：对于神性的黔南，梦亦非写出了与之匹配的诗的体态与诗意含量。这首诗，分别以月光照耀的黔南，群山绵延的黔南，露水迷离的黔南，递进主体诗意的丰富与多维，同时也逐步带出少数民族聚居地区的神圣与神秘特性，极大地呼应了《圣经·诗篇》中的"神啊，你为什么站在远处"的旨意。这种中国南高原的秘境寻踪及其深情抒写，打开的不仅仅是地域地貌的非同寻常，更是一种深层次的诗意挖掘和对诗歌本真的求索之功。既有道法自然的顺势而为，也有因引句而产生的人文精致给诗体增值的自动延展。这正如诗评家向卫国所言，"梦亦非近年的诗歌探索，或许就是走上了这条孤绝的大路。换句话说，他正在创造的，是另一世界的诗，抑或另一个诗的世界"。值得肯定的是，梦亦非的诗总展现出某种超验特质下的非凡想象力，似乎是，他写诗的全部用力都在把自身抽离烟火凡尘而迷思于自造的意境，这种执意，正是格局塑造的自信，是后工业化时代逐步式微的浪漫主义在个人化情怀中的大胆实践。

第四辑
文本导读

暹罗的回忆

》柏　桦

Come away, O human child !

To the waters and the wild

With a faery, hand in hand,

For the world's more full of weeping than you can understand.

——W.B.Yeats　　　　　THE STOLEN CHILD

谜一般的玩具象……

儿童一离开玩具，

诗人就离开了家。

——柏桦

年轻真好，

头一碰枕头就睡着了

中年时节，

一个激灵便醒过来，亦好

事情有什么好奇怪呢，

别说见到了什么安暖鱼（神话生物）

反正我已长大成人

只是我记不得我的父母了……

（那你还记得两岁的事吗？失踪那天……）

那幼儿在夏天的热风中浓睡，
他记得有一个玩具象
从他手上掉落

还有！下午！

下午，突然变阴凉了，
一个下坡，一个上坡——
森林！森林！森林！
后来我就只记得森林出现了……

导读：我不懂英文，这给我进入《暹罗的回忆》带来了极大困难，查询之下也只大致揣测是叶芝的《被偷走（失窃）的孩子》，那诗不短，不知四行是哪段，它们是不是与汉语第一节柏桦自引的诗句构成双峰互衬的意味不得而知，或者有什么隐意的勾连与暗示的投射？谜……这难道就是柏桦式的文本自造意识？我宁可相信有胜于无。

　　"谜一般的玩具象……/ 儿童一离开玩具，/ 诗人就离开了家。"三句既有简洁到硬的语言色彩，又有简中生道的能动性，几个分隔的意象动态地构成了一种日常"人文"关系，或者说生成了诗歌不可或缺的"猜测性"。

　　对，猜测。从童年到年轻到中年，几乎不讲道理地去掉了起承转合的细部，但又分明是联动的，有因果现实的识见和常理，年轻睡眠好，中年万事忧，这需要成长验证，需要时间开悟，到点了，自然就会启蒙。

但是，惊醒的因由并非惊天动地，这种"激灵醒"如家常便饭，就是，对于上了岁数的人，"有什么好奇怪呢"。语气，是轻的，就像生活本身，过惯了，也就不太在意什么坡坎。但似乎语境又在童稚那端，安暖鱼是什么？着实没闹明白，姑且算是玩具吧，儿童的，猜，如何？陷进去了啊。看注释，是某种神话生物，大体方向趋同。效果达到了，就是上策。"我"，走失了，一定要设定从劳苦的中年失踪？反正失忆了，事态严重到已经"记不得我的父母了"。这是在暗示逃离"中年臃肿"的技法吗？还是不想递进到"生命病年"的一场预谋？

必须回去，在慢中，漫长的夏天里的光景，被构造，被阐释，那是下午，巴适的阴凉天气，那上下的坡，在成都某处？长出森林，念念有词，如想要光，就有了光，说森林，就有了森林。"儿戏的诗意"，是柏桦追求的一种诗歌之态。对，就是这么个意思：诗歌是一个态。他就是要让你猜，要你陷进去……

我说过，常识是诗歌的核心。在这里，被证明，感谢柏桦。他的高明在于，常识只是用于托底，而诗意要成，得大变戏法。任由意识翻转，魔术一样指使文字，异而不乱，有中生无，指物造影，这本事，出乎我的意料。

后 记

要出新书，出什么好呢？诗歌可以出好几本，思来想去，还是评论。2017年8月《当代诗本论》落成后，至今又有20万言，足够。

何不出别人好心写我的那些作品？也是，我之前自费出了两部，无一文是他者写我的，这次若出一本论我集，顺应天意，也是对呕心作评人的一种报答。

但还是忍痛割爱了。最美好的事是让别人爽了自己会心一笑。这种感觉，难说不好。

关于评论的苦衷，忍不住还是要小家子气地饶舌几句。

且不说一篇篇写过来的辛酸，仅归拢书稿，逐一订正，就花了两月。这三天趁放假抢时间。久坐腿不灵，痛风隐隐，寸步难行，吃秋水仙，吃得肚子稀里哗啦，频蹲马桶，直到瘦水穿肠，周末两口，体重直按悼了四五斤，好家伙，走路打踉跄，眼冒金星。春天将逝。

眼看着一本书有模有样了，腰又直了起来……

这就好！所有积怀的感慨都无以聊表恩情，众多被我评论的诗人，你们有心诗修身，我读文本塑魂灵。尽管越来越感到"提笔就难"，朋友说"评论这苦差，摊上了头大"，可不是？

我才疏学浅，每完成一篇，都备受煎熬，发誓要"金盆洗手"，回头却又写得热火朝天。这就是命。一份"无用"的苦差，甚至倒贴，也乐此不疲。

　　加缪说:"人生的意义,在于承担人生无意义的勇气。如果你一直在找人生的意义,你永远不会生活。"

　　这话我认同一半,有意义的人生谁不在找寻?于我而言,余生无多,在写作着就好。这样似乎才是我的生活,我才像是会生活。

　　因倾听而写作,我只希望,有限的言说,能收获回声!

2021 年清明